polar
VERLAG

Pierre Pouchairet

Unheiliges Land

Kriminalroman

Aus dem Französischen von Ronald Voullié
Herausgegeben von Wolfgang Franßen

Polar Verlag

INSTITUT FRANÇAIS Deutschland

Dieses Buch erscheint im Rahmen des Förderprogramms des französischen Außenministeriums, vertreten durch die Kulturabteilung der französischen Botschaft in Berlin.

Originaltitel: Pierre Pouchairet, *Une terre pas si sainte*

Deutsche Erstausgabe, 1. Auflage 2019
Aus dem Französischen von Ronald Voullié

www.polar-verlag.de

Redaktion: Christine Laudahn, Claudia Denker
Umschlaggestaltung: Robert Neth, Britta Kuhlmann
Umschlagfoto: ©aquatarkus/adobestock
Autorenfoto: ©Pierre Pouchairet
Satz/Layout: Martina Stolzmann
Gesetzt aus Adobe Garamond PostScript, InDesign
Druck und Bindung: CPI books GmbH, Leck, Deutschland

ISBN: 978-3-945133-87-3

Warnung

Dieses Buch befasst sich mit der aktuellen geopolitischen Situation des Westjordanlandes und den dortigen Ereignissen, über die in den Medien berichtet wurde. Sämtliche Personen und Handlungen in diesem Buch sind frei erfunden. Sollten sich Ähnlichkeiten zu lebenden Personen oder realen Ereignissen ergeben, so sind diese rein zufällig.

Für Kristel, Jessica, Léanne und Gabin

Wisset ihr nicht, dass ihr Gottes Tempel seid und der Geist Gottes in euch wohnt? Wenn jemand den Tempel Gottes verdirbt, den wird Gott verderben, denn der Tempel Gottes ist heilig; der seid ihr.

Paulus, 1. Kor. 3.16-17

Prolog

Mohammed Habib, der Vertreter der Palästinensischen Autonomiebehörde in der Volksrepublik China, versank immer mehr in seinem Sessel. Von tiefer Abscheu erfasst, hatte er das Gefühl, sein schwächlicher Körper würde erstarren und in seinem billigen Anzug zusammenschrumpfen. Er betete, möglichst schnell von seiner Qual erlöst zu werden. Sein Unbehagen wurde nicht von der Temperatur des modernen und gut geheizten Raumes ausgelöst, in dem er sich befand, sondern von dem grausamen Schauspiel, das er jetzt schon fast eine Stunde ertragen musste.

Auch der Vertreter des chinesischen Außenministeriums, der neben ihm saß, zeigte eine ernste Miene, schien aber ungerührt zu sein von dem, was sich da vor seinen Augen abspielte. Der hohe Beamte hatte ihn am selben Morgen am Flughafen von Schanghai in Empfang genommen und legte seit ihrer Begegnung den Professionalismus und die Routine eines Touristenführers an den Tag, der einen auswendig gelernten und bis zum Überdruss wiederholten Text abspulte. Nach einem schnellen Imbiss in der VIP-Halle hatten sie sich in einen Dienstwagen gezwängt, der von mehreren Motorrädern eskortiert wurde, die sie bis Qingpu begleiteten, der Strafanstalt, die auf ausländische Häftlinge spezialisiert war. Der palästinensische Diplomat war von einem Empfangskomitee begrüßt worden, das aus dem Direktor, seinen Mitarbeitern und Vertretern des Justiz- und des Innenministeriums bestand. Auch dort hatte er den Eindruck gehabt, Zeuge einer gut einstudierten Aufführung zu sein, bei der alles getan wurde, um den geringsten Zwischenfall zu vermeiden. Er wurde eingeladen, dieses ultramoderne Gefängnis zu besichtigen, ohne dass jemand auf den Grund seines Besuches zu sprechen kam.

»In meiner Einrichtung befinden sich zurzeit etwa vierzig Ausländer, die auf ihr Urteil warten oder bereits verurteilt wurden. Die meisten wegen Drogenhandels. Trotz der Schwere ihrer Vergehen tut der chinesische Staat sein Bestes, um sie gut unterzubringen. Sie können Sport treiben, unsere Sprache lernen, fernsehen und sogar ins Internet gehen. Wir respektieren auch die Religionen. Jeder kann beten und die Bibel oder den Koran lesen«, hatte der Direktor mit trockener und gefühlloser Stimme erläutert.

Der chinesische Diplomat hatte es für gut gehalten zu präzisieren, dass die Umtriebe von vier Kriminellen in keiner Weise die Beziehungen seines Landes zu Palästina beeinträchtigen würden und dass seine Regierung die Kosten für die Haft, die Gerichtsverhandlung und den Transport der Leichen ins Westjordanland übernehmen würde.

Eine Fürsorge, die nicht selbstverständlich sei, wie der Palästinenser dankend anerkennen musste. Mit müder Stimme hatte er angemerkt, dass die Palästinensische Autonomiebehörde mit Hilfe der internationalen Gemeinschaft und Chinas ihr Bestes tun würde, um die Polizei auszubilden und eine Jugend zu schützen, die keine Zukunft habe.

»Die jungen Leute, die Sie verhaftet haben, stammen alle aus dem Flüchtlingslager Balata in der Nähe von Nablus, wo eine der ärmsten Bevölkerungsgruppen unseres Landes lebt«, hatte er hinzugefügt.

Nach diesem protokollarischen Austausch hatte der palästinensische Diplomat sich mit den Gefangenen unterhalten. Ein Gespräch, das von der Presseabteilung des Justizministeriums gefilmt wurde. Diese Bilder wurden in den landesweiten Nachrichten gezeigt und gelangten via »YouTube« kurz danach ins Internet.

Mohammed Habib hatte bereits die Gelegenheit gehabt, die jungen Verbrecher zum Zeitpunkt ihrer Verurteilung zu treffen. Es handelte sich um vier Nablusser (Einwohner der Stadt Nablus im Westjordanland), von denen der Älteste fünfundzwanzig Jahre alt war. Sie waren angeblich nach China gekommen, um im Rahmen einer längeren Ausbildung im Bereich der Abwasserreinigung zu arbeiten. Ihre Verhaftung am Flughafen von Schanghai vor sechs Monaten und die Entdeckung von fast zwei Kilo Methamphetamin bei jedem von ihnen hatte Erstaunen und Bestürzung hervorgerufen. Die chinesische Untersuchung hatte keine Antwort auf die Fragen gebracht, die durch diese Affäre aufgeworfen wurden. Die Grenzbeamten und die Polizei hatten sich mit der schlichten Beschlagnahme zufriedengegeben. Und der palästinensische Diplomat, der froh darüber war, nichts von einem Geheimnis erfahren zu müssen, das schwer zu ertragen gewesen wäre, hatte nicht weiter nachgehakt. Doch er konnte nicht gleichgültig bleiben, was das Schicksal seiner Landsleute betraf, und wäre beinahe in Tränen ausgebrochen, als er sie umarmte.

»Wie Sie sehen, Exzellenz, ist China ein moderner Staat. Es gibt keine öffentlichen Hinrichtungen mehr. Seit 1997 werden die Hinrichtungen wie in mehreren amerikanischen Bundesstaaten durch tödliche Injektionen vorgenommen, um unnötige Qualen der Gefangenen zu vermeiden. Es geht darum, eine gerichtliche Entscheidung auszuführen, und nicht um einen Akt der Barbarei«, fühlte er sich gezwungen, mit diplomatischer Liebenswürdigkeit in dem Moment zu präzisieren, in dem die Vorhänge sich öffneten und den Blick auf einen Raum freigaben, der vage an das Behandlungszimmer eines Zahnarztes erinnerte …

Ohne genauer hinzublicken, hätten sie glauben können, einen Arzt und zwei Krankenschwestern in weißen Kitteln vor sich zu haben, die mit Handschuhen und Mundschutz auf einen Patienten warten. Die Doppeltür, die in den Saal führte, öffnete sich, um Ali Benamar, den Letzten der vier Verurteilten, hereinzulassen. Wie seine Leidensgenossen trug er eine weite Hose und ein rotes Hemd. Er war in Handschellen und wurde von drei Polizisten eskortiert. Zwei hielten ihn an den Schultern fest, der Dritte stieß ihn am Nacken vorwärts. Er weinte lautlos und ließ sich ohne Widerstand zu dem Stuhl führen, der ihn erwartete. Man nahm ihm die Handschellen ab und band seinen Oberkörper, seine Arme und seine Beine mit Lederriemen fest. Vertreter des Justizministeriums, der Staatsanwalt und der Gefängnisdirektor waren hinter ihnen eingetreten. Der Staatsanwalt, aufrecht stehend, mit starrem Körper, die Beine zusammengedrückt, rückte seine kleine Brille zurecht und begann mit der abgehackten und mechanischen Verlesung des Urteils und der Entscheidung des Obersten Gerichtshofes, die Hinrichtung zu vollstrecken. Als er fertig war, nahm er seine Brille ab und steckte sie vorsichtig in die Innentasche seines Jacketts. Er wandte sich dem Arzt zu und gab ihm mit einem Kopfnicken die Erlaubnis, die tödliche Nadel anzusetzen. Ali schien den Einstich nicht zu spüren. Zwischen zwei Schluchzern betete er jetzt mit lauter Stimme und wiederholte regelmäßig »Allahu Akbar«. Der Diplomat konnte nicht umhin, seinerseits das Gebet zu murmeln, als ob er auf diese Weise den jungen Gefangenen in den Tod begleiten wollte. Die Wächter bedeckten das Gesicht des Verurteilten mit einer Leinenmaske, und einer von ihnen streckte die Hand nach einem Knopf aus, der dazu diente, das tödliche Gift in den Tropf zu leiten. Ein trockener Befehl bedeutete ihm, dass er fortfahren konnte …

Das Schließen des Vorhangs vor dem Hinrichtungsraum machte dem makabren Schauspiel ein Ende.

Der chinesische Beamte erhob sich und wandte sich seinem Gast zu, um ihm mit monotoner Stimme zu verkünden:

»Ich weiß, dass Sie in Ihrer Religion wünschen, Ihre Toten so schnell wie möglich zu bestatten. Wir haben bereits die notwendigen Maßnahmen getroffen, um die Leichen heute Abend nach Tel Aviv zu überführen. Die israelische Regierung hat die dafür notwendige Sondererlaubnis erteilt und uns gebeten, ihre sofortige Überführung in die Autonomiegebiete und die Übergabe der Särge an die palästinensischen Behörden zu erleichtern. Einer meiner Mitarbeiter wird Sie begleiten und bei den Formalitäten unterstützen. Wie Sie bemerkt haben, haben wir einen Imam herangezogen, der den letzten Willen jedes Verurteilten entgegengenommen hat und sich darum kümmern wird, die sterblichen Überreste vorzubereiten. Er wird Ihnen die Testamente jedes Einzelnen und die Briefe, die sie ihren Familien hinterlassen haben, übergeben. Wir schützen die Minderheiten, und im Gegensatz zu dem, was die Kapitalisten behaupten, ist China nicht feindselig gegenüber dem Islam eingestellt.«

Mohammed Habibs Augen verloren sich in der Leere. Diese Litanei war deplatziert, aber er machte weiterhin gute Miene zum bösen Spiel, ließ sich nichts anmerken und zwang sich, seinem Kollegen mit größter Liebenswürdigkeit zu danken. Es stimmte, dass sich weder seine Botschaft noch die Familie der Opfer um die Überführung der Leichen in die Heimat gekümmert hatte. Keiner hatte dazu die Mittel, und die Regelung der rechtlichen Schwierigkeiten mit Israel hätte Wochen gedauert.

Teil I

1

Der Tag brach an, die Sonne drang durch die Vorhänge und fiel mit leuchtenden Strahlen in Dany Cohens Zimmer. Als sein Handy auf dem Nachttisch zu klingeln und zu vibrieren begann, lag er tief schlafend quer auf dem Bett und brauchte einige Zeit, um zu reagieren. Erst als das Ding auf den weißen Marmor fiel, bewegte er sich, streckte einen Arm aus und tastete nach seinem Nokia. Der Name von Guy Touitou erschien auf dem Display. Das machte ihn mit einem Mal wach. Zu dieser Stunde, an diesem Tag, am Sabbat, da ging es bestimmt um etwas Wichtiges.

»Schläfst du noch?«

Die dröhnende und beschwingte Stimme sowie der schneidende Pied Noir-Akzent ließen ihn die Augen verdrehen. Trotz der Jahre fiel es ihm immer noch schwer, mit der Hyperaktivität seines Kollegen zurechtzukommen.

»Nein, du Blödmann, ich bin beim Bügeln …«

»Am Sabbat. Ich glaube es nicht. Das ist verboten.«

»Telefonieren, um die Leute zu nerven, auch.«

»Man darf eben kein Bulle sein, wenn man ein ruhiges Wochenende verbringen will. Raus aus den Federn. Ich hol dich in einer Viertelstunde vor deiner Haustür ab. Es gibt Arbeit.«

»Was liegt an?«

»Eine üble Sache! Eine ganze Familie massakriert in einer Siedlung bei Shekhem.«

Normalerweise war nicht die Polizei für diese Art von Untersuchung zuständig, sondern der Schabak (neue Bezeichnung des

Schin Bet, inländischer Sicherheitsdienst zur Bekämpfung des Terrorismus). Dany wunderte sich.

»Wir sollen den Beobachter spielen. Ich erklär dir das im Auto. Beeil dich.«

Er war nun völlig wach und stürzte ins Bad, um zu duschen. Mit Religion hatte er nicht viel am Hut und kümmerte sich deshalb nicht um religiöse Bräuche. Das überließ er anderen. In wenigen Minuten war er angezogen. Unter seinem Hemd trug er eine leichte kugelsichere Weste. Er schnappte sich seine Waffe, eine Jericho 941, und steckte sie in seinen Holster am Gürtel.

Seit sieben Jahren lebte er, der 36-jährige Franzose aus Nizza, Mitglied einer jüdischen Pied Noir-Familie der Côte d'Azur, nun schon in Israel. Seine Eltern waren im Zuge ihrer Alija eingewandert, als er fünfundzwanzig war und bei der französischen Polizei angefangen hatte. Er hatte ihnen damals nicht folgen wollen und ihre Entscheidung nur schwer verstehen können. Doch nach dem Tod seines Vaters, der in Tel Aviv von einem Herzinfarkt niedergestreckt worden war, hatte er keine Wahl mehr gehabt. Er musste sich um seine Mutter kümmern. Sie weigerte sich hartnäckig, den Boden Israels zu verlassen, in dem ihr Mann begraben war. Es war keine leichte Entscheidung gewesen. Dany hatte seinen Job aufgeben müssen, den er liebte, und wieder bei Null angefangen.

Glücklicherweise sprach er dank seiner Großeltern schon immer etwas Hebräisch. Der Sprache ihrer Vorfahren sehr verbunden, hatten sie mit ihren Enkeln stets hebräisch gesprochen. Er hatte seine Kenntnisse weiterhin gepflegt, was er heute nicht bereute. Nach fünf Jahren war er nun Inspektor in einer Untersuchungseinheit der Zentraldirektion der israelischen Polizei in Jerusalem. Er bewohnte eine kleine Zwei-Zimmer-Wohnung in der Nähe seines Büros und pendelte zwischen Jerusalem und Tel Aviv, wo seine Mutter lebte, hin und her.

Er liebte Tel Aviv, diese vor Aktivität brodelnde und gut gelaunte Hauptstadt. Das war Nizza, nur besser. Umgekehrt verabscheute er die Atmosphäre von Jerusalem. Für ihn war es eine Stadt trauriger Frömmler, in der jede Gemeinschaft ihre Besonderheit nur durch eine übertriebene religiöse Orthodoxie zum Ausdruck bringen konnte, die die menschlichen Beziehungen vergiftete und einen friedlichen Ausgleich verhinderte.

Dany trat auf den Flur der achten Etage und steuerte das Treppenhaus an. Es hatte keinen Sinn, auf den Fahrstuhl zu warten. Es gab zwar zwei davon, aber am Sabbat war der eine gesperrt, während der andere eine willkommene Möglichkeit bot, um die religiösen Pflichten zu umgehen. Er fuhr permanent rauf und runter und hielt in jeder Etage. So konnte eine Auf- und Abfahrt eine Viertelstunde dauern.

Auf der Straße empfing ihn lautes Hupen. Guy erwartete ihn an einer nahe gelegenen Bushaltestelle. Er eilte zum Wagen.

»Ich warte schon zwei Stunden auf dich!«

»Nicht sogar drei?«

»Hast du so lange für dein Make-up gebraucht, oder was?«

Auch Guy war Franzose, ebenfalls mit Pied Noir-Herkunft, aber fast zehn Jahre älter als Dany. Er war als Jugendlicher mit seinen Eltern nach Israel gekommen und hatte dort auch studiert. Im Gegensatz zu Dany, der sportlich und eher zurückhaltend wirkte, war Guy rundlich, großspurig, mit einem Gehabe wie Patrick Timsit. Er war zwar kein Playboy, hatte aber den Charme und die Gerissenheit der Mittelmeeranwohner. Immer gut gelaunt und mit großer Klappe, verströmte er eine positive und kommunikative Energie, die einen nicht ungerührt lassen konnte. Heute Inspektor, hatte er als kleiner Streifenbeamter bei der Polizei angefangen und sich dann mühsam die Karriereleiter hochgearbeitet. Seine dreckigen Bemerkungen und sein plumper Humor spielten ihm oft böse Streiche und ließen – für jene, die ihn nicht kannten – seine beruflichen Qualitäten in den Hintergrund treten. Er war jedoch vor allem ein gefürchteter Spürhund, motiviert und erfahren, der es verstand, sich an den Fällen bis zu ihrer Lösung festzubeißen. Die beiden waren seit über zwei Jahren ein Team und schätzten sich gegenseitig. Für die anderen Polizisten der Untersuchungsabteilung waren sie »die Franzosen«.

Dany zwängte sich auf den Beifahrersitz und legte den Sicherheitsgurt an.

»Erspar mir deine blöden Sprüche und erzähl.«

»Franzosen, eine ganze Familie, die Eltern und drei Bälger, abgemurkst … Alle mit durchgeschnittener Kehle«, sagte er und zog den rechten Zeigefinger über seinen Hals. »Die Sache geschah in der Siedlung Har Brakha, auf den Anhöhen von Shekhem (Nablus). Die Toten wurden von einem Nachbarn entdeckt, als der Hund, der normalerweise ruhig ist, zu bellen begann.«

»Gibt es Hinweise, Ideen, was die Täter betrifft?«

Guy grinste höhnisch:

»Bei diesen Fällen braucht man kein Genie zu sein, das waren die Kameltreiber! Diese dreckigen Ratten haben vor nichts Respekt, schrecken vor nichts zurück! Kannst du dir das vorstellen, Die vergreifen sich sogar an Kindern. Das ist einfach nur widerlich. Man sollte sie alle abknallen.«

Guy war nicht zu bremsen … Dany ließ ihn seine Theorien zur Befriedung der Region weiterentwickeln und wartete auf eine Pause, in der er ihn wieder in die Spur bringen und endlich erfahren konnte, warum der Schabak und die Abteilung zur Terrorismusbekämpfung nicht allein an dem Fall arbeiteten. Es stellte sich heraus, dass es sich um eine Entscheidung des Premierministers handelte.

»Das ist Politik, und außerdem geht es um Franzosen. Nach den drei in Hebron getöteten Jugendlichen und den Ereignissen in Gaza wird das international hohe Wellen schlagen. Alle Welt wird sich darauf stürzen und auf unsere Reaktion warten!«

»Kennst du den Weg?«

»Nur vage. Ich bin lange nicht mehr in der Gegend gewesen, aber wir haben ja das Navi. Der Tatort liegt etwa sechzig Kilometer hinter der Grenze. Anscheinend in der Nähe vom Berg Garizim, also da, wo die Samaritaner leben, eine Insel unter israelischer Kontrolle, mitten in Zone A.«

Aus Jerusalem herauszukommen, war einfach; für die israelitische Gemeinschaft war der heutige Tag ein Feiertag; nur Moslems und einige Christen arbeiteten. Auf den Straßen war daher vergleichsweise wenig los. Zügig erreichten sie die nördliche Ausfahrt von Jerusalem und passierten den Kontrollposten, der ihnen erlaubte, die Öffnung der hohen Betonmauer zu durchqueren. Der hebräische Staat hatte sie errichtet, um die Palästinensergebiete zu isolieren.

Sie erreichten das Westjordanland. Nach dem Osloer Friedensprozess waren die Palästinensischen Autonomiegebiete in drei Zuständigkeitsbereiche aufgeteilt worden. Zone A umfasste die großen Städte und bedeckte 20% des Westjordanlandes mit 55% der Bevölkerung. Sie stand theoretisch vollständig unter palästinensischer Kontrolle, aber die Israelis hatten sich das Recht vorbehalten, im Falle von größeren Problemen zu intervenieren. Zone B gehörten die meisten anderen Städte an. Für die Zivilverwaltung waren die Palästinenser zuständig, für die Sicherheit Israel. Zone C bedeckte 60% des Territoriums und enthielt fast das gesamte Straßennetz und alle Siedlungen. Diese wurden von den Palästinensern für illegal gehalten. Sie seien der sichtbare Beweis dafür, dass Israel die internationalen Abkommen missachtete und Ausdruck des zionistischen Expansionswillens. Der israelischen Verteidigungsarmee, der Zahal, die den Auftrag hatte, sie zu schützen, bereiteten sie ständig schweres Kopfzerbrechen.

Die beiden Polizisten fuhren auf der R60, der Achse, die alle Gebiete von Hebron bis Jerusalem durchquerte, weiter in Richtung

Norden zur Tapuah Junction. Die Armee hatte ihre Präsenz an diesem neuralgischen Punkt verstärkt, an dem die R60 die R505 kreuzte. Letztere verband Tel Aviv mit dem Toten Meer und wurde von vielen Siedlern genutzt. Drei gepanzerte Fahrzeuge der Armee und zwei Polizeiwagen standen am Straßenrand, etwa vierzehn Soldaten waren im Einsatz und kontrollierten die Insassen aller verdächtigen Fahrzeuge, das heißt jene mit grünen Kennzeichen auf weißem Grund, die Palästinensern aus dem Westjordanland gehörten, und jene der in Israel lebenden Araber mit gelben israelischen Kennzeichen.

Guy seufzte.

»Was ich an diesem Land so liebe, ist, dass man uns im Gegensatz zu Frankreich nicht nach der Hautfarbe beurteilt … Wenn man hier die Araber nicht kontrolliert, macht man keinen guten Job!«

Dany antwortete ihm lächelnd:

»Da ist was Wahres dran.«

Der Polizist klappte die Sonnenblende herunter und zog seine Polizeimarke heraus, um sich freie Durchfahrt zu verschaffen. Zusätzlich setzte er das Blaulicht aufs Dach und fuhr langsam an der wartenden Fahrzeugschlange vorbei. Bloß keinen Zwischenfall provozieren und Gefahr laufen, von den Soldaten abgeknallt zu werden. Zumal es sich bei den Kontrollposten oft um nicht sehr kampferprobte Wehrpflichtige handelte, die leicht überreagieren konnten. Ein junger Soldat, ein Schwarzer von kleiner Statur mit einem Rucksack, der fast so groß war wie er selbst, und der einen Colt M4 trug, löste sich von seinen Kollegen und gab ihnen ein Zeichen weiterzufahren.

»Auch wir haben unsere kleinen Schwarzen!«, konnte Guy sich nicht verkneifen zu sagen. »Ich dachte, die wären alle in Frankreich.«

Dany verdrehte die Augen und seufzte.

»Du wirst wohl nie Ruhe geben damit! Das sagst du mir jedes Mal!«

»Es geht mir doch nur darum, darauf hinzuweisen. Ich glaube einfach, dass es früher hier in diesem Land ganz gut gelaufen ist ... Juden, Araber, alle möglichen Menschen haben zusammengelebt und sich vertragen. Du und ich, wir leben hier, und wir sind Sepharden. Man darf sich nichts vormachen, wir sind auf einem Auge wirklich blind. Die Araber sind unsere Vettern. Sie sind da, damit wir sie ficken und für uns schuften lassen ... Und wir, wir machen das mit Begeisterung. Das ist ein Spiel, wir verhandeln, und meistens gewinnen wir ... Wir holen nicht gleich die Gewehre raus ... Wir verstehen es, ein wenig abzuwarten. Bei den Aschkenasen ist alles Exzess. Sie kennen keine Zwischentöne. Entweder sie lassen die Hosen runter wie die in Europa oder in den Vereinigten Staaten, oder sie wollen sie alle umlegen wie die Russen oder die aus den östlichen Ländern. Die kennen nur den Knüppel ... Den braucht man zwar mitunter auch für die Araber, aber nicht zu oft, ab und zu muss man sie auch mal streicheln ... Die Russen können das nicht ... Daher frage ich mich, wie das mit den Schwarzen laufen wird ...«

Dany stöhnte.

»Ich finde, du redest zu viel heute Morgen, noch mehr als sonst. Spielst du etwa den starken Mann und spuckst große Töne, weil du dich vor dem fürchtest, was uns da hinten erwartet?«

Er hatte den Finger in die offene Wunde gelegt. Anfang der 2000er Jahre, zur Zeit der zweiten Intifada, hatte sein Kollege in einer Untersuchungsgruppe gearbeitet, die auf Ermittlungen nach Attentaten spezialisiert war. Die schrecklichen Dinge, die er während dieser Zeit sah, hatten schließlich dazu geführt, dass er einen Nervenzusammenbruch bekam und in eine weit von den Tatorten entfernte Abteilung versetzt werden musste. Die Bilder der verstümmelten Körper von Frauen und Kindern störten regelmäßig seinen Schlaf, und er war wütend auf sich selbst, dass er dem Ganzen nicht standgehalten hatte.

Guy runzelte die Stirn.

»Hältst du dich für einen Seelenklempner?«

»Nein, aber ich lerne dich langsam kennen. Das ist alles. Und ich weiß, dass die Vorstellung, gleich fünf Leichen sehen zu müssen, nicht dein Ding ist.«

Die Antwort kam postwendend.

»Deins etwa?«

»Das wollte ich damit nicht sagen … Du weißt ganz genau, wie ich es gemeint habe. Also hör auf damit!«

»Eigentlich bin ich wirklich nicht besonders scharf darauf«, gab er schließlich kleinlaut zu.

Dany packte ihn am Nacken und schüttelte ihn freundschaftlich.

»Wir arbeiten bei dieser Sache nicht an der vordersten Front. Das wird schon laufen, wir sind ja nur als Stargäste dabei. Und keiner zwingt dich dazu, dir die Leichen genau anzuschauen, lass mich das machen. Du kümmerst dich um die Nachbarschaft.«

Der Abwehrpanzer zerbrach, Dany sah, wie eine kleine Träne im Augenwinkel seines Kollegen auftauchte. Er verzichtete auf jede weitere Bemerkung. Sie schwiegen, bis sie schließlich zum Kontrollpunkt Huwwara kamen, einer Kreuzung, deren Hauptstraße nach Nablus führte. Diese Richtung war für israelische Juden verboten. Eine große rote Tafel erinnerte sie daran, dass sie sich in Lebensgefahr begaben, wenn sie diese Grenze überschritten und Zone A betraten. Sie fuhren in den Kreisel und bogen nach links zum Berg Garizim ab. Die Straße wurde kurvig und begann plötzlich anzusteigen. Guy schaltete in den zweiten Gang runter. In der Ferne überragte eine Barriere aus modernen Wohnblöcken und Einfamilienhäusern das Gebirge.

»Da oben muss es sein. Man hat mir gesagt, es sei kurz vor dem samaritanischen Dorf.«

Dany, der wusste, dass dieser Gedanke seinem Kollegen gefallen würde, konnte sich nicht verkneifen zu bemerken:

»Es ist nicht schwer, die Siedlungen zu erkennen: Da, wo alles sauber und ordentlich gebaut ist, sind wir, und da, wo es irgendwie zusammengehauen ist, leben die Araber.«

Je höher sie kamen, umso beeindruckender wurde der Blick auf das Tal. Ein Schäfer, der eine Kippa trug und dessen Haar bis auf die traditionellen Schläfenlocken abrasiert war, zwang sie anzuhalten, damit seine Herde die Straße überqueren konnte.

»Wir sind auf dem richtigen Weg«, scherzte Dany.

»Auch wenn ich sie nicht mag, muss man anerkennen, dass diese Leute, die hier leben, keine Weicheier sind.«

Wie die meisten Israelis hatten die beiden nur wenig Sympathie für die halbe Million Siedler, deren Ansiedlung im Westjordanland nicht nur ein Hindernis für die Friedensverhandlungen mit den Palästinensern war, sondern auch ein Fass ohne Boden für den Haushalt des hebräischen Staates, der ihnen nicht unbeträchtliche steuerliche Vergünstigungen gewährte und gezwungen war, für ihre Sicherheit zu sorgen.

Nach kurzer Zeit erreichten sie den Gipfel. Die große Anzahl von Militär- und Polizeifahrzeugen bestätigte ihnen, dass sie sich dem Schauplatz des Dramas näherten. Die Siedlung bestand aus mehreren Mehr- und Einfamilienhäusern, und das Ganze war von Drahtzäunen umgeben. Ein Turm der Armee sorgte für den Schutz des Dorfes. Als Beweis dafür, dass es erweitert werden sollte, waren mehrere Gebäude außerhalb des abgesicherten Bereichs im Bau. In der Ferne, unterhalb des Hügels, erstreckte sich Nablus, nach Hebron die zweitgrößte Stadt im Westjordanland.

2

Am Eingang der Siedlung hatte sich eine Menge von mehreren Dutzend Menschen versammelt. Journalisten machten Fotos und interviewten die Schaulustigen. Ein bewaffneter Wächter näherte sich ihnen. Guy ließ die Scheibe herunter und zückte seinen Polizeiausweis. Der Mann zeigte ihnen, wo sie parken sollten.

»Was wollen all diese Leute hier?«, fragte Dany, als er aus dem Wagen stieg.

Siedler aus Itamar und den benachbarten Siedlungen waren gekommen, um ihre Solidarität mit der Trauergemeinschaft zum Ausdruck zu bringen. Die beiden Polizisten bahnten sich ohne Schwierigkeiten einen Weg durch die Menschenmenge und näherten sich ihrem Ziel. Ihre Anspannung stieg. Obwohl die beiden im Laufe ihrer Karriere viele schreckliche Dinge gesehen hatten, brauchten sie bei der Ankunft am Tatort eines Mordes immer noch eine gewisse Zeit, um sich zu sammeln. Das galt natürlich vor allem für Guy. Seitdem sie aus dem Wagen gestiegen waren, hatte er kein Wort gesagt. Dany bemerkte das verkrampfte Gesicht und die Schweißtropfen an den Schläfen seines Freundes. Ihr Begleiter deutete mit dem Kinn auf eine Reihe von freistehenden Häusern, die von Hecken umgeben waren.

»Man könnte meinen, in einem Neubaugebiet bei Paris zu sein«, merkte er an.

Das Haus, in dem sich das Drama abgespielt hatte, war nun Schauplatz eines emsigen Treibens, das ihnen nur allzu vertraut war: Bewaffnete Polizisten und Soldaten sicherten den Tatort, während die Profis des Todes, Kriminaltechniker und Ermittler, mit ernster Miene hin und her liefen, Koffer, Computer, Notizblock und Stift in der Hand oder das Handy am Ohr. Es gab auch noch einige andere, die es für wichtig hielten, am Tatort aufzutreten, nur um gesehen zu werden: Amtsträger, hohe Beamte aus dem Innenministerium, Führungsoffiziere und vor allem Abgeordnete, Politiker oder Religionsvertreter. Ein wohlgeordnetes Durcheinander, bei dem jeder ernst und professionell seine Rolle spielte.

Dany, der wusste, dass Guy nur darauf wartete, dass er für ihn entschied, wies den Kollegen an:

»Ich suche die Ermittler und gehe hinein. Du hörst dich hier draußen um. Versuch, mit den Nachbarn, den Freunden zu sprechen ... Wir treffen uns später wieder«, sagte er und ging auf die Gartentür des Hauses zu.

Er wurde in seinem Elan von einem jungen Beamten des Schabak gebremst. Dany zeigte ihm seinen Ausweis.

»Inspektor Cohen von der Zentralen Untersuchungsdirektion der Polizei. Ich möchte den zuständigen Offizier sprechen.«

Mit verschlossenem Gesicht und die Augen hinter einer dunklen Sonnenbrille verborgen, hob der Mann mechanisch die Hand und blockierte ihm den Weg.

»Bleiben Sie hier, ich werde ihn rufen«, sagte er abweisend und sprach eine Botschaft in sein Funkgerät.

Dany brauchte nicht lange zu warten. Er sah einen Mann auf sich zukommen, massiger Körper, etwa fünfzig Jahre, mit zerfurchtem, grobschlächtigem Gesicht und grau melierten Haaren. Mit seinem Anzug, dem dunklen Hemd und der schwarzen Krawatte sah er aus wie ein Bestatter. Nicht die in seinem Haus übliche Art von Kleidung, dachte Dany. Der Offizier reichte ihm offen und fest die Hand, sein Gesicht erhellte sich mit einem halben Willkommenslächeln, und er sprach ihn mit professioneller Liebenswürdigkeit an.

»Guten Tag. Eli Zimmerman, von der Abteilung für arabische Angelegenheiten. Ich leite die Untersuchung, ich habe Sie erwartet. Sie sind allein?«

Dany fragte sich, ob es sich um einen angenommenen Namen handelte. Die Leute vom Schabak arbeiteten fast immer unter einem Decknamen.

»Guten Tag. Nein, wir sind zu zweit. Mein Kollege hört sich in der Nachbarschaft um.«

»Das ist eine schmutzige Sache, wir können so was zurzeit nicht gebrauchen! Die Ultra-Orthodoxen bei uns werden nach Rache schreien«, fuhr Zimmerman in bitterem Ton fort und nahm Dany am Arm.

Als sie am Hauseingang ankamen, bat er den Polizisten, eine Haube aufzusetzen, gab ihm Handschuhe und Schuhüberzieher. Dann ging er weiter. Doch statt ins Haus zu gehen, wandte er sich dem Garten zu.

Claude Uzan, ein Chemiker, der bei Genelab Ltd. arbeitete, war das erste Opfer gewesen. Die Mörder mussten ihn im hölzernen Gartenhaus überrascht haben, in dem er Baumaterial lagerte. Man hatte sich auf ihn gestürzt. Er war vom Stiel einer Schaufel getroffen und dann abgeschlachtet worden. Todesgeruch hing in der Luft. Das in dem engen Raum geronnene Blut hatte sich fast auf dem ganzen Boden ausgebreitet. Experten in weißen Kitteln fotografierten den Tatort, untersuchten die Leiche, entnahmen Proben. Das Opfer lag auf dem Boden, mit dem Gesicht nach unten. In dieser Position war zwar nicht die Wunde, die von der Klinge verursacht worden war, zu sehen, aber die Spuren der Schläge. Die Schädeldecke war teilweise aufgebrochen, Hände und Arme zerschmettert.

»In diesem Zustand ist schwer zu sagen, ob es sich um eine Inszenierung handelt.«

»Er hat ganz schön was einstecken müssen«, bemerkte Dany.

»Ja, die Bastarde haben sich voll ausgetobt«, fuhr der Ermittler fort. »Ich glaube, er war der Erste, den sie sich vorgenommen haben.«

Der Gerichtsmediziner, der vor der Leiche hockte, sah zu den beiden Männern auf.

»Er ist gestern am frühen Abend gestorben, ich würde sagen zwischen 20 und 22 Uhr. Die Schläge haben ihn nicht getötet. Die hat man ihm vielleicht sogar erst nach dem Tod zugefügt. Wenn man das vergossene Blut und die Blutspritzer betrachtet, muss sein Herz zu schlagen aufgehört haben, als die Karotis durchtrennt wurde. Es sieht so aus, als ob der Mörder mehrfach angesetzt hätte.«

Zimmerman setzte die Führung fort. Nach diesem ersten Mord waren die Täter ins Haus gegangen. Die Tür hatte offen gestanden, sie hatten sie nicht aufbrechen müssen. Claudes Ehefrau war offenbar in der Küche überrascht worden. Sie hatten sie an der Spüle erwischt. Die Kinder wurden in ihren Zimmern umgebracht. Fünf Jahre, drei Jahre und ein Baby. Während der Schabak-Mann weitersprach, veränderte sich sein Tonfall, er ließ seiner Wut freien Lauf: »Das war völlig überflüssig, sie schliefen … Die reinsten Barbaren!«

Er sah Dany fragend an und wechselte abrupt zum Du.

»Willst du dir das anschauen?«

»Das wird uns nicht groß weiterbringen. Lass uns lieber warten, bis die Toten abgeholt worden sind. Dann können wir uns das Haus immer noch vornehmen und herausfinden, wie sie gelebt haben.«

Eli nahm die Antwort mit einem traurigen Lächeln hin und verstand, dass sein Kollege ihn nicht darum beneidete, dass er den makabren Teil des Jobs erledigen musste.

Es war nichts gestohlen worden. Und das bewies, dass es sich nicht um Einbrecher handelte, sondern um einen Terrorakt. Die

Brieftasche des Ehemanns lag auf dem Wohnzimmertisch und enthielt tausend Schekel, der Schmuck war nicht angerührt worden.

»Sie sind anscheinend nicht sehr planvoll vorgegangen. Bei solchen Fällen handeln die Mörder meistens spontan, je nach Gelegenheit, und schlagen da zu, wo sie können«, erklärte Eli.

Das Haus besaß zwar ein elektronisches Alarm- und Überwachungssystem, aber es war nicht eingeschaltet gewesen. Die Mörder hatten davon profitiert. Es war wichtig für sie, möglichst brutal vorzugehen, damit das Verbrechen Schlagzeilen machte.

»Für ein Markenzeichen gibt es eine bessere Werbung als eine Familie zu töten«, bemerkte Dany.

»Das ist denen scheißegal, die denken nicht so.«

Aus der Sicht des Ermittlers bestand das Ziel ganz klar darin, einen Zyklus der Repression auszulösen, der es den Mördern ermöglichen würde, sich als Opfer darzustellen und vor der internationalen Gemeinschaft als Märtyrer dazustehen. Eli hatte sich geschworen, sie nicht zu enttäuschen und die Schuldigen zu finden, damit sie für ihr Verbrechen bezahlen konnten …

»Wir sind da, um die Schlachten zu gewinnen, und die Politiker, um den Krieg zu gewinnen … Ich bin mir nicht sicher, ob wir uns richtig verhalten, aber es ist nicht unsere Aufgabe, darüber zu urteilen.«

Dany nickte zustimmend und fragte:

»Gut, was erwartest du von mir?«

»Ihr kümmert euch um das Umfeld der Opfer.«

Ein Kriminaltechniker unterbrach sie und wandte sich an Eli. Er hielt ein Plastiktütchen in der Hand, das dazu diente, Spuren zu sichern.

»Ich habe zwei verschiedene Kippen im Garten gefunden, die offensichtlich nicht sehr alt sind. Anscheinend haben weder der Mann noch die Frau geraucht. Das kann interessant sein.«

»Schickt das ins Labor, ich will schnelle Ergebnisse haben.«

Eli drehte sich wieder zu Dany um.

»Du siehst, da haben wir vielleicht was. Es wäre erstaunlich, wenn es bei so einer Tat nichts gäbe. Die Araber sind nicht besonders schlau, sie hinterlassen Spuren, und sie lieben es, sich gegenseitig anzuschwärzen.«

Sie würden auch auf ihre üblichen Informanten zählen können und sicher bald schon mit den Ermittlungen vorankommen. Zumal ihnen bei der Aufklärung eines solchen Verbrechens alle Mittel zur Verfügung standen.

Draußen hatte sich eine dichte Menge gebildet. Rufe nach Rache drangen an ihre Ohren. Forderungen, das arabische Ungeziefer zu vernichten und den Boden Israels durch den Einsatz der Zahal zu verteidigen. Dany wandte sich von Eli ab und entfernte sich von der aufgebrachten Menge, um telefonieren zu können.

»Wo bist du?«

»Nicht weit weg, ich treffe dich vor dem Haus.«

Guy brauchte tatsächlich nicht lange, er musterte seinen Kollegen:

»Und wie geht's dir nun? War es nicht zu hart?«

»Nein, es ging. Ich habe mich auf den Ehemann beschränkt, die anderen musste ich nicht sehen.«

Dany zuckte mit den Schultern.

»Das war nicht nötig, denn wir sind ja nicht mit der Untersuchung des Verbrechens beauftragt. Für die Leute vom Schabak gibt es kaum Zweifel, für die können es nur die Araber gewesen sein. In dieser Gegend geraten sie sofort ins Visier.«

Guy hatte einige Informationen über die Familie gesammelt. Die Opfer hatten ihre Alya vor drei Jahren durchgeführt. Es handelte sich um eine Familie aus Paris. Der Mann hatte seinen Job in Frankreich verloren. Sie wollten schon seit Langem nach Israel übersiedeln. Der Jobverlust hatte dann den Ausschlag gegeben, zumal den Vater in Tel Aviv ein neuer Arbeitsplatz erwartete. Er war von Genelab Ltd. eingestellt worden. Das Gehalt war nicht besonders hoch, aber das machte ihnen nichts aus. Sie hatten ihr Haus in Frankreich verkauft und etwas Geld auf der hohen Kante.

Ihr Wohnort hatte nichts mit militantem Judentum zu tun. Durch ihre zwiespältige Haltung gegenüber den Siedlungen und den Palästinensern unterschieden sie sich stark von den anderen Bewohnern der Zone. Im Gegensatz zu vielen anderen Siedlern lehnten sie es auch ab, sich zu bewaffnen. Das hatte ihrer Nachbarschaft nicht gefallen, und manche äußerten ziemlich unverhohlen, dass die Familie selbst verantwortlich für das sei, was geschehen war. Uzan und seine Frau sprachen eine Sprache, die nicht gut ankam. Sie traten offen für den Frieden mit den Arabern ein und waren sogar bereit, wegzuziehen, wenn es sein musste. Sie waren aus Bequemlichkeit in die Siedlung gezogen. Auf der Autobahn war es nicht weit zur Arbeit, und das Haus war viel billiger als eine Wohnung in Tel Aviv. Der Ort gefiel ihnen, aber sie hingen nicht an ihm.

»Hatten sie Freunde?«

»Nicht wirklich.«

Guy war es gelungen, einen Arbeitskollegen von Uzan aufzuspüren, Karl Schumansky, der aus der Ukraine stammte. Er war fünfundzwanzig Jahre alt und nach Israel gekommen, nachdem er in Kiew sein Chemiestudium abgeschlossen hatte. Er wohnte bei seinem Bruder, der seit zwölf Jahren in der Siedlung lebte. Uzan und Karl fuhren zusammen mit dem Auto zur Arbeit. Sie hatten sich für das gleiche Team gemeldet, um eine Fahrgemeinschaft bilden zu können. Der junge Mann hatte nicht viel gesagt, nur, dass er den Franzosen gern mochte und dass sie manchmal den Sabbat zusammen verbracht hatten.

Als die beiden Polizisten sich vor dem Gartentor der Opfer unterhielten, tauchte erneut Eli Zimmerman auf.

»Ah, da seid ihr … Wir sind mit dem Haus fertig. Kommt mit, wenn ihr wollt, ich glaube, wir haben etwas gefunden.«

Mit schnellen Schritten, gefolgt von Mitgliedern seines Teams, schritt Zimmerman durch das Gartentor und wandte sich den im Bau befindlichen Häusern zu, die etwa dreißig Meter entfernt lagen. Das blieb nicht unbemerkt. Die Sicherheitskräfte zogen in ihrem Kielwasser die Menge der Neugierigen und der Journalisten mit sich. Die Sperrkette der Soldaten öffnete sich, um die Ermittler durchzulassen, und schloss sich sofort wieder hinter ihnen.

Ein junger Zahal-Offizier erwartete Eli und berichtete.

»Ich hatte meinen Männern befohlen, auszuschwärmen und die Örtlichkeiten rund um die Siedlung zu sichern. Da auf den Baustellen viele Araber beschäftigt sind, haben sie sich dort mal genauer umgesehen. Und sehen Sie, was sie gefunden haben«, sagte er und führte sie zu einem Abstellraum, in dem Werkzeuge und Arbeitsklamotten lagen.

Er griff nach einer verstaubten Hose, die mit Farbe und Zement bedeckt war. Auf einem Bein waren bräunliche Flecke, die wie Blut aussahen.

Eli stieß einen Pfeifton aus.

»Das sieht wirklich gut aus. Die Kriminaltechniker sollen kommen und die Gebäude und ihre Umgebung mit dem Staubkamm untersuchen.«

3

Ihre Anwesenheit war nicht länger notwendig, Guy und Dany ließen Eli zurück und begaben sich wieder zum Tatort. Die Pathologieassistenten waren bei der Arbeit und bereiteten die Toten für den Transport ins gerichtsmedizinische Institut in Jerusalem vor. Guy und Dany brauchten nicht lange zu warten, bis ihnen der Tatort überlassen wurde. Das Haus sah aus wie ein Ikea-Katalog, quasi neue Möbel, sicherlich bei der Ankunft der Uzans in Israel gekauft. Es musste sich gut leben lassen in dieser angenehmen Umgebung ... An den weißen Wänden hingen einige Bilder, auf dem Boden lagen dicke bunte Teppiche, Familienfotos auf den Möbeln und herumliegende Spielsachen zeugten von der ruhigen und friedlichen Atmosphäre einer glücklichen Familie.

»Geht's?«, fragte Dany und wandte sich seinem Kollegen zu.

»Ja, alles gut«, antwortete Guy mit einem flüchtigen Lächeln. »Mach dir um mich keine Sorgen.«

Abgesehen von den Spuren, die die Leute vom Schabak hinterlassen hatten, war alles in Ordnung. In der Küche erinnerten nur eine Blutlache auf dem Boden und Blutspritzer an den Wänden daran, dass hier ein Mord begangen worden war. Keine Kampfspuren, die Mutter hatte sich gegen die Angreifer, wie es schien, nicht gewehrt.

Dany ging zur Holztreppe, die in den ersten Stock führte.

»Ich seh mich oben um, schau du mal, ob du hier unten was Interessantes findest.«

Es gab vier Zimmer: zwei für die Kinder, das Zimmer der Eltern und ein Büro. Der Polizist begann mit einer schnellen Durchsuchung. Wie im Erdgeschoss war von dem oder den Mördern nichts durchwühlt worden.

Das Ehebett war nicht angerührt worden, auch die Ermittler hatten das Schlafzimmer offenbar nicht weiter durchsucht, alles war ordentlich aufgeräumt. Dany öffnete den Kleiderschrank und schob, ohne auf etwas Bestimmtes zu hoffen, eine Hand zwischen die säuberlich aufgestapelten sauberen Kleidungsstücke. Dann machte er sich daran, die Rückseiten und die Böden der Möbel und Schubladen abzutasten, ohne die Rahmen und die verschiedenen Orte zu vergessen, an denen eine Familie ihre Geheimnisse zu verstecken pflegt. Er wollte nichts dem Zufall überlassen, professionell vorgehen, ohne sich wie ein Vandale aufzuführen. Die Zimmer blieben stumm.

Ohne rechte Überzeugung wandte er sich dem Büro zu, überprüfte den Bücherschrank, dann die Bücher, bevor er sich auf den Stuhl am Arbeitstisch setzte, der aus einer großen Holzplatte auf zwei Metallstützen bestand. Ein Bürocontainer diente als Ablage für Dokumente. Ein Laptop war eingeschaltet, und auf dem Bildschirm zogen Fotos der Kinder vorbei. Weitere Recherchen brachten auch nicht mehr: Behördenkram, Rechnungen …

Israelische Kontoauszüge zeigten eine positive Bilanz von nur einigen Hundert Schekel an jedem Monatsende. Er bemerkte auch einige Ersparnisse in Euro auf einem französischen Konto. Der Rest bestand aus privaten Briefen, die nicht von Interesse waren. Der Computer hatte kein Passwort, der Polizist öffnete den Ordner »Dokumente«, in dem sich Unterordner befanden, die sich auf die Abreise aus Frankreich und die Ankunft der Familie in Israel bezogen. Wenn es etwas Wichtiges gab, brauchte man Zeit, um es zu finden. Daher forschte er nicht weiter und klappte den Laptop zu. Guy erschien im Türrahmen.

»Unten ist nichts, wie steht's bei dir?«

»Auch nichts, ich nehme den Computer mit. Wir untersuchen ihn im Büro.«

»Wollen wir uns das Gartenhaus ansehen?«

»Wenn wir schon hier sind, sollten wir uns auch alles anschauen«, antwortete Dany ohne große Zuversicht.

Sie gingen hinunter und trafen draußen einen etwa sechzigjährigen blonden Riesen mit rötlichem Gesicht, dessen Bauch die Hemdknöpfe seiner Wachmannuniform auf eine harte Probe stellte. Er wartete auf sie, um das Haus hinter ihnen abzuschließen.

»Wissen Sie, ob sie Verwandte in Israel haben?«, fragte Dany.

»Nein, ich fürchte, nicht«, antwortete der Riese mit einem rauen Akzent, der seine russische Herkunft verriet. »Mir scheint, ihre Eltern sind in Frankreich, hier ist niemand.«

Er wollte reden:

»Wissen Sie, wir patrouillieren die ganze Nacht. Ich hatte gestern Abend Dienst. Ich bin mehrere Male an dem Haus vorbeigekommen. Ich habe nichts bemerkt, bis der Hund bellte. Wir haben auch nichts auf den Überwachungskameras gesehen. Die Araber, die das gemacht haben, wussten, wie sie den beweglichen Kameras aus dem Weg gehen mussten. Sie haben den Überfall vorbereitet.«

»Begleiten Sie uns bis zum Gartenhaus?«

Er triefte förmlich vor gutem Willen, als ob er selbst für das Drama verantwortlich wäre.

»Kennen Sie die Opfer?«

»Ja, in einer Siedlung kennen sich alle, wir sind eine große Familie. Wir sind Teil derselben Gemeinschaft.«

Tränen glänzten in seinen Augen, und er musste sich erst wieder fassen, bevor er fortfuhr:

»Sympathische Leute. Ich mochte sie, vor allem die Kinder, sie waren so hübsch. Schrecklich, was da passiert ist. Ich bin nicht nach Israel gekommen, um so was zu sehen …«

Er fuhr mit einer feurigen und radikalen Litanei im Sinne der Demonstranten vor dem Haus fort.

Das übliche Gerede der Siedler, dachte der Polizist, ohne zu antworten.

Die Tür des Häuschens stand noch offen. Der Raum war etwa zehn Quadratmeter groß. Er wurde als Lager für Werkzeug, Gartengeräte und Outdoor-Spielzeug genutzt. Das Blut war in den Boden gesickert, und der strenge, üble Geruch war seit Danys erstem Besuch noch stärker geworden. Die beiden Polizisten gingen hinein und ließen ihren Begleiter draußen stehen.

Sie sahen sich kurz an, und dieses Mal war es Guy, der sich als Erster entschied und den Raum mit einer Gebärde aufteilte.

»Ich nehme diese Seite, du die andere. Das sollte nicht lange dauern.«

Sie begannen wieder, alles genau zu durchsuchen, ohne etwas zu finden, bis Guy die Hand in die Schublade einer Werkbank steckte und die Stirn runzelte.

»Das ist ja seltsam!«

»Was?«

»Ich hab das Gefühl, die Schublade in der Mitte ist nicht so tief wie die beiden anderen.«

»Ist da etwas?«, fragte Dany, hielt inne und sah seinen Kollegen gespannt an.

»Ich weiß nicht, man kann die Schubladen nicht rausziehen, ohne einen Teil der Werkbank abzuschrauben. Gib mir mal einen Kreuzschlitzschraubenzieher …«

Auf den Knien machte Guy sich ans Werk und brauchte nur ein paar Sekunden, um die Schrauben, die die Schubladen blockierten, rauszudrehen und sie herauszuziehen. Der Boden der mittleren war tatsächlich dicker. Mechanisch maß Dany mit zwei Fingern die Tiefe der Schubladen.

»Lass mich weitermachen«, rief sein Kollege, der plötzlich voll in seinem Element war. »Ein Handwerker wie du wird wahrscheinlich nichts finden. Ich erinnere dich daran, dass deine Küche und die Hälfte deiner Möbel ohne mich immer noch in den Kartons wären.«

»Lassen wir das den Fachmann machen!«, seufzte Dany, dessen Geduld auf eine harte Probe gestellt wurde.

Er schaute sich bereits nach einem Hammer um, mit dem sie den verdächtigen Zwischenboden zerschlagen konnten.

Konzentriert und nahezu zärtlich strich Guy über das Holz, bis er einen kleinen Hebel entdeckte. Er beugte sich vor, um sich die Sache genauer anzusehen.

»Gib mir jetzt mal einen kleinen flachen Schraubenzieher.«

Dany trat vor Ungeduld von einem Fuß auf den anderen. Er stöhnte und reichte ihm mit skeptischer Miene den gewünschten Gegenstand.

»Bitteschön, Herr Doktor.«

Guy nahm das Werkzeug, steckte die Spitze vorsichtig in eine Öffnung und drückte. Der Boden der Schublade sprang auf und enthüllte eine fast drei Zentimeter dicke Metallschachtel. Der Polizist richtete sich stolz auf.

»Wer von uns ist nun der Fachmann?«

Dany zuckte mit den Schultern.

»Zwei Schläge mit dem Hammer, und das Ergebnis wäre das Gleiche gewesen.«

Das Öffnen der Schachtel entlockte ihnen ein überraschtes Pfeifen, und ihre Augen weiteten sich. Mehrere Bündel mit Hundert-Dollar-Scheinen, die durch Gummibänder zusammengehalten wurden, lagen aufeinander. Guy nahm sie heraus und begann schnell zu zählen.

»Neunzigtausend!«

»Nicht schlecht.«

Plötzlich spürten sie, dass sie beobachtet wurden, und drehten sich fast gleichzeitig um.

»Was ist das für Geld?«

Der Wachmann stand hinter ihnen.

»Was machen Sie hier?«, bellte Dany.

»Der Wind hat die Tür aufgestoßen und ich habe Stimmen gehört. Tut mir leid, dass ich so neugierig bin.«

»Kein Problem«, fuhr Guy, um Beschwichtigung bemüht, fort. »Wir hätten sowieso einen Zeugen gebraucht. Offensichtlich mochte die Familie Uzan keine Banken. Das sollte nicht in der ganzen Siedlung die Runde machen.«

4

In weniger als zwei Stunden hatten die Ermittler vom Schabak und von der Armee einen Hammer, an dem anscheinend Hautpartikel und Haare klebten, und ein blutgetränktes Tuch, das zusammengeknüllt in einen Müllcontainer geworfen worden war, gefunden.

Guy und Dany waren fertig, lehnten an ihrem Wagen und unterhielten sich, als Eli Zimmerman zu ihnen kam. Sein Lächeln zeigte, dass er zufrieden war. Er hatte nun etwas in der Hand, mit dem er arbeiten konnte.

»Wir werden diese Barbaren schnell identifizieren und dafür sorgen, dass sie für ihr Verbrechen zahlen. Alle Arbeiter sind registriert, und wir haben ihre DNA. Ich halte euch auf dem Laufenden.«

»Wir haben hier nichts mehr zu tun«, antwortete Dany. »Wir lassen euch arbeiten.«

Als Guy in den Wagen stieg, schlug er vor, bis zu dem samaritanischen Dorf weiterzufahren, das in der Verlängerung des Berges Garizim direkt vor ihnen lag. Während der Fahrt hielt er einen kleinen Vortrag:

»Die samaritanische Gemeinde ist seit Jahrhunderten im Niedergang begriffen. Sie hat heute weniger als 700 Mitglieder, die sich auf zwei Dörfer verteilen: das hier und Holon, im Süden von Tel Aviv. Ihre Religion ist zwar älter als unsere, steht dem Judentum aber sehr nahe. Sie betrachten sich nicht als Juden, sondern als Nachkommen der alten Israeliten von Samaria. Sie denken, dass Gott den Berg Garizim zum örtlichen Mittelpunkt des Kultes bestimmt hat, und nicht Jerusalem, das ihnen die israelitischen Gemeinden von Judäa später aufgezwungen haben. Früher lebten sie in Nablus und wohnten mit den Muslimen zusammen, doch die Beziehungen waren oft angespannt. Für die Muslime sind sie kein Bibelvolk, und daher können sie mit Gewalt gezwungen werden, zu konvertieren. Was uns betrifft, so halten wir sie, auch wenn sie keine Juden sind, für einen Zweig der Söhne Israels.«

Das Dorf bestand nur aus zwei haarnadelförmigen Straßen. Am Ortsrand befand sich eine geschlossene Schranke, vor der Militärfahrzeuge standen.

Guy fuhr mit seinen Erklärungen fort:

»Die Straße geht bis Nablus weiter. Während der ersten Intifada haben die Samaritaner das Zentrum von Nablus verlassen und sind auf den Gebirgsgipfel geflüchtet, in Zone C. Sie stehen jetzt unter unserem Schutz. Angesichts der Ereignisse der letzten Nacht muss die Armee beschlossen haben, jeden Kontakt mit den Arabern zu unterbinden. Normalerweise ist die Schranke offen. Viele Samaritaner arbeiten in Nablus oder gehen dort einkaufen. Abgesehen von den Zeiten, in denen es Spannungen gibt, läuft es relativ gut zwischen ihnen und den Arabern. Umgekehrt kommen übrigens viele Araber hier rauf, um Alkohol zu kaufen. In Nablus gibt es keinen, seitdem die Stadt in die Hände der Hamas gefallen ist. Ich habe gelesen, dass die religiöse Bewegung bei den letzten Wahlen an Boden verloren hat, aber ich bin mir nicht sicher, ob es deshalb wieder Alkohol gibt …«

Dany lauschte Guys Ausführungen mit faszinierter Miene. Sein Kollege las unheimlich viel und hatte ein hervorragendes Gedächtnis, und überdies liebte er es, sein Wissen ständig zu erweitern.

»Nun, ich wusste ja, dass du Spezialist für fast alles bist, aber dieses Mal hast du wirklich mein Interesse geweckt.«

»Du solltest auch mal was lesen. Das würde dir gut tun.«

Dany kicherte.

»Kein Bedarf, mit dir hab ich ja eh schon eine Dauerverbindung zu Wikipedia …«

Guy zuckte mit den Schultern. Dieses Spiel war ihnen fast schon zur Gewohnheit geworden: Nach seinen Vorträgen nahm Dany ihn auf den Arm, und er schmollte eine Weile … Sein Kollege ließ nicht locker:

»Los, Wiki, fahr uns nach Hause. Wir gehen ins Büro und schreiben unseren Bericht. Heute ist alles geschlossen, vor morgen können wir nichts Besseres tun.«

•••

Als sie den Hügel wieder hinunterfuhren, begann Danys Telefon in seiner Tasche zu vibrieren.

»Meine Mutter«, sagte er und verdrehte die Augen.

Guy feixte bereits. Nun bekam er seine Revanche.

Lautes Geschrei drang aus dem Telefon: »Mein Sohn, mein Sohn, pass auf dich auf, geh kein Risiko ein!«

Dany wirkte peinlich berührt.

»Beruhige dich, Mama, was ist denn passiert?«

»Wie bitte, was mir passiert ist?«, fuhr sie aufgebracht fort. »Mich beruhigen! Ich hab dich im Fernsehen gesehen, in dieser Siedlung, wo sie Leute umgebracht haben … eine ganze Familie … Kinder. Und du, du fragst mich, was ich habe … Bist du wenigstens nicht allein? Ich habe Guy nicht gesehen. Ist er bei dir? Sag, bist du auch vorsichtig?«

»Aber ja doch, Mama, mach dir keine Sorgen, ich bin nicht allein. Eigentlich hättest du ihn sehen müssen.«

»Ich hab nur noch dich, Dany, verstehst du mich? Ich hab nur noch dich, also pass auf. Denk an deine Mutter. Denkst du an deine Mutter? Du hättest mich anrufen können, um mich zu beruhigen. Aber nichts! Und ich, ich bin ganz allein hier in Tel Aviv und komme fast um vor lauter Sorge um dich. Das ist wirklich nicht nett von dir …«

»Aber, Mama …«

»Es gibt kein ›Aber‹, du tust nichts, um deine alte Mutter zu beruhigen. Du lässt mich im Ungewissen … Seitdem ich dich da im Fernsehen gesehen habe, kann ich an nichts anderes mehr denken und weine nur noch … Wo bist du überhaupt?«

»Ich bin mit Guy zusammen, wir fahren nach Jerusalem zurück. Wir sind hier fertig.«

Frau Cohen schwieg einen Moment und sprach dann etwas leiser weiter.

»Du kommst zu mir zum Essen nach Tel Aviv, ich habe etwas für den Sabbat vorbereitet. Du kommst, mein Kleiner.«

»Nein, Mama, das ist heute unmöglich. Tut mir leid, wir müssen noch arbeiten.«

Die Stimme im Telefon wurde wieder lauter.

»Du hast gesagt, dass du zurückkommst, also komm gefälligst bei mir vorbei!«

»Wir fahren ins Büro. Wir müssen noch arbeiten.«

»Du willst nicht kommen, du willst lieber, dass ich mir Sorgen mache, nicht wahr?«

»Aber nein, Mama, ich schwöre dir, wir müssen Berichte schreiben. Heute geht es nicht. Nächste Woche komme ich abends einmal vorbei …«

»Gut, einverstanden. Aber pass gut auf dich auf, versprich mir das! Du weißt ja, die Araber sind verrückt. Hast du gesehen, was sie gemacht haben? Eine Familie, Kinder. Man tötet keine Unschuldigen …«

Das war für Guy wie Milch und Honig. Er sah es gern, wenn Dany versuchte, sich von seiner Mutter zu lösen, einer besitzergreifenden und aufdringlichen Pied Noir-Mama.

5

Das Unternehmen Genelab Ltd. in Petach Tikwa war eines der Prunkstücke der Industrie, eine Gruppe, die auf die Herstellung von Generika spezialisiert war und in der ganzen Welt 40.000 Angestellte hatte. In einem solchen Unternehmen war ein Angestellter, wenn er nicht zum engsten Führungskreis gehörte, nur eine Nummer. Das Drama der Familie Uzan, von dem in allen Medien berichtet wurde, hatte die Dinge geändert, und das natürliche Mitgefühl der israelischen Gesellschaft für Opfer des Terrorismus war noch stärker geworden: Jeder hatte das tiefe Gefühl, einen engen Verwandten verloren zu haben. Am Eingang des Hauptgebäudes war eine Staffelei mit dem Porträt der Familie in Schwarz und Weiß aufgestellt worden. Daneben standen Blumengebinde und Kerzen.

Nadav Hillman, der Sicherheitschef, erwartete die beiden Polizisten vor der Absperrung, die den Industriekomplex schützte. Der etwa fünfzigjährige Mann, dessen Haltung und sportliche Korpulenz eine militärische Vergangenheit verrieten, die er unter einem weißen Hemd und einem gut geschnittenen Anzug zu verbergen suchte, hatte eine den Umständen entsprechende Miene angenommen. Er setzte ein Willkommenslächeln auf und beugte sich zur Tür des Wagens herunter.

»Parken Sie dort hinten«, sagte er und deutete auf einen für Besucher reservierten Platz. »Wir müssen den Generaldirektor aufsuchen, er erwartet uns in seinem Büro. Er würde gern als Erster mit Ihnen sprechen.«

Die Polizisten folgten seinen Anweisungen. Bevor er ausstieg, hatte Dany sich zur Rückbank umgedreht und nach seinem Jackett gegriffen.

»Ich finde solche Sachen zum Kotzen. Mach du das mal.«

Guy zuckte mit den Schultern, wenn auch wenig überrascht von der Reaktion seines Kollegen. Diplomatie war nicht Danys Stärke.

Hillman begrüßte sie mit einem kräftigen Handschlag und ging ihnen voraus. Die Energie, die der Sicherheitschef an den Tag legte, deutete darauf hin, dass der Generaldirektor nicht gern wartete. Sie durchquerten eine Empfangshalle aus Glas und Marmor und gingen im Laufschritt zu einem Fahrstuhl, an dem eine Hostess bereitstand. Dany konnte sich kaum vom Anblick der jungen Frau losreißen, die sie in die zehnte Etage brachte, in der die Firmenleitung residierte.

»Unser Besuch ist reine Routine, wir möchten nur ›einige Türen schließen‹, wie es in unserem Jargon heißt«, erklärte Guy.

Sie wollten mit dem direkten Vorgesetzten des Opfers sprechen, mit seinen engsten Arbeitskollegen, die Orte sehen, an denen Uzan gearbeitet hatte und Zugang zu seinen persönlichen Dokumenten bekommen.

»Solange das alles streng vertraulich bleibt, gibt es kein Problem, Sie haben zu allem Zugang.«, erklärte der Sicherheitschef.

In der zehnten Etage war der Marmor einem dicken Teppichboden gewichen. Die Hostess bat die drei Männer in einen Konferenzsaal, in den nicht weniger als fünfzig Personen passten.

»Der Generaldirektor wird gleich zu Ihnen kommen«, verkündete sie mit samtiger Stimme und verschwand.

Sie waren kaum eingetreten, als sich eine andere Tür für einen stämmigen Siebzigjährigen mit ernstem Gesicht öffnete. Ein Mann der Macht. Bei ihnen angekommen, ließ er sich zu einem leichten Lächeln und einem energischen Handschlag herab. Er sah die beiden Polizisten nacheinander an und versuchte, ihre Blicke auf sich zu ziehen.

»Meine Herren, ich habe mit Ihrem Vorgesetzten gesprochen, er hat mir den Grund Ihres Besuchs erklärt. Fühlen Sie sich hier wie zu Hause. Der Tod des unglücklichen Uzan hat uns alle getroffen.«

Er fuhr mit einer Rede fort, in der es um sein Unternehmen als Familie des Verstorbenen, sein Vertrauen auf die Sicherheitsdienste, seine Gebete, dass die Täter schnell gefasst werden mögen, und seine Verfügbarkeit ging. Das übliche Blabla bei solchen Umständen, nach Meinung der Polizisten.

Ohne eine Reaktion seines Publikums abzuwarten, verabschiedete er sich, kaum dass er seine Worte beendet hatte, indem er ihnen erneut die Hand reichte, seinen Sicherheitschef ins Auge nahm und ihm befahl:

»Nadav, Sie kümmern sich darum!«

»Jawohl, Herr Generaldirektor«, antwortete dieser. Beinahe hätte er Haltung angenommen und salutiert, so kerzengerade aufgerichtet stand er da.

Kaum hatte der Direktor den Raum verlassen, tauchte die Hostess wieder auf. Dieses Mal hielt Dany sich nicht zurück und ließ seinen Blick über die Ankommende schweifen. Hillman marschierte bereits los. Sie mussten einen Schritt zulegen, um nicht abgehängt zu werden. Guy beschloss, direkt zur Sache zu kommen.

»An was hat Uzan gearbeitet?«

»Er war Chemiker.«

Eine kurze Antwort, die Hillman als Einleitung diente, um sich in eine Präsentation zu stürzen, die wie ein einstudierter Werbetext klang.

Genelab Ltd. war auf die Fabrikation von Generika in der ganzen Welt spezialisiert. Seitdem es möglich war, die Rechte an einem Medikament legal zu übernehmen, habe das Unternehmen es sich zur Aufgabe gemacht, ein Generikum zu schaffen, das billiger als das Original verkauft werden könne und es ermögliche, benachteiligte Bevölkerungsgruppen zu behandeln.

»Unsere Industrie rettet Menschenleben auf der ganzen Welt …«, schloss der Sicherheitschef.

Das Gespräch lief in die falsche Richtung. Genervt machte Dany dem Gefasel ein Ende und bat den Sicherheitschef, wieder zur Sache zu kommen. Hillman war beleidigt und biss sich auf die Unterlippe. Er war es nicht gewohnt, dass man ihn so behandelte. Gern war er bereit, den Führer zu spielen und sich den Ermittlern zur Verfügung zu stellen, aber sie durften nicht vergessen, dass er ein ehemaliger Oberst in der Zahal war. In seinem früheren Leben wären die beiden Polizisten seine Untergebenen gewesen. Er rief sich jedoch die Befehle des Direktors in Erinnerung und zwang sich, höflich zu bleiben.

»Die Abteilung des verstorbenen Herrn Uzan gewährleistete die Produktion von Dekongestitionsmitteln und anderen Produkten für die Atemwege.«

Sie waren im Erdgeschoss des Direktionsgebäudes angekommen und begaben sich auf einen langen Marsch durch ein Labyrinth von Fluren und Gängen, bis sie sich schließlich in einer endlosen Passage wiederfanden, in der sich alle fünfzig Meter Metalltüren befanden, über denen dreifarbige Ampeln hingen.

»Dekontaminationskammern«, erklärte Hillmann und hielt sein Badge an ein elektronisches Schloss. Die Ampel sprang auf Grün. Er öffnete die Schiebetür, und sie traten in eine Art Umkleideraum, in dem Schürzen, Hosen, Überschuhe und Hauben hingen. Ihr Begleiter nahm einen Kittel und zog ihn an.

»Man muss sich die Hände waschen und etwas überziehen, bevor man eintritt. Die Räume dürfen nicht kontaminiert werden.«

Als sie bereit waren, gingen sie durch eine weitere Sicherheitstür und gelangten in eine Fertigungshalle. Auf mehreren Fließbändern zogen mit ständigem Geklapper Tabletten oder Kapseln vorbei, jeweils in einer anderen Farbe.

Ein Dutzend Personen in weißen Kitteln erwartete sie. Hillman blieb zurück, während ein kleines Männchen mit Brille und rundem Gesicht auf sie zutrat und ihnen gebieterisch eine ebenso weiche wie feuchte Hand entgegenstreckte.

»David Kölcher, ich bin für die sechs Produktionseinheiten in diesem Gebäude zuständig.«

Uzan war für die Einheit verantwortlich gewesen, in der sie sich befanden, und seine wichtigsten Mitarbeiter erwarteten sie. Karl Schumansky, der junge Mann, den Guy in der Siedlung getroffen hatte, war unter ihnen, und sie begrüßten sich mit einem Kopfnicken. Nachdem sich alle vorgestellt hatten, erklärte ihnen der Produktionsleiter, dass an diesem Ort das letzte Stadium des Produktionsprozesses stattfand, in dem die Medikamente für die Verpackung vorbereitet wurden. Er schlug vor, ihnen als Führer zu dienen.

Nach über einer Stunde und nachdem sie sich der Schutzkleidung entledigt hatten, fanden sie sich in einem Konferenzraum wieder. Tee und Kaffee erwarteten sie. Guy verteilte die Aufgaben. Er würde sich mit den Angestellten unterhalten, während Dany zum Büro des Opfers gehen sollte.

»Ich werde ihn begleiten!«, rief Hillman, dessen schnelles Eingreifen, das lauter war, als er beabsichtigt hatte, Dany überraschte.

»Mit Herrn Kölcher«, fuhr der Sicherheitschef etwas leiser fort und sah zum Produktionsleiter. Dieser beruhigte ihn mit einer leichten Kopfbewegung. Dany, Hillman und Kölcher verließen den Konferenzsaal. Guy blieb zurück, um die Angestellten zu befragen. Kölcher führte und zog sie zu einem Laufsteg über den Fließbändern, der an einem gläsernen Büro endete, dem Büro von Uzan. Es handelte sich um einen fünfzehn Quadratmeter großen Arbeitsraum, der mit einem Glastisch, zwei Schränken und einem Schubladenelement ausgestattet war.

»Das sollte schnell gehen«, bemerkte Dany.

»Uzan hatte keine Verwaltungsaufgaben. Sein Job war es in erster Linie, das Endprodukt zu kontrollieren. Bei uns läuft alles automatisch. Uzan musste gewährleisten, dass bei der Dosierung der Substanzen, die für die Herstellung der Medikamente notwendig sind, alles korrekt verlaufen war. Dafür nahm er regelmäßig Analysen am Endprodukt vor.«

»Gab es oft Probleme?«

Kölcher schob seine Brille auf der Nase zurück und antwortete, wie Dany schien, zögerlich.

»Sehr selten. Glücklicherweise so gut wie gar nicht.«

Hillman kam ihm zur Hilfe.

»Dieses Unternehmen ist weltweit bekannt, es ist DAS Schwergewicht an der israelischen Börse. Wir produzieren täglich Tonnen von Medikamenten, Sie können sich vorstellen, dass jeder Fehler schwerwiegende Folgen hat. Es wird nichts dem Zufall überlassen.«

Dany musste an die Entdeckung in Uzans Gartenhaus denken und beschloss, die Herren damit zu überraschen:

»Erhalten Ihre Mitarbeiter Barzuwendungen?«

Die beiden Verantwortlichen waren verblüfft.

»Natürlich nicht!«, antwortete Hillman. »Wir sind ja kein Kramladen.«

Ein wütender Glanz trat in seine Pupillen, und er fuhr fort, ohne auch nur den geringsten Versuch zu machen, seine Entrüstung zu verbergen.

»Wenn ich das richtig verstanden habe, Inspektor, dann sind Sie hier, um Routineuntersuchungen infolge eines Dramas anzustellen, dessen Opfer Uzan und seine Familie sind. Jeder weiß, wer die Mörder sind, beschränken Sie sich also darauf, Ihre Arbeit zu machen. Ermitteln Sie da, wo die Schuldigen zu finden sind.«

Die Atmosphäre im Raum hatte sich elektrisch aufgeladen, und eine drückende Stille war eingetreten. Kölcher sagte kein Wort und schien sich für einen Kalender zu interessieren, der an der Wand hing. Dany amüsierte sich zwar innerlich über die Reaktion, die er ausgelöst hatte, hielt es aber für besser, nicht nachzuhaken. Er begann sich umzuschauen. Auch wenn alles ordentlich aufgeräumt war, hatte der Polizist das unbestimmte Gefühl, dass er nicht der Erste war, der diesen Raum durchsuchte.

Unter dem misstrauischen Blick des Sicherheitschefs sah er die verschiedenen Ordner durch und überprüfte, ob etwas fehlte. Dann nahm er sich den gläsernen Schreibtisch vor, auf dem zwei Rahmen standen. Einer mit Uzans Frau, ein seelenloses Bild, das von einem professionellen Fotografen gemacht worden war, der in etwa so kreativ war wie ein Passbildautomat, und ein anderes mit den drei Kindern und ihrer Mutter, die vor einem Blumenbeet standen. Er öffnete den Terminkalender und sah ihn schnell durch: berufliche Termine, die Geburtstage der Kinder, seiner Frau, seiner Mutter, der Urlaub, die Überstunden. Dann wandte er sich den Schubladen zu. Auch ohne Ergebnis.

»Ich glaube, ich bin fertig.«

Als er sich wieder aufrichtete, hatte er eine Idee.

»Noch eine letzte Sache«, sagte er, setzte sich wieder an den Schreibtisch und zog unter Hillmans wütendem Blick die Schubladen heraus.

Er kümmerte sich nicht darum und machte sich daran, die erste Schublade aus ihrer Befestigung zu lösen … Er überprüfte die Seitenwände. Nichts. Er setzte sie wieder ein und wandte sich der zweiten Schublade zu. Ein Umschlag aus Kraftpapier war mit Klebeband an die Rückseite geklebt. Während er ihn abriss, sah er zu den beiden Zeugen auf, die wie erstarrt waren, und machte weiter. Der Umschlag enthielt 4.500 Dollar und ein Blatt Papier, das eine Kontoaufstellung mit drei handgeschriebenen Spalten sein konnte. Bei der ersten Spalte handelte es sich um Daten, bei der zweiten um Zahlen ohne weitere Erklärung und bei der dritten um runde Zahlen, von denen zwei regelmäßig wiederkehrten, nämlich 5.000 oder 10.000. Für Dany ging es hier ganz klar um Dollar oder Euro. Er schlug noch einmal den auf dem Tisch liegenden Terminkalender auf und verglich die Schreibweise der Zahlen auf dem losen Zettel mit Uzans Handschrift. Danach bestand kein Zweifel mehr. Der Zettel stammte von dem getöteten Familienvater.

»Das nehme ich mit. Ich nehme an, Sie haben nichts dagegen, da ja nichts Berufliches da drin ist?«

Hillman war rot angelaufen und tat so, als ob er den spöttischen Ton des Polizisten nicht bemerken würde.

Guy war im Konferenzraum. Er war zwar fertig, sprach aber weiterhin mit den Angestellten. Als er die Augen zu seinem Kollegen hob und die Mienen seiner Begleiter sah, war ihm sofort klar, dass es Neuigkeiten gab.

»Gut, ich glaube, dann bleibt uns nur noch, Ihnen für Ihr freundliches Entgegenkommen zu danken und uns zu verabschieden«, sagte er abschließend.

Er verabschiedete sich von den Mitarbeitern, und zum Schluss von Kölcher. Die Hand des Produktionsleiters war schweißnass, und sein Gesicht hatte jegliche Farbe verloren.

Auf dem Rückweg zum Parkplatz, in Begleitung von Hillman, sprachen sie kein Wort.

Guy setzte sich ans Lenkrad, fuhr zur Ausfahrt und wandte sich seinem Kollegen zu.

»Erzähl mal, mir scheint, es ist dir wieder mal gelungen, dir Freunde zu machen.«

Dany grinste, verkeilte sich in seinem Sitz und setzte einen Fuß aufs Handschuhfach.

»In der Tat! Wie du weißt, bin ich ein Diplomat«, fügte er hinzu und erzählte von seinem Fund.

»Ah, das wird ja immer geheimnisvoller. Aber ich glaube, das hat nichts mit dem Mord zu tun. Das ist was anderes, jeder hat seine Geheimnisse … So auch Uzan. Er muss irgendwo Geld gemacht haben und wollte nicht, dass das bekannt wird. Das ist, denke ich, alles.«

»Vielleicht. Schon möglich. Und was ist mit seinen Kollegen?«

»Nichts von Interesse. Anscheinend haben ihn alle gemocht, und er war der beste Kollege auf der ganzen Welt. Alle hatten Tränen in den Augen, als sie mit mir über ihn sprachen.«

»Der Tod hat zumindest den Vorteil, uns besser zu machen als wir sind. Und das gilt umso mehr, wenn er in einem Kontext wie diesem eintritt …«

6

Habib Marouane beendete die Verbindung. Er hatte das ernste und verschlossene Gesicht schlechter Tage, versank in seinem Sessel und dachte nach. Der Geschäftsmann war sowohl aus Überzeugung als auch aus Opportunismus ein glühender Befürworter des Friedens mit Israel. Die Ereignisse in den letzten vierundzwanzig Stunden entwickelten sich nicht im Sinne seiner Interessen. Er musste seine Talente als Unterhändler entfalten, damit die Dinge nicht noch mehr aus dem Ruder liefen.

Er verfluchte innerlich die Hamas, die er zum Teil für die Ereignisse der letzten Monate und für die Eskalationen verantwortlich machte, die den Israelis den Vorwand geliefert hatten, im Westjordanland einzugreifen und in Gaza einzudringen.

»Diese verrückten Gottesanbeter surfen auf dem Elend und der Verzweiflung von Hunderten unserer jungen Leute, um sie anzuwerben und Aktionen begehen zu lassen, die uns nichts bringen … Solche Akte der Barbarei ermöglichen es dem hebräischen Staat, das Opfer zu spielen, obwohl die Juden die Unterdrücker sind! Da werden wir nie rauskommen …«

Der Siebzigjährige war trotz seines Alters eine beeindruckende Gestalt, die entfernt an Clint Eastwood erinnerte. Seine natürliche Autorität, verbunden mit seinem Reichtum, flößte Respekt ein. Er atmete tief durch, stand auf, ging an seinem Schreibtisch vorbei, einem orientalischen Möbelstück aus geschnitztem Holz mit Perlmuttintarsien, und steuerte einen Beistelltisch mit einer Auswahl hochwertiger spiritueller Getränke an. Habib schnappte sich eine Flasche Johnnie Walker Blue Label, schenkte sich etwas ein und trat durch eine Glastür in den dahinterliegenden, kunstvoll gestalteten französischen Garten. Die Wege waren von Säulen und Statuen gesäumt und führten zu einer glitzernden Wasserfläche in der Mitte. Sein Haus, eine Art italienischer Palast mit einer Kuppel und Marmorsäulen, überragte Nablus, dessen Lichter zu Füßen des Anwesens zu sehen waren. Wie jeden Abend erhellten Suchscheinwerfer den Himmel und erleuchteten die Stadt. In der Ferne, am anderen Ende des Gebirgskamms, lag die jüdische Siedlung, die Schauplatz des Dramas gewesen war. Der Strahl der Militärscheinwerfer auf dem Wachtturm durchbohrte die aufgetürmten Wolken, die so tief hingen, dass sie den Hügel streiften.

Besorgt kehrte Habib zurück ins Haus, setzte sich in einen der beiden Sessel, die normalerweise für Besucher reserviert waren, und leerte sein Glas in einem Zug. Sein Blick schweifte über die gerahmten Fotos an den Wänden. Er war vielen mächtigen Leuten begegnet: Bill Clinton, Margaret Thatcher, Jacques Chirac … Auf fast allen dieser Bilder konnte man ihn an der Seite der größten Persönlichkeiten der neunziger Jahre sehen. Daneben gab es eine Reihe von Fotos, die ihn mit Yassir Arafat zeigten. Habib kannte die Gewalt, die er heute bekämpfte, nur zu gut. Es hatte eine Zeit gegeben, in der er selbst an Attentaten mitgearbeitet oder Anschläge geplant hatte. Damals hatte er gedacht, diese Gewalttaten würden die Sache der Palästinenser voranbringen. Doch das war Vergangenheit. Auch die Israelis waren nicht gerade zimperlich gewesen bei ihrem Versuch, die Araber zu vertreiben. Es hatte eine Zeit für den Krieg gegeben, nun wurde eine Zeit für den Frieden gebraucht.

Seine Überlegungen wurden für einen Augenblick durch den Ruf des Muezzin unterbrochen. In einer Stadt mit hundert Moscheen war diesem Aufruf zum Gebet nur schwer zu entgehen. Im gegenwärtigen Kontext konnte er nicht umhin, mit den Schultern zu zucken und in dem Wunsch, die ihn umgebende Stille zu brechen, mit lauter Stimme zu denken:

»Man hat die Nase voll von all diesen Imamen. Sind nicht schon genug Moscheen in dieser Stadt gebaut worden? Wir brauchen Fabriken, Arbeit für unsere jungen Leute … Durch Moscheen kriegen sie keinen Job!«

Er vergaß dabei fast, dass er selbst im Begriff war, einige Dutzend Meter von seinem Anwesen entfernt, den Bau eines der größten religiösen Gebäude der Region zu finanzieren, dessen vier Minarette bereits stolz die Stadt beherrschten. Als sein Blick erneut über die Fotogalerie streifte, blieb er bei einem Bild hängen, das er nostalgisch anstarrte. Es zeigte ihn in Gesellschaft von zwei anderen Männern. Sie standen auf der Esplanade des Trocadéro, hinter ihnen war der Eiffelturm zu sehen. Das Bild war über dreißig, ja fast vierzig Jahre alt. Er stand auf, wühlte in seiner Tasche, zog sein Handy heraus, scrollte die Telefonnummern und machte einen Anruf. Sein Gesprächspartner meldete sich sofort:

»*Kifak Habibi?*«

»Guten Tag, Exzellenz, wie geht es Euch?«, antwortete er scheinbar respektvoll.

Der andere brach in schallendes Gelächter aus.

»Hör auf damit, du machst dich über mich lustig.«

»Aber nein, Wesir«, fuhr er fort, »das würde ich mir nie erlauben.«

Er endete mit einem Gelächter, dieses Mal offen und ehrlich.

»Ich freue mich, dich zu hören.«

»Ich auch, Ahmad. Du fehlst mir, wir sehen uns nicht mehr …«

Und beide ergingen sich in langen Höflichkeitsfloskeln, tauschten Neuigkeiten über ihre Familien aus und kramten nostalgisch in ihren gemeinsamen Erinnerungen.

Nach einer Weile beschloss Marouane, dass es an der Zeit war, zur Sache zu kommen.

»Ahmad, ich werde deine Tochter hier brauchen.«

»Kannst du mir das erklären?«

Der Geschäftsmann räusperte sich, bevor er begann. Er erzählte seinem Gesprächspartner von dem Mord an der Siedlerfamilie und fuhr fort:

»Ich habe gerade mit Netanjahu gesprochen. Ich mag ihn nicht. Ich kam besser mit Ehud Barak oder sogar mit Scharon zurecht, aber was soll's, man respektiert sich. Er hat dem Schabak den Auftrag gegeben, heute Nacht in Nablus zu intervenieren. Er denkt, dass sie die Mörder identifiziert haben. Sie haben drei Bauarbeiter ins Visier genommen, die in der Siedlung gearbeitet haben. Sie wollen sie verhaften. Ihm zufolge haben sie unwiderlegbare Beweise.«

»Na und?«

»Lass mich bitte ausreden. Wir brauchen eine Kontaktperson. Und ich will nicht, dass man alte Bullen sieht, die nach nichts aussehen oder Bärte tragen. Ich will Maïssa und niemand anderen da haben. Sie ist Capitaine in der Abteilung für internationale Beziehungen unserer Polizei, sie ist jung, schön, spricht Französisch, Englisch und sogar Hebräisch, wenn ich mich recht erinnere … Ich will dafür sorgen, dass man aufhört, uns in den internationalen Medien als eine Bande von blutdürstigen Degenerierten darzustellen.«

»Ich verstehe. Aber du weißt, dass ich nicht Innen-, sondern nur Entwicklungsminister bin.«

»Du bist ihr Vater. Ich wollte, dass du Bescheid weißt, und sicherstellen, dass du verstehst, worum es geht. Um den Rest kümmere ich mich. Man kann mir nichts abschlagen.«

»Du bist der Herr von Nablus. Wer weiß das nicht? Das Einzige, was dazu führen könnte, dass du in der Stadt an Einfluss verlierst, wäre, dass du Premierminister oder Rais wirst …«

»Gott bewahre!«, antwortete Habib lachend. »Willst du, dass

ich mich unglücklich mache? Du weißt ja, ich bin eher ein Mann im Schatten.«

Ein ziemlich relativer Begriff für einen Unternehmenschef, der sich einen Palast gebaut hat, Appartements in den großen Hauptstädten besitzt, mehrere Millionen Dollar auf dem Konto hat und der es sich erlauben kann, eine ganze Reihe der mächtigsten Männer der Welt zu duzen und auf ihrer Privatleitung anzurufen, dachte Ahmad, bevor er antwortete.

»Hast du mit Oussama darüber gesprochen?«

»Nein, noch nicht. Ich wollte, dass du der Erste bist, der von meiner Idee erfährt. Ich werde ihn anrufen. Ich glaube nicht, dass er da ein Problem sieht, zumal er deine Tochter anbetet.«

»Er könnte denken, dass das seine Autorität untergräbt.«

»Aber nein, das kann doch im Gegenteil dazu führen, dass er ein positives Bild von seiner Polizei bekommt. Das wäre jedenfalls besser als die bärtigen und prügelnden Militanten von der Hamas.«

»Genau, du weißt, dass es seit den Abkommen vom Mai 2011 viele gibt, die in die Sicherheitskräfte eingetreten sind. Eine Frau in den Vordergrund zu stellen, wird auf Kritik stoßen, vor allem in Nablus.«

»Das krieg ich schon in den Griff. Sieh du zu, dass du Maïssa überzeugst. Um den Rest kümmere ich mich.«

7

Nach dem Abendgebet ging Ali Abu Ahmad in den Salon, um sich zu entspannen. Die Kinder waren im Bett. Seine Frau Aïcha brachte den Kaffee und stellte ihn mit Früchten und Knafeh auf den Tisch. Sie liebten diesen Moment der Zweisamkeit. Allabendlich setzten sie sich zusammen, um sich zu unterhalten und sich über die Ereignisse des Tages auszutauschen. Mit einem Mal erfüllte die Stimme eines Imams das Zimmer mit Koranversen. Es war der Klingelton von Alis Handy. Er schaute auf das Display, eine unterdrückte Nummer. Mechanisch stand er auf und nahm das Gespräch an.

»Friede sei mit dir, mein Bruder.«

»Mit dir auch.«

Er hatte die Stimme des Anrufers erkannt. Dieser rief ihn nicht ohne Grund an. Es musste etwas Wichtiges passiert sein.

»Unsere Vettern wollen uns heute Abend einen Besuch abstatten.«

»Weißt du, wo das Fest stattfindet?«

»Nicht genau, aber ich weiß, dass es in Balata stattfinden soll.«

»Wie viele Leute?«

»Diese Information habe ich nicht, aber es wird heute Abend stattfinden.«

An der Angespanntheit der Stimme ihres Mannes und der plötzlichen Verkrampfung seines Gesichts erkannte Aïcha sofort, dass es um etwas Wichtiges ging.

Ali setzte sich wieder, sein Gehirn brodelte, aber er sagte nichts. Seine Frau sah ihn fragend an.

»Ich muss sofort los«, stieß er anstelle einer Antwort aus.

Er legte sein Handy auf den Tisch und stand auf. Eine Gebärde, die die Vorahnung seiner Frau bestätigte. Sie würde in wenigen Stunden im Radio hören, was los war. Ali verschwand in seinem Arbeitszimmer und nahm ein Telefon und einen Akku aus einer Schublade. Bevor er es wieder verließ, warf er einen letzten Blick auf ein Porträt von Scheich Yassin, dem geistigen Führer der Hamas, gestorben als Märtyrer. Zurück im Salon, blieb er weiterhin schweigsam und küsste Aïcha auf die Stirn. Geheimhaltung war das beste Mittel, sie zu schützen und die Sicherheit aller zu gewährleisten. Er sah ihr lange ins Gesicht und sagte feierlich:

»Möge Gott über dich und unsere Kinder wachen.«

Dann wandte er sich von ihr ab. Sie begleitete ihn bis zur Haustür.

»Ali«, sagte sie und zwang ihn, sich noch einmal zu ihr umzudrehen. »Ich bin stolz auf dich!«

Statt einer Antwort lächelte er traurig und verschwand.

Nablus war noch nicht ganz eingeschlafen. Einige Restaurants hatten noch geöffnet. Der Anblick von Familien, die sich in den großen Cafés und in den öffentlichen Gärten trafen, ging ihm innerlich auf die Nerven. Viele Palästinenser hatten sich anscheinend mit ihrem Schicksal abgefunden und die kämpferische Ader verloren. Er hatte das Gefühl, dass im Laufe der Zeit alle mit einer Gesellschaft zufrieden waren, die ebenso auf internationaler Hilfe wie auf Korruption beruhte. Er hatte sich durch das Studium im Ausland nicht von dem vorgezeichneten Weg abbringen lassen. Soweit er sich zurückerinnern konnte, wollte er schon immer zu einem Kämpfer werden und den Djihad führen, um die Israelis aus Palästina zu vertreiben.

Ali fand mühelos eines der vielen gelben Taxis, die unaufhörlich durch die Straßen der Regionalhauptstadt fuhren.

»Balata«, sagte er zum Fahrer in einem Tonfall, der diesem

sofort klarmachte, dass er nicht auf eine Unterhaltung zu hoffen brauchte.

Nachdem Ali den Akku in sein Telefon eingesetzt hatte, wählte er eine Nummer, die er auswendig kannte.

»Ich bin's, ich komme. Wir machen heute Abend ein kleines Fest. Wir müssen ein Dutzend Knafeh kaufen und Feuerwerk für die Zeremonie besorgen. Glaubst du, du kriegst das hin?«

»Kein Problem, mein Freund, ich denke, das ist möglich. Komm vorbei, dann können wir darüber reden.«

»Ich bin schon unterwegs.«

Als das Gespräch zu Ende war, nahm er den Akku wieder heraus und sagte sich, dass er das Gerät dieses Mal behalten konnte, da es keinen Grund gab, es wegzuwerfen.

Nachdem Ali in der Nähe der orthodoxen Kirche mit dem Jakobsbrunnen ausgestiegen war, wartete er, bis das Taxi außer Sicht war. Dann setzte er seinen Weg zu Fuß in Richtung des Balata-Camps fort, einem der größten Flüchtlingslager im Westjordanland. Es war in den fünfziger Jahren errichtet worden, um Bevölkerungsgruppen aus Jaffa und der südlichen Vorstadt von Tel Aviv aufzunehmen. Auch wenn die Zelte schon vor vielen Jahren festen Gebäuden gewichen waren und sich die Situation im Lager dadurch stark verändert hatte, war das Lager dennoch nie mit der Stadt verschmolzen. Die Lebensbedingungen im Lager waren immer noch prekär, und das umso mehr, als die begrenzte Fläche es nicht mehr erlaubte, das Wachsen einer Bevölkerung zu absorbieren, die immer weniger internationale Hilfe erhielt und sich immer noch an das Hirngespinst klammerte, eines Tages in ihre Heimat zurückzukehren. Balata war ein gesegneter Ort für die Hamas. Es war leicht, dort eine arbeits- und perspektivlose Jugend anzuwerben und die Energie der Verzweiflung zu kanalisieren, um sie in den Kampf zu führen.

Ali Abu Ahmad, Repräsentant der Gruppe Ezzedine Al Qassam

(dem bewaffneten Zweig der Hamas in der Region) in der Stadt, kannte diesen Ort sehr gut, da er dort aufgewachsen war. Er erweckte den Eindruck, sich davon entfernt zu haben, seitdem er ein Appartement auf den Anhöhen gekauft hatte und das ruhige Leben eines ehrbaren Handy-Verkäufers auf dem Basar in der Altstadt führte. Doch er ging regelmäßig dort hin und pflegte seine Beziehungen.

Seine Rolle in der Hamas zwang ihn zur Diskretion. Wenn der Schabak ihn irgendwann identifizierte, würde er nicht mehr lange zu leben haben. Er hoffte, dass er an diesem Tag das Glück haben würde, mit der Waffe in der Hand zu sterben, statt verhaftet und gefoltert zu werden. Wahrscheinlich hätte er selbst mit der Hilfe Gottes nicht die Kraft, der Folter standzuhalten. Da er ebenso die von Israel bezahlten Informanten wie die Nachrichten- oder Sicherheitsdienste, die von der Fatah kontrolliert wurden, fürchtete, machte er einige Umwege, bis er sicher war, dass er nicht verfolgt wurde. Erst als er sich dessen völlig gewiss war, setzte er seinen Weg im Häuserlabyrinth des Lagers fort, bis er beim Domizil von Jihad Awdeh ankam.

Jihad öffnete ihm, sobald er an die Tür geklopft hatte. Die beiden Männer fielen sich in die Arme. Jihad war die Nummer Zwei der Hamas im Lager. Er gehörte zum regulären und bekannten politischen Flügel, der seine Aktivitäten nicht verbarg. In eine Djellaba gekleidet, den Bart gut geschnitten, mit stolzer Haltung und seinen Ein-Meter-Neunzig wirkte er von Natur aus beeindruckend auf seine Gesprächspartner. Seine sanfte Stimme und sein freundliches Lächeln verbargen einen Mann, der nicht zimperlich, aber auch ein geschickter Verhandlungspartner war. Wenn notwendig und wenn seine Talente nicht genügten, um zu überzeugen, rief er Ali Abu Ahmad herbei, um den Verstocktesten zu helfen, den Weg der Weisheit zu finden, auf den er sie führen wollte. Als ausgezeichneter Redner, aber auch als guter Zuhörer, wurde er von der Jugend des Lagers bewundert, die mehrheitlich seinen Ideen anhing. Heute sechzig Jahre alt, hatte er etwa fünfzehn Jahre in israelischen Kerkern verbracht und damit den Grundstein für seinen Helden-Ruf gelegt. Er war es, der bei Abu Ahmad die Eigenschaften entdeckt hatte, die ein Mann benötigte, der im Verborgenen arbeitete. Von Vorteil war auch die Tatsache, dass er nie im Gefängnis oder von der israelischen Polizei verhaftet worden war. Der unauslöschliche Stempel der jüdischen Gefängnisse schuf zwar Helden und Legenden, machte aber die meisten Kämpfer unbrauchbar, da sich ihre Aktivitäten vor einem der besten Nachrichtendienste der Welt – wenn nicht sogar dem besten – nicht verbergen ließen. Es war also keine Schande, für die Polizei ein unbeschriebenes Blatt zu sein.

8

Es war zwei Uhr morgens, als die sechs Land Rover, die in leichte Truppentransporter verwandelt worden waren, eskortiert von Humvees, Tapuah Junction in Richtung Nablus verlassen hatten. Eli Zimmerman saß mit einem jungen Hauptmann von der Henza, der militärischen Interventions- und Unterstützungseinheit des Schabak, im Führungsfahrzeug.

Dany und Guy, die in letzter Minute zu den Festivitäten eingeladen worden waren, hatten sich getrennt und fuhren in unterschiedlichen Fahrzeugen mit. Der Premierminister hatte am frühen Abend den Plan gebilligt, der vorsah, drei Palästinenser festzunehmen, die im Verdacht standen, an der Ermordung der Siedlerfamilie beteiligt gewesen zu sein. In jedem Fahrzeug befanden sich fünf bewaffnete Männer, kampferprobte Soldaten, die auf diese Art von Operationen spezialisiert waren. Falls etwas schiefging, konnten sie auf Verstärkung zählen, die in Tapuah und am Ortseingang von Nablus bereitstand.

Die Soldaten in den Fahrzeugen vertrieben ihre Sorgen, indem sie sich mit der Lässigkeit von Sportlern unterhielten, die zu einem Fußballturnier fuhren. Für sie waren solche Operationen in den letzten Wochen zur Routine geworden. Die Männer zogen sie der normalen Polizeiarbeit sogar vor. Es kam selten vor, dass der Gegner sich wehrte. In eine Zone einzudringen, die unter palästinensischer Kontrolle stand, störte niemanden, nur die guten Seelen von der internationalen Gemeinschaft hatten daran etwas auszusetzen. Diese Aktion hatte vor allem den Zweck, Vergeltung für das Massaker an einer jüdischen Familie zu üben.

Beim geringsten Widerstand würden sie hart durchgreifen. Die einzige Chance des Feindes bestand darin, dass die Mörder nicht klar identifiziert werden konnten. Man musste sie also, wenn möglich, lebend fassen, um sie zu verhören und die Auftraggeber zu finden, die hinter diesem Verbrechen steckten. Letztere würden mit ihrem Leben dafür büßen, dass sie sich an Juden vergriffen hatten.

Die Geländewagen blieben neben dem Wachtturm am Eingang von Huwwara stehen. Zeit für ein letztes Briefing. Zwei Panzer und etwa dreißig Mann waren schon da. Sie sollten die Eingreiftruppe unterstützen, wenn es Probleme gab. Der Hauptmann nahm die Sache in die Hand und erinnerte jeden an seine Aufgabe.

Ziel der Operation war es, Amer Tamari, Khaled Ghannam und Faadi Noori möglichst lebend zu verhaften. Die drei jungen Männer standen aufgrund ihrer DNA im Verdacht, die Familie Uzan ermordet zu haben. Wenn sie Widerstand leisteten, was die Soldaten unverhohlen hofften, waren sie so gut wie tot. Die Karten der Örtlichkeiten waren allen bekannt, sie waren am Nachmittag mit Hilfe einer Aufklärungsdrohne erstellt worden.

Drei Soldaten hatten den Auftrag, die Außensicherung vorzunehmen und die Fahrzeuge zu schützen. Sie würden nur im Fall einer Bedrohung schießen. Die anderen würden jeweils ein für den Angriff vorgesehenes Haus stürmen. Sie würden alle Männer festnehmen und mit Handschellen und Kapuzen nach Jerusalem bringen, wo sie verhört werden sollten. Alles musste schnell gehen, der Hauptmann rechnete mit einer zwanzigminütigen Operation, die um 3.30 Uhr beginnen sollte. Ein Hubschrauber würde sie mit Scheinwerfern unterstützen und verhindern, dass jemand flüchtete. Um 3.50 Uhr sollten alle in den Fahrzeugen auf dem Rückweg sein. Der Hauptmann wandte sich an seinen Kollegen, der für die Verstärkung zuständig war.

»Wir bleiben in Funkverbindung. Wenn etwas schiefgeht, rufe ich dich und deine Männer, damit ihr uns zur Hilfe kommt.«

Er setzte sich wieder ins Führungsfahrzeug und fuhr los. Alle Scheinwerfer ausgeschaltet, nur mit Nachtsichtbrillen, folgten die Fahrer der anderen Fahrzeuge ihm dicht hintereinander. Das Balata-Lager war nicht sehr weit weg. Nachdem sie in Zone A eingedrungen waren, bogen sie nach links ab und gelangten auf eine vierspurige Straße mit einem Mittelstreifen. Sie fuhren mit hundert Stundenkilometern und kümmerten sich nicht um die Fahrbahnschwellen, die den Verkehr verlangsamen sollten. Die Stoßdämpfer wurden schwer in Mitleidenschaft gezogen, ohne dass dies zu Beschwerden von Seiten der Fahrgäste führte.

Auf der Gegenspur kreuzten sie einen weißen Toyota, dem sie aber keine Aufmerksamkeit schenkten. Theoretisch sollten im Fall eines Einfalls in diese Zone die palästinensischen Behörden benachrichtigt werden. Doch im Allgemeinen vertraute der hebräische Staat seinem Partner nicht und hütete sich, dieses Abkommen einzuhalten, oder aber er sah ein Timing vor, das verhinderte, dass irgendetwas geschehen konnte, was seinen Absichten zuwiderlief. Hinter der Kreuzung, die zum Jakobsbrunnen führte, bogen die Fahrzeuge nach rechts ab, fuhren ins Lager und hielten dort mit quietschenden Reifen. Die drei Zielobjekte waren nicht weit voneinander entfernt. Das Lager versank im Dunkel der Nacht, während die Fahrzeuge ihre Insassen ausspuckten. Jeder wusste, was er zu tun hatte. Zeit zum Nachdenken gab es nun nicht mehr.

»Wir haben die Stromzufuhr unterbrochen«, erklärte der Hauptmann Eli. »Bleib im Wagen bei der Schutztruppe! Sie bringen dich zu mir, wenn die Örtlichkeiten gesichert sind. Dasselbe habe ich auch den beiden Polizisten gesagt. Wir werden sie später dazuholen.«

Das Geräusch der Türen, die unter dem Ansturm der Rammböcke aufsprangen, brach die Stille der Nacht wie mehrere Donnerschläge. Kurz danach folgte das Heulen der Frauen und Kinder.

Ein Hubschrauber kam aus dem Nichts, blieb über ihnen stehen und erleuchtete die Dächer mit einem starken Scheinwerfer, während eine arabische Stimme aus einem Lautsprecher erklang:

»Es handelt sich um eine militärische Operation. Keiner darf sein Haus verlassen. Wer das Haus verlässt, wird als Bedrohung betrachtet und ohne Vorwarnung beschossen.«

Trotz des Verbots wollte ein Bewohner auf sein Hausdach klettern, um zu sehen, was los war. Doch nach einem Feuerstoß aus einer automatischen Waffe zog er es vor, zurück ins Haus zu gehen.

Ein Soldat trat an Eli heran und beugte sich zu dessen Ohr vor. Um den Lärm, der sie umgab, zu übertönen, musste er schreien:

»Folgen Sie mir, ich mache Ihnen den Weg frei.«

Eli bemerkte, dass Dany und Guy, die ins Lager gingen, ebenso wie er von Mitgliedern der Henza eskortiert wurden. Er folgte seinem Führer zum ersten Haus, ein anderer Soldat hielt sich direkt hinter ihnen. Alle Gebäude sahen gleich aus. Es handelte sich um rechteckige einstöckige Blöcke, die von betonierten Vorgärten umgeben waren. Im Hof lag Spielzeug herum. Sie betraten einen Raum, der von Halogenlampen der Armee erleuchtet wurde. Schreie und das Jammern von Frauen und Kindern drangen aus der ersten Etage.

»Wir haben die Männer festgenommen«, verkündete der Hauptmann und deutete auf drei auf dem Bauch liegende Männer. Die Hände waren auf dem Rücken gefesselt und die Gesichter unter schwarzen Leinenkapuzen verborgen.

»Habt ihr Waffen oder Flugschriften gefunden?«, fragte Eli.

»Nein, nichts. Wir sind noch dabei, alles zu durchsuchen, aber eher oberflächlich.«

»Denkt an die schmutzige Wäsche, falls es Klamotten mit Blutflecken gib.«

»Keine Sorge, das machen wir immer.«

»Und die anderen Häuser?«

Sie hatten Amer Tamari und Khaled Ghannam, aber Faadi Noori fehlte beim Appell. Entweder er war bei Freunden oder er war ihnen durch die Lappen gegangen.

»Den schnappen wir später, da bin ich mir sicher. Aber das ist ein Rückschlag.«

Ein Geräusch wie von Möbeln, die verrückt werden, erklang aus dem Keller.

»Herr Hauptmann«, rief ein Unteroffizier, »kommen Sie mal her, ich glaube, ich hab was.«

Der Offizier verließ, gefolgt von Eli, das Haus und ging zu seinem Untergebenen. Dieser hielt Plakate in der Hand, auf denen junge Männer mit Waffen in der Hand abgebildet waren.

»Fotos von verfickten Terroristen, die wir getötet haben«, wollte der Soldat erklären.

»Von denen, die sie für Märtyrer halten«, korrigierte Eli mit einer Stimme, in der nicht die geringste Spur von Nachsicht für diese Kinder zu vernehmen war, die vom palästinensischen Widerstand angeworben wurden.

Der Hauptmann sah auf seine Uhr.

»Ich glaube, wir müssen jetzt aufbrechen.«

Soldaten nahmen die Gefangenen in die Mitte. Da sie wussten, dass jeder Widerstand vergeblich war und ihnen nur noch mehr Ärger einbringen würde, ließen sich Letztere stolpernd und resigniert zu den Fahrzeugen stoßen, in denen sie umstandslos auf den Bauch geworfen wurden. Aus eigener Erfahrung oder aus den Erzählungen ehemaliger Gefangener wussten sie nur allzu gut, was sie erwartete.

Protestschreie erklangen in der Nachbarschaft.

»Sie schreien, aber sie haben zu viel Angst, um sich zu rühren«, meinte der Hauptmann. »Wir riskieren nicht viel.«

Er gab Anweisungen über Funk und dann den Befehl zum Rückzug.

Unter dem Schutz des Hubschraubers setzten sich die Geländewagen in Bewegung. Die MG-Schützen auf den Humvees durchforschten die Umgebung auf der Suche nach möglichen Bedrohungen. Junge Leute erschienen auf den Häuserdächern und feierten die Abfahrt der Zahal-Soldaten mit Steinwürfen. Die Provokation wurde erneut mit einem warnenden Feuerstoß beantwortet, und die Jugendlichen zogen sich zurück.

Ohne sich aus der Ruhe bringen zu lassen, griff der junge Offizier wieder zum Funkgerät.

»Nicht herumtrödeln, ich will keine unnützen Opfer.«

In wenigen Sekunden wurde das Feuer eingestellt. Sie erreichten die Hauptstraße und fuhren auf der vierspurigen Straße in umgekehrter Richtung zurück. Der Hubschrauber bahnte ihnen den Weg.

»In weniger als einer Minute sind wir an unserer Basis.«

Nachdem der Wagen an der Spitze mehrere Autowerkstätten passiert und das letzte Gebäude von Nablus hinter sich gelassen hatte, verschwand ein weißer Toyota, der am Straßenrand stand, in einer Flammengarbe. Die Explosion ereignete sich genau in dem Moment, als der Land Rover vorbeifuhr, in dem auch Guy saß. Das Fahrzeug wurde hochgeschleudert, als ob es sich um ein Spielzeugauto handeln würde, und landete auf dem Dach. Der nachfolgende Wagen wurde von glühenden Blechteilen durchbohrt, konnte aber weiterfahren.

»Verdammte Scheiße, diese Arschlöcher!«, schrie der Hauptmann.

Die beiden letzten Wagen blieben bei dem getroffenen Fahrzeug stehen, während der Rest der Kolonne auf der Straße weiterfuhr. Das Drama war den Wachtposten auf dem Turm des Checkpoints, der nur ein paar hundert Meter entfernt war, nicht entgangen. Die Verstärkungen machten sich sofort auf den Weg zur Unfallstelle.

Sobald der Geländewagen an der Spitze den Parkplatz der Militärzone erreicht hatte, sprang der Offizier hinaus und wandte sich an Eli.

»Man wird dich mit deinen Gefangenen nach Jerusalem bringen. Ich fahre zurück zum Unfallort«, sagte er und ging zu einem anderen Fahrzeug, das schon bereitstand.

Die Henza-Teams, die mit gefährlichen Situationen vertraut waren, hatten sich in mehreren Schutzringen rund um den verunglückten Geländewagen aufgestellt. Die einen durchforschten die Dunkelheit mit ihren Blicken auf der Suche nach eventuellen Angreifern, während andere die Verletzten bargen. Durch die Wucht der Explosion waren die Insassen heftig hin und her geschleudert worden.

»Wir brauchen zwei Tragen«, sprach ein Soldat ins Funkgerät, als eine Militärambulanz bei dem Fahrzeug ankam.

Trotz des Befehls, in den gepanzerten Fahrzeugen zu bleiben, war Dany aus seinem Wagen gesprungen. Er wollte sehen, was mit Guy war. Als der Gruppenleiter, der bereits auf dem Rückweg war, ihn kommen sah, flippte er aus. Er versuchte, ihn fernzuhalten, indem er ihn an der Schulter packte, doch Dany schüttelte ihn ab.

»Verdammt, Sie haben hier nichts zu suchen, lassen Sie uns unsere Arbeit machen.«

»Und mich die meine … Ich will meinen Kumpel sehen«, antwortete der Polizist schroff.

Diesmal hielt der Hauptmann Dany fest, sah ihm direkt in die Augen und ließ keinen Raum für Diskussionen.

»ICH kümmere mich darum.«

Der Polizist zögerte einen Augenblick und sah schließlich ein, dass seine Aktion nicht gerechtfertigt war.

»Okay, Sie haben recht«, gab er nach, allerdings mit einer Mordswut im Bauch.

»Gehen Sie zurück zum Wagen und bringen Sie sich in Sicherheit …«

Der Hauptmann ließ Dany los und hob die Hand ans Ohr, um den Kopfhörer seines Funkgeräts vom Lärm in der Umgebung abzuschirmen. Seine Augen zeigten, dass es Neuigkeiten gab, und er machte Dany ein Zeichen, stehen zu bleiben.

»Es sind alle geborgen worden. Es gibt keine Toten, Ihr Kollege ist nur kräftig durchgeschüttelt worden, ihm fehlt sonst nichts. Kehren Sie zum Wagen zurück. Wir brechen auf und überlassen den Tatort den Militäreinheiten, die für diese Zone zuständig sind.«

In der Dunkelheit verborgen unter einer dicken Tarnung aus Erde und Gestrüpp, lächelte Ali Abu Ahmad schwach und setzte sein Fernglas ab. Ihm war nichts entgangen von der Szene, die sich gerade vor ihm abgespielt hatte. Vom Ergebnis der Explosion, die er ausgelöst hatte, war er allerdings enttäuscht: Der Feind hatte keine großen Verluste erlitten. Er tröstete sich mit dem Gedanken, dass man in den Medien dennoch über den Anschlag berichten würde. Ali hatte einen Moment lang überlegt, ob er seinen Männern den Befehl geben sollte, das Feuer auf die Militärkolonne zu eröffnen, sich dann aber dagegen entschieden. Die Juden waren in der Überzahl. Wenn seine Männer sie direkt angriffen, hätten sie nicht die geringste Chance, lebend davonzukommen. Ali fürchtete sich nicht vor dem Tod, aber es kam nicht infrage, Kämpfe sinnlos zu verlieren. Es blieb ihnen jetzt nur noch abzuwarten, bis sich die Gelegenheit zum Rückzug ergab.

9

Obwohl er draußen war, verborgen unter dem Wrack eines Autobusses, waren es nicht die Feuchtigkeit und die Kälte, die Faadi Noori erzittern ließen. Er hatte sich gerade eine Zigarette anstecken und nach Hause gehen wollen, als er sah, wie die israelischen Panzer kamen und das Lager in Dunkelheit versank. Wie ganz Balata war er an die regelmäßigen Überfälle der Zahal gewöhnt und hatte Verhaftungen von vielen militanten Kämpfern erlebt. Doch dieses Mal waren die Soldaten in sein Haus eingedrungen. Im Schutz der Dunkelheit hatte er aus der Ferne beobachtet, wie sein Vater und seine beiden Brüder abgeführt wurden. In zwei weiteren Häusern war das Gleiche geschehen. Es handelte sich um die Häuser von Kollegen, mit denen er neben der israelischen Siedlung auf dem Bau zusammenarbeitete. Kein Zweifel, er wurde gesucht, und man brauchte kein Genie zu sein, um sich zu sagen, dass dies etwas mit der Ermordung der jüdischen Familie zu tun hatte. Warum waren er und seine Freunde ins Visier geraten?

Natürlich hatte er wie alle Palästinenser an Demonstrationen gegen die Besetzung teilgenommen. Wie seine Kumpel hatte er sowohl wegen der Beschäftigungslosigkeit als auch aufgrund seiner kämpferischen Einstellung in Spannungsmomenten am Ortseingang von Nablus Reifen verbrannt und Steine auf die Zahal-Soldaten geworfen, mehr nicht. Politik interessierte ihn nicht. Deshalb hatte er sich nie von der Fatah oder gar von der Hamas, deren religiöser Fanatismus ihn abstieß, anwerben lassen. Mit fünfundzwanzig Jahren und einem Master in Englisch gab es für ihn nur ein Ziel: Palästina verlassen und in Jordanien oder in den

Golfstaaten oder sogar in den USA oder Europa arbeiten. Bis es so weit war, jobbte er ohne feste Anstellung als Maurer, um etwas Geld zu verdienen und seiner Familie zu helfen. Und nun wurde er gesucht. Bei all den von den Israelis kontrollierten Grenzen waren seine Chancen, das Land zu verlassen, äußerst gering.

Nachdem die Armee abgefahren war, wollte er eigentlich nach Hause gehen, aber die Explosion, die er gehört hatte, und der Feuerball, der einen Augenblick den Himmel erleuchtete, hatten ihn davon abgebracht. Die Juden würden zurückkommen und alle für den Anschlag büßen lassen. Es war besser, sich hier nicht blicken zu lassen. Aber wohin sollte er gehen? Selbst wenn ihm jemand helfen würde, war er jetzt ein Aussätziger und durfte seine Freunde nicht unnütz in Gefahr bringen. Die Israelis hatten die Gewohnheit, die Häuser derer, die sie für Terroristen hielten, mit dem Bulldozer zu durchsuchen oder in die Luft zu sprengen. Es kam nicht infrage, dass sich durch seine Schuld seine ganze Familie auf der Straße wiederfand.

Plötzlich dachte er an seinen Onkel in Ramallah. Der Hauptsitz der Palästinenserbehörde war den israelischen Angriffen weniger ausgesetzt als Nablus. Vielleicht konnte er sich dort verstecken. Dorthin zu gehen, würde nicht einfach sein, da der übliche Weg, auf dem man die Stadt verließ, sicherlich abgeriegelt sein würde. Er dachte weiter nach …

Der durch den Anschlag auf die Kolonne ausgelöste Tumult ging weiter. Jugendliche begannen, ihre Häuser zu verlassen, um zu schauen, was passiert war, und die Soldaten zu provozieren. Er sah, wie sie, das Gesicht unter einer Kufiya verborgen, Steine aufsammelten und sich auf den Weg machten. Es gab vielleicht eine Möglichkeit für ihn, sich das zunutze zu machen. Wenn sich die Aufmerksamkeit der Juden auf den Ortseingang von Nablus konzentrierte, konnte er die Stadt vielleicht unbemerkt verlassen. Er machte sich Mut, glitt aus seinem Versteck und entfernte sich von der Siedlung. Beim Gedanken, dass er seine Familie vielleicht nie wiedersehen würde, stiegen ihm Tränen in die Augen. Er wusste nicht so recht, ob aus Abschiedsschmerz oder aus Hass.

Obwohl er vier Stunden lang gelaufen, gekrochen und gerannt war, hatte er nur zwei oder drei Kilometer hinter sich gebracht. Immer wieder hatte er sich in Gräben verstecken und abwarten müssen. Immerhin war es ihm gelungen, die Kontrollen zu umgehen und die vor ihm liegende R60 zu erreichen. Er beschloss, einen Zwischenstopp in einem Lebensmittelgeschäft am Straßenrand einzulegen, um Wasser und etwas zu essen zu kaufen. Fast fünfzig Schekel hatte er bei sich, mehr als er brauchte. Nachdem er sich den Bauch gefüllt hatte, überdachte er, seltsam entspannt und schicksalsergeben, erneut seine Situation. Seine Zukunft, voll von Unbekannten, von denen die einen schrecklicher als die anderen waren, bestand aus »*Inschallah*«. Er schaute sich nach einem Minarett um, hoffte, eine Moschee zu finden, in der er sich einen Moment ausruhen und beten konnte. Auch wenn er kein praktizierender Muslim war, so war er dennoch gläubig und spürte, dass er Gottes Hilfe noch nie so sehr gebraucht hatte wie jetzt. Als er sein Ziel erreicht hatte, sah er, wie ein Mann die Gebetsstätte verließ und zu einem Fahrzeug mit gelbem Nummernschild ging. Ein israelischer Araber. Das war vielleicht seine Chance.

»*Salam Aleikum.*«

»*Aleikum Salam*«, antwortete der Fahrer zerstreut und steckte den Schlüssel in die Tür seines Wagens.

»Wohin fahren Sie?«

Die Frage ließ den Angesprochenen, einen etwa vierzigjährigen dünnen Mann mit weichen Gesichtszügen und einem dicken Schnurrbart, aufblicken.

»Ich kehre nach Jerusalem zurück, ich habe meine Mutter besucht.«

»Können Sie mich mitnehmen?«

Der Mann sah ihn misstrauisch an. Mit seiner von Erde befleckten Kleidung, dem zerkratzten Gesicht und dem zerzausten Haar war Faadi nicht gerade das Musterbeispiel eines Trampers.

»Hast du eine Reiseerlaubnis?«

»Nein.«

Diese Antwort überraschte den Fahrer nicht besonders, das war bei fast allen Bewohnern des Westjordanlands der Fall, denen der Zutritt nach Jerusalem und Israel verwehrt war. Faadi versuchte, ihn zu beruhigen:

»Ich will nach Ramallah. Sie können mich auf der Straße rauslassen, ich trampe dann weiter.«

»Steig ein.«

Er hätte ihn am liebsten geküsst.

»*Choukran jazilan.*«

Als Faadi im Toyota saß, entspannte er sich ein wenig. Der Fahrer hatte einen Radiosender gewählt, der in monotoner Weise Koranverse von sich gab, die ihn einschläferten, aber auch daran erinnerten, dass er nicht gebetet, sondern stattdessen lieber die sich ihm bietende Gelegenheit zur Flucht genutzt hatte. Er hoffte, dass dies keine Entscheidung gewesen war, die er später bereuen würde, und nahm sich vor, sofort eine Moschee aufzusuchen, wenn sich ihm wieder die Gelegenheit dazu bot. Eine lange Fahrzeugschlange hatte sich hinter einem LKW gebildet, der mühsam einen der letzten Abhänge vor Zaatara (Tapuah Junction für die Israelis) hinaufkletterte. Der Gegenverkehr machte es unmöglich, ihn zu überholen. Sie begegneten drei Panzerfahrzeugen der israelischen Polizei, die mit heulenden Sirenen den Abhang in Richtung Nablus hinunterfuhren. Bei Faadi meldete sich wieder die Furcht. Er zuckte unwillkürlich zusammen und hatte das Gefühl, sein Herz würde zu Eis erstarren. Sie waren jetzt auf dem höchsten Punkt des Abhangs. Die Armee war in Stellung gegangen und durchsuchte systematisch alle Fahrzeuge. Er hatte keine

Chance zu entkommen. Seine Reaktion war dem Fahrer nicht entgangen.

»Geht's, mein Junge?«

»Allah, Allah … Ich bin erledigt«, murmelte der junge Mann und begann auf einmal zu zittern.

»Wenn du eine Dummheit gemacht hast, steig aus … Ich will keinen Ärger haben.«

Faadis Aufmerksamkeit richtete sich plötzlich auf ein Auto, das auf der anderen Seite parkte, in Richtung Nablus. Die Tür stand offen, der Fahrer, ein jüdischer Siedler mit Schläfenlocken, durchwühlte seinen Kofferraum. Der junge Palästinenser nutzte einen Moment der Unaufmerksamkeit eines israelischen Wehrpflichtigen, der sich mehr für das Display seines Handys interessierte als für ihn, sprang aus dem Wagen und lief über die Straße zu dem geparkten Wagen. Der Jude war immer noch beschäftigt.

Als Faadi näherkam, bemerkte er eine Pistole am Gürtel des Siedlers. Ohne nachzudenken, streckte er die Hand nach dem Holster aus und schnappte sich die Pistole, eine Beretta 92. Der Siedler drehte sich blitzschnell um und starrte ihn an, wie betäubt, mit weit aufgerissenen Augen, die Hand auf seinem leeren Holster. Faadi hatte noch nie eine Waffe benutzt, drückte aber mechanisch zweimal auf den Auslöser und spürte, wie seine Hände zitterten. Zu seiner Überraschung sackte sein Opfer ohne ein Wort zu sagen zusammen und fiel vor ihm auf die Knie. Ihre Blicke kreuzten sich einen Augenblick. Statt in den Wagen zu springen und die Flucht zu ergreifen, wie er es sich gedacht hatte, blieb Faadi reglos stehen. Unbeweglich, mit herabhängenden Armen, versuchte er, in der Ferne das Tote Meer zu sehen, wo er nur einmal gewesen war … Er war schon nicht mehr da, als der Feuerstoß einer M4 ihn zu Boden streckte.

10

Capitaine Maïssa Thabet hatte beschlossen, heute früh Feierabend zu machen. Bevor sie ihr Büro in der Abteilung für internationale Beziehungen der palästinensischen Polizei verließ, zog sie ihre Sportsachen an, um noch ein wenig joggen zu gehen. Das Laufen in den Straßen von Ramallah, der Verwaltungshauptstadt des Westjordanlands, hatte nur wenige Anhänger. Die Topographie der Stadt, die auf mehreren Hügeln gebaut worden war, hatte etwas Entmutigendes. Ohne Schleier, mit ihrem frei im Wind flatternden vollen Haar stieß das Verhalten dieser großen, schlanken, vierunddreißigjährigen Frau bei Männern und Frauen gleichermaßen auf Ablehnung, und das selbst in Ramallah, dem liberalsten Ort von Palästina. Sie machte sich darüber lustig.

Ohne die Provokation zu suchen, lehnte sie es ab, sich Kleidungsvorschriften und Zwängen zu unterwerfen, die aus ihrer Sicht von einer archaischen Gesellschaft diktiert wurden. Eine kleine Minderheit dieser Gesellschaft träumte von der Rückkehr zu einem religiösen Konservatismus, den sie umso mehr verabscheute, als er nicht ihrer Erziehung entsprach. Ihr Vater Ahmad, ein ehemaliger kommunistischer Aktivist und glühender Anhänger der palästinensischen Sache, hatte sich sehr früh der Fatah angeschlossen, war später zu einem Mitstreiter von Yassir Arafat geworden und gehörte zu denen, die die »junge Garde« des Chefs bildeten. Er war dem »Alten« nach Jordanien gefolgt, dann nach Tunesien. Dort hatte er Maïssas Mutter Catherine kennengelernt, eine Französin und Lehrerin am französischen Gymnasium in Tunis. Die junge Lehrerin war dem Charme des schönen Abenteurers erlegen und hatte alles aufgegeben, um ihm in seinem Nomadenleben zu folgen. Es war eine Zeit gewesen, in der die Mitglieder der FLP gezwungen waren, im Untergrund zu leben, da sie auf der ganzen Welt vom Mossad und von Interpol als Terroristen verfolgt wurden. Dennoch hatten Ahmed und Catherine zwei Kinder, zwei Töchter, Maïssa und die fünf Jahre jüngere Rima. Im Laufe der Zeit und nach dem Osloer Friedensprozess hatte ihr unstetes Leben ein Ende genommen. Sie lebten mehrere Jahre in Paris, wo Ahmad der Vertreter der Palästinenserbehörde war. Maïssa hatte ihr Studium in der französischen Hauptstadt fortgesetzt und ihren Master in Völkerrecht gemacht. Ihr Vater war in der Zwischenzeit ins Westjordanland zurückberufen worden und hatte so verschiedene Funktionen wie Berater im Innenministerium, Professor für internationale Beziehungen an der Universität von Bir Zait und heute Entwicklungsminister ausgeübt. Catherine hatte die Leitung einer NGO übernommen, die sich um die Vermittlung von Sprachkursen kümmerte.

Nach dem Abschluss ihres Studiums hatten die beiden Kinder beschlossen, ins Land ihres Vaters zu gehen. Rima wurde von einem Mann aus Nablus verführt, der aus einer religiösen Familie stammte, und hatte einige Monate nach ihrer Rückkehr geheiratet. Zur großen Enttäuschung ihrer Verwandten trug sie heute den islamischen Schleier und praktizierte ergeben die Religion ihres Mannes. Catherine hatte das Gefühl, bei der Erziehung ihrer jüngsten Tochter versagt zu haben. Ahmad kümmerte sich nur wenig darum, war aber nicht weniger entsetzt zu sehen, dass die Ideale des Laizismus, für die er gekämpft hatte, selbst in seiner eigenen Familie angesichts der Welle der Religiosität, die sich in allen arabischen Ländern ausbreitete, Risse bekamen.

Die sanfte, aber willensstarke Maïssa hatte sich ganz anders entwickelt als ihre kleine Schwester. Sie verstand Rima nicht, wollte sie aber nicht kritisieren, da sie meinte, es stünde ihr frei, so zu leben, wie sie wollte. Die junge Polizistin wollte schon immer ihrem Land dienen. Die Entscheidung, in die palästinensischen Sicherheitskräfte einzutreten, war ihr ganz natürlich erschienen. Nach ihrer Grundausbildung als Offizierin übernommen, hatte sie auf einem Posten gedient, der mit der allgemeinen Sicherheit beauftragt war. Danach hatte sie im Rahmen der Kooperationsabkommen mit Frankreich ein Jahr an Kursen auf der Schule für Polizeioffiziere in Cannes-Écluse teilgenommen. Zurück in Ramallah war sie dorthin berufen worden, wo sie sich heute befand. Ihre Arbeit gefiel ihr zwar, da sie ihr die Möglichkeit bot, Kontakte zu Vertretern der Polizeikräfte auf der ganzen Welt zu knüpfen. Aber manchmal hatte sie den Eindruck, als »Vorzeigefrau« auf diesen Posten versetzt worden zu sein. Und dann bedauerte sie es, dass sie nicht an den Schauplätzen des Verbrechens arbeitete.

Nach einer Stunde Laufen stieg sie schweißtriefend in ihr Auto und fuhr nach Hause. Sie hatte eine Wohnung, die an die ihrer Eltern grenzte. Eine Verbindungstür ermöglichte ihnen den freien Zutritt von einer Wohnung in die andere. Wenn sie nicht mit Freunden ausging, verbrachte Maïssa für gewöhnlich einen großen Teil des Abends vor dem Fernseher. Als sie zu Hause ankam, ließ sie ihre Tasche in der Waschküche fallen und drehte zuerst eine schnelle Runde durch ihre eigene Wohnung und dann durch die Wohnung ihrer Eltern … Außer ihr war niemand zu Hause. Sie sprang unter die Dusche. Nach dem Sport hatte der Wasserstrahl auf ihrem Körper eine entspannende Wirkung, und sie dachte an das, was ihr Chef ihr am späten Nachmittag vorgeschlagen hatte. Es ging darum, für einige Tage nach Nablus zu reisen und sich auf informeller Ebene um die Folgen einer Affäre zu kümmern. Flüchtlinge aus dem Lager von Balata schienen in den Mord an einer jüdischen Siedlerfamilie verwickelt zu sein. Immer wieder diese Rolle der Vorzeigefrau, hatte sie gedacht und das

Angebot diplomatisch abgelehnt. Dies schien dem Oberst gefallen zu haben, denn er hatte nichts unternommen, um sie umzustimmen.

Als sie die Dusche verließ, wickelte sie sich in ein dickes Handtuch und trocknete sich ab. Dann verbrachte sie einige Zeit vor dem Spiegel, um ihre langen Locken zu bändigen, die sich widerspenstig gegen Bürste und Kamm wehrten. Danach betrachtete sie aufmerksam ihr Gesicht auf der Suche nach Mängeln oder vorzeitigen Zeichen des Alterns. Sie knirschte mit den Zähnen, strich sich über die Stirn und dachte an die Frotzeleien ihrer Freundinnen, wenn sie sie auf den Arm nahmen und sagten, es sei höchste Zeit, dass sie einen Mann fände, dass Frauen über fünfunddreißig reif für die Schrottpresse seien und kein Typ sie mehr ansehen würde. »Das ist mir scheißegal!«, sagte sie halblaut zu ihrem Spiegelbild, zog eine Grimasse und zuckte mit den Achseln. Sie schlüpfte in einen Pulli, zog eine Jeans an und machte es sich vor dem riesigen Flachbildschirm im Wohnzimmer bequem, um zu zappen.

Der Nächste, der nach Hause kam, war Ahmad.

»*Habibi kifik*«, begrüßte er seine Tochter, als er sie im Salon fand.

Sie drehte sich um, und ihr Gesicht erhellte sich beim Anblick ihres Vaters. Sie antwortete ihm mit einem fröhlichen »*Kifak Baba*«, warf sich in seine Arme und gab ihm einen Kuss.

»Ich hab Durst, ich hol mir ein Bier. Trinkst du ein Taybeh mit mir?«, fragte er sie auf Französisch und ging in die Küche.

»Das ist zwar nicht gut für meine Figur, aber ich leiste dir Gesellschaft.«

»Du bist eine gute Tochter.«

Ahmad kam mit zwei geöffneten Flaschen zurück, reichte ihr eine und sank seinerseits aufs Sofa. Maïssa richtete die Fernbedienung auf den Fernseher und stellte den Ton leiser.

»Hatte der Minister einen harten Tag?«

»Konferenzen, Eröffnungen, Gutachten … das Übliche. Und du, meine Liebe?«

»Auch das Übliche. Anrufe aus mehreren europäischen Ländern, die bereit sind, palästinensische Polizisten auszubilden. Ich versuche auch zu verhandeln, um Hilfsmittel zu bekommen: Unser Fahrzeugpark könnte einiges gebrauchen … Doch seit der Wirtschaftskrise sind unsere großzügigen Geber nicht mehr so freigebig.«

»Wir sind ein Land, das immer wieder betteln muss. Es wird wirklich immer schwieriger. Nach über einem halben Jahrhundert hat die Welt die Nase voll von unseren Problemen und davon, uns Geld zu geben.«

»Ha«, versetzte sie, »und dann war da noch mein Chef, der mich nach Nablus schicken wollte.«

Ahmad hörte ihr zu, ohne sein Gespräch mit Habib Marouane zu erwähnen. Er ließ seine Tochter reden, bis sie zu der Schlussfolgerung kam:

»Ich habe das Angebot abgelehnt und hatte dabei den Eindruck, dass ihm das gefiel.«

»Warum gehst du nicht da hin? Dann hättest du etwas Abwechslung. Und könntest deine Schwester besuchen!«

Sie hatte daran gedacht, aber dennoch das Gefühl gehabt, man habe sich nur an sie gewandt, weil sie eine Frau und überdies fotogen war. Eine Rolle, von der sie die Nase voll hatte. Um Model zu werden, wofür sie ihrer Meinung nach weder die Figur noch das richtige Alter hatte, hätte sie nicht zur Polizei zu gehen brauchen. Während Ahmad ihr zuhörte, zuckte er leicht mit den Schultern und sah sie amüsiert an.

»Meine Tochter, was glaubst du, was ich in neunzig Prozent meiner Zeit mache: den Vorzeigeminister spielen. Es ist nicht mein Aussehen, was zählt, sondern meine Vergangenheit. Aber letzten

Endes ist das dasselbe. Halte dich nicht mit diesen Dummheiten auf.«

Er sah, wie sie zögerte zuzugeben, dass er vielleicht recht hatte, und brach in ein sonores Gelächter aus:

»Ich habe bestimmt recht! Und wenn es helfen kann, mach es … Von dieser Geschichte werden alle sprechen, das ist nicht gut für uns. Wenn du da hingehst, wirst du mit Oussama zusammenarbeiten. Du weißt, dass er dich anbetet, und außerdem wirst du deine Schwester sehen … *Que du bonheur*, wie man in Frankreich sagt.«

Er hielt einen Moment inne, um seinen Worten mehr Wirkung zu verleihen, und nahm eine ernste Miene an.

»Es gibt dennoch eine große Gefahr in dieser Stadt … Wenn ich es recht bedenke …«

Maïssa sah ihn fragend an, runzelte die Stirn und wartete ab, was kommen würde.

»Da du sehr auf deine Figur achtest, nimm dich dort vor den Knafeh in Acht, du wirst sie mögen … Ich möchte schließlich nicht, dass meine Tochter mit zehn Kilo mehr aus Nablus zurückkommt … und mir die Schuld dafür gibt.«

11

Auf Umwegen, die den Ereignissen geschuldet waren, kam Maïssa am nächsten Tag kurz vor Mittag in Nablus an. Obwohl die junge Frau den konservativen und provinziellen Geist eines großen Teils der Bevölkerung verabscheute, liebte sie diese Stadt, die sich im Laufe ihrer Geschichte anarchisch entwickelt hatte. Erste Hauptstadt des Königreichs Israel und Handelszentrum in der Antike, hatte Nablus dank seiner Altstadt einen ganz besonderen Charme. Das Labyrinth von steilen Gassen, in denen sich nur die Bewohner zurechtfanden, die alten Herrenhäuser, der Uhrenplatz und der Basar waren ein Erbe der ottomanischen Epoche. In der Vergangenheit war Nablus vor allem bekannt für seine Seife. Von diesem Produktionszweig zeugte jedoch nur noch eine kleine Fabrik in der Nähe des Basars. Neben einem mit Glas und Aluminium verkleideten Einkaufszentrum gelegen, schien das alte Steingebäude, in dem ein Dutzend Angestellte arbeiteten, Widerstand gegen die Moderne zu leisten und ihr zu entgehen.

Abgesehen vom Olivenöl, das in der Umgebung hergestellt wird, ist die Stadt heute vor allem aus zwei Gründen bekannt: erstens für die Knafeh, feines Backwerk auf der Grundlage von Käse und Grieß, das mit Zuckersirup übergossen wird und im ganzen Nahen Osten berühmt ist; und zweitens, weniger schmackhaft, als Hochburg des Widerstands gegen Israel.

Die Niederschlagung der zweiten Intifada hatte Narben hinterlassen, die die Zeit noch nicht geheilt hatte, ob nun in der Stadt oder in den Herzen der Bewohner. Fast siebenhundert Haushalte waren zerstört, Häuser mitten in der Stadt bombardiert und ganze

Familien dezimiert worden. Aufgrund dieser Erfahrung machte sich die örtliche Bevölkerung, ohne in Panik zu geraten, Sorgen über die Wendung, die die gegenwärtigen Ereignisse nehmen mochten. Während die Auseinandersetzungen zwischen den jungen Leuten aus Balata und der israelischen Armee andauerten, waren die Bewohner, die mit einer Ausgangssperre rechneten, zu den Geschäften im Basar und den Tankstellen geeilt, um Vorräte anzulegen. Wenn die israelischen Verteidigungsstreitkräfte bis jetzt noch nicht auf den Anschlag vom Vorabend reagiert hatten, so konnte man doch darauf wetten, dass sie dies nur aufgeschoben hatten und es einen Vergeltungsschlag geben würde. Seit den Morden hatten die Medien ihre Scheinwerfer auf Nablus gerichtet, und die Journalisten zogen auf der Suche nach Sensationsberichten durch die Stadt.

Maïssa blieb mit ihrem Wagen vor der Schranke stehen, die den Zugang zum Kommissariat versperrte. Den zuständigen Wachtposten scherte das nicht im Geringsten. Er interessierte sich mehr für das Display seines Handys als für das, was um ihn herum geschah. Maïssas Hupen löste keinerlei Reaktion bei ihm aus.

Sie seufzte und drückte fester auf die Hupe. Der Wachtposten ließ sich auch dadurch nicht aus der Ruhe bringen. Aber immerhin griff er, ohne aufzustehen, nach dem Seil, das die Schranke festhielt, und ließ sie hochgehen, sodass der Wagen hindurchfahren konnte.

Das geht ja gut los, dachte Maïssa amüsiert. Wir leben in einem ulkigen Land …

Das Zentralkommissariat in der Faisal-Straße verfiel langsam zur Ruine. Es war vorgesehen, dass der Dienst in den im Bau befindlichen Regierungssitz im Zentrum von Nablus umzog, doch angesichts der Baugeschwindigkeit konnte das noch eine Weile dauern. Die Polizistin kannte diesen Ort sehr gut, zum einen, weil sie dort Fortbildungskurse gemacht hatte, und zum anderen von Besuchen bei Oussama, einem Freund ihres Vaters, den sie schon immer bewunderte. Ihr Wunsch, in die Polizei einzutreten, hing sicherlich auch mit den Gefühlen zusammen, die sie für den Helden ihrer Jugend empfand. Voller Vorfreude und mit festem Schritt ging sie zum Büro des Chefs der Ermittlungsabteilung und des Nachrichtendienstes, dessen Räume die oberste Etage des Hauptgebäudes einnahmen. Als sie ankam, hob der Adjutant des Obersts, der den Befehl hatte, die Besucher abzufangen, den Kopf. Er zeigte ihr ein zahnloses Lächeln, das er für unwiderstehlich hielt, und Maïssa antwortete ihm, indem sie den Zeigefinger an die Lippen legte.

»Ist er da?«, fragte sie mit leiser Stimme und deutete auf Oussamas Büro.

»Ja, er ist allein, du kannst reingehen.«

Die junge Frau ging zur Tür und klopfte zweimal an. Ein dröhnendes Knurren antwortete ihr:

»Ja, was gibt es?«

Mit einem strahlenden Lächeln gewappnet, öffnete sie die Tür und ging in das Büro.

»Meine Liebe, meine Tochter, komm rein! Was für eine Freude, dich zu sehen«, sagte der kahlköpfige Riese mit dem gutmütigen Gesicht, der an seinem Arbeitstisch saß.

Als sie auf ihn zu eilte, stand er auf und begrüßte sie.

»Oussama, wie ich mich freue, dich zu sehen! Es ist schon lange her …«

Er packte sie an den Schultern und stieß sie ein wenig zurück, um sie anzuschauen.

»Donnerwetter, du bist noch immer so schön, meine Liebe. Ich freue mich sehr, dass du hier bist. Also, du willst meine Außenkontakte übernehmen, für uns Werbung machen und die Beziehungen zum Feind pflegen? Du wirst das bestimmt besser machen als ein alter Brummbär wie ich. Setz dich«, sagte er und deutete auf ein Sofa, das in einer Ecke seines Büros stand, änderte dann aber seine Meinung: »Nein, wir gehen in die Stadt, trinken einen Tee und essen Knafeh. Wenn ich mich recht erinnere, liebst du unsere Spezialität.«

»Geht das schon wieder los«, antwortete sie und verdrehte die Augen. »Jedes Mal, wenn ich hierherkomme, nehme ich mehrere Kilo zu, aber gut, ich kann dir nichts abschlagen.«

»Ein paar Kilo mehr können dir nicht schaden! Gibt dir der Minister nichts zu essen, oder was ist los?«, fuhr er lachend fort und nahm sein Jackett vom Kleiderständer.

»Hussein, wenn man nach mir fragt, ich bin bei einer Untersuchung. Ich will für mindestens eine Stunde nicht gestört werden. Kapiert?«, sagte er zu seinem Sekretär.

Als sie bei *Abu Salla Sweet* ankamen, zog Oussama auf der Terrasse einen Stuhl für Maïssa zurück, schob ihn dann aber sogleich wieder an den Tisch.

»Wir gehen besser rein. Wenn wir uns zu sehr zeigen, kann das zu Gerede führen. Du kennst den gesellschaftlichen Druck in dieser Stadt, die Leute lieben Klatsch, und ich möchte dich nicht in Verruf bringen.«

»Ach, Unsinn, das Gerede der Leute ist mir egal«, sagte sie und setzte sich. »Keinen Zuckersirup auf meine Knafeh, und auch nicht in den Tee, bitte«, fuhr sie fort und hoffte, dass das Thema damit beendet war.

Er betrachtete sie mit einem breiten Lächeln:

»Du hast dich nicht geändert, immer mit dem Kopf durch die Wand.«

»Ich bin zu alt, um mich noch zu ändern. Ich habe diesen Charakter sowohl von meinem Vater geerbt als auch von seinen Freunden, denke ich.«

Als sie allein dasaß, während Oussama die Bestellung aufgab, schaute Maïssa sich ihre Umgebung an. Die Frauen, die auf der

Straße entlanggingen, waren fast alle verschleiert, und auch wenn einige nicht viel von ihren Formen verbargen, trugen die meisten von ihnen ein Kleid oder einen weiten Mantel, der sie umhüllte. Was die Männer betraf, fiel ihr auf, dass sie die Blicke derer, die sie bemerkt hatten, auf sich zog; wenn sie sich nicht sogar umdrehten, um sie weiter anzustarren, als ob ihr offenes Haar sie in ein seltsames Tier verwandeln würde. Es gab zweifellos noch viel zu tun, bis das Denken sich entwickelte … Da sie weiterhin angegafft wurde und sich unwohl fühlte, biss sie sich nervös auf die Lippen, verzog das Gesicht und stand auf, um in den Laden zu gehen. Sie musste anerkennen, dass Oussama recht hatte. Als der Oberst sie eintreten sah, drehte er sich überrascht zu ihr um.

»Ich werde mich dort hinsetzen. Draußen ist es zu schattig und zu windig«, sagte sie und deutete auf einen Tisch, der etwas weiter weg vom Fenster stand.

Er ließ sich von ihrer Lüge nicht täuschen, beschränkte sich aber darauf, ihr mit einem Lächeln zu antworten und ihr zuzuschauen, wie sie sich setzte, bevor er mit einem Pappteller in jeder Hand zu ihr ging und einen vor sie hinstellte.

»Ist ganz heiß, kommt direkt aus dem Ofen.«

Dann brachte der Kellner den Tee. Während sie gierig ihren Kuchen in Angriff nahm, konnte Maïssa sich nicht zurückhalten, über ihren Auftrag zu sprechen.

»Was genau ist hier eigentlich passiert?«

Oussama fasste die Ereignisse des Abends für sie zusammen, wobei er besonders auf dem Anschlag und seinen Auswirkungen beharrte.

»Und die, die verhaftet wurden?«

»Sie wurden ins Verhörzentrum des Schabak in Jerusalem gebracht … von dort gibt es keine Neuigkeiten, und ich glaube, dass man in diesem Fall hinzufügen kann … keine guten Neuigkeiten.«

»Sind sie schuldig? Sind sie Aktivisten?«

»Ich kenne einen. Das sind junge Leute, die in Balata aufgewachsen sind. Sie arbeiten als Handlanger beim Bau von neuen Häusern in der Nähe der Siedlung.«

»Die Siedler beschäftigen Araber?«

»Das ist selten, kommt aber vor. Dabei kommt jeder auf seine Kosten. Für sie ist es billige Handarbeit. Für uns hält das eine Familie am Leben. Aber man gibt nicht damit an. Das ist auf beiden Seiten politisch nicht korrekt.«

»Du hast meine Frage nicht beantwortet. Denkst du, dass sie die Mörder sind?

Er seufzte und schüttelte nachdenklich den Kopf.

»Man muss anerkennen, dass die Israelis sich bei so was selten irren. Sie haben unwiderlegbare Beweise. Nach meinen Quellen haben sie DNA-Spuren der Täter gefunden und Blut der Opfer auf der Kleidung unserer Leute«, sagte er und endete mit einem Lächeln, das nichts Fröhliches hatte.

»Würde es dich stören, wenn ich heute Nachmittag zum Tatort gehe?«

»Keineswegs, ich stelle dir einen Fahrer zur Verfügung.«

Journalisten wollten Informationen haben, und sie beschloss, sie am späten Nachmittag zu empfangen. Sie sollte sich auch um die Beziehungen zu den internationalen Organisationen und den Verbindungsoffizieren der Polizei und der Nachrichtendienste verschiedener Länder kümmern, die versuchten, sie zu erreichen.

»Und die Israelis?«

»Nichts, völliges Schweigen. Ich glaube, sie sind vor allem sauer wegen des Attentats.«

Seit der Annäherung zwischen der Palästinenserbehörde und der Hamas stand Vertrauen nicht mehr auf der Tagesordnung, falls das denn überhaupt jemals der Fall war. Aktivisten mehrerer militärischer Fraktionen der religiösen Bewegung waren in die palästinensische Polizei integriert worden. Das hatte die israelischen Behörden verärgert und ihnen jegliche Lust genommen, in zivilisierter Weise so zu kommunizieren, wie sie es früher regelmäßig beim Informationsaustausch gemacht hatten.

Maïssa verzog das Gesicht und dachte, dass man trotzdem von dieser Seite aus versuchen müsste, den Brand zu löschen, und dass es bei einer direkten Konfrontation mit den Juden nichts zu gewinnen gäbe. Am Ende ging das immer auf Kosten der Bevölkerung.

Oussamas Handy begann in seiner Tasche zu klingeln und zu vibrieren. Er erhob sich von seinem Stuhl, um es herauszuziehen, streckte seinen Arm aus und kniff die Augen zusammen, um den Namen des Anrufers zu lesen. Er wandte sich Maïssa zu und flüsterte »das Büro«, bevor er das Gespräch annahm.

Als die Polizistin ihn ansah, verstand sie, dass die Neuigkeiten nicht gut waren. Das Gesicht des Obersts verfinsterte sich in dem Maße, in dem er die Informationen registrierte, die ihm sein Gesprächspartner gab. Er legte auf und sah die junge Frau mit traurigen Augen an:

»Der junge Mann aus Balata, der geflohen war, ist an der Kreuzung von Zataara erschossen worden. Zuvor hat er einen Siedler mit dessen eigener Waffe umgebracht.«

Sie mussten mit Vergeltungsmaßnahmen rechnen. Die öffentliche Meinung in Israel würde einhellig nach Rache schreien.

12

Als sie sich Balata näherten, beendete Moncef, der Offizier, der von Oussama abkommandiert worden war, um Maïssa zu unterstützen, auf gefährliche Weise seinen Slalom im Verkehrsfluss, fuhr langsamer und bog zum Flüchtlingslager ab.

Während der ganzen Fahrt hatte sich die Polizistin am Sicherheitsgurt festgeklammert und sich auf die Lippen gebissen, um nicht einzugreifen. Da sie wusste, wie empfindlich die Männer dieses Landes waren, hielt sie es nicht für klug, ihren Fahrer von Anfang an gegen sich aufzubringen. Als sie sah, wie er die Richtung änderte, wandte sie sich ihm daher nicht zu, um seinen Fahrstil zu kritisieren:

»Fahr zunächst zum Ortsausgang von Nablus, ich will sehen, was da los ist.«

»Aber … das kann gefährlich werden«, erwiderte der junge Mann. »Sieh mal, da hinten, der schwarze Rauch, der zum Himmel aufsteigt. Da brennen Fahrzeuge oder Reifen. Sie kämpfen.«

»Ich bin bei der Polizei, genau wie du«, sagte Maïssa lächelnd.

Er wurde blass, sagte aber kein Wort und drückte so aufs Gaspedal, dass Maïssa in den Sitz gepresst wurde. Sie wurde langsam wütend, beschloss aber erneut, nichts zu sagen

Junge Leute, deren Gesichter mit Kufiyas oder um den Kopf gewickelten palästinensischen Fahnen verschleiert waren, näherten sich mit entschlossenen Schritten dem israelischen Kontrollposten. Sie wollten sich mit den Soldaten schlagen. Einige waren mit Steinen und mit Benzin gefüllten Flaschen bewaffnet, während andere alte Reifen herbeischleppten oder vor sich her rollten.

Am Ende der Straße stand eine fünfzigköpfige Gruppe bereit, um Steine auf mehrere Soldaten zu werfen, die neben einem Militärjeep postiert waren. Inmitten dieses Durcheinanders gefangen, versuchten Zivilfahrzeuge, irgendwie durchzukommen. Eine gewagte Sache, denn die Fahrer konnten nur weiterkommen, wenn sie sich dem Feuer der Scharfschützen der israelischen Armee aussetzten, die auf alles schossen, was bedrohlich aussah.

Während sie sich der letzten Gruppe näherten, griff die junge Frau, ohne den Schauplatz der Ereignisse aus den Augen zu lassen, nach Moncefs Arm und bat ihn, an einer Stelle zu halten, an der er leicht wenden konnte.

Der junge Mann trat voll auf die Bremse. Maïssa wurde nach vorn geschleudert, von ihrem Sicherheitsgurt gehalten und dann in ihren Sitz zurückgeworfen. Dieses Mal warf sie dem Fahrer einen grimmigen Blick zu.

»Tut mir leid«, stammelte er. »Ich werde langsamer fahren.«

Sie antwortete nicht und hoffte, er würde sein Versprechen halten. Als der Wagen stillstand, richteten die Polizisten ihre Aufmerksamkeit auf die Demonstranten.

Zwei Reifen lagen auf dem Boden. Ein Jugendlicher näherte sich und goss Benzin darüber, während ein anderer mit einer Streichholzschachtel bereitstand, um sie anzuzünden. Die Intensität des Feuers überraschte alle. Sie mussten warten, bis die Flammen sich beruhigt hatten, um weitermachen zu können. Als sie meinten, dass der richtige Moment gekommen war, näherten sich zwei mit einem Stock versehene Jungen. Jeder von ihnen richtete einen der brennenden Reifen auf, brachte ihn zum Rollen und rannte auf die Soldaten zu. Etwa dreißig Meter vor ihrem Ziel sprangen sie beiseite und ließen die Feuerwalze weiterrollen. Neben ihnen warfen andere Jugendliche Steine mit der Hand oder mit einer Schleuder. Von Tränengas und Gummigeschossen auf Distanz gehalten, hatten die Demonstranten keine Chance, ihre Ziele zu erreichen, und die Wurfgeschosse fielen weit vor der Kette der Sicherheitskräfte zu Boden. Ein Soldat ging in aller Ruhe auf die brennenden Reifen zu und warf sie mit einem Fußtritt um, während ein anderer die Flammen mit einem Feuerlöscher erstickte.

»Solange das hier so bleibt, ist es einfach nur ein witzloses Schauspiel, das nichts bewirkt.«

»So läuft das hier immer«, erklärte Moncef. »Sobald es ein Problem gibt, kommen die Jugendlichen von Balata hierher, um sich mit den Juden zu messen. Das stört den Verkehr, ärgert alle, bewirkt meist aber gar nichts. Gut möglich, dass irgendwann …«

Seine Stimme war unmerklich rauer geworden … Nach einer Weile verspürte er den Drang fortzufahren, ihr zu erklären, was er meinte, obwohl er wusste, dass Maïssa die Geschichte dieser Stadt genauso gut kannte wie er selbst:

»Unser ganzes Land ist eine einzige tickende Zeitbombe, und wenn es knallt, wird es, selbst wenn es nicht in Nablus beginnt, von hier ausgehend immer stärker werden, und wir werden die Ersten sein, die dafür bezahlen müssen. Das Haus meiner Familie ist während der zweiten Intifada durch Fliegerbomben zerstört worden. Ich habe meine Mutter und zwei Schwestern verloren.«

Sie hörte ihm zu. Wie viele Palästinenser hatte er, auch wenn er persönlich unter den Auseinandersetzungen gelitten hatte, die Nase voll von der Gewalt und wünschte sich nur eines: Frieden. Als sie spürte, dass er im Moment nicht mehr zu sagen hatte, kam sie mit leiser Stimme auf den Grund ihrer Anwesenheit zurück und beschloss, dass es an der Zeit war, nach Balata zu fahren.

Sie hatten keine Schwierigkeiten, die vom Schabak ins Visier genommenen Häuser zu finden. Diese waren zu Pilgerstätten geworden. Die Frauen aus der näheren Umgebung waren gekommen, um ihre Nachbarn moralisch zu unterstützen. Die Männer waren von Vettern und Hamas-Mitgliedern empfangen worden, wobei die einen die Familie unterstützen und die anderen Anteil an den laufenden Ereignissen nehmen wollten. Fotos mit den drei beschuldigten jungen Männern schmückten bereits die Wände. Faadi Noori, der jetzt in den Märtyrerrang aufgestiegen war, hatte einen Ehrenplatz erhalten. Maïssa trug ihre Offiziersuniform der palästinensischen Polizei, ein einfaches, aber wirksames Mittel, um Anfeindungen und Verdächtigungen einzuschränken, denen sie mit offenem Haar und in Zivilkleidung zweifellos ausgesetzt gewesen wäre. Sie entschied sich, mit den Häusern der Gefangenen anzufangen.

Das Erste war das von Amer Tamari. Am Eingang stand ein junger Hamas-Kämpfer, der den Kopf mit einem schwarzen Kufiya bedeckt hatte. Sie stellte sich vor, und er trat beiseite.

»*Tfatdali.* Komm rein. Die Frauen sind in der Küche, die Männer unterhalten sich im Hof«, sagte der Mann zu ihr und ließ sie durch. Dabei wandte er die Augen ab wie Strenggläubige, die es ablehnten, Frauen anzusehen.

Die Männer saßen im Kreis, tranken Kaffee und diskutierten. Als die beiden Polizisten den Hof betraten, verstummten sie und warfen den Eindringlingen misstrauische Blicke zu. Ein etwa sechzigjähriger korpulenter Mann, der einen knitterfreien grauen Anzug über einem Hemd mit offenem Kragen trug, stand mühsam auf und trat auf Maïssa zu.

»*Salam Aleikum.* Was kann ich für dich tun, meine Schwester?«

»Ich bin aus Ramallah gekommen, um die Familien der Verdächtigen zu besuchen und mit ihnen zu sprechen. Wir wollen wissen, was passiert ist. Die Wahrheit herausfinden.«

Der Hauch eines Lächelns zog über das Gesicht ihres Gesprächspartners.

»Die Wahrheit ist, dass unsere Brüder von der Besatzungsmacht verhaftet worden sind und dass keiner sie verteidigt. Sie werden gefoltert, vielleicht sogar umgebracht. Und wir sind stolz auf sie.

Für einen von unseren Brüdern, der getötet wird, werden zehn andere die Fackel ergreifen.«

Sie hatte große Mühe, ruhig zu bleiben und keine Miene zu verziehen.

»Sie sind …?«

»Tayser Tamari, der Onkel von Amer. Sie haben meinen Neffen sowie meinen Bruder und zwei weitere Kinder mitgenommen. Ich bin aus Hebron gekommen, als ich davon erfahren habe. Mehr weiß ich nicht, und mehr brauche ich auch nicht zu wissen.«

»Wie meinen Sie das?«

Er machte eine ausweichende Gebärde und antwortete:

»Ich bin kein Militanter, aber ich unterstütze die Aktionen derer, die kämpfen, das ist alles.«

»Und Amer hat gekämpft?«

Sein Zögern war nicht zu übersehen.

»Ich sage es Ihnen noch einmal, ich weiß es nicht. Über so was spricht man nicht.«

Sie lächelte innerlich und sagte sich, dass es keinen Sinn hatte, weiter zu beharren … Aus einem, der nichts weiß, kann man nichts rauskriegen … Sie tat so, als ob sie zögern würde …

»Kann ich seine Mutter sehen?«

»Natürlich, Capitaine. Die Frauen sind in der Küche«, sagte er und deutete auf die Eingangstür des Hauses.

Maïssa drehte sich zu ihrem Begleiter um. Der junge Polizist schien ihre Gedanken zu ahnen und machte ihr ein Zeichen, dass er auf sie warten würde.

Die Frauen saßen rund um einen Tisch, tranken auch Kaffee und aßen Gebäck. Mehrere von ihnen hatten von Tränen gerötete Augen. Die Ankunft von Maïssa in ihrer Uniform inmitten von verschleierten Haaren und langen, mit traditionellen Stickereien versehenen Kleidern wirkte wie ein Paukenschlag, ohne aber die geringste feindselige Reaktion auszulösen. Die Polizistin setzte eine den Umständen angemessene Miene auf, erhellt von einem leichten Lächeln in Richtung der Frau, die unschwer als Hausherrin zu erkennen war. Maïssa ging um die Gruppe herum auf sie zu. Die alte Frau stand auf, mit einem von tiefer Traurigkeit erfüllten Blick.

»*Salam.* Was willst du hier?«

Wie es sich gehörte, beugte Maïssa sich vor und umarmte sie.

»Ich bin gekommen, um dir die Unterstützung meiner Vorgesetzten zuzusichern.«

Die Mutter klammerte sich an Maïssa, reichte ihr die Hand und bat die Polizistin, sich neben sie zu setzen. Eine Tasse Kaffee und auch ein Teller mit Knafeh wurden gebracht.

Die Kehle der trauernden Mutter war wie zugeschnürt. Deshalb hatte sie Mühe zu antworten.

»Ich brauche keine Politiker und auch keine Leute von der Autonomiebehörde. Ich habe hier Freunde um mich herum.«

Maïssa gab vor, dem zuzustimmen, indem sie der Mutter versicherte, dass ihr Ziel vor allem darin bestehe, zu erfahren, was ihr Sohn mit dem Mord an den Siedlern zu tun hatte. Die alte Frau klammerte sich an Maïssas Blick und versank darin mit vom Weinen erschöpften Augen.

»Mein Sohn hat nichts getan. Er war am Tag der Morde zu Hause. Man will ihn zu einem Märtyrer machen, aber er hat nichts getan«, wiederholte sie schluchzend.

Die anderen Frauen hatten aufgehört zu sprechen und taten so, als ob sie sich nicht für das Gespräch interessieren würden.

Maïssa zwang sich, weiter nachzufragen, und schämte sich fast dafür.

»Die Israelis haben Beweise. Ihr Sohn war bei den Siedlern.«

Die Augen der Frau füllten sich mit Tränen, sie begann zu weinen.

»Ich weiß, ich verstehe das nicht! Vielleicht ist er zu einer anderen Zeit dorthin gegangen, am Nachmittag, um zu arbeiten oder etwas anderes zu machen.«

»Das ist nicht möglich. Den Arabern ist der Zutritt verboten. Er konnte nicht ›legal‹ in die Siedlung gehen.«

Die Mutter wischte sich mit einem Taschentuch nervös die Tränen ab und sah die junge Polizistin mit einem flehenden Blick an.

»Ich bitte dich, wenn du etwas tun kannst: Hilf meinem Sohn. Bring ihn mir zurück.«

Maïssa wagte nicht, die alte Frau anzuschauen und schwieg. Nicht etwa aus Feigheit, sondern weil es nicht in ihrer Macht stand, zu tun, was man von ihr verlangte. Und außerdem empfand sie kein Mitgefühl mit den Mördern, selbst wenn es sich um arme Marionetten handelte, die von blutrünstigen Imamen manipuliert wurden.

Die Alte lächelte müde, griff nach der Hand der jungen Polizistin und bat sie:

»Kümmere dich wenigstens um meinen Mann und die anderen Jungs.«

»Das werde ich tun«, versprach Maïssa und stand auf.

Langsam befreite sie ihre Hand aus der der Mutter und kehrte aufgewühlt zurück zu Moncef. Dieser unterhielt sich mit den Männern, reagierte aber sofort auf den Wink mit den Augen, den seine Kollegin ihm zuwarf, und unterbrach das Gespräch, um sich ihr anzuschließen. Er verabschiedete sich von seinen Gesprächspartnern, indem er die rechte Handfläche aufs Herz legte. Der Blick des Onkels begleitete die beiden bis zur Tür. Zu Fuß setzten sie ihren Weg zum zweiten Haus fort.

»Die Mutter behauptet, ihr Sohn habe nichts getan. Hast du etwas herausgefunden?«

»Nichts Konkretes. Die Leute sprechen, als ob es sich um einen der Mörder handeln würde, und das begeistert sie. Sie sind sehr stolz darauf, sagen aber nichts, was wirklich bestätigen könnte, dass er dort war oder dass er Mitglied einer politischen Bewegung ist. Die Hamas ist hier überall. Keiner kritisiert offen die Aktionen, die sie fernsteuert.«

Die Bleibe von Khaled Ghannam sah aus architektonischer Sicht genauso aus wie die von Amer Tamari. Am Eingang wurden sie erneut von einem Mitglied der Hamas empfangen. Man hatte sie erwartet, stellte keine Fragen, und der Militante trat geflissentlich beiseite, um sie durchzulassen. Auch hier befanden sich die Männer im Hof, aber dieses Mal wurden sie von einem offiziellen Vertreter der politischen Partei empfangen. Er hielt Distanz zu Maïssa und reichte ihr nicht die Hand.

»Guten Tag, Capitaine. Ich habe Sie erwartet. Ich bin Jihad Awdeh, einer der Vertreter der Hamas in Balata.«

Sie musterte ihn kurz. Mit seinem großen Wuchs und seinem sicheren Auftreten hatte der Mann ein natürliches Charisma. Zwar beeindruckte sie das nicht sonderlich, aber ihr war klar, dass sie auf der Hut sein musste. Auf keinen Fall durfte sie ihm gegenüber zu forsch auftreten. Sie sprach ihn ehrerbietig an.

»Ich brauche Ihnen nicht zu sagen, warum wir hier sind, Sie wissen ja Bescheid. Hat Ihre Anwesenheit einen besonderen Grund?«

Ein Funkeln trat in die Augen des Mannes.

»Ganz und gar nicht«, fuhr er salbungsvoll fort und wappnete sich mit einem wohlwollenden Lächeln.

Zwei ohrenbetäubende Explosionen unterbrachen ihn. Die Fenster und Wände der Behausungen bebten. Gleich darauf folgte das Dröhnen zweier israelischer Jets. Sie hoben die Augen zum Himmel und sahen, wie die Flugzeuge in niedriger Höhe vorbeizischten. Jihad zuckte mit den Schultern.

»Sie glauben, dass sie uns damit einschüchtern können. Seit

dem Morgen durchbrechen sie immer wieder die Schallmauer über der Stadt. Sollen sie sich doch amüsieren! Sie haben unsere Brüder gefangen genommen. Da kommen wir heute natürlich hierher, um den Familien unserer tapferen Helden beizustehen.«

Dieses hochtrabende Gerede war der Polizistin zuwider, aber sie zwang sich erneut, sich nichts anmerken zu lassen. Maïssa überließ ihrem Kollegen die weitere Befragung des Hamas-Vertreters und ging hinüber zur Küche des Hauses. Die Frauen saßen am Tisch und unterbrachen ihr Gespräch, als sie eintrat. Obwohl ihre Gastgeberin nicht von der üblichen Gastfreundschaft abwich, spürte Maïssa sofort, dass sie nicht willkommen war. Sie würde bei diesem Besuch nichts erfahren und beschloss deshalb, ihn möglichst kurz zu halten, ohne die Regeln des Anstands zu verletzen.

Als sie zu Moncef zurückkehrte, sprach er immer noch mit dem Hamas-Politiker. Dieser setzte wieder seine schmeichlerische Maske auf, unterbrach sich und wandte sich ihr liebenswürdig zu, als ob sie ein fünfjähriges Kind wäre, das er um den Finger wickeln wollte.

»Ich hoffe, Ihre Befragung ist zu Ihrer Zufriedenheit verlaufen, Capitaine. Sie müssen wissen, dass die Leute hier die Polizei und die Autonomiebehörde in Ramallah nicht besonders mögen. Das dürfen Sie nicht als Beleidigung verstehen. Es ist nicht gegen Sie persönlich gerichtet. Aber die Menschen hier haben einfach kein Vertrauen in die Behörden, sie kennen die unerfreulichen Gepflogenheiten der dort vorherrschenden Korruption nur zu gut …«

Er hielt inne, als ob er einen besonderen Effekt erzielen wollte, und fuhr fort …

»Meine Worte beziehen sich keineswegs auf Ihren Vater. Ein aufrichtiger und mutiger Mann …«

Maïssa zwinkerte nervös bei der Erwähnung ihres Vaters, diesem subtilen Hinweis, mit dem er ihr zu verstehen gab, dass er wusste, wer sie war. Sie hielt sich zurück und hütete sich, ihren neuen Freund zu unterbrechen.

»Wenn Sie etwas in diesem Lager brauchen, zögern Sie nicht, Kontakt mit mir aufzunehmen. Ich habe Ihrem Kollegen meine Adresse gegeben. Es wäre mir eine Freude, Ihnen zu helfen, denn ich weiß, dass Sie edle Absichten haben. Ich werde Sie zur Familie von Faadi Noori, unserem jungen Märtyrer, begleiten.«

Er ging ihr voraus und nahm Moncef im Vorbeigehen am Arm. Riesige Poster mit Faadi klebten an den Wänden und in der direkten Umgebung seines Hauses. Die Frauen waren in Tränen aufgelöst, und die Mutter, die von Schmerzen überwältigt war und von ihren Begleitern gestützt wurde, konnte nur zum Ausdruck bringen, wie stolz sie auf ihren Sohn war.

Nach ein paar Minuten, die ihr wie eine Ewigkeit erschienen, gab Maïssa jede Hoffnung auf, von diesen Leuten auch nur die geringste brauchbare Information zu bekommen. Es hatte keinen Zweck, beharrlich zu sein. Mit angespannten Zügen und ernstem Gesicht sprach sie erneut ihr Beileid aus, drehte sich um und signalisierte ihrem Kollegen mit einem Blick, dass sie gehen wollte. Jihad Awdeh begleitete sie, ohne von seinem guten Willen abzuweichen, bis zur Tür.

»Suchen Sie mich auf, wann immer Sie wollen. Sie sind stets willkommen«, wiederholte er mehrere Male, während er ihnen nachblickte und beobachtete, wie sie sich im Labyrinth der Gassen entfernten.

Als sie sich ihrem Wagen näherten, sah Maïssa überrascht, wie ein verschleiertes junges Mädchen auf sie zukam. Sie schien etwa fünfzehn Jahre alt zu sein. Bei genauerer Betrachtung erinnerte sie sich, dass sie die Jugendliche in der Küche der Familie Ghannam gesehen hatte. Das Mädchen ging ohne Schüchternheit auf sie zu und zog sie so weit beiseite, dass Moncef sie nicht hören konnte. Nachdem sie sich kurz umgeschaut hatte, sagte sie:

»Ich bin die Schwester von Khaled Ghannam. Ich weiß, dass mein Bruder unschuldig ist.«

Die Polizistin sah sie gespannt an.

»Freitagabend kann er die Siedler nicht getötet haben. Er war im Hotel Mövenpick in Ramallah.«

Maïssa runzelte die Stirn und sah sie erstaunt an.

»Wissen das deine Eltern?«

»Bist du verrückt? Ich glaube, er war an einem Ort, wo es Alkohol und ein Fest mit vielen Mädchen gab. Wenn mein Vater das erfahren hätte, hätte er ihn umgebracht.«

»Um welche Uhrzeit ist er zurückgekommen.?«

»Spät nachts. Meine Eltern dachten, dass er bei einem Freund war. Und nun sind sie sich sicher, dass er die Siedler getötet hat, eben weil er nicht zu Hause war. Aber ich weiß, dass das nicht stimmt. Rette ihn, wenn du kannst, ich bitte dich. Er ist kein böser Mensch.«

Maïssa glaubte ihr sofort. Das Mädchen konnte sich eine solche Geschichte unmöglich ausgedacht haben.

»Ich werde sehen, was ich tun kann. Nimm meine Telefonnummer und meine Mailadresse«, sagte sie und steckte ihr eine Visitenkarte zu. »Und melde dich in ein paar Tagen bei mir.«

»Danke«, flüsterte die Schwester mit hoffnungsvollem Blick. »Ich vertraue dir. Ich täusche mich nie in Leuten.«

Bevor die Polizistin etwas erwidern konnte, war das Mädchen verschwunden und überließ sie ihren Fragen.

13

Auf der Rückfahrt von Balata versetzte Maïssa ihren Fahrer erneut in Erstaunen, als sie ihn bat, zu Habib Marouane zu fahren.

»Zu Habib Marouane?«, wiederholte Moncef verwirrt.

Seine Reaktion entlockte der jungen Frau ein spöttisches Lächeln.

»Du wirst sehen, er ist sehr sympathisch.«

»Die Leute lieben ihn, er hat unheimlich viel für die Stadt getan. Er finanziert karitative Aktionen und gibt bedürftigen Studenten Stipendien. Ich habe ihn mehrere Male auf Veranstaltungen gesehen, mich ihm aber nie genähert. Das ist nicht meine Ebene. Deine vielleicht, du bist ja die Tochter eines Ministers.«

»Das muss es wohl sein«, antwortete Maïssa ihm lachend.

Moncef fuhr um das im Bau befindliche Gebäude der Bezirksregierung herum in Richtung des Bergs Garizim und des samaritanischen Dorfes. Er musste sehr bald in den ersten Gang schalten, um den steilen Hang hinaufzukommen, der vom Palast des Millionärs beherrscht wurde. Er gab jedoch mehr Gas als notwendig, und dieses Mal beschloss Maïssa, ihm Einhalt zu gebieten.

»Ich fühle mich unwohl, kannst du bitte etwas langsamer fahren? Wir hatten einen Unfall, als ich noch ein Kind war, und seitdem macht mir die Geschwindigkeit Angst.«

Der Fahrer nahm sofort den Fuß vom Gas.

»Das hättest du mir gleich sagen sollen«, sagte er errötend und erging sich in Entschuldigungen.

Sie dankte ihm und sagte weiter nichts, entzückt über die Lüge, die sie gerade erfunden hatte. Ihr war sehr wohl bewusst, dass ihre

Lügengeschichte eine viel bessere und langfristigere Wirkung haben würde als ein Vorwurf.

Als die Stadt sich ausdehnte, hatte man über die schwierige Beschaffenheit des Terrains hinweggesehen und schließlich die Abhänge des Hügels mit Wohnhäusern bedeckt. Je höher die Bauten lagen, umso jünger waren sie, jedoch ohne dass der Stil sich wirklich geändert hätte. Die Häuser, rechteckige Blöcke mit vier oder fünf Etagen, sahen alle gleich aus. Ein Eindruck, der durch die Verkleidung mit weißem Jerusalem-Stein noch verstärkt wurde: Eine ästhetische Auflage der Stadtverwaltung, die erstaunlicherweise in einer Region befolgt wurde, in der Anarchie die Regel war. Nach mehreren engen Kurven näherten sie sich schließlich dem Gipfel und befanden sich auf der Höhe einer im Bau befindlichen Moschee.

»Sie wird von Marouane finanziert«, bemerkte Moncef.

»Selbst er baut heute Moscheen«, wunderte sich Maïssa.

Dieser Gedanke amüsierte Moncef.

»Wenn die Leute älter werden, wissen sie, dass ihr Rendezvous mit Gott näher rückt. Sie versuchen, ihre Chancen mit allen Mitteln zu verbessern.«

»Zumal er kein glühender Anhänger der Religion war. Ich weiß das aus eigener Erfahrung.«

»Seit wann kennst du ihn?«

Sie verstummte und schwieg einen Moment, um sich ihre Erinnerungen ins Gedächtnis zu rufen. Ihr Gesicht erhellte sich und sie beschloss zu antworten. In der Vergangenheit waren Oussama, Habib und ihr Vater unzertrennlich gewesen. Sie gehörten zu den engsten Vertrauten von Yassir Arafat. Habib und Ahmad waren »politische« Ratgeber, und Oussama, der etwas jünger war, kümmerte sich um die Sicherheit. Er war ein Mann der Tat. Als Maïssa noch ein kleines Kind war, hatte sie die beiden jeden Tag im Haus ihrer Eltern gesehen. Sie spielten mit ihr und überschütteten sie mit Geschenken … Ihr Vater war der Einzige, der verheiratet war und ein Kind hatte. Die anderen hatten sich in Onkel verwandelt und brachten sie manchmal zur Schule oder holten sie dort ab. Sie waren Familienmitglieder, Maïssa kannte sie seit jeher und wusste genau, dass die Religion in der Vergangenheit für sie nur eine untergeordnete Rolle gespielt hatte.

Nachdem der Wagen die Mauer des Grundstücks erreicht hatte, blieb er vor einem hohen Metalltor stehen. Maïssa sprang heraus und drückte auf den Knopf der Sprechanlage. Sie sagte etwas und kurz darauf öffnete sich das Tor. Vor ihnen lag ein Kiesweg, der von Statuen und Blumenbeeten gesäumt war. Die Villa im Hintergrund sah mit ihren Säulen und ihrer Kuppel aus wie ein italienischer Palast.

»Pfff!«, pfiff der Fahrer beeindruckt.

Maïssa amüsierte sich darüber und beschloss, die »blasierte verwöhnte Göre« zu spielen.

»Ja, das ist nicht schlecht, das imponiert immer. Nach der zweiten Intifada hat er sich aus der Politik zurückgezogen und sich auf seine Geschäfte konzentriert. Und er war sehr erfolgreich. Park dort neben der Treppe«, sagte sie und deutete auf die Stelle, an der er anhalten sollte.

Habib Marouane und seine libanesische Frau Mona waren vor die Tür getreten, um die Ankömmlinge zu begrüßen. Maïssas Ankunft löste Freudenschreie aus, und sie fielen sich in die Arme. Moncef, eingeschüchtert, blieb etwas zurück, was dem Hausherrn nicht entging. Habib löste sich von den Frauen, ging auf ihn zu und schüttelte ihm warmherzig die Hand, als ob sie sich schon lange kennen würden. Maïssa drehte sich zu ihnen um.

»Tut mir leid, ich hab euch Moncef noch nicht vorgestellt, er ist ein Leutnant von Oussama. Wir arbeiten zusammen, solange ich in Nablus bin.«

Mona führte sie durch das Haus in einen kleinen Salon, der

neben Habibs Büro lag. Während der junge Offizier über das gewachste Parkett ging, sah er sich bewundernd um und prägte sich alles ein. Er wollte von diesem Moment nichts vergessen, damit er seinen Freunden erzählen konnte, was er gesehen hatte. Die Einrichtung des Hauses war luxuriös, ohne jedoch eine Anhäufung von auffälligen und protzigen Reichtümern zu sein. Sie setzten sich auf ein Ecksofa aus weißem Leder. Zeitgenössische Gemälde schmückten die Wände.

»Maïssa! Hast du das schon gesehen?«, fragte Mona und deutete auf ein großes modernes Gemälde, eine stilisierte Darstellung der Mauer, die den hebräischen Staat von seinem Nachbarn trennte. »Es ist von Hani Zurob, einem Maler aus Gaza. Ich habe es letzte Woche gekauft. Gefällt es euch?«

»Ja«, antwortete die junge Frau, ohne zu zögern.

Moncef war zwar nicht so begeistert, wollte es aber auch nicht an Diplomatie fehlen lassen und beschränkte sich auf ein »Sehr schön«, das die anderen zum Lächeln brachte.

Bis zum Ende des Kaffees sprachen Maïssa und das Ehepaar über die Familien, tauschten Neuigkeiten aus und erinnerten sich an schöne Momente in der Vergangenheit. Dann beendete der Geschäftsmann das Geplauder und wandte sich an die beiden Polizisten.

»Also, nun zu unserem Fall. Was haltet ihr davon?«

Der junge Polizist richtete sich auf, überließ jedoch Maïssa das Wort. Sie berichtete ihrem Gastgeber von dem mageren Resultat ihres Besuchs in Balata, erwähnte aber auch den Hinweis, den sie kurz vor ihrem Aufbruch von der Schwester eines der jungen Männer erhalten hatten.

Habib, der leicht vorgebeugt auf der Kante seines Sessels saß, schwieg und hörte konzentriert zu, bis die junge Frau ihren Bericht abgeschlossen hatte. Nach einer Pause setzte er eine ernste Miene auf und wandte sich an seine Besucher.

»Es wird schwer werden, die Wahrheit herauszufinden. Für bestimmte Personen ist dieser Mord, so schrecklich er auch sein mag, gerechtfertigt durch den Kampf gegen den Besatzer.«

Er erklärte, dass die Familien zwischen zwei Möglichkeiten hin- und hergerissen seien. Zum einen, die Unschuld ihrer Angehörigen geltend zu machen und zu hoffen, sie freizubekommen, zum anderen, die Fakten anzuerkennen und mit Stolz auf die Tat zu blicken. Zur ersten Möglichkeit sei zu sagen, dass sich ein Unschuldiger in der Regel nur schwer verteidigen ließe und keine große Chance auf einen Freispruch habe. Die Alternativvariante verspräche den jungen Männern hingegen den Heldenstatus und den Familien Hilfe und Unterstützung durch die Hamas. Sollte das Haus der Familie zerstört werden, so würde die Hamas es wieder aufbauen und für die Bedürfnisse der Angehörigen sorgen.

»Oder täusche ich mich?«, schloss er und wandte sich an Moncef, um ihm zu ermöglichen, am Gespräch teilzunehmen.

»Nein, Sie haben völlig recht. Deshalb ist es schwierig, von den Verwandten die geringste Information zu bekommen.«

Eine ungewohnte Situation für Polizisten, weil Menschen, die womöglich gar keine Mörder waren, es vorzogen, das Gegenteil zu behaupten, weil ihnen das den gesellschaftlichen Status von Helden gab.

»Das erklärt jedenfalls vieles«, gab Maïssa nachdenklich zu …

14

Zurück im Zentralkommissariat begab Maïssa sich in Oussamas Büro und erzählte ihm, was sie herausgefundenen hatte. Auf ihren Bericht folgte eine schwere Stille. Oussama verzog zweifelnd das Gesicht, bevor er das Fallbeil herabsausen ließ:

»Nach den Informationen, die mir bis jetzt vorliegen, sind die jungen Leute schuldig.«

Die Polizistin musste das hinnehmen. Sie hatte ihn nicht überzeugen können, versuchte es nicht weiter und ging zum nächsten Punkt über. Da sie ihre Rolle als Pressesprecherin (eine Tätigkeit, die sie in der Abteilung für internationale Beziehungen ständig ausübte) gut beherrschte, stellte sie Oussama ihren Aktionsplan für die Medien vor. Es ging darum, eine Pressekonferenz abzuhalten, auf der die Polizisten Zweifel andeuten sollten, was die Schuld der verhafteten Personen betraf. Auch sollten sie erwähnen, dass noch Untersuchungen im Gange wären, um die Wahrheit ans Licht zu bringen. Gleichzeitig würden sie die Verhaftung von Unschuldigen durch die Israelis und eine Aktion, die eher wie ein Raubüberfall als wie eine Polizeioperation aussah, verurteilen.

Der Oberst nickte und gab ein zustimmendes Grunzen von sich, das die junge Polizistin zum Schmunzeln brachte. Sie fuhr leidenschaftlich fort und fügte hinzu, dass sie auch an die Verletzung der territorialen Grenzen erinnern würde und daran, dass für die Sicherheit in Nablus die palästinensischen Streitkräfte zuständig seien. Sie würde darauf beharren, dass das überfallartige Eingreifen Israels illegal war. Selbst wenn es darum ging, ein Verbrechen zu rächen, galt es, die Souveränität des Nachbarn zu respektieren, wie in den Osloer Abkommen festgelegt worden war. Das sei zwar nicht ganz richtig, da darin auch vereinbart worden war, dass der hebräische Staat zum Zwecke der Verteidigung ins Westjordanland einmarschieren durfte, aber es könne ja nicht schaden, ein bisschen zu schummeln.

Der alte Haudegen stimmte wiederum zu, wirkte jetzt aber nicht mehr ganz so aufmerksam. Das ganze Gerede schien ihn zu ermüden.

»Bravo, mein Mädchen, du beeindruckst mich. Mach weiter so, ich lasse dir freie Hand. Kümmere dich auch darum, deine ausländischen Kollegen zu empfangen. Es macht mich ganz verrückt, Englisch mit ihnen zu reden, du kannst das bestimmt viel besser als ich!«, sagte er hastig, um ihre Unterhaltung zu beenden.

Da sie die Botschaft verstanden hatte, beschränkte sie sich darauf, mit einem Lächeln zu antworten.

15

Am späten Nachmittag, als es bereits dunkel wurde, begleitete Maïssa die französischen und britischen Verbindungsoffiziere zur Tür des Kommissariats. Sie hatte die Öffentlichkeitsarbeit endlich abgeschlossen und ging wieder zu Oussamas Büro. Er saß an seinem Tisch und zappte durch die lokalen Fernsehsender. An einem Rednerpult stehend, erschien Capitaine Maïssa Thabet auf dem Bildschirm. Es handelte sich um die Pressekonferenz, die zwei Stunden zuvor stattgefunden hatte.

»*Mabrouk*«, sagte der Oberst, »du hast das sehr souverän gemacht. Mir sind solche Sachen zuwider. Ich verliere dabei immer die Nerven.«

Mit einem Lächeln auf den Lippen trat sie näher und ließ sich in einen der Sessel sinken.

»Ich bin fix und fertig, aber ich bleibe heute Abend nicht hier. Ich fahre zurück nach Ramallah und überprüfe die Geschichte des Mädchens.«

Der Oberst runzelte die Stirn, und sein Gesicht bekam einen abweisenden Ausdruck.

»Verfolge diese Geschichte nicht weiter. Du wirst nichts erreichen, außer, im schlimmsten Fall, dem Ruf des Jungen zu schaden, indem du nachweist, dass er Alkohol getrunken hat. Du weißt, dass wir hier nicht in Ramallah sind. Die Eltern haben lieber einen Sohn, der Juden umbringt als einen Jungen, der die Gebote des Islams nicht respektiert.«

Das war eine entwaffnende Logik. Maïssas Augen verloren sich für einen Moment in der Leere. Sie strich sich mit der Hand durchs Haar, und eine Woge der Erschöpfung überschwemmte sie.

»Das ist alles sehr weit entfernt von den linken und laizistischen Ideen, für die ihr gekämpft habt.«

»Was soll ich sagen ... Die Religion hat die Oberhand gewonnen. Die Bevölkerung hat mehr Vertrauen zu den Vertretern der Religion als zu den Politikern.«

Sie schnaubte verächtlich und stand auf.

»Umso schlimmer. Wir sind da, um die Wahrheit herauszufinden.«

»Mach, was du willst, aber halte mich auf dem Laufenden, wenn es etwas Wichtiges gibt. Und nimm Moncef mit! Denk daran, für diese Angelegenheit ist meine Abteilung zuständig.«

Sie runzelte erstaunt die Stirn und sah ihn an.

»Dann muss er ja zwischen Ramallah und Nablus hin- und herfahren.«

»Na und! Das ist sein Job.«

...

Das Hotel Mövenpick in Ramallah rühmte sich, das erste Fünf-Sterne-Hotel im Westjordanland zu sein. Es empfing Diplomaten, Geschäftsleute und wichtige Besucher, die gezwungen waren, sich in der palästinensischen Verwaltungshauptstadt aufzuhalten. Der diensthabende Wachmann an der Einfahrt öffnete die Schranke und wies ihnen den für Dienstfahrzeuge reservierten Parkplatz zu. Maïssa, noch immer in Uniform, stieg aus dem Wagen und strich die unschönen Falten glatt, die vom langen Sitzen herrührten. Moncef tat es ihr gleich. Der junge Polizist war im siebten Himmel. Dieser Tag öffnete ihm Horizonte, die sich von seinem Alltag unterschieden, der sich im Allgemeinen auf immer wiederkehrende und langweilige Büroarbeit beschränkte.

Er hatte nicht nur das Gefühl, echte Polizeiarbeit zu machen, sondern kam überdies noch an ungewöhnliche Orte. In der marmornen Empfangshalle angekommen, ging Maïssa direkt zur Rezeption. Sie kannte das Hotel gut, da sie schon oft ausländische Delegationen dorthin begleitet hatte. Sie blieb nicht unbemerkt und zog sogleich neugierige Blicke auf sich.

Ein Mann im dunklen Anzug trat lächelnd näher. Es handelte sich um Christopher Christensen, früher Mitglied der dänischen Sondereinheiten, heute zum Hoteldetektiv mutiert. Er sprach sie auf Englisch an:

»Maïssa, welche Freude! Wie lange …«

Das Gesicht der jungen Frau erstrahlte und sie umarmte ihn, bevor sie Moncef vorstellte, der leicht irritiert über die Vertrautheit war, die seine Capitaine gegenüber einem Fremden an den Tag legte. Sie tat so, als ob sie nichts davon bemerkte, und konzentrierte sich auf den Grund ihres Besuchs.

Ghannams Schwester hatte bereits in einem Punkt recht. Es hatte tatsächlich ein Fest gegeben, das am Abend des Mordes organisiert worden war. Die Taybeh-Brauerei hatte das Oktoberfest gefeiert. Ursprünglich hatte das Fest in dem christlichen Dorf stattgefunden, dem die Brauerei ihren Namen verdankte, doch aufgrund der Weigerung des Gemeinderats, eine Veranstaltung zu beherbergen, die oft mit Saufgelagen von Ausländern endete, waren die Organisatoren auf das Grandhotel ausgewichen. Zwei Tage lang hatten palästinensische und internationale Besucher Bier getrunken und mehreren Konzerten gelauscht, die am Schwimmbecken gegeben wurden.

»Wir haben Überwachungskameras. Ich hebe die DVD-Aufzeichnungen einen Monat auf, bevor ich sie lösche. Wir können nachschauen, ob dein Typ da drauf ist«, sagte Christensen.

Maïssa war sofort begeistert.

»Kommt mit, ich bringe euch in den Kontrollraum«, schlug

der Däne vor und öffnete eine Tür, die in ein Labyrinth von Fluren führte.

Er brachte sie zu einem Raum, der als Terminal für die Videoüberwachung diente. Das Hotel verfügte über fünf Kameras am Schwimmbecken, dazu kamen zwei an den beiden Eingängen. An dem besagten Abend hatte man Eintritt zahlen müssen. Der Junge musste folglich auf einem der Filme zu sehen sein. Christensen durchstöberte einen Schrank und zog sieben DVDs heraus, die er auf einen Tisch neben zwei Tastaturen legte. Er schlug vor, sie nacheinander durchzugucken. Die Idee war verlockend, und Moncef überraschte die Polizistin, indem er zustimmte, bevor sie etwas sagen konnte. Der Kollege setzte sich ans Lesegerät und startete die erste DVD.

»Es muss an dem Freitag Nachmittag etwa um 14 Uhr losgegangen sein, davor ist nur die Installation zu sehen«, präzisierte der Däne.

Moncef machte einen Schnelldurchlauf bis zum Eintreffen der ersten Gäste.

»Seid ihr sicher, dass ihr ihn erkennen könnt?«, fragte ihr Gastgeber besorgt.

»Ich glaube schon, ich habe ein Foto mitgebracht«, antwortete Maïssa.

»Wir werden es bestimmt schaffen«, versetzte Moncef, die Augen bereits auf den Bildschirm gerichtet.

Sie lächelte, als sie ihm zusah. Der junge Polizist hatte nun einen Knochen, an dem er sich festzubeißen schien. Sie setzte sich hinter ihn, und Christensen ließ sie allein.

Eine Stunde später, mit erschöpften Augen, konnte Maïssa nicht mehr.

»Halt einen Moment an, wir müssen uns erholen.«

»Noch ein kleines bisschen«, beharrte Moncef wie ein kleines Kind, das nicht ins Bett gehen wollte. »Wir sind jetzt am Beginn der Abendveranstaltung angekommen, jetzt erst kommen die meisten Besucher .«

Sie nickte und stöhnte.

»Es ist besser, sich ein wenig zu erholen, damit man das Video aufmerksamer anschauen kann. Drück bitte auf Stopp.«

In diesem Moment sprang ihr Kollege auf, als ob er eine Ohrfeige bekommen hätte.

»Da, da ist er!«, rief er und deutete auf einen jungen Mann in der Warteschlange. Er drückte auf Pause.

Maïssa kniff die Augen zusammen und beugte sich instinktiv zum Monitor vor.

»Ja, das ist möglich.«

»Ich hab recht, er ist es. Ich bin mir ganz sicher. Außerdem kenne ich die Leute und die Frau, die er bei sich hat. Sie kommen auch aus Balata.«

Er spulte etwas zurück. Man sah eine Gruppe von drei jungen Leuten, darunter Khaled Ghannam, der redete und lachte und darauf wartete, eine Eintrittskarte zu bekommen. Moncef ließ die DVD weiterlaufen, bis der Junge vom Bildschirm verschwand, und ließ seiner Begeisterung freien Lauf. Maïssa wunderte sich erneut über Moncefs Enthusiasmus. Er drehte sich zu ihr um und streckte ihr die Hand entgegen, damit sie ihn abklatschen konnte.

Sie lächelte und wartete, bis er sich etwas beruhigt hatte. Es war Zeit, Schluss zu machen. Sie stand auf:

»Der Mord hat zwischen 20 und 22 Uhr stattgefunden. Wir wissen zwar noch nicht, wann er gegangen ist, aber er kann zu dieser Zeit unmöglich in der Siedlung gewesen sein. Man muss überprüfen, ob er auch auf einem der anderen Videos auftaucht. Das schauen wir uns morgen im Büro an. Ich werde Christopher fragen, ob wir die DVDs mitnehmen können.«

•••

Sie glaubten, nun genug Beweise zu haben, um einen der drei Verdächtigen zu entlasten, und Maïssa bat Moncef, sie nach Hause zu fahren. Als sie vor ihrem Haus ankamen, gab sie ihrem Fahrer ein letztes freundschaftliches Zeichen. Sie mochte ihn, und es war ihr gelungen, ihn umgänglicher zu machen. Sie war sich sicher, dass sie ein gutes Team bilden würden. Beschwingt von den Untersuchungsergebnissen, hatte er angekündigt, aufmerksam alle Videos durchzusehen, bis sie sich am späten Vormittag wieder mit ihm in Nablus treffen würde.

Als Maïssa auf den Eingang zuging, dachte sie wieder an Oussamas Anweisungen und griff nach ihrem Telefon, um ihn anzurufen.

•••

Maïssas Ankunft löste Verwunderung bei ihren Eltern aus, die vor dem Fernseher saßen.

»Wo warst du?«, fragte Catherine und stand auf, um sie zu umarmen. »Wir haben uns Sorgen gemacht.«

»Ich habe gearbeitet, Mama. Guten Abend, Papa«, sagte sie und legte ihre Sachen ab.

»Guten Abend, meine Tochter. Wolltest du nicht deine Schwester besuchen?«

»Ja, aber meine Untersuchung hat mich nach Ramallah zurückgeführt. Daher habe ich beschlossen, die Nacht hier zu verbringen und Rima erst morgen zu besuchen.«

»Du hättest Bescheid sagen können. Ich habe mir Sorgen gemacht.«

»Mama, ich bin fast fünfunddreißig Jahre alt und ich bin Polizistin!«

Catherine zuckte mit den Schultern und verdrehte die Augen.

»Nimm dir etwas zu essen, und erzähl uns, was du erlebt hast.

Wir haben dich im Fernsehen gesehen«, mischte sich der Vater ein. »Du bist ein Star.«

Für ihre Eltern wurde Maïssa immer wieder zu einem kleinen Mädchen, wie ihr auffiel. Doch sie genoss diese Situation. Sie stampfte mit den Füßen und stöhnte scheinbar genervt.

»Hör bitte auf zu scherzen.«

»Aber ja doch, das versichere ich dir. Deine Mutter und ich waren … beeindruckt«, fügte er hinzu und betonte jede Silbe. »Wir sind sehr stolz auf dich.«

Maïssa ging in die Küche und sprach dabei weiter.

»Ihr seid ja immer stolz auf mich!«

Einen mit Essen gefüllten Teller in der einen Hand und ein Taybeh in der anderen, setzte sie sich wieder zu ihnen vor den Fernseher.

»Das ist doch kein richtiges Essen«, warf ihr ihre Mutter vor, als sie das zweifelhafte Sortiment sah, das ihre Tochter zusammengestellt hatte. »Soll ich dir etwas machen?«

»Nein, Mama. Das geht schon, bleib bitte hier.«

»Also, Capitaine, zum Rapport«, beharrte ihr Vater.

Als sie fertig war, setzte er eine traurige Miene auf.

»Wie weit ist es bloß mit uns gekommen! Als ob Alkohol zu trinken, ein größeres Verbrechen wäre, als Menschen umzubringen.«

»Du übertreibst, aber es stimmt schon, dass es ein wenig so ist.«

»Und was willst du nun machen?«

»Versuchen, zumindest diesen armen Jungen zu retten, selbst wenn ich ihm dabei seinen Heldenstatus nehme.«

Er sah sie müde an.

»Das wird nicht gefallen.«

…

Wie jeden Abend war Oussama am Ende des Tages allein. Eine Einsamkeit, die seiner Umgebung nicht einmal besonders auffiel, da sie ein Teil der Persönlichkeit dieses Helden des Widerstands zu sein schien. Es kam gelegentlich vor, dass er bei sich zu Hause einige ihm Nahestehende rund um eine Wasserpfeife versammelte, um sich über Gott und die Welt zu unterhalten und etwas harten Alkohol zu trinken, aber an diesem Abend hatte er keine Lust dazu. Er war allein in seinem Appartement, hing vor seinem Fernsehbildschirm und sah Al Jazeera, ohne sich für die Nachrichten begeistern zu können. Schließlich beschloss er, rauszugehen, in seinen Wagen zu steigen und in seinem Bezirk umherzufahren. Die Hände ans Lenkrad geklammert, fuhr er zunächst ins Zentrum. Dort war nichts los. Er fuhr weiter bis zum Ortsausgang von Nablus, halb um das Balata-Camp herum und verließ die Stadt in Richtung Jerusalem. Am ersten Kreisel angekommen, entschied er sich anders, wendete, um zum Zentralplatz zurückzukehren und sich mit dem Wagen den Berg der Samaritaner hochzukämpfen.

Bei der Villa von Habib Marouane angekommen, bremste er ab und hielt vor dem Portal seines einstigen Waffengefährten. Eine Bezeichnung, die er so schnell unterdrückte, wie sie ihm in den Sinn gekommen war. Er versuchte, sich zu erinnern, wie oft Habib wirklich Waffen getragen hatte. Er hatte zwar gewaltsame Aktionen geplant, angeordnet, autorisiert, empfohlen, organisiert … aber er konnte sich nicht erinnern, dass Habib jemals persönlich an einer teilgenommen hätte. Es war immer er gewesen, der sich um die Drecksarbeit gekümmert, den Kugelhagel gespürt, getötet oder gesehen hatte, wie Leute starben.

Als er sich anschickte, aus seinem Geländewagen zu steigen, überlegte Oussama es sich anders und fuhr zurück. Wieder auf der Straße, zögerte er und fuhr schließlich in Richtung des Dorfes der Samaritaner. Nachdem er das Metallgitter, das den Dorfeingang bildete, passiert hatte, fuhr er nachdenklich bis in die Nähe des Tempels. Mit einem Blick überzeugte er sich, dass der Laden, den er suchte, geöffnet hatte. Er parkte ein Stückchen weiter und wartete einen Moment, bis der letzte Kunde herauskam und wegfuhr. »Wir sind wirklich alle verlogene Arschlöcher«, sagte er zu sich selbst mit lauter Stimme, als er im Rückspiegel sah, wie der Wagen sich entfernte. Oussama betrat den Laden. Als er zu seinem Auto zurückkehrte, legte er zwei Flaschen Wodka auf den Beifahrersitz. Jetzt war er nicht mehr allein.

16

Die sieben Verhafteten, aufrecht stehend und nackt, waren aus ihren Zellen geholt worden und mussten in der Mitte eines großen Saales antreten. Die Hände auf dem Rücken gefesselt und das Gesicht mit einem schwarzen Leinensack verhüllt, warteten sie zitternd vor Furcht und weinend, ohne zu wissen, was um sie herum geschah, und ohne die Wachen zu sehen, die sie im Auge behielten und sie von Zeit zu Zeit anstießen, um sie zu zwingen, sich aufzurichten.

Eli hatte sein Team in einem kleinen Raum versammelt, der neben den Verhörzimmern von Maskoubiyeh lag, einem der Schabak-Zentren im Westteil von Jerusalem. Es war jetzt mehr als vierundzwanzig Stunden her, dass sie begonnen hatten, die Verdächtigen zu verhören. Doch sie hatten keine Fortschritte gemacht. Amer Tamari und Khaled Ghannam stritten weiterhin alles ab, und ihre Familienmitglieder brachten nichts, was es ermöglichte, sie aus dem Konzept zu bringen.

»Wir müssen nachhaken, sie knacken. Wir haben materielle Beweise, aber ich will Geständnisse haben.«

»Früher wäre das einfacher gewesen«, meinte ein Hauptmann erwähnen zu müssen. Seine kräftige Statur, die an die eines Gewichthebers erinnerte, flößte natürlichen Respekt ein.

»Früher war früher«, schnitt Eli ihm das Wort ab, »Wir lassen sie nicht schlafen, wir erschöpfen sie, machen ihnen Angst und üben so viel Druck auf sie aus, wie wir können, aber es kommt nicht infrage, sie zu foltern. Kapiert?«

Es folgte ein »Ja, Chef«, begleitet von einem Gemurmel, das

Eli als eindeutige Anerkennung seines Befehls verstand. Seit Januar 2012 und dem Bericht der Turkel-Kommission zu den Völkerrechtsverletzungen des Schabak stand der Dienst im Scheinwerferlicht. Er war gezwungen worden, »veraltete« Methoden abzuschaffen, die sich in der Vergangenheit allerdings als sehr effektiv erwiesen hatten. Eine große Zahl von Beamten trauerte den »guten alten Zeiten« nach, aber die Einsetzung eines Militärstaatsanwalts, der die gegen den Geheimdienst erhobenen Vorwürfe untersuchen sollte, hatte sie davon überzeugt, dass man sich bei der Befragung von Verdächtigen von nun an besser zurückhielt. Psychologischer Druck wurde jedoch weiterhin ausgeübt.

»Ghannam hat behauptet, ein Alibi zu haben. Er sei im Hotel Mövenpick in Ramallah gewesen. Dort fand am Mordabend ein Bierfest statt«, erklärte einer der Ermittler.

Ein Grinsen erschien auf allen Gesichtern.

»Ihm ist nichts anderes eingefallen. Nicht schlecht für einen Muslim.«

Der Offizier errötete leicht und fuhr mit plötzlich unsicher klingender Stimme fort:

»Ich glaube, das stimmt. Er führte Details an.«

»Du hast schon immer das Talent gehabt, dich einwickeln zu lassen. Bist du sicher, dass er nicht bei dir zu Hause war, mit deiner Frau Bier getrunken und Fernsehen geguckt hat?«, mischte sich der Chef ein und löste damit Heiterkeit bei seinem Publikum und Verwirrung bei seinem Untergebenen aus.

Mit einer Handbewegung sorgte Eli wieder für Stille und klappte die Akte zu.

»An die Arbeit! Wir sehen uns in vier Stunden wieder.«

•••

Von einem Schlagstock gestoßen, machte Ghannam einen Schritt nach vorn wie ein Zombie. Er konnte nicht mehr. Die Zeit, die er in seiner Zelle verbracht hatte, war fast genauso schwer zu ertragen wie das Verhör. Er war nackt und zitterte vor Kälte, der Luftzug der ganz heruntergedrehten Klimaanlage fegte über seinen Körper. Unter diesen Bedingungen war es unmöglich zu schlafen, zumal der Raum von einem blendenden, weißen Licht erleuchtet wurde und aus den Lautsprechern pausenlos Hard Rock kam. Die Musik wurde nur unterbrochen, um von außen kommende Schmerzensschreie hörbar zu machen. Offensichtlich handelte es sich um Häftlinge, die verhört wurden.

Er stolperte mehrere Male, bis man ihn mit mehreren Tritten gegen die Fußknöchel zwang, stehenzubleiben, und seine Handschellen an der Wand befestigte. Er stand aufrecht, die Beine gespreizt, die Arme auf dem Rücken und leicht angewinkelt, gezwungen, sich vorzubeugen, sodass seine Wirbelsäule auf eine harte Probe gestellt wurde.

»Also, Khaled. Hast du mir noch immer nichts zu sagen? Erzähl mir, wie sehr es dir gefällt, Juden umzubringen … Und vor allem jüdische Kinder, ich höre dir zu«, begann der Offizier, nachdem er ihm den Sack vom Kopf gezogen hatte, der sein Gesicht verhüllte.

Die Rückkehr ins Licht hatte ihn blind gemacht, und er hob den Kopf, um zu sehen, wer ihn befragte: ein klobiger Jude, mit muskulösen Schultern und Bulldoggengesicht, bereit zuzubeißen. Der Mann ging im Zimmer auf und ab, und der Gefangene begann leise zu schluchzen.

»Ich schwöre Ihnen, ich hab niemanden umgebracht. Ich schwöre Ihnen.«

»Hör auf zu schwören, das nervt. Als du die Frau und ihre Kinder getötet hast, bis du schlauer vorgegangen.«

Verzweiflung überschwemmte den Gefangenen, der weiterhin

bitterlich weinte, obwohl er genau wusste, dass dies keine Wirkung hatte und er nicht lange durchhalten würde. Sein Leugnen würde niemanden überzeugen.

»Ich habe nichts gemacht. Mitleid.«

»Mitleid! Hast du etwa Mitleid mit den jüdischen Kindern gehabt?«

»Bitte …«

»Deine Mutter und deine Schwestern kommen. Ich kann es kaum erwarten, sie nackt vor mir zu sehen.«

Sein Herz erstarrte, und seine Kehle war wie zugeschnürt, er keuchte und stieß folgende Worte aus:

»Ich flehe Sie an … Sie haben doch nichts gemacht.«

»Und die Kinder, als sie gefleht haben, hast du gehört, wie sie weinten, bevor du sie abgeschlachtet hast? Haben sie irgendwas gemacht? War es einfach? Noch einmal, erzähl mir, wie das Leben ist in Balata. Wer ist der Anführer der Hamas, wo wohnt er? Hat er Kinder? Ich will alles wissen.«

»Ich hab gesagt, was ich weiß …«

Die Bulldogge hörte auf, auf und ab zu gehen, schnappte sich einen Stuhl und setzte sich wenige Zentimeter vor ihm hin.

»Und du wirst es mir noch einmal sagen. Wir Juden sind ziemlich dämlich. Man muss uns alles ausführlich erklären, bis wir begreifen …«

•••

Bei der nächsten Besprechung gab es erste Ermittlungsfortschritte zu vermelden.

»Also, Leutnant! Wenn ich Sie richtig verstanden habe, ist Khaled Ghannam doch nicht mehr Bier trinken gegangen«, sagte Eli spöttisch zu seinem Untergebenen.

»Nein, er gibt zu, dass er zu dem Einfamilienhaus gegangen ist und sich an dem Morden beteiligt hat, sagt aber nicht klar, wer was gemacht hat. Vielleicht kommt das noch.«

»Sein Vater und sein Bruder sagen, dass er zur Tatzeit nicht zu Hause war, nicht wahr?«, fuhr Eli fort und suchte mit den Augen nach denen, die sich die Familie vorgenommen hatten.

»So ist es«, bestätigte ein Offizier, während ein anderer nickend zustimmte.

»Er ist reif. Wir haben die materiellen Beweise, die wir vor Ort gefunden haben und die völlig ausreichen, aber ich gehöre zur alten Schule. Ich hätte gern Geständnisse.«

Eli suchte mit den Augen nach einem anderen Beamten.

»Amer Tamari, wie steht es mit ihm?«

»Er streitet immer noch alles ab, Kommandant. Aber ich hoffe, dass er bald zusammenbricht …«

»Hoffnung, das ist was für die Araber. Ich will Ergebnisse«, sagte der Chef der Gruppe trocken. »Du gehst sofort zurück! Wir haben bei ihm Plakate gefunden. Er muss reden.«

Obwohl der Chef ihn vor seinen Kollegen kalt erwischt hatte, zuckte der beschuldigte Offizier mit keiner Wimper.

Eli hatte sich bereits dem Nächsten zugewandt:

»Und was ist mit dem Dritten, was erzählt seine Familie?«

»Sie gibt ihm kein Alibi.«

»Habt ihr ihnen gesagt, dass er tot ist?«

»Nein, noch nicht.«

»Macht das! Ich gehe zum Direktor, nächste Besprechung um Mitternacht«, verkündete Eli und verließ den Raum.

»Alle an die Arbeit!«, befahl ein Offizier und imitierte Elis Stimme und Haltung.

Er löste allgemeines Gelächter aus.

»Ich will Ergebnisse, versteht ihr mich, keine Hoffnung«, fuhr er in der gleichen Art fort.

Dann drehte er sich zu seinem Nachbarn um und bemerkte:

»Wir werden hier noch die ganze Nacht verbringen.«

»Wir müssen unsere Leute rächen. Das sind wir ihnen schuldig.«

»Du hast recht«, antwortete ihm der Imitator und entfernte sich in Begleitung der für Ghannam zuständigen Bulldogge.

»Ich, mein Lieber, habe zwar ein Geständnis bekommen, bin aber trotzdem davon überzeugt, dass er es nicht war.«

»Spielt das wirklich eine Rolle?«

»Für mich schon, glaube ich.«

»Du solltest den Beruf wechseln«, schloss der Imitator und nahm wieder Elis Stimmlage an.

»Ergebnisse, versteht ihr mich, Ergebnisse.«

17

Tief im Schlaf versunken, brauchte Maïssa einige Zeit, um wach zu werden. Es klopfte an ihrer Tür. Ihr Vater. Sie sah auf den Wecker. Zwei Uhr morgens. Es musste ernst sein.

»Komm rein, was ist los?«, stieß sie hervor und suchte nach dem Lichtschalter.

Ahmad Thabet trat ein. Er trug einen Pyjama, war noch schlaftrunken, aber da war noch etwas anderes, sein Gesicht verkündete schlechte Neuigkeiten.

»Oussama hat mich gerade angerufen.«

»Warum?«

Er wischte die Frage mit einer Handbewegung beiseite.

»Es ist etwas Schlimmes passiert.«

Sie stützte sich mit den Armen ab, sprang mit klopfendem Herzen auf und sah ihren Vater fragend an.

»Der junge Polizist, der bei dir war, hatte einen Unfall. Er muss zu schnell gefahren sein. Er hat die Kontrolle über seinen Wagen verloren. Das Auto ist in eine Schlucht gestürzt und hat Feuer gefangen.«

Sie war schockiert, Tränen glänzten in ihren Augen.

• • •

Im Kommissariat von Nablus war man bestürzt. Der verbrannte Körper war ins Zentralkrankenhaus gebracht worden, um präpariert zu werden. Die Beisetzung war für den frühen Nachmittag vorgesehen. Die Zeremonie war nur für Männer, Maïssa durfte nicht daran teilnehmen. Obwohl sie Moncefs Fahrstil kannte, dachte sie immer wieder, dass sie für seinen Tod verantwortlich war. Als sie allein war, müde, stellte sie sich vor, dass er zu stark aufs Gas getreten hatte, um möglichst schnell zurückzufahren.

Sie stand unter Schock und saß niedergeschlagen in einem der Sessel in Oussamas Büro.

»Du hast ihn um nichts gebeten«, erinnerte der Oberst. »Ich wollte, dass er dich begleitet. Dafür kann keiner was. Es war sein Tag, Gott hat es so gewollt.«

»Mit Gott macht man es sich einfach.«

»Gott, Vorsehung, Schicksal, nenne es, wie du willst … Jedenfalls haben wir nichts damit zu tun.«

Sie starrte auf den Boden, und ihre Fußspitzen spielten nervös mit den Fransen eines Teppichs.

»Und er hatte alle Beweise dafür bei sich, dass Ghannam zur Zeit des Mordes in Ramallah war. All das ist nun verschwunden. Er ist für nichts gestorben.«

Mit gekreuzten Armen auf einer Ecke seines Schreibtisches sitzend, senkte der Oberst zustimmend den Kopf.

»Das stimmt, wir haben nichts mehr. Doch hör auf damit. Das hätte bestimmt nicht gereicht, um die Unschuld von irgendjemandem zu beweisen.«

Maïssa antwortete nicht. Sie wusste, dass er recht hatte. Ihr Vorgesetzter und Habib Marouane hatten ihr bereits mitgeteilt, dass die Israelis die Männer noch einige Tage in Isolationshaft behalten wollten, und zwar im Rahmen einer allgemeinen Untersuchung zur Konspiration mit dem Feind in Kriegszeiten. Ghannam und Tamari hatten ihre Beteiligung an den Morden teilweise gestanden; sie würden im Laufe des Tages einem Untersuchungsrichter vorgeführt und inhaftiert werden.

Europäische Regierungen und die Vereinigten Staaten hatten Druck ausgeübt und gefordert, dass es keine weiteren Operationen im Lager geben dürfe. Die Juden hatten sich bereiterklärt, sich daran zu halten, sich aber die Möglichkeit vorbehalten zu intervenieren, wenn die Urheber des Anschlags auf ihr Fahrzeug identifiziert werden sollten.

Teil II

18

Capitaine Gabin Mournet saß in seinem Büro in der Auvare-Kaserne, blätterte Untersuchungsakten durch und hörte dabei eine CD von Miles Davis. Das Vibrieren seines Telefons, dem die ersten Takte von Bruce Springsteens »Born to run« folgten, ließ ihn aufschrecken. Er griff nach dem Handy und runzelte die Stirn: Der Name von Serge Deschamps von der Polizeistelle des Départements Alpes-Maritimes erschien auf dem Display. Er lehnte sich zurück und stöhnte: »Was will der denn schon wieder«, bevor er das Gespräch annahm.

Die dröhnende Stimme seines Kollegen erklang im Hörer.

»Hallo, Kripo! Wie geht's, schlägst du wieder die Zeit tot?«

Gabin verdrehte die Augen und lächelte.

»Wir, wir beschäftigen uns nicht mit Hühnerdieben und Kinderkacke, aber das kannst du nicht verstehen … Nun gut, warum rufst du an? Willst du in die erste Liga aufsteigen, hast du dich bei der Kripo beworben und brauchst Vitamin B?«

Serge schnaubte laut.

»Hör auf, ich lach mich tot. Ohne mich würdet ihr kaum jemanden erwischen … Glücklicherweise bin ich da, um euch auf die richtige Spur zu bringen …«

»Na gut, aber wenn es um Professionalismus geht, musst du passen. Aber gräm dich nicht, da bist du nicht der Einzige.«

»Aber nun Scherz beiseite. Laufen bei euch immer noch die Akten über den Handel mit Crystal Meth und Drogenmissbrauch zusammen?«

Gabin hielt einen Moment inne, bevor er bejahte. Methamphetamin, eine in Frankreich sehr wenig konsumierte Droge, hatte sich plötzlich in Nizza verbreitet und schwere Schäden angerichtet. Justiz und Polizei standen unter Druck, zumal die Medien von dieser Drogenwelle Wind bekommen und sich die Sache zueigen gemacht hatten. Der Staatsanwalt hatte die Leitung der Untersuchungen in die Hand genommen und die Informationen dem Untersuchungsrichter übergeben. Die Kripo war eingeschaltet worden und die Akte auf Gabins Schreibtisch gelandet.

»Gut, wenn du Lust auf ein bisschen Action hast, dann komm zu mir.«

Serge war wegen eines Verrückten angerufen worden, der sich in einem Appartement am Boulevard Paul Montel in Les Moulins verschanzt hatte, und er war sich ziemlich sicher, dass es sich um einen neuen Fall für die Kripo handelte. Er hatte die Unterstützung der Eingreiftruppe der Nationalpolizei angefordert und wartete nun auf deren Ankunft.

Das Telefon noch in der Hand, trat Gabin auf den Flur und wandte sich an sein Team, um es über sein Gespräch mit Serge zu informieren. Sein Team nahm vier Räume in der ersten Etage eines der beiden Gebäude in der Auvare-Kaserne ein, die der Kripo in Nizza zugewiesen worden waren. Marie, seine nicht einmal dreißigjährige Stellvertreterin im Leutnantsrang, verzog das Gesicht und stand auf, während die drei anderen ihre Waffen holten und sich auf den Einsatz vorbereiteten. Sie sah ihren Chef mit ihren blauen Augen durchdringend an, warf ihr langes blondes Haar zurück und sagte:

»Noch ein Fall, das ist echt Scheiße. Es gibt bereits große Schlagzeilen im *Nice-Matin*. Wir werden ganz schön was aufs Dach kriegen, wenn wir nichts finden.«

»Du hast recht. In der Zwischenzeit gehe ich zur ›Oberschwester‹ und spreche mit ihr darüber.«

Kommissarin Christine Blanchard hatte vor Kurzem die Leitung der Kripo in Nizza übernommen. Mit zweiunddreißig Jahren war das ihr zweiter Posten. Groß, mit kurzem Haar, verbarg diese Dunkelhaarige mit grünen Augen ihre Weiblichkeit unter einer schmucklosen Brille und einer Kleidung, die ihr das Aussehen einer alten Englischlehrerin verlieh. Kürzlich geschieden, hatte sie nur noch zwei Leidenschaften: ihren Beruf und ihre Katze. Gabin fand sie hinter ihrem Schreibtisch sitzend, wo sie ein Formular ausfüllte. Sie stand auf, rückte die Brille zurecht und bat ihren Gruppenchef lächelnd, einzutreten.

»Ich glaube, wir haben noch einen Meth-Fall. Die Departementspolizei hat mich angerufen. Sie haben einen Verrückten, der wahrscheinlich unter Drogen steht. Wir werden sehen.«

Sie kniff die Lippen zusammen und zog eine desillusionierte Miene.

»Verdammt, das nimmt ja kein Ende. Der Chef wird keine Ruhe geben, und ich werde wegen dieser Sache alle Journalisten am Hals haben.«

»Das kann sein.«

»Ihr braucht Leute. Ich werde sofort die drei Drogenfahnder-Teams einsetzen, die werden euch unterstützen. Ich will keine Sonderkommission, solange dieses Problem nicht gelöst ist.«

Gabin setzte sich sofort in Gang, sein Team erwartete ihn.

»Ich fahre mit Marie. Sylvain, Henri und Luc nehmen einen Wagen. Marc nimmt das Motorrad, man weiß nie, ob wir uns schnell bewegen müssen.«

Eine Aufteilung, die Sinn machte und die sie mit einem Lächeln aufnahmen, da sie schon geahnt hatten, dass er mit Marie aufbrechen würde.

Als sie sich zum Parkplatz begaben, kamen sie an dem Gebäude vorbei, in dem die Eingreiftruppe untergebracht war. Sie traf die letzten Vorbereitungen. Mehrere schwer bewaffnete Polizisten stiegen in ihre Fahrzeuge, während andere Kisten mit Material in einen Transporter luden.

»Wir treffen sie vor Ort«, bemerkte Gabin und stieg in seinen 206.

Seine Kollegin verzog besorgt das Gesicht.

»Ich hoffe, der Typ macht keinen Mist und kommt ohne Blessuren davon.«

Als sie im Wagen saßen, griff der Capitaine nach dem magnetischen Blinklicht und setzte es auf das Dach, während Marie die Sonnenblende herunterklappte und ein Schild mit der Aufschrift »Polizei« zum Vorschein brachte. Nachdem sie die Kaserne verlassen hatten, setzten die Autos und das Motorrad ihren Weg mit heulenden Sirenen in einer dichten Kolonne fort. An solche Situationen gewöhnt, unterhielten sich die beiden Polizisten, als ob nichts Besonderes los wäre. Mit sechsunddreißig Jahren war Gabin seit fünf Jahren Chef der Gruppe. Er war geschieden und machte im Grunde nichts anderes als seine »Polizeiarbeit«. Wie seine Kollegin ging er voll und ganz in dieser Arbeit auf. Marie war verheiratet, doch wenn man sich den Zustand ihrer Ehe vor Augen führte, war das nicht viel besser. Gabins Hand glitt zu seiner Kollegin und landete auf ihren Schenkel. Sie drehte sich lächelnd zu ihm um.

»Du siehst müde aus. Bist du gestern Abend ausgegangen?«

»Ja, ich war mit Henri unterwegs. Wir sind durch die Bars in der Rue Gioffredo gezogen und schließlich am Cours Saleya gelandet.«

»Bravo!«

Die Antwort kam kurz und trocken.

»Ich langweile mich allein, ich kann einfach nicht zu Hause bleiben. Mein Leben ist nicht so aufregend wie deins.«

Sie kicherte und warf ihm einen bedeutungsschweren Blick zu.

»Was soll ich schon dazu sagen?«

»Ich weiß, das soll kein Vorwurf sein, entschuldige bitte.«

Am Ende des Schnellwegs bog Gabin zum Boulevard Paul Montel ab. Les Moulins mit seinen dreitausend Sozialbauwohnungen für fast fünfzehntausend Bewohner war einer der sozialen Brennpunkte von Nizza, in denen die Polizei nur mit Mühe und Not die Ordnung aufrechterhalten konnte. In den Sechziger- und Siebzigerjahren gebaut, war diese Ansammlung von Betonblöcken im Laufe der Zeit gealtert und heruntergekommen und hatte sich in eine Hochburg für Dealer aller Art verwandelt. Trotz der Sanierungsmaßnahmen hatte der Stadtteil seine Gewohnheiten nicht geändert.

Die Präsenz von mehreren Polizeiwagen und uniformierten Polizisten war für Gabin ein Hinweis darauf, dass sie dem Schauplatz näherkamen. Er stellte die Sirene aus und fuhr weiter. Es war ein Sicherheitsbereich eingerichtet worden, vor dem sich Neugierige und Journalisten versammelt hatten. Als ihr Kollege von der Departementspolizei sie kommen sah, löste er sich von einer Gruppe diskutierender Polizisten. Er näherte sich ihnen entschlossenen Schrittes und mit einem breiten Lächeln auf den Lippen.

Marie stieß einen Seufzer aus.

»Er wird wieder eine große Show abziehen!«, sagte sie und öffnete die Tür.

Serge war schon da.

»Sieh da, die Spezialisten von der Kripo. Welche Ehre!«, rief er, griff nach Gabin und drückte ihn an sich. »Ich freue mich, euch zu sehen.«

»Wir auch, lieber Serge, wir sind glücklich. Du hast uns gefehlt, nicht wahr, Marie?«

»Aber ja, und wie!«

Er ließ Gabin los und packte Marie am Nacken.

»Juchhu, aber sag mal, wer hat dich denn aus dem Büro rausgelassen! Das kommt ja nicht so oft vor! Ich habe mich schon gefragt, ob du überhaupt noch bei der Polizei bist, weil ich dich ewig nicht mehr gesehen habe.«

»Ihr bei der Departementspolizei seid so oft krankgeschrieben und habt so viel Freizeit, dass es schwierig ist, sich über den Weg zu laufen.«

»Da hast du recht«, versetzte er lachend.

»Also, was gibt's?«, fuhr Gabin dazwischen, der endlich wissen wollte, was los war.

Serge setzte eine ernste Miene auf, bevor er loslegte. Der Rest der Gruppe hatte sich ihnen angeschlossen und alle warteten nun auf seine Erklärungen.

Es handelte sich um Maxime Cotto, einen jungen Typen, den Serge gut kannte, weil er ihn schon wegen Drogenhandel und als Heroinkonsumenten verhaftet hatte. Maxime lebte mit seiner Mutter und seinem Stiefvater im Erdgeschoß eines Wohnhauses in diesem Viertel. Am Morgen hatte er in seinem Zimmer geschrien und war dann plötzlich in einem Anfall von Wahnsinn herausgestürzt, bewaffnet mit einem Jagdgewehr. Er brüllte, klagte über Kopfschmerzen und machte seine Eltern dafür verantwortlich. Schließlich hatte er auf seine Mutter angelegt und geschossen. Dem Stiefvater war es gelungen, zu fliehen und die Polizei zu verständigen. Zu dem Zeitpunkt wusste der arme Mann nicht, ob seine Frau tot oder nur verletzt war. Seitdem hatte Maxime sich zu Hause verschanzt. Er schrie durch die Tür verrückte Sachen, aus denen hervorging, dass man ihm in der Nacht eine Metallplatte in den Kopf eingesetzt habe, von der er sich befreien wollte. Er verlangte einen Metalldetektor, um sie zu lokalisieren.

»Aha, ja, hm, ja …«, versetzte Gabin skeptisch. »Und du kennst ihn wirklich gut?«, fragte er und betonte das »wirklich«.

»Ziemlich gut, er ist ein Junge aus diesem Viertel, ich hatte ihn mehrmals in meinem Büro. Er ist nicht plemplem. Er nimmt ab und zu Drogen, aber bis jetzt nichts Ernstes. Deshalb denke ich an eine momentane Paranoia, verursacht durch die übermäßige Einnahme von Crystal Meth.«

»Das sieht in der Tat so aus«, meinte Marie.

Ihre Aufmerksamkeit wurde von einem näher kommenden Sirenengeräusch abgelenkt.

»Das muss die Eingreiftruppe sein, sie werden versuchen, ihn in den Griff zu kriegen.«

»Sie haben sich vorbereitet, als wir losgefahren sind.«

»Wir brauchen nur zu warten«, bemerkte Marie. »Aber das kann dauern.«

Serge korrigierte sie.

»Nein, mit einer verletzten Frau in der Wohnung werden sie die Sache beschleunigen.«

Sie gingen zu den ankommenden Fahrzeugen.

19

Claude Ducros, der Kommandant der Eingreiftruppe von Nizza, ein Offizier vom gleichen Jahrgang wie Gabin, sprang aus dem Wagen, ohne dem Fahrer die Chance zum Einparken zu lassen. Seine beiden Adjutanten machten es genauso. Die anderen Mitglieder seines Teams, die Gesichter unter Sturmhauben verborgen, warteten auf Befehle, bevor sie ausstiegen.

Serge fasste die Situation zusammen, und Ducros überschüttete ihn mit einer Lawine von Fragen, auf die er antwortete, indem er ihm die vergitterten Fenster zeigte. Die einzige Zugangsmöglichkeit war die Eingangstür. Dahinter hockte der Verrückte.

»Und die Mutter?«, erkundigte sich der Kommandant.

»Als ihr Sohn sie angeschossen hat, war sie in der Küche. Ihr Mann kann nicht mehr dazu sagen, er ist sofort abgehauen. Wir wissen nicht, ob sie tot oder schwer verletzt ist.«

Die Polizisten drehten sich um.

Eine Gruppe von Männern näherte sich ihnen mit ernster Miene: die Chefs. Sie kannten einige von ihnen: der Direktor der Departementspolizei, sein Assistent, der Staatsanwalt, ein Unter-Präfekt, Abgeordnete. Der Direktor, ein sechzigjähriger kleiner Mann mit traurigem Gesicht, unterbrach sie. Die Hände in seinem blauen Lodenmantel versenkt, wandte er sich mit leicht verkniffener Stimme direkt an den Leiter der Eingreiftruppe.

»Guten Tag, Kommandant. Haben Sie einen Lagebericht bekommen? Wie wollen Sie vorgehen?«

»Wir werden eine Laserkamera einsetzen, um seine Bewegungen sichtbar zu machen, und ich werde dann versuchen, mit ihm zu reden. Wenn die Frau wirklich verletzt ist, stehen wir unter Zeitdruck.«

Die beiden Adjutanten ließen ihren Chef weitersprechen und gingen zu den Fahrzeugen.

»Wir vertrauen Ihnen. Gehen Sie aber keine unnötigen Risiken ein.«

Ducros antwortete mit einem leichten Lächeln. Er würde wie üblich allein handeln. Keiner schlug sich darum, bei einer Sache, die schiefgehen konnte, die Verantwortung zu übernehmen.

Die Eingreiftruppe wurde in wenigen Minuten in Stellung gebracht: Ein Dutzend Männer hatte sich vor dem Plattenbau aufgestellt, und vier Polizisten standen neben der Wohnungstür. Diese waren schwerer ausgerüstet und warteten, geschützt von zwei kugelfesten Schilden und Panzerhelmen. An der Tür waren Sprengladungen angebracht. Der Leiter des Einsatzkommandos kehrte zu Serge zurück.

»Vertraut er dir?«

Serge zögerte einen Moment.

»Ich weiß nicht … Ja, ich glaub schon.

»Wir werden etwas versuchen …«

•••

Mit einer kugelsicheren Weste versehen, die vor den größten Kalibern schützen konnte, trat Serge in Begleitung von Ducros in das Haus. Beide hockten sich in der Nähe der Tür von Maximes Wohnung nieder, und der Leiter der Eingreiftruppe beugte sich zu seinem Kollegen vor, um ihm etwas zuzuflüstern.

»Wir haben ihn zu sehen bekommen. Er ist direkt hinter der Tür, sitzt auf dem Boden. Entweder er macht uns auf, oder wir sprengen das Schloss und gehen rein. Jetzt bist du dran.«

Der Capitaine atmete tief durch und rief dann:

»Maxime, hier ist Serge von der Departementspolizei, erkennst du mich?«

Nach einem langen Moment des Wartens zeigte ein Rascheln hinter der Tür den beiden Polizisten, dass der Verrückte dort war …

Eine Stimme, in der sowohl Angst und Furcht mitschwang, antwortete ihm.

»Was willst du?«

»Dir helfen. Wir kennen uns, ich weiß, dass du ein guter Junge bist.«

»Ich hab Kopfschmerzen … Serge, sie haben mir eine Eisenplatte in den Kopf gepflanzt, sie kontrollieren mich. Man muss sie rausnehmen.«

Das surrealistische Gespräch, das sich anbahnte, entlockte dem Polizisten ein Lächeln und erleichterte ihn. In diesem Spiel war er sehr stark, und er amüsierte sich bereits darüber, was für einen Moment seine Befürchtungen zerstreute.

»Alles klar. Deswegen bin ich da.«

»Hast du einen Metalldetektor mitgebracht?«

»Ja, den hab ich dabei. Ich werde ihn dir geben. Kannst du damit umgehen?«

»Ich denk schon, ja, ich glaube.«

»Dann mach auf …«

»Du willst mich doch nicht reinlegen?«

»Aber nein, du kennst mich, du kannst mir vertrauen …«

Serges Herz schlug schneller. Der Leiter der Eingreiftruppe ließ seine Männer mit einem Handzeichen von der Haustür zurückweichen. Nach einem Augenblick, der ihnen wie eine Ewigkeit erschien, hörten sie, wie die Riegel nacheinander zurückgeschoben wurden. Die Tür ging ein wenig auf, wurde aber von einer Sicherheitskette festgehalten … Bis dahin lief alles gut.

»Das Ding passt nicht durch«, sagte der Polizist zu ihm und tat so, als ob er versuchte, ihm den Detektor durch den Spalt zu geben. »Du musst weiter aufmachen.«

Unter Missachtung der Dienstvorschrift hatte der Polizist seine schwere Weste abgelegt und machte weiter, ohne Cotto Zeit zum Nachdenken zu lassen …

»Ich zeig dir, wie das funktioniert und geh dann weg. Wenn du Hilfe brauchst, ich bin draußen, und du kannst mich rufen.«

Ohne ein Wort zu sagen, schloss der Verrückte die Tür und öffnete sie sogleich wieder, dieses Mal ohne Vorbehalte. Das Einsatzkommando wartete nicht länger, stürzte schreiend vorwärts und brachte eine ohrenbetäubende Granate zur Explosion. Serge blieb keine Zeit, beiseite zu springen, und so wurde er zwischen den Angreifern und der Tür eingequetscht. Maxime wurde zurückgeschleudert und an die Wand gepresst, in der einen Hand seine Waffe, in der anderen den Detektor. In einer Reflexbewegung betätigte er den Abzug und löste eine Schrotladung aus, die ein Loch in den Fußboden riss. Zu Boden geworfen, ließ der Junge das Gewehr fallen und wurde von einem Haufen Polizisten festgehalten und gefangen genommen. Er stieß den gellenden Schrei eines verletzten Tieres aus.

Die anderen Polizisten, die sich bis dahin zurückgehalten hatten, stürmten die Wohnung und drangen in alle Zimmer ein.

Serge, dem es gelungen war sich zu befreien, packte den Jungen an den Schultern.

»Es ist vorbei, es ist vorbei, beruhige dich, beruhige dich.«

Der Leiter des Einsatzkommandos trat näher.

»Alles in Ordnung«, sagte einer seiner Männer, »es ist alles gesichert. Die Frau ist in der Küche.«

Und er fügte hinzu:

»Übel zugerichtet …«

Der Kommandant hob den Daumen zum Dank und rief per Funk die Hilfskräfte herbei. Sofort erschienen Feuerwehrleute und Männer in weißen Kitteln, die von einem der Adjutanten von Ducros begleitet wurden. Maxime stand aufrecht, mit Handschellen und sicher eingerahmt von Polizisten. Serge befahl, ihn zur Kaserne zu bringen. Nach seinem Delirium wirkte der Junge jetzt niedergeschlagen und starrte stumm ins Leere.

Die Gruppe von der Kripo wartete draußen. Serge, ziemlich stolz auf sich, trat mit aufgeräumter Miene zu ihnen, tänzelte von einem Fuß auf den anderen und schlug ihnen vor, sich die Wohnung anzusehen.

»Nicht schlecht, dein Auftritt!«, sagte Gabin anerkennend und fügte hinzu:

»Wir schauen uns das Ganze erst einmal zusammen an. Wenn ich etwas finde, was mit unseren Drogen zusammenhängt, übernehmen wir den Fall. Wenn nicht, bleibt alles bei dir.«

Marie schloss sich ihnen an, während die drei anderen Teammitglieder sich weiterhin zurückhielten. Der Rettungswagen fuhr so weit wie möglich heran, und sie mussten Platz machen, um die Trage mit Madame Cotto vorbeizulassen. Einer der Helfer antwortete auf die fragenden Blicke, die sie ihm zuwarfen:

»Sie hat viel Blut verloren, aber sie ist am Leben. Schwer zu sagen, ob sie durchkommt.«

Es dauerte nicht lange, bis die Fahrzeuge der Polizei und die Blaulichter fast vollständig verschwunden waren und die Aufregung außerhalb des Hauses sich ebenso schnell legte, wie sie begonnen hatte. Das geschäftige Treiben des Stadtteils nahm bald wieder seinen gewohnten Gang. Die unruhigen Süchtigen, die gleichgültig gegenüber der Anwesenheit der letzten Polizisten in der Wohnung der Cottos waren, durchstreiften schon wieder die Gegend auf der Suche nach ihren Lieferanten.

Um die Sache abzukürzen, hatten Serge, Gabin und Marie mit Maximes Zimmer angefangen. Wenn es klare Beweise für den Konsum von Crystal Meth gab, würden sie sie dort finden. Falls nicht, würden sie »auf klassische Weise« vorgehen müssen: die Ergebnisse der toxikologischen Analysen abwarten und die Aussagen des Schützen aufnehmen. Es handelte sich um das Zimmer eines älteren Jugendlichen, die Rollläden waren noch geschlossen, und ein miefiger Geruch hing in der ganzen Wohnung. Marie beschloss, die Fenster zu öffnen und zu lüften.

»Was für ein Gestank!«

Das ins Zimmer eindringende Tageslicht unterstrich noch die Traurigkeit des Ortes. Die zusammengeknüllten Bettlaken mussten seit mehreren Monaten nicht mehr gewechselt worden sein. Überall lag schmutzige Wäsche, vermischt mit Zigarettenstummeln, Pizzaresten, Cola- und Bierdosen. Der Anblick einer Galerie mit Postern von Sängern auf einer verblichenen rosa Tapete brachte sie zum Lächeln: Patrick Bruel, Jean-Jacques Goldman, Julio Iglesias, Joe Dassin, Dave…

»Wow, was ist denn das!«, rief Serge.

»Eure ganze Jugend, Jungs«, sagte Marie spöttisch.

»Na, na, übertreibst du nicht ein bisschen? Das sind doch Sachen von Fünfzigjährigen …«

Serge hatte eine Erklärung:

»Das muss die Bude seiner Schwester gewesen sein. Als Faulpelz, der er ist, hat er nichts geändert. Ich weiß, dass er ein etwa vierzigjähriges Schwesterchen hat.«

»Wir sind nicht wegen der Deko hier«, rief ihnen die junge Frau in Erinnerung, als sie die Schublade des Nachttischs öffnete. »Sieh da«, stieß sie aus und drehte sich um, ein Plastiktütchen in der Hand. »Das kann noch nicht lange da sein, ich glaube, wir haben, was wir suchen.«

»Kein Zweifel«, meinte Gabin, als er auf dem Boden des Päckchens die durchsichtigen Kristalle sah.

»Meine Dame, meine Herren … Ich wünsche euch noch einen schönen Tag!«, schlussfolgerte Serge, froh, dass er sich aus der

Affäre ziehen konnte, ohne einen Bericht schreiben zu müssen. »Ich überlasse euch diese ganze Scheiße. Besten Dank, Kripo!«

»Ich ruf die Chefin an, damit sie uns erlaubt, die Scheiße zu übernehmen. Aber mal im Ernst, du könntest dabei sein, wenn ich Maxime verhöre. Er kennt dich und vertraut dir.«

»Halte mich auf dem Laufenden. Viel Spaß, ihr Grünschnäbel.«

20

Gabin und Serge trafen sich am frühen Nachmittag in den Räumen der Kripo wieder. Maxime war wieder bei klarem Verstand, und der Gerichtsmediziner war zu dem Urteil gekommen, dass sein Zustand es erlaubte, ihn in Polizeigewahrsam zu nehmen. Zwar nur für begrenzte Zeit, aber das war den beiden Polizisten recht. Sie konnten sich den depressiven Zustand, in den er verfallen war, zunutze machen, zumal er es nicht für nötig gehalten hatte, einen Anwalt anzurufen. Ein unerwarteter Vorteil!

Serge hatte es übernommen, den Jungen aus dem Gefängnis zu holen und ihn in die Büros der Kripo zu bringen. Er hatte Maximes Vertrauen wiedergewonnen. Es war weniger wichtig, den Ablauf des versuchten Totschlags, zu dem es unter dem Einfluss von Drogen gekommen war, zu rekonstruieren, als zu erfahren, wo er sich die Pillen besorgt hatte.

Gabin sah den Häftling an und zwang sich, ihm zuzulächeln. Man durfte ihn nicht verängstigen. Er war noch ein Junge, musste etwa fünfzig Kilo wiegen und schien in den Klamotten, die viel zu groß für ihn waren, zu verschwinden. Sie baten ihn, sich zu setzen, und ließen ihm die Handschellen abnehmen, um ihn zu beruhigen.

»Isst du nicht mehr, oder was?«, fragte Serge.

Maxime antwortete mit einem müden Lächeln.

»Ich hab Durst«, sagte er, »ich kann nicht mehr, weil ich Durst hab. Könnt ihr mir was zu trinken geben? Ich hab die da unten immer wieder darum gebeten, die waren schon total genervt von meinem Gejammer, aber sie haben mich trotzdem in der Scheiße sitzen lassen ...«

»Das kommt vom Meth, das hat dich in diesen Zustand versetzt«, bemerkte Gabin und griff nach einem Plastikbecher und einer Flasche hinter seinem Schreibtisch. »Nimmst du das oft?«

»Manchmal, aber ich glaube, es tut mir nicht gut, wenn ich sehe, wo ich hier gelandet bin.«

Die beiden Polizisten lächelten.

»Erinnerst du dich an gestern?«

»Hm, ein bisschen … Ich weiß nicht, warum ich das gemacht hab. Ich erinnere mich daran, wie das Gewehr losgegangen ist, und an das erstaunte Gesicht meiner Mutter … Und dann an nichts mehr …«

Er versank in Tränen, nahm den Kopf zwischen die Hände …

»Ich hoffe, dass sie durchkommt, ich wollte ihr doch nichts antun …«

Serge näherte sich dem Jungen.

»Keine Sorge, ich hab im Krankenhaus angerufen. Sie ist nicht mehr in Lebensgefahr.«

Er hob den Kopf, suchte die Augen des Polizisten, als ob er seine Glaubwürdigkeit einschätzen wollte. Dann blickte er fragend zu Gabin und schaute von einem zum anderen.

»Das stimmt«, bestätigte Gabin. »Damit sieht es für dich nicht ganz so schlecht aus.«

»Sag die Wahrheit über diesen Stoff«, attackierte Serge den jungen Mann. »Dir ist doch klar, dass wir nicht zulassen können, dass eine solche Droge im Umlauf ist. Du musst uns helfen, damit es nicht zu noch so einem Vorfall kommt wie bei dir.«

»Was genau wollt ihr wissen …?«, fragte er. »Wo ich das Zeug gekauft habe, ist es das?«

»Ja, so ist es.«

»Okay, aber ihr dürft das auf keinen Fall im Protokoll festhalten, und ich werde auch nichts unterschreiben. Außerdem hab ich das Zeug ja nur einmal gekauft.«

Eine offensichtliche Lüge, über die die Polizisten jedoch hinwegsahen. Er fuhr fort:

»Es kommt von einem Typen, der in einem Club in der Rue de Lépante arbeitet. Er macht da fast alles, Türsteher, Kellner …, hängt immer in dem Schuppen rum und kennt jede Menge Leute.«

»Wie sieht er aus, dein Typ? Beschreib ihn«, hakte Serge nach.

Die beiden Polizisten konnten ihre Aufregung kaum verbergen, und der Junge spürte, dass er ein Ass im Ärmel hatte.

»Wenn ihr mir beim Richter helft, kann ich ihn euch zeigen, denn er ist nicht leicht zu beschreiben, er sieht aus wie alle anderen.«

Wir haben es vermasselt, dachte Gabin, als er bemerkte, dass der Junge wieder Oberwasser bekam. Aber was soll's, wir riskieren nichts, wenn wir es versuchen.

•••

Nach dem Verhör trafen sie sich in Gabins Büro mit Marie.

Der Junge hatte gesagt, dass er seine Drogen im *Blues Power* gekauft habe, und versprochen, dass er ihnen, wenn sie ihn am Abend dorthin brächten, seinen Dealer zeigen würde. Die Idee gefiel ihnen, zumal sie nichts Besseres in der Hand hatten. Cotto kannte den Namen des Dealers nicht, ein gewisser Christian oder Christophe, und er konnte ihn nur vage beschreiben. Laut Serge wurde dieser Club von Zwillingsbrüdern betrieben, deren Vater, Leo Ritucci, ein italienischer Ganove, aus dem Gefängnis ausgebrochen war. Auch wenn all dies sehr dünn war, hatten sie immerhin eine Spur und konnten sich nicht beklagen, da sie in den vorherigen Akten bis jetzt nur vage Beschreibungen von Arabern und Straßendealern hatten, von denen man nicht wusste, wo sie sich aufhielten und wie sie hießen.

21

Christine Blanchard hatte beschlossen, ihre Truppen um sich zu versammeln. Die Crystal Meth-Affäre hatte ein solches Ausmaß angenommen, dass sie sowohl vom Leiter ihrer Dienststelle als auch von der Staatsanwaltschaft unter Druck gesetzt wurde. In den letzten achtzig Stunden hatte ihre Abteilung endlich eine Spur gefunden. Das war immerhin ein Teilerfolg, den sie dringend gebraucht hatte. In einer Zeit, in der man nur noch von Zahlen, Statistiken und Resultaten sprach, schwebte diese Drogenaffäre wie ein Damoklesschwert über ihr, das sie gern loswerden wollte. Als sie den Konferenzraum betrat, kam sie gerade von ihrem Chef, und Gabin bemerkte ihre geröteten Augen. Offensichtlich hatte er sie mal wieder zur Sau gemacht.

Zum Gespött der nationalen Direktion der Kripo geworden, war Jean Godin, ein Pied Noir alter Schule und mehr auf dem Golfplatz zu Hause als bei der Polizei, vor Kurzem nach Nizza versetzt worden. Das war für ihn keine Beförderung, da ihm dadurch der Zugang zu einer der großen Direktionen in Paris verwehrt wurde, die gemeinhin als Karrieresprungbrett galt. Die Methamphetamin-Affäre störte seine Ruhe, und er fürchtete, seine Karriere würde auf einen weiteren Abgrund zusteuern. Eine Angst, die dieser gescheiterte Polizist mit dem Gehabe eines Großbürgers unverzüglich auf seine Untergebene abwälzte, die er eher terrorisierte, als ihr ihre Arbeit zu erleichtern. Die Kommissarin wischte sich mit einem Taschentuch unauffällig über die Augen, setzte ihre Brille wieder auf und blickte mit ihren grünen Augen in den Saal.

Die Gruppenleiter der Mordkommission und der Abteilung zur Bekämpfung des organisierten Verbrechens hatten sich zu denen der Drogenfahnder gesellt. Die Einheit von Gabin und seine Kollegen von der Drogenfahndung beschränkten sich auf den Aspekt der Droge. Alles, was mit der Untersuchung der Leichen und der Suche nach der Todesursache zu tun hatte, war Aufgabe der Mordkommission. Die Abteilung zur Bekämpfung des organisierten Verbrechens, die bislang aus dem Spiel gelassen wurde, war nun ebenfalls herangezogen worden.

Wie üblich musste man auf die ewigen Nachzügler warten, bis die Sitzung anfangen konnte. Die Kommissarin begann im Stehen damit, die Fakten zusammenzufassen, die die Abteilung gesammelt hatte. Der erste Fall war ein Wahnsinnsanfall eines Schülers des Masséna-Gymnasiums, einer renommierten Einrichtung im Zentrum von Nizza. Mitten im Mathematikunterricht hatte sich der Junge, der für seine guten Schulergebnisse bekannt war, eine Schere aus seiner Tasche gezogen, sich auf die Lehrerin gestürzt und ihr ins Auge gestochen. Die Lehrerin war einige Stunden später im Krankenhaus gestorben. Blut- und Urinuntersuchungen ließen darauf schließen, dass er unter dem Einfluss von Methamphetamin stand.

Eine Woche später war der Sohn eines Polizisten mit der Dienstpistole seines Vaters in der Hand auf die Straße gerannt und hatte auf die Leute, denen er begegnete, geschossen. Er hatte drei Personen verletzt, und eine von ihnen war gestorben. Seitdem hatten die verschiedenen Abteilungen der Polizei Nachforschungen angestellt und weitere Fälle, in denen die synthetische Droge Gewaltausbrüche verursacht hatte, gefunden.

Die Kommissarin endete mit dem letzten, noch laufenden Fall und übergab das Wort ihren Ermittlern. Richard Raggio, der Leiter der Mordkommission, übernahm den Teil, der die Schüsse betraf. Er war ein von allen geschätzter Profi, der einen britischen

Look kultivierte und es verstand, unter allen Umständen die Ruhe zu bewahren. Er äußerte sich nüchtern und sachlich.

»Madame Cotto ist jetzt im künstlichen Koma. Sie hat viel Blut verloren, die lebenswichtigen Funktionen wurden nicht beeinträchtigt, aber sie ist in keiner guten körperlichen Verfassung. Die Ärzte äußern sich nicht zu ihrer Zukunft.«

Gabin dachte an die Lügengeschichte, die sie Maxime erzählt hatten. Doch er hatte kein schlechtes Gewissen. Das gehörte zum Spiel.

Raggio fuhr fort und erklärte, dass das Jagdgewehr Cottos Vater gehörte, der vor einigen Jahren gestorben war. Sein Sohn hatte es unter dem Bett aufbewahrt und vorher noch nie benutzt. Der Schütze konnte nicht erklären, warum er auf seine Mutter angelegt hatte. Er litt unter Amnesie.

»Und das Schlimmste ist, dass ich ihm glaube. Ich glaube, er verheimlicht nichts«, schloss der Ermittler und wies darauf hin, dass der Junge das Opfer von Halluzinationen war, die von der Droge ausgelöst wurden.

Das ähnelte in allen Punkten den anderen Fällen, die sie bereits in den Akten hatten.

Auf die Präsentation folgte eine Leere, und die Blicke richteten sich natürlich auf Gabin. Er sprach zunächst über das *Blues Power* und skizzierte seinen Plan.

Es war dringend notwendig, die Verbreitung der gefährlichen Droge zu stoppen. Sie würden sich am Abend unauffällig dorthin begeben, den Dealer einwandfrei identifizieren und sofort festnehmen. Zum gegenwärtigen Zeitpunkt weigerte sich der Zeuge noch, den Dealer auch offiziell zu identifizieren, aber sie waren zuversichtlich, dass er es später tun würde. Die Richterin hatte versprochen, ihm entgegenzukommen, wenn er dies täte und bei der folgenden Gegenüberstellung an seiner Aussage festhielte.

»Noch ein kleines Detail«, fuhr Gabin fort und sah Raggio an.

»Hoffentlich stirbt die Mutter nicht. Wenn der Fall zu einem vorsätzlichen Totschlag wird, wird es viel schwieriger.«

Die Kommissarin ergriff kurz das Wort, um ihn wieder zum eigentlichen Thema zurückzubringen.

»Ich glaube, ihr habt etwas über das *Blues Power* und seine Besitzer.«

Der Capitaine nickte und erklärte, dass der Club einem französisch-italienischen Ganoven namens Leo Ritucci, der aus dem Gefängnis ausgebrochen sei, gehörte. Er wurde in Italien wegen seiner Verbindungen zur Mafia gesucht und sei schon in Frankreich gesehen worden. Obwohl er mit einem internationalen Haftbefehl gesucht werde, habe seine Verhaftung keine wirkliche Priorität, und die Nachforschungen, um ihn festzunehmen, seien bis jetzt sehr nachlässig geführt worden. Der Ganove trieb sich manchmal in den Nachtclubs am Hafen von Nizza und in Monaco herum. Er habe schon einige Dinge ausgeplaudert, und das sei zweifellos einer der Gründe, weshalb sein Ausbruch aus dem Gefängnis mit einem gewissen Wohlwollen betrachtet wurde.

Gabin wurde von einem Räuspern unterbrochen. Das war sein Kollege von der Abteilung zur Bekämpfung des organisierten Verbrechens, Capitaine Antonio Massoni, ein Grobian, als verschlagen und verschlossen bekannt, aber leider auch mit dem Wort begabt. Das Genie runzelte die Stirn und schlug einen belehrenden Ton an.

»Wenn du erlaubst, fahre ich fort … Der Aspekt des organisierten Verbrechens ist unser Bereich«, fügte er mit einem fragenden Blick auf die Kommissarin hinzu.

Christine biss sich auf die Lippen und gab ihm ein Zeichen, dass er weitersprechen konnte.

Nun ist es so weit, wir kommen in den Genuss eines großen Auftritts, dachte Gabin und sah seinen Kollegen an.

Dieser räusperte sich erneut.

»Ihr müsst wissen, dass Leo Ritucci ein Ganove ist, der schon vor zwanzig Jahren aktiv war …«

Und er stürzte sich in einen langen und einschläfernden Vortrag, der auf Zeitungsausschnitten und damaligen Berichten beruhte. Er endete, aufgeplustert wie ein Gockel, nach über einer halben Stunde mit …

»… heute wissen wir nicht, wo er ist oder ob er Kontakt zu seinen Kindern hat.«

Wir hätten eine Menge Zeit sparen können, wenn er das gleich gesagt hätte, hütete Gabin sich anzumerken und überließ den Rest der Kommissarin.

»Danke, Antonio. Ich denke, wir werden daran arbeiten müssen, Telefone abhören, Informationen sammeln, all das aktualisieren. Wenn wir ihn finden, können wir mit seinem Haftbefehl Druck auf ihn und seine Familie ausüben.«

Als ausgemachter Macho konnte Massoni es nicht ertragen, sich widerstandslos von einer Frau herumkommandieren zu lassen. Er runzelte erneut die Stirn und strich über seinen Schnurrbart.

»Gut, Madame, aber wir haben schon sehr viel Arbeit mit den laufenden Ermittlungen. Unsere Zeit ist begrenzt.«

Die Antwort kam hart und trocken:

»Wir haben im Moment nur eine Priorität: diesen Fall! Also, ihr könnt das machen, wie ihr wollt, aber ihr arbeitet daran, und ich will schnell Ergebnisse haben. Und es ist auch nicht verboten, nach 18 Uhr dazubleiben. Die Arbeit der Abteilung zur Bekämpfung des organisierten Verbrechens ist nicht beendet, wenn die Banken schließen«, zischte die Kommissarin zur Überraschung ihrer Zuhörer.

»Was wollen Sie damit sagen?«, setzte Massoni an.

»Sie haben mich verstanden! Wenn Sie damit ein Problem haben, können Sie zum Direktor gehen und mit ihm reden!«

Gut in Form, die »Oberschwester«, dachte Gabin und genoss die betretene Miene seines Kollegen. Letzterer bemerkte dies und hätte ihm am liebsten den Hals umgedreht. Dicke Luft!

Es wurde erneut still, und Christine Blanchard schickte alle zurück an ihre Arbeit.

22

Die Rue de Lépante war eine der geschäftigsten Straßen von Nizza, ein paar hundert Meter von der Avenue Jean Médecin entfernt. Marc und Sylvain, zwei Polizisten aus Gabins Team, durchstreiften seit dem späten Nachmittag die Umgebung und beobachteten die Bars und die Geschäfte. Da das *Blues Power* seine Tore nicht vor Mitternacht öffnete, wollten sie die Zeit nutzen, um ein unauffälliges Versteck zu suchen und Informationen zu sammeln. Marc entdeckte eine Wohnung, die zu verkaufen war und im zweiten Stock eines Hauses lag, das sich fast direkt gegenüber des Clubs befand. Ein guter Plan!

Sylvain, der wegen seiner langen Haare und seines Schnurrbarts den Spitznamen D'Artagnan hatte, sagte sich, dass er nichts anderes zu tun brauchte, als seinen Charme einzusetzen. Die Immobilienagentur, die auf dem Schild erwähnt wurde, befand sich ein paar Dutzend Schritte weiter an der Ecke der Rue de Lépante und der Avenue Notre-Dame. Er begab sich schnurstracks dorthin. Eine junge Brünette in einer gut gebügelten Bluse vertrieb sich die Zeit an ihrem Computer. Als der Polizist die Tür öffnete, erhellte sich sein Gesicht, und er brauchte nicht lange, um sich in einen Verführer zu verwandeln. In wenigen Minuten, in denen er die Überwachung einer angrenzenden Wohnung vortäuschte, gelang es ihm, die Vorbehalte der Beraterin zu zerstreuen und sie zu einem direkten Besuch der Wohnung zu überreden. Es handelte sich um eine Dreizimmerwohnung. Wasser und Strom waren abgestellt.

»Ich bitte Sie, diskret zu sein«, flehte die junge Frau.

Sie war sich nicht sicher, ob der Eigentümer ihre Initiative schätzen würde, und bestand daher darauf, dass weder geraucht noch die Toilette benutzt werden durfte.

Mit seinem engelhaften Lächeln wirkte Sylvain sehr überzeugend.

»Sie haben die Schlüssel morgen früh auf Ihrem Schreibtisch, und Sie werden kein Problem haben.«

»Sehr gut«, sagte sie und gab ihm den Schlüsselbund.

Er nutzte die Gelegenheit, um ihre Hand länger als nötig festzuhalten, sie errötete leicht, und er fing ihren Blick auf.

»Zum Dank für Ihre Hilfsbereitschaft würde ich Sie gern in ein Restaurant einladen, aber natürlich nur, wenn Sie wollen.«

Die Wangen der jungen Frau röteten sich noch etwas mehr.

•••

Um 20:30 Uhr trafen sich Gabin und sein Team im *Sunsea* in der Rue Valperga, in der Nähe der Rue de Lépante. Dieses Lokal war einer ihrer Treffpunkte am Feierabend. Das Paar, das dieses Restaurant führte, kannte sie sehr gut, und sie wurden immer von einer nahezu familiären Atmosphäre empfangen. Ein Ort, an dem sie stundenlang über die laufenden Fälle oder Probleme bei der Arbeit sprachen und Bier tranken, bevor sie nach Hause gingen oder zu anderen nächtlichen Abenteuern aufbrachen.

Gabins Team war vollzählig. Serge hatte sich ihnen angeschlossen, und sie hatten auch Maxime Cotto geholt, ein Verstoß gegen die Regeln des Polizeigewahrsams, aber Gabin meinte, er würde kein großes Risiko eingehen, wenn er den Jungen mitbrachte. Das konnte ihn nur ermutigen, die volle Wahrheit zu sagen. Seine Aussage war von entscheidender Bedeutung für die weitere Untersuchung. Die Stimmung war gut, und sie sprachen fast gar nicht über ihren Fall. Der Capitaine liebte diese Momente der

Entspannung, in denen er mit seinen Leuten zusammen war. Er hatte volles Vertrauen zu ihnen. Der Zusammenhalt der Gruppe war zuletzt im Laufe einer Untersuchung auf die Probe gestellt worden, bei der ein Teammitglied ziemlichen Mist gebaut hatte und sich nach Marseille versetzen ließ. Sie waren aus dieser Prüfung beinahe gestärkt hervorgegangen.

Außer Marie arbeiteten vier weitere Kollegen mit Gabin zusammen. Sylvain alias »D'Artagnan« sorgte für die Harmonie der Gruppe. Dieser Verführer und Schürzenjäger war sehr einfallsreich. Er verstand es, sich zu tarnen und bei einer Beschattung unerkannt zu bleiben. Luc, verheiratet, Vater von drei Kindern, unterschied sich vom Rest der Bande dadurch, dass er als Einziger ein echtes Familienleben hatte und abends nicht einfach so ausgehen konnte. Groß, wie ein Teddybär aussehend und immer verschlafen wirkend, hatte er den Spitznamen »Zackenbarsch«. Aus Paris kommend, war er ein schlauer Polizist, der gut vor Ort und in der Lage war, einen Plan zu schmieden und ein Verhör durchzuführen. Marc, der Älteste in der Abteilung der Drogenfahnder, ein mürrischer Polizist, hatte fast seine ganze Karriere in Nizza absolviert. Er wirkte etwas lahmarschig, konnte aber, wenn nötig, richtig ranklotzen. Henri war erst vor Kurzem ins Team gekommen. Er war ein Träumer. Mit seinen langen Haaren und seiner matten Haut, mit der man ihn für einen Mischling halten konnte, war er »The Black« geworden. Als Nachtschwärmer begleitete er seinen Chef oft auf seinen nächtlichen Streifzügen.

In Gesellschaft dieser Polizisten fühlte Maxime sich ein wenig verloren, aber Serge passte auf ihn auf, klopfte ihm regelmäßig auf die Schulter und neckte ihn freundschaftlich. Er munterte ihn immer wieder auf, und als sie das Restaurant verließen, hätte ein unbefangener Beobachter glauben können, dass er zum Team gehörte.

Gegen 22 Uhr gingen der Leiter der Gruppe, Serge und Sylvain mit ihrem Gefangenen in die Wohnung. Die anderen Polizisten verteilten sich, verstärkt durch zusätzliche Kräfte, in den benachbarten Straßen, bereit, jederzeit einzugreifen.

In dem leeren Raum waren sie gezwungen zu flüstern, da ihre Stimmen sonst laut widerhallten. Maximes Entschluss, den Dealer zu verpfeifen und auf die Dienste eines Anwalts zu verzichten, wurde nun auf die Probe gestellt. Die Polizisten tauschten einen wissenden Blick … Der Junge war reif, und Gabin beschloss, sich das zunutze zu machen.

»Hast du öfter was bei ihm gekauft?«

»Ja, ich bin eigentlich nur in den Club gegangen, um ihn zu treffen. Er hat immer was und ist nicht so teuer. Zehn Euro pro Dosis. Ich hab schon was für hundert Euro bei ihm gekauft. Er kennt mich gut.«

»Verkaufst du einen Teil weiter, oder nimmst du alles selbst?«

Maxime versuchte nicht einmal nachzudenken, bevor er antwortete, was als Beweis dafür zu sehen war, dass er Vertrauen gefasst hatte.

»Sagen wir, ich hab Freunden geholfen, das ist kein Handel. Ich hab denen aus der Patsche geholfen, die etwas brauchten.«

Die Polizisten schmunzelten innerlich über die Formulierung, die Drogensüchtige immer wieder anbrachten, um zu erklären, dass sie keine Dealer waren.

An eine Wand der Wohnung gelehnt, befragte Gabin ihn weiter.

»Hängen die Ritucci-Brüder in der Sache mit drin?«

»Keiner spricht darüber, aber eigentlich müssen sie davon wissen.«

»Wie laufen die Deals ab?«

Maxime grinste.

»Er macht keine großen Umstände, er hat das Zeug einfach bei sich …«

Der Junge sprach nun etwas lauter und mit mehr Nachdruck. Er war jetzt bereit, alles zu Protokoll zu geben, da er dem Dealer die Schuld an dem Zustand seiner Mutter gab. Er wurde blass und hielt abrupt inne, kniff die Augen zusammen und sah instinktiv zum Fenster … Seit dem frühen Nachmittag regnete es in Nizza, und eine Gruppe von drei Personen, zwei Männer und eine Frau, geschützt von einem großen bunten Regenschirm, näherte sich dem Club und blieb vor der Tür stehen. Der Junge sagte aufgeregt:

»Scheiße, ich kann nicht gut sehen, ich kann nicht sagen, ob er dabei ist … Verdammt, er ist vielleicht unter dem Regenschirm, aber ich bin nicht sicher. Tut mir leid, das ist nicht meine Schuld …«

»Kein Problem«, versuchte Serge ihn zu beruhigen. »Warte!«

Einer der Männer trat vor. Er hatte Schlüssel in der Hand und öffnete die Tür des Clubs.

»Das ist einer der Zwillingsbrüder!«, stieß der Junge aus und starrte weiter auf die Szene.

Die Frau trat ein, und der andere Mann verschwand ebenfalls in der Türöffnung. Er klappte den Regenschirm hinter sich zu. Sie hatten nicht genug Zeit, um sein Gesicht zu erkennen.

»Sieh da!«, rief der Junkie. »Die Frau, ich glaub, das ist die Mutter der beiden Brüder, die ist abends oft da.«

Gabin griff nach dem Funkgerät.

»Achtung, habt ihr die drei Personen mit dem Regenschirm gesehen?«

Marie bestätigte, konnte aber nicht mehr sagen.

Ein anderer Typ kam angelaufen und klopfte an die Tür des Clubs.

»Das ist der andere Bruder«, sagte der Junge.

Er trat ein, ohne dass sie sehen konnten, wer ihn hereingelassen hatte.

Es wurde elf Uhr, bis sie drei Mädchen und weitere Männer kommen sahen, die von Maxime als Mitarbeiter identifiziert wurden. Und eine Stunde später kamen die ersten Gäste. Es handelte sich zumeist um junge Leute, die aufwendig gestylt waren: Typen in schwarzen Lederklamotten und Gothic-Fans, was Serge amüsierte und ihren Informanten dazu brachte, ihnen zu erklären, dass er da eigentlich nicht reingehörte und man ihm einmal fast die Fresse poliert hätte.

• • •

Die Zeit verging. Sie waren sich noch immer nicht sicher, ob der Dealer im Club war, und die Truppen draußen wurden im Funk langsam ungeduldig. Gabin kümmerte sich nicht darum. Sie konnten nicht wie eine Büffelherde in den Laden stürmen, ohne sicher zu sein, dass der Dealer da war. Ihre Blicke konzentrierten sich auf drei junge Typen mit schwarzen Lederjacken und Irokesenputz, die aus dem Club kamen. Ihr Gang ließ darauf schließen, dass sie schwer angetrunken waren.

»Die haben ganz schön einen im Kahn«, meinte Sylvain.

»Stimmt. Das riecht nach Aspirin und einem schweren Tag.«

»Ich kenne einen von ihnen«, unterbrach Maxime. »Der nimmt ab und zu Crystal Meth.«

»Lass gut sein, wir warten weiter. Ich will deinen Typen haben. Um die Käufer kümmern wir uns später. Kennst du Leute, die bei ihm kaufen, so wie du?«

»Ja, zwei oder drei.«

»Du wirst uns die Namen geben, und wir werden sie verhören.«

»Sie sagen aber nicht, dass Sie das von mir haben?«

23

Franck, Claude und Lotfi gingen schwerfällig die Avenue Notre-Dame entlang. Sie waren bereits betrunken im *Blues Power* angekommen, und die Biere, die sie dort zischten, trugen nichts dazu bei, ihren Zustand zu verbessern, zumal sie auch noch ein paar Kapseln Crystal Meth eingeworfen hatten. Lotfi hatte am wenigsten intus, und er war überrascht, als er einen elektrischen Schlag in seinem Gehirn spürte. Er hob die Hände an die Stirn und schwankte. Sie war feucht.

»Stimmt was nicht?«, fragte Franck. »Du bist ja ganz blass.«

»Ich weiß nicht, mir ist schlecht. Als ob ich einen Elektroschock gekriegt hätte.«

»Du bist noch besoffener als wir!«

»Wir sollten was essen«, meinte Claude und öffnete die Knöpfe von seinem Hosenschlitz.

Er blieb vor dem Elektroshop Darty stehen und pisste ans Schaufenster, was Heiterkeit bei seinen beiden Kumpanen auslöste, die sich ihm sogleich anschlossen.

»Und Wasser trinken«, fuhr Franck fort und steckte sein Instrument weg. »Wir machen an einem Kiosk Halt.«

»Vielleicht, ja, das ist es …«, stimmte Lotfi zu. Er hatte seinen Hosenschlitz wieder geschlossen und hielt sich die Stirn, ohne den quälenden Schmerz in seinem Schädel lindern zu können.

Sie landeten auf der Avenue Jean Médecin und gingen auf ihr in Richtung Bahnhof weiter.

Die erste Bäckerei, die gerade öffnete, in der Avenue Malausséna, erschien ihnen wie eine Oase in der Wüste. Claude strich über die Haarspitzen seines Kumpels und packte ihn an den Schultern. In Lotfis Schädel kam es erneut zu einer heftigen Entladung. Er stieß einen tierischen Schrei aus und nahm seinen Kopf zwischen die Hände.

»Man versucht, mich mit einem elektrischen Schlag zu töten!«

Seine Kumpel brachen in Gelächter aus.

»Hör mit diesem Schwachsinn auf, du Vollpfosten. Los, wir kaufen uns Croissants«

Jeanine, die Bäckerin, hatte sie schon von Weitem bemerkt. Die Art von Kundschaft, an die sie am Samstagmorgen gewöhnt war. Nach den nächtlichen Trankopfern etwas zu essen, erschien vielen Nachtschwärmern als die Lösung ihrer Probleme.

»Sieh dir die mal an!«, sagte sie zu ihrem jungen Angestellten, der gerade Gebäckstücke ins Schaufenster legte.

Der Junge blickte neugierig auf die frühen Kunden. Claude trat als Erster ein, gefolgt von den beiden anderen.

»Guten Tag, Madame.«

»Guten Morgen, die Herren, ihr seht etwas müde aus.«

Er antwortete ihr mit einem Lachen.

»Ja, schon, ich glaub, wir müssen uns den Magen füllen.«

Eine neue Entladung ließ Lotfi erbeben, er konnte nicht mehr ertragen, sein Schädel würde explodieren. In diesem Moment wechselte er einen Blick mit Jeanine. Er glaubte in ihren Augen ein teuflisches Lächeln zu sehen. Das genügte ihm, um zu begreifen, dass sie die Ursache für seine Qualen sein musste. Sie sandte ihm die Elektroschocks, die ihm so höllisch wehtaten.

»Du Schlampe, hör auf damit!«, schrie er sie an.

Überrascht riss die Bäckerin die Augen auf und stand mit offenem Mund da, genauso wie Claude. Am schnellsten reagierte der Lehrling, der den starken Mann spielen wollte.

»Hast du nicht alle Tassen im Schrank? So redest du nicht mit meiner Chefin!«, rief er und kam näher. »Der glaubt wohl, er kann sich alles erlauben, dieser Schwachkopf mit seiner Kanakenfresse!«

Die rassistische Anspielung brachte das Fass zum Überlaufen.

»Was ist denn mit dir los? Du nimmst sofort zurück, was du eben gesagt hast, und entschuldigst dich, hast du mich verstanden?«, bellte Franck und packte den Angestellten am Kragen.

Und dann flogen die Fäuste. Jeanine begann zu quietschen wie ein Wiesel, woraufhin der Bäcker zur Hilfe eilte. Er kam aus seiner Backstube und schnappte sich einen Baseballschläger, der in der Nähe des Tresens stand, doch als er einen Schlag mitten ins Gesicht bekam, ließ er seine Waffe fallen. Claude hob den Schläger auf. Die Registrierkasse krachte mitten in die Bäckerei, gefolgt von Brioches und Croissants. Der Hooligan machte weiter, indem er sich methodisch die Auslagen vornahm, während seine Kumpel sich prügelten.

Den morgendlichen Passanten draußen war das Durcheinander nicht entgangen. Die blau uniformierte Kavallerie in Gestalt mehrerer Einsatzwagen der städtischen und der nationalen Polizei ließ nicht lange auf sich warten und kam mit heulenden Sirenen und eingeschalteten Blaulichtern angerauscht. Vor dem Gegner vereint, griffen die beiden Sicherheitsstreitkräfte mit dem Schlagstock in der Faust in einen Kampf ein, der schließlich zum Nachteil der drei Unruhestifter endete. Sie landeten blutig und mit Handschellen versehen in einem Kastenwagen der Bereitschaftspolizei, die zur Unterstützung gekommen war.

Am Ende der Partie zählte man auf Seiten der Polizei drei Leichtverletzte mit einigen blauen Flecken und einen Schwerverletzten, der sich den Arm gebrochen hatte. Die Bäckerei war nur noch ein Trümmerhaufen. Es gab kein Licht mehr, und der Boden war mit Glasscherben, Backwaren und Süßigkeiten übersät. Der Geruch des Gebäcks vermischte sich delikat mit dem von Blut und Schweiß. Der Laden würde erst nach mehreren Tagen wieder öffnen.

…

Serges Telefon klingelte. Auf dem Boden sitzend, richtete er sich auf den Knien auf und wühlte in seiner Tasche. »Die Zentrale«, sagte er, als er den Apparat in der Hand hatte.

»Ja, ich höre«.

Sein Gesicht hellte sich auf, er suchte Gabins Blick und wiederholte mit lauter Stimme die Informationen, die man ihm übermittelte.

»Sie sagen, dass drei Typen, die aus dem *Blues Power* gekommen sind, einen Laden auseinandergenommen haben?«

Die Aufmerksamkeit der beiden Polizisten und von Maxime richtete sich natürlich auf Serge.

»Rufen Sie einen Arzt. Ich vermute, sie brauchen einige Zeit zur Erholung, bevor wir sie ernsthaft verhören können. Ich komme.«

Serge legte auf und berichtete den fragenden Augen, die ihn anstarrten, dass die drei Irokesen in der Avenue Masséna verhaftet wurden, bis obenhin voll Drogen waren und Crystal Meth bei sich hatten.

»Geh mit Marie hin«, schlug Gabin vor. »Ich bleibe hier. Wenn ihr sicher seid, dass das Zeug aus dem Club kommt, schlagen wir sofort zu.«

24

Marie rief bald zurück. Gabin musste sich konzentrieren, um zu verstehen, was sie sagte. Schreie in ihrer Umgebung überlagerten ihre Stimme. Sie war mit Serge in den Räumlichkeiten, die für den Polizeigewahrsam vorgesehen waren. Man brauchte noch eine weitere Analyse zur Bestätigung, aber es hatte den Anschein, dass die Drogen, die die Unruhestifter bei sich hatten, genau die waren, die sie interessierten. Die drei Verhafteten waren in einem Zustand, der es nicht erlaubte, sie offiziell zu vernehmen. Sie standen unter Drogen, waren alkoholisiert und trugen auch noch die Stigmata ihrer Festnahme. Da sie noch nicht von einem Arzt untersucht worden waren, hatten die Polizisten sie für ihren Widerstand büßen lassen, indem sie sich einem der spielerischen Aspekte ihres Berufes hingaben. Marie hatte die Pausen genutzt, um ihnen die Fragen zu stellen, die sie interessierten. In einem Anfall von spontaner Aufrichtigkeit hatten die drei Jungen gestanden, dass sie die Drogen im *Blues Power* bei einem gewissen Christophe gekauft hatten.

Der Bericht amüsierte den Capitaine, er konnte sich die Abreibung, die die drei Rabauken hinnehmen mussten, sehr gut vorstellen. Ein gerechter Ausgleich, nachdem sie Polizisten verletzt hatten, dachte er. Er wusste, dass schon sehr viel mehr passieren musste, um das Mitgefühl einer Polizistin wie Marie zu wecken.

»Wir werden reingehen«, schloss Gabin »Die Erholungspause ist zu Ende. Kommt zu mir. Ich warte auf euch. Bitte Serge, einige Blaue mitzubringen, wenn möglich, und das Einsatzkommando.

Ich informiere die ›Oberschwester‹ und lasse Maxime in die Kaserne zurückbringen.«

•••

Gabin war zu Fuß zur Foch-Zentrale gegangen, wo sich die Polizisten versammelt hatten, die sie unterstützen sollten. Christine Blanchard hatte sich ihnen in Rekordzeit angeschlossen. Nachdem sie sich mit ihrem Gruppenchef abgestimmt hatte, teilte sie zusammen mit dem Capitaine und Serge am Eingang des Kommissariats die Einsatzkräfte ein. Das Ziel war klar: Das *Blues Power* besetzen, alle Gäste und das Personal kontrollieren und zum Verhör mitnehmen. Die Kripo sollte sich um die Durchsuchung kümmern.

•••

Der Regen hatte aufgehört, und die Gehwege waren schon fast wieder trocken.

»Und, fühlt sich das nicht gut an, für die Kripo zu arbeiten?«, fragte Gabin Serge, als sie sich dem Club näherten.

»Armer Irrer«, fiel ihm sein Kollege ins Wort.

»Nein, ernsthaft. Du musst doch total beeindruckt sein! Zögere nicht, dir Notizen zu machen oder Fragen stellen, wenn du etwas nicht verstehst. Ich werde es dir gern erklären. Bei Praktikanten bin ich immer sehr geduldig.«

»Komm doch mal zur Departementspolizei, da kannst du was über die Arbeit lernen und kriegst etwas von der Stadt zu sehen. Es wird dir gut tun, von den Akten wegzukommen. Abgesehen vom Abhören von Telefonen habt ihr ja nicht viel drauf ... Jedenfalls kommt mir das so vor.«

Sie waren jetzt nur noch wenige Meter von der Tür entfernt. Gabin zögerte:

»Warten wir, bis jemand rauskommt, oder klingeln wir, als ob wir Gäste wären?«

Er zeigte mit dem Finger auf eine Außenkamera.

»Kennt man dich da drinnen?«

»Nein, ich bin noch nie hier gewesen, und die Visagen, die ich gesehen habe, sagen mir auch nichts.«

»Gut, dann klingeln wir. Mit deinen kurzen Haaren und deiner Lederjacke siehst du aus wie eine Schwuchtel, die problemlos reinkommt.«

»Zumal mit dir, mein Liebling!«, fügte Serge hinzu.

Er packte Gabin am Nacken, zog ihn an sich und drückte auf den Klingelknopf. Die Tür öffnete sich fast sofort und gab den Blick auf zwei junge Frauen frei, deren Gesichter mit dicker weißer Schminke bedeckt waren, die die schwarzen Wimpern und die violett gefärbten Lippen betonte. Gekleidet in Lederjacken und Lederröcke mit schwarzen Strumpfhosen und Stiefeln, wollten sie gerade den Club verlassen. Die beiden Polizisten traten beiseite, um sie vorbeizulassen. Sie würden weiter hinten vom Rest des Aufgebots kontrolliert werden.

Die Tür schloss sich wieder, und sie standen in einer Luftschleuse vor einem Türsteher und einer Kassiererin, deren Aufmachung der der beiden Frauen in nichts nachstand.

Gabin zückte seinen Dienstausweis, während Serge den Zugang zum Saal blockierte. Draußen fuhren bereits Polizeifahrzeuge und Kastenwagen vor, die Beamte mit Armbinden und andere in Uniformen ausspuckten.

»Keiner rührt sich!«, sagte Gabin drohend. »Das ist eine Polizeikontrolle.«

Da er nicht wusste, ob sie eine Möglichkeit hatte, mit dem Inneren des Clubs zu kommunizieren, wandte er sich der jungen Frau zu:

»Lass deine Hände auf dem Tresen liegen.«

»Haben Sie einen Durchsuchungsbeschluss?«, versuchte der Türsteher aufzumucken.

Ein amüsiertes Lächeln zeichnete sich auf den Gesichtern der beiden Polizisten ab.

»Du bist nicht in einer amerikanischen Fernsehserie, mein Lieber«, erwiderte Gabin. »Schau mal, so sieht ein Durchsuchungsbeschluss aus«, sagte er, öffnete die Tür zur Straße und ließ die Polizisten herein.

»Nehmt schon mal diese beiden da. Und wir machen drinnen weiter.«

»Ich liebe diese Sachen«, scherzte Serge.

Er machte einen Tanzschritt und ging hinein.

Ein Video von Marilyn Manson, das auf eine große Leinwand projiziert wurde, beleuchtete eine Gruppe von Gästen auf der Tanzfläche, während andere auf Sofas an Tischen voller Bierflaschen saßen. Er lokalisierte schnell den DJ und stürzte auf ihn zu, während Gabin zur Theke ging. Der Rest seines Teams teilte sich zwischen den Toiletten und den Notausgängen auf.

Hinter der Bar warf Alex Ritucci einen Blick auf die Bildschirme seiner Kameras und wollte sich verdünnisieren. Die Straße war voller Polizeiautos, und es waren bereits Bullen in der Luftschleuse. Verstört hob er den Kopf und sah Gabin vor sich stehen. Sein Blut erstarrte, der Ärger begann.

»Polizei!«, rief der Polizist laut, um sich verständlich zu machen.

»Das hab ich mir schon gedacht, das steht ja auf Ihrer Armbinde«, begann Alex mehr als Reflex als aus echter Gegenwehr.

»Mach nur so weiter, wir werden noch gute Freunde«, schrie der Polizist in dem Moment, in dem die Musik ausging und Serge das Licht anmachte, was einige Gäste überraschte, die noch nicht mitgekriegt hatten, was um sie herum geschah.

Nie um gute Ideen verlegen, sprang der Capitaine der Departementspolizei mit dem Mikro in der Hand auf die Theke und klatschte in die Hände, um die Aufmerksamkeit auf sich zu lenken. Als Gabin ihn sah, verdrehte er die Augen und fing dann den Blick von Marie auf. Sie verzog genervt das Gesicht und brachte damit vollkommen seine Gefühle angesichts des bevorstehenden Auftritts zum Ausdruck. Die Stimme des Polizisten erklang im Soundsystem.

»Meine Damen und Herren, wie Sie bemerkt haben, sind wir von der Polizei. Wir müssen Ihnen leider mitteilen, dass der Abend zu Ende ist und dass Sie alle zu einer After-Show-Party eingeladen sind, die ab sofort in der Auvare-Kaserne und im Polizeirevier Foch stattfindet. Die französische Verwaltung hat in ihrer unermesslichen Güte beschlossen, Begleiter und Fahrzeuge zur Verfügung zu stellen, die Sie dorthin bringen. Seien Sie bitte so freundlich, sich nicht zu rühren, bis ein Führer oder eine Hostess Sie holt und mitnimmt. Vielen Dank für Ihre Aufmerksamkeit.«

Die Polizisten begannen, sich um die anwesende Fauna zu kümmern, der Boden war mit schädlichen Substanzen und Gegenständen bedeckt, die der eine oder andere vorsichtshalber weggeworfen hatte.

Gabin versammelte hinter der Theke die Familie Ritucci. Alain und Alex, die Zwillinge, hatten sich einen androgynen Look zugelegt, mit dem sie wie der Sänger der Band *Indochine* aussahen. Ihre Mutter wirkte eher klassisch. Die Sechzigjährige mit ihrem feinen Perlencollier und Chanel-Kostüm schien nicht zur düsteren Atmosphäre des Etablissements zu passen. Sie suchte in ihrer Vuitton-Handtasche nach einem Päckchen Rothmans und einem goldenen Feuerzeug, steckte sich eine Zigarette an und lächelte den Polizisten nervös an.

Ein großer Dunkelhaariger mit schwarzen Klamotten hatte Maries Aufmerksamkeit erregt. Er drehte sich um und glitt langsam in Richtung Herrentoilette. Als er schon fast dort war, näherte sich ihm die Polizistin. Er zögerte nicht mehr und stürzte auf sein Ziel zu.

»Stehenbleiben!«, rief Marie und setzte ihm nach.

Mit der Schulter stieß sie die sich schließende Pendeltür auf. Als er nur noch einen Meter zu gehen brauchte, warf sie sich auf ihn und klammerte sich an seinen Hals. Aus dem Gleichgewicht gebracht, stürzte der Mann auf die Fliesen und ließ einen kleinen Beutel fallen, aus dem bunte Kapseln fielen. Henri und Marc waren ihnen gefolgt und unterstützten ihre Kollegin, indem sie den Flüchtenden am Boden festhielten.

Marie sprang auf.

»Du Arschloch, du wolltest das Zeug wegwerfen«, schrie sie und verpasste dem Kerl ein paar schwere Fußtritte in die Rippen, um sich zu beruhigen.

»Schon gut, schon gut.«

Die junge Frau hörte auf, das Gesicht rot vor Wut, und hob die Pillen auf, während die beiden anderen den Ganoven auf die Füße stellten und ihm Handschellen anlegten.

»Wie heißt du?«, schnauzte die Polizistin, deren Herz noch immer bis zum Hals schlug.

»Christophe Chambon.«

Marie begriff, dass sie einen guten Fang gemacht hatte und freute sich innerlich darüber.

»Arbeitest du hier?«

»Nein, ich bin Gast.«

»Was hast du da?«

»Ein bisschen Extasy, das gehört mir. Ich hab es auf der Straße gekauft.«

»Gut, wir werden sehen … In der Zwischenzeit kommst du in Polizeigewahrsam. Wir unterhalten uns später.«

»Ich will einen Anwalt haben, das ist mein Recht.«

Henri hatte den Kerl schnell durchsucht und in seinen Taschen mehrere Zwanzig- und Fünfzig-Euro-Scheine gefunden.

»Wieviel hast du«?

»Ich weiß nicht, sechs-, siebenhundert Euro.«

»Hast du einen Job?«

»Nein, zurzeit nicht.«

»Lass gut sein«, unterbrach Marie, »das werden wir alles später sehen.«

25

Es war fast sieben Uhr morgens, als die Polizisten wieder in den Büros der Auvare-Kaserne waren.

Sie sahen ziemlich mitgenommen aus. Erschöpfte Gesichter und zerknitterte Kleidung. Angesichts der vielen Aussagen, die es aufzunehmen galt, waren alle verfügbaren Beamten herbeigerufen worden, und die Kripo brodelte vor lauter Aktivität.

Mit einem Becher Kaffee in der Hand war Gabin ins Büro der Kommissarin gegangen. Dort ließ er sich in einen Sessel fallen, den sie ihm angewiesen hatte.

»Kaputt?«, fragte sie.

Er nickte.

»Ja, ein wenig. Ja.«

Sie deutete ein sanftes Lächeln an. Mit ihren vor Erschöpfung geröteten Augen sah sie auch nicht viel besser aus.

»Also, was haben wir?«

»Keinen Durchbruch, aber wir sind vorangekommen«, bemerkte Gabin, nachdem er einen Schluck heißen Kaffee getrunken hatte.

Er begann mit dem, was er für positiv hielt. Sie hatten den Drogendealer, auf den Maxime hingewiesen hatte. Er hieß Christophe Chambon. Zweiundvierzig Jahre alt. Wegen verschiedener Straftaten bekannt, Erpressung, Zuhälterei. Ursprünglich ein Kleinkrimineller aus dem traditionellen Milieu von Nizza. Heute war er sicherlich weit mehr als ein einfacher Nachtclub-Dealer. Der Capitaine fuhr fort, indem er auf die Probleme zu sprechen kam. Der Ganove hatte nur Extasy bei sich. Das war die Droge, die er loszuwerden versucht hatte, und das hatte nichts mit dem Crystal Meth zu tun, das bei Maxime und in den anderen Fällen gefunden worden war. Er hatte auch nichts davon zu Hause. Sie hatten Geld gefunden, 8.500 Euro, eine nicht unbeträchtliche Summe für jemanden, der keinen Job hatte und Sozialhilfe bekam, aber das hatte nichts mit dem vorliegenden Fall zu tun. Was die anderen Festgenommenen betraf, so war Madame Ritucci, die Frau des auf der Flucht befindlichen Gangsters, die formale Besitzerin des Clubs. Sie hatte nicht mit ihnen gesprochen und für sich und ihre beiden Söhne einen Anwalt genommen, der rein zufällig auch der Verteidiger von Chambon war. So konnten sie Erklärungen abgeben, die sich in allen Punkten glichen.

»Das ist immerhin nicht so anstrengend, wir können mit Textbausteinen arbeiten.«

Die Kommissarin antwortete mit einem desillusionierten Lächeln und ließ Gabin weiterreden.

Madame Ritucci führte das Etablissement mithilfe ihrer beiden Söhne. Natürlich hatte keiner von ihnen auch nur einen blassen Schimmer davon, dass in ihrem Club mit Drogen gehandelt wird, und sie konnten nicht glauben, dass Christophe welche bei sich hatte …

»Das ist zum Totlachen«, witzelte der Capitaine, bevor er zu der einzigen wirklich interessanten Sache kam: Ein Gast des Clubs hatte drei Meth-Kapseln, die denen ähnelten, die sie suchten, doch er weigerte sich zu sprechen und zu sagen, wie er sich diese Droge beschafft hatte.

»Wir können drohen, ihn als Dealer anzuklagen und in den Knast zu stecken.«

»Er wurde von Antonio Massoni verhört. Dieser Vollidiot hat die Sache verpfuscht, und er hat völlig dichtgemacht.«

Der Drogensüchtige war ein Bürgersohn, hatte sofort die Unterstützung eines Anwalts verlangt, und ihnen blieb als letzte

Hoffnung nur noch, auf die Wissenschaft zu setzen. Sie hatten sofort eine DNA-Analyse des Tütchens angefordert, in dem sich das Meth befand, und um einen Vergleich mit der DNA von Chambon gebeten, der bislang nicht in der nationalen Datenbank war. Sie würden auch die Spuren, die sie auf der Droge von Cotto gefunden hatten, mit denen der drei Typen vergleichen, die die Bäckerei zertrümmert hatten.

»Wenn seine DNA auf den Tütchen ist, haben wir ihn. Er wird das erklären müssen.«

Gabin lächelte schwach und fuhr bitter fort:

»Wir hätten ihn am Arsch, aber ich glaube trotzdem nicht, dass er auspacken würde. Ich bin mir nicht sicher, ob Maxime seine Beschuldigungen aufrechterhält, wenn er draußen unter Druck gesetzt wird. Chambon wird sicherlich eine Erklärung finden, die standhält und Zweifel sät.«

»Die Richterin wird sich den Jungen am Ende des Polizeigewahrsams vornehmen, um ihn zu vernehmen und zu hören, ob er all das vor ihr bestätigt. Sie ist bereit, ihn freizulassen, wenn er mitspielt.«

»Das wird ein Pluspunkt. Danach … ob er seine Aussagen lange aufrecht erhält … Das ist mehr als fraglich«, endete der Gruppenleiter seufzend.

»Und die drei Irokesen«, warf Christine bitter ein.

»Die haben ihre ›spontanen‹ Erklärungen offenbar nicht bestätigt. Verbockte Nichtsnutze, von denen wir nichts kriegen werden. Ihre Beziehungen zur Polizei haben schlecht begonnen. Selbst Serge, der sie wegen Gewalttaten und Vandalismus drankriegen will, hat nichts aus ihnen rausgekriegt.«

Die Kommissarin richtete sich auf und schlug mit den Handflächen auf den Tisch.

»Das glaube ich!«

•••

Wieder bei seinem Team, zog sich der Capitaine für einen Moment mit Marie und Serge zurück. Nachdem Letzterer mit den drei Vandalen fertig war, hatte er sich ihnen sofort wieder angeschlossen. Er verließ sie nicht mehr. Marie gab ihm dazu Folgendes zu bedenken:

»Du hast ja ein schönes Leben. Hast du in deiner Abteilung nichts zu tun und genug Zeit, um bei der Kripo den *guest star* zu spielen? Brauchen dein Chef und deine Kollegen dich nicht?«

Es bedurfte mehr, um ihren Gast aus der Ruhe zu bringen. Er zeigte ein strahlendes Lächeln, das von einer unverhohlenen Heuchelei triefte.

»Ich kann viel lernen, wenn ich euch bei der Arbeit zuschaue. Ich bewundere euch, und ich habe keinen Kollegen, der so scharf ist wie du.«

Sie warf ihm einen giftigen Blick zu. Gabin unterbrach sie:

»Sind alle entlassen worden?«

»Ja«, sagte Marie, »wir haben nur noch den Typen, der Meth bei sich hatte, die beiden Ritucci-Brüder, ihre Mutter und Chambon.«

»Gut, wir werden uns Chambon vornehmen und schauen, was er uns auftischt.«

Der Capitaine fuhr fort und wandte sich insbesondere an Serge.

»Wir haben ein kleines Problem mit dem Junkie, der das Meth bei sich hatte. Er wollte nichts sagen, und aus dunklen Gründen der Empfindlichkeit kann ich ihn mir nicht noch mal vorknöpfen. Kannst du nicht ›zufällig‹ im Polizeigewahrsam vorbeischauen und dich nett mit ihm unterhalten?«

26

Gabin hatte an seinem Schreibtisch im Computer nach einem Vernehmungsprotokoll gesucht. Jetzt wartete er auf Chambon. Dieser erschien bald im Türrahmen, in Handschellen. Eine hübsche Visage, dachte der Capitaine, der mit dem Festgenommenen zuvor noch nicht wirklich etwas zu tun hatte. Marie hatte die Hausdurchsuchung bei ihm durchgeführt und ihn ein erstes Mal verhört, ohne wirklich ins Detail zu gehen. Der Mann im Polizeigewahrsam sah gut aus in seinem Armani-Anzug. Er hatte feine braungebrannte Gesichtszüge, nach hinten gekämmte Haare und einen athletischen Körper. Er muss sich körperlich fit halten und ziemlich selbstverliebt sein, dachte der Polizist.

Der Ganove trat ein, gefolgt von Marie und Marc sowie von Maître Ponton, einem durchtriebenen Strafanwalt, der im Gerichtsbereich gut bekannt war. Marc wies dem Gefangenen den Platz zu, der für ihn reserviert war, öffnete eine der Handschellen und schloss sie an einen Ring an, der in der Mauer befestigt war. Der Anwalt stieß ein »Guten Tag, Capitaine« aus, das klangvoller als nötig war, und setzte sich neben seinen Mandanten, während Marie einen Stuhl an die gegenüberliegende Wand schob, aber stehen blieb.

»Mit Verlaub«, fuhr Ponton fort, »Sie sehen nicht sehr gut aus, Capitaine. Sie wirken müde, genau wie Ihre Männer und Ihre Mitarbeiterin «, sagte er mit einem Lächeln in Richtung Marie. »Sie verstehen also sehr gut, dass es für meinen Mandanten sehr schwierig sein wird, sich zu konzentrieren und auf Ihre Fragen zu antworten, zumal er sich in Polizeigewahrsam befindet und sich nicht erholen konnte. Ich möchte, dass der Erschöpfungszustand von Monsieur Chambon in einer Vorbemerkung erwähnt wird. Er ist mitten in der Nacht verhaftet worden und hatte seitdem keine Gelegenheit zu schlafen.«

»Das werde ich tun, Maître, seien Sie unbesorgt.«

Der Mann im Polizeigewahrsam grinste und warf einen ruhigen Blick auf die Polizisten. Diese Festnahme war nur ein kurzes Intermezzo in seinem Ganovenleben. So etwas gehörte zum Job. Ihn ärgerte nur, dass dieses Abenteuer seinen Anwalt mästen und ihn eine Stange Geld kosten würde. Er lehnte sich selbstsicher in seinen Stuhl zurück, kreuzte Maries Blick und erlaubte sich, sie zu fragen:

»Kann ich bitte einen kleinen Kaffee haben?«

Die Polizistin erwiderte gereizt:

»Du armer Irrer, willst du sonst noch was?«

»Aber, aber, Mademoiselle, wir müssen doch nicht gleich grob werden«, mischte sich Ponton honigsüß ein.

Er wandte sich erneut an Gabin:

»Da sehen Sie die Folgen der Erschöpfung, Capitaine. Ihre Kollegin verliert die Beherrschung, sie muss sich erholen.«

Marie ließ Gabin keine Zeit zu antworten.

»Leutnant, Maître! Und sagen Sie Ihrem Mandanten, dass ich keine Kellnerin bin.«

»Das wollte er nicht sagen, und das gibt Ihnen nicht das Recht, unhöflich zu sein«, versetzte der Schleimer indigniert.

Gabin hob eine Hand und gab Ponton ein Zeichen, den Mund zu halten.

»Immer mit der Ruhe, Maître. Können wir uns konzentrieren und zu den wichtigen Dingen kommen? Danach können wir uns erholen.«

Der Verteidiger entspannte sich und zog aus seinem Montblanc-Attaché-Case eine Akte, die er auf die Knie legte. Nebenbei stattete er sich mit einem Meisterstück-Federhalter und einer Brille aus. »Dieser Idiot hatte die volle Ausrüstung«, musste Gabin unwillkürlich denken, als er bemerkte, dass er auch noch eine Schneeflocken-Markenuhr am Handgelenk trug.

»Bitte, Capitaine. Wir hören Ihnen zu«, sagte der Anwalt mit dem Lächeln eines Staubsaugervertreters.

»Monsieur Chambon, können Sie etwas zu den 48 Extasy-Pillen sagen, die Sie wegwerfen wollten, und zu dem Geld, das Sie bei sich hatten, und auch zu dem, das bei der Hausdurchsuchung gefunden wurde?«

Ohne ein Wort zu sagen, zwinkerte der Anwalt seinem Mandanten zu und ermutigte ihn, sich zu äußern. Alles gut einstudiert, diese Anhörung wird nichts bringen, dachte Gabin und warf Marie einen Blick zu.

Chambon richtete sich leicht auf und räusperte sich, um seine Stimme aufzuhellen, aber auch um Zeit zum Nachdenken zu gewinnen. Er begann, ohne das leicht arrogante Lächeln aufzugeben, das er seit seinem Eintreten zur Schau stellte. Bereitwillig gab er zu, eine Dummheit gemacht zu haben, ausgelöst von einer natürlichen Furcht vor der Polizei, als er sich von dem Extasy befreien wollte. Er habe es für seinen persönlichen Bedarf am Nachmittag gekauft und noch keine Zeit gehabt, es nach Hause zu bringen. Nach einer kurzen Unterbrechung fuhr er mit einem unschuldigen Lächeln fort und präzisierte, dass das Geld, das er besaß, nichts mit der Droge zu tun habe. Er mache ab und zu ein wenig Geld mit Schwarzarbeit, aber er wolle die Identität seiner Arbeitgeber nicht preisgeben, damit sie keinen Ärger bekämen.

Gabin deutete ein Lächeln an, als er die offizielle Version des Ganoven hörte.

»Sie kaufen für Ihren Eigenbedarf achtundvierzig Extasy-Pillen? Sie sind ja sehr vorsorglich.«

»Der Typ, der sie mir verkauft hat, hat mir einen guten Preis gemacht, zweihundertfünfzig Euro. Davon wollte ich profitieren. Er brauchte Geld.«

»Darf man erfahren, wer dieser von der Vorsehung gesandte Verkäufer ist?«

Der Ganove sah Gabin traurig an.

»Ich weiß nichts von ihm, ein Nordafrikaner, der sich am Bahnhof herumtreibt. Ich würde Ihnen gern helfen. Aber ich hab weder seinen Namen noch sein Telefon.«

»Und Sie treffen ihn und geben ihm zweihundertfünfzig Euro.«

»Das ist nicht besonders viel, und das hätte für einige Monate gereicht.«

Marie stand kurz vor einem Wutanfall und schlug einen härteren Ton an.

»Sie sind als Dealer von Crystal Meth angezeigt worden, eine Droge, die in letzter Zeit in Nizza den Tod von mehreren Personen verursacht hat.«

Chambons Mund öffnete sich zu einem verkrampften ironischen Lächeln. Er fixierte die Fragestellerin und sprach mit samtweicher Stimme weiter.

»Das ist falsch. Ich hab nie irgendwelche Drogen verkauft und nie Crystal Meth besessen. Konfrontieren Sie mich mit den Denunzianten, und wir werden sehen, ob die sich trauen, mir das ins Gesicht zu sagen.«

Der Anwalt wollte im Sinne seines Mandanten eingreifen, aber Gabin ließ ihm keine Zeit. Jetzt war er dran, den Heuchler zu spielen.

»Keine Sorge, das werden wir natürlich tun, wenn der Ermittlungsrichter es wünscht. Und was haben Sie im *Blues Power* gemacht?«

»Ich bin ein Freund der Familie Ritucci, ich wollte sie besuchen. Ich bin gern mit ihnen zusammen.«

»Sie sind da nicht angestellt?«

Die Antwort kam wie aus der Pistole geschossen:

»Aber nein, keineswegs!«

»Die Gäste sagen das Gegenteil.«

»Die irren sich«, sagte Chambon mit fester Stimme. »Da sie mich öfter sehen, stellen sie Vermutungen an, sonst nichts.«

Marie, die am Fenster stand, schaltete sich erneut ein:

»Noch einmal zum Meth ... Wir haben Ihre DNA genommen, kann es nicht sein, dass sie mit der auf den beschlagnahmten Drogen übereinstimmt?«

»Ich hab diese Droge nie angefasst und ich hab nie was verkauft. Ich weiß nicht, was dabei rauskommt. Aber anderslautende Ergebnisse wären nur der Beweis dafür, dass mir jemand was anhängen will.«

»Sie haben Feinde?«, kicherte die Polizistin.

»Ich weiß nicht, aber es gibt Neider. Oder Leute, die der Polizei einen Gefallen tun wollen«

Marie richtete sich wieder auf, einen Wutstrahl in den Augen.

»Wollen Sie uns da etwas unterstellen?«

»Nein, nichts. Aber Sie müssen verstehen, in meiner Lage macht man sich schon so seine Gedanken ...

27

Wenn Chambon am Ende des Polizeigewahrsams in U-Haft genommen würde, gäbe es kaum Chancen, ihn dort lange festzuhalten, hatte die Richterin zu verstehen gegeben. Sofern die Ermittler ihr keine neuen Beweise lieferten, war sie gezwungen, den Forderungen des Anwalts nachzugeben und ihn auf freien Fuß zu setzen. Wegen ein paar Dutzend Extasy-Pillen konnte man nicht im Gefängnis festgehalten werden, und die Aussage eines Junkies war vor Gericht nicht viel wert. Man musste etwas Besseres finden. Gabin und sein Team hatten gedacht, dass das positive Ergebnis des DNA-Tests, der an dem im Club beschlagnahmten Crystal Meth-Tütchen vorgenommen wurde, reichen würde, um den Dealer noch eine Weile hinter Schloss und Riegel zu halten. Doch sie wurden bitter enttäuscht, als die Kommissarin sie zusammenrief und ihnen mitteilte, dass die Untersuchung erweitert würde. Wie der Capitaine vorausgesehen hatte, hatte Chambon eine Geschichte erfunden, die glaubwürdig klang. Ihm war gerade noch rechtzeitig eingefallen, dass kleine Dealer ihm die Droge angeboten und er sie abgelehnt habe. Bei dieser Gelegenheit müsse seine DNA auf die beschlagnahmten Tütchen geraten sein. Und das mache ihn nicht zum Dealer.

Dem Ganoven war es auch noch gelungen, die anderen gegen ihn erhobenen Vorwürfe ins Wanken zu bringen. Der im *Blues Power* aufgegriffene Junkie hatte seinen Status als Konsument »spontan« in den eines Dealers verwandelt und eingeräumt, Chambon das Meth angeboten zu haben. Das festigte die Version des Verdächtigen.

»Und Maxime Cotto?«, fragte Gabin.

»Dasselbe«, antwortete die Kommissarin desillusioniert. »Er war gestern vom Gericht vorgeladen …«

»Und?«

»Er ist nicht erschienen. Die Richterin hat die Polizei losgeschickt, um ihn zu holen. Sie haben ihn nicht gefunden.«

Gabin warf der Chefin und dann seinen Kollegen einen besorgten Blick zu.

»Ich hoffe für ihn, das bedeutet, dass er abgehauen und ihm kein Unglück zugestoßen ist.«

»Ja, das ist zu hoffen«, sagte Christine Blanchard ohne große Überzeugung. »Wie es aussieht, geht unser Fall den Bach runter.«

Müde und mutlos fuhr sie fort:

»Der Abteilungsleiter hat mir heute Morgen klipp und klar zu verstehen gegeben, dass er unzufrieden ist. Er hält unseren Auftritt im *Blues Power* für grotesk. Das Ergebnis sei gleich Null.«

Gabin zuckte mit den Schultern. Er hatte dieses Team ins Leben gerufen und war seiner Chefin dankbar, dass sie die Kritik, die sie einstecken musste, nicht an ihn weitergab:

»Seitdem wir Chambon verhaftet haben, hat es keine Probleme mit Crystal Meth mehr gegeben. Das ist doch immerhin ein Erfolg, oder?«

»Das ist ein gutes Zeichen für uns. Aber das bringt den Fall nicht weiter.«

Sie hatte recht.

»Es gibt vielleicht eine ganz einfache Erklärung«, entgegnete Marie. »Er hat alles in Umlauf gebracht, was er hatte.«

»Alles ist möglich«, meinte Gabin eher ratlos. »Wenn es so ist, werden wir das wohl nie erfahren.«

»Gut, aber es gibt doch noch einen kleinen Lichtblick«, fuhr die Kommissarin fort und weckte augenblicklich das Interesse ihrer Zuhörer. »Ich habe eben einen Anruf von den Monegassen bekommen. Die Kollegen wollen euch sehen. Sie sagen, dass sie Hinweise auf Chambon und Ritucci haben und dass das für uns interessant sein könnte. Ich habe ihnen gesagt, dass ihr am Nachmittag kommt und Kontakt mit ihnen aufnehmt.«

...

Obwohl es von Nizza nach Monaco nicht weit war, kam Gabin selten dorthin. Marie, die etwas mondäner lebte, fuhr hingegen öfter zum Ausgehen am Wochenende in den winzigen Stadtstaat. Beide kannten mehrere Polizisten des Fürstentums, sei es durch Ermittlungen vor Ort oder weil Letztere Fortbildungskurse bei der Kripo in Nizza gemacht hatten. Als eigenständiges Land hatte das Fürstentum auch einen eigenen Polizeiapparat, und man musste ein internationales Amtshilfeersuchen stellen, um dort zu ermitteln. Ihr Besuch würde also rein informell sein, und falls sich etwas Interessantes ergab, mussten sie den üblichen Kanälen von Interpol folgen.

Nachdem sie am Meer entlanggefahren waren, kamen sie auf dem Boulevard Charles III beim Rocher an, fuhren auf der Rue Grimaldi weiter und bogen in die Rue Suffren ab.

»Es ist immer die Hölle, hier einen Parkplatz zu finden«, stöhnte Gabin.

»Du kannst ja den Wachtposten fragen. Wir sind doch Polizisten, oder?«

»Ich rede nicht gern! Beim Kommunizieren krieg ich Verstopfung!«

»Pfff, du bist ja gut drauf. Halt an, ich gehe ...«

Sie sprang aus dem Wagen.

Er hielt einen Augenblick in der zweiten Reihe und blickte ihr nach. »Jedenfalls hat sie einen hübschen Hintern«, musste er unwillkürlich laut denken ...

Sie drehte sich um, als ob sie ihn gehört hätte, warf ihm einen bösen Blick zu und verschwand in der Dienststelle der monegassischen Polizei.

Marie brauchte nicht lange, um ihr Ziel zu erreichen, und kehrte zu Gabin zurück.

»Du kannst in der Tiefgarage parken, da gibt's Besucherparkplätze. Du nimmst einen davon. Das sollte nicht so schwer sein«, grinste sie. »Ich warte draußen.«

Als er am Eingang der Dienststelle ankam, fand er seine Kollegin in Begleitung von Kommissar Claude Casanova vor, dem Chef der monegassischen Kripo. Sie kannten sich gut. Jovial zog er sie hinter sich her bis zu einem großen Konferenzraum. Ein Tisch mit Tassen und eine Thermoskanne mit Kaffee erwarteten sie dort.

In wenigen Minuten waren sie von einem halben Dutzend Ermittlern umgeben. Anzug mit Krawatte war Pflicht. Gabin mit seiner verwaschenen Jeans und seiner Lederjacke wirkte wie ein Fremdkörper inmitten dieser Pseudobanker. Er stellte fest, dass er fast alle kannte und warf sich innerlich vor, dass er nicht in der Lage war, Beziehungen zu pflegen. In Situationen wie dieser konnte das den Unterschied ausmachen. Glücklicherweise ist Marie da, sie versteht es, sich ins rechte Licht zu setzen, dachte er. Wie es sich für gute Polizisten gehörte, waren die Monegassen alle im Begriff, der jungen Frau den Hof zu machen. Nach einer kurzen Vorstellung gab Casanova einem seiner Männer das Wort.

Das war ein junger Capitaine, der höchstens dreißig Jahre alt sein konnte. Gabin sagte sich, dass der schnellere Aufstieg hier im Gegensatz zu dem bei der französischen Polizei wohl keine Legende war. Der Polizist klopfte auf einen Aktenordner, der vor ihm lag. Er hatte die feste Stimme von jemandem, der sich seiner Sache sicher war, und erklärte, dass die italienischen Carabinieri versuchten, Ritucci in die Enge zu treiben. Da sie Hinweise hatten, dass er sich von Zeit zu Zeit auf dem Rocher herumtrieb, hatten sie Kontakt zu ihnen aufgenommen, und die Information hatte sich bestätigt. Ritucci kam regelmäßig nach Monaco und war von Überwachungskameras aufgenommen worden. Bei diesen Gelegenheiten wurde er zumeist von Chambon begleitet. Der Polizist kam zum Ende, öffnete seinen Ordner und zog einige Farbfotos heraus. Darauf war der Gangster mit einem sechzigjährigen Mann, Ritucci, und zwei blonden Riesen zu sehen.

»Und die beiden anderen?«, fragte Gabin.

»Russen oder Israelis, je nachdem. Sie haben eine doppelte Staatsbürgerschaft. Und schwimmen im Geld.«

Der Monegasse erklärte des Weiteren, dass sie Telefone abgehört hätten, inoffiziell. Einer der beiden Russen habe einen Anruf aus Palästina bekommen. Er zeigte ihn mit dem Finger auf dem Foto. Es handele sich um einen gewissen Andrej Zerminsky, der in Usbekistan gelebt habe. Er trug einen weißen Anzug und sah aus wie eine schlechte Kopie von Arnold Schwarzenegger. Dem Offizier zufolge lebte er die Hälfte des Jahres in Tel Aviv, besaß aber auch mehrere Restaurants und ein Appartement in Monaco. Am Ende seines Vortrags zog der Polizist einige mit Schreibmaschine geschriebene Seiten ohne Überschrift heraus und gab sie den Franzosen:

»Das ist vertraulich und kann nicht offiziell verwendet werden.«

Marie und Gabin begannen, die Abschrift zu lesen.

A. Z.: »Hallo, hier ist A …«

X: (Der Mann antwortete nicht sofort. Er wirkte überrascht, was den Anrufer betraf.) »Ich möchte mit Christophe sprechen. Ist er nicht da? Wer sind Sie?«

A. Z.: »Mach dir keine Sorgen … Ich weiß, dass du ein Kumpel bist … Wir haben Probleme. Er ist verhaftet worden. Aber wir

haben Glück gehabt, er war das, was von euch gekommen ist, gerade losgeworden. Die Bullen können nichts beweisen. Christophe wird schnell wieder draußen sein.«
X: (zögert) »Hatte er nichts anderes?«
A. Z.: »Doch, aber nichts von euch, und auch nicht viel.«
X: »Uff, umso besser!«
A. Z.: »Man hätte aufhören sollen, damit zu arbeiten, oder?«
X: »Ja, vielleicht. Ich hab es ihm gesagt, aber er wollte weitermachen.«
A. Z.: »In Zukunft wird es besser laufen. Ich werde mich darum kümmern.«
X: »Ja, schön, das ist gut.«
A. Z.: »Ich werde kommen und mit ihnen darüber sprechen.«
X: »Okay, bis dann. Alles gut, ich hab ja gewusst, dass du ein Kumpel bist. (Er lacht.) Wir haben Christophe schon getroffen und über die guten alten Zeiten gesprochen.«
A. Z.: »Ja, bis bald. Vielleicht treffen wir uns ja.«
X: »Das ist nicht einfach für mich, aber man weiß ja nie.«

Der Polizist wies noch darauf hin, dass es sich um die Übersetzung eines Gesprächs handelte, das auf Englisch geführt wurde, und dass X einen starken arabischen Akzent hatte. Da all dies nicht regulär aufgezeichnet worden sei, könnten sie sich nicht darauf beziehen und auch nicht versuchen, ihn zu identifizieren.

Ein anderer junger Offizier, dessen Armani-Anzug nicht so recht zu seinem Job als Drogenfahnder passte, fügte interessante Präzisierungen hinzu und erwähnte, dass sie einen Informanten hätten, der ganz in der Nähe von Ritucci und seinen Freunden platziert sei. Dadurch habe man erfahren, dass die kleine Gruppe auf dem Foto im Drogenhandel mitmischt, aber prinzipiell nichts im Fürstentum vertickte. Der Typ wusste nicht, wo die Droge gehandelt wurde, bestätigte ihnen aber, dass sie aus Palästina kam.

»Das kommt uns völlig verrückt vor. Russische Juden arbeiten doch nicht mit Arabern zusammen.«

»Ich halte das nicht für unwahrscheinlich. Wenn es darum geht, Knete zu machen, können die Ganoven sich schon verständigen«, gab Gabin zu bedenken.

Der Capitaine konnte seine Aufregung kaum verbergen. Diese Informationen gaben ihrem Fall eine neue Wendung, sie erklärten ganz klar das Verschwinden des »mörderischen« Methamphetamins. Marie hatte recht, die Droge war einfach völlig ausverkauft. Sie hatten jetzt die Möglichkeit, wieder loszulegen und ein internationales Netz aufzuspüren.

»Vielleicht können wir ja zusammenarbeiten«, meinte Marie.

Diese Idee löste beim Chef der monegassischen Kripo nur sehr gedämpfte Begeisterung aus. Man mochte nichts, was dem Ruf des Fürstentums schaden konnte, und die örtliche Polizei hatte nicht die Absicht, gegen diese Doktrin zu verstoßen.

»Ehrlich gesagt, wir wären viel freier, wenn die Untersuchung von euch ausgehen würde«, schloss er mit einem wissenden Lächeln.

Gabin wurde vom Vibrieren seines Handys unterbrochen.

Ein Anruf von Serge. Er nahm das Gespräch nicht an und schickte eine SMS zurück: »Bin in einer Besprechung.«

Er wollte weitermachen, erhielt aber eine weitere SMS: »Es ist SEHR DRINGEND. Ruf mich an.«

»Entschuldigt mich«, sagte er und stand auf. »Ich muss antworten, das scheint wichtig zu sein.« Er ging auf den Flur und rief Serge an.

»Was willst du?«, fragte er leicht genervt.

Die Antwort kam kurz und bündig.

»Maxime ist tot. Man hat gerade seine auf die Klippen gespülte Leiche gefunden, in der Nähe vom Flughafen.«

Gabin erblasste.

»Todesursache?«

»Noch unklar, vielleicht eine Überdosis ... Er könnte sich einen Schuss gesetzt haben, bevor er ins Wasser gefallen und ertrunken ist.«

Serge war mit der weiteren Untersuchung beauftragt worden, und nur eine Obduktion konnte die genaue Todesursache bestimmen. Sie sollte am nächsten Tag stattfinden.

Gabin konnte seinen Ärger nicht verbergen, sein Gesicht erstarrte, und als er in den Konferenzsaal zurückkehrte, empfingen ihn fragende Blicke.

»Unser Zeuge ist tot. Seine Leiche wurde am Meer gefunden.«

Peinliche Stille war die Reaktion auf die Neuigkeit, und Marie ergriff als Erste das Wort.

»Ich glaube, wir haben jetzt keine Wahl mehr. Wenn wir diese kleine Gesellschaft zu Fall bringen und die Geschichte des Drogenhandels aufklären wollen, müssen wir uns direkt mit Chambon und seinen Beziehungen in Monaco beschäftigen.«

28

Nevo Kimchi und Ariel Brassow wollten gerade ihren Dienst an der Westlichen Mauer, auch bekannt als Klagemauer, beenden. Sie kannten sich gut, arbeiteten schon fast ein Jahr zusammen und schätzten sich gegenseitig. Zum Schutz des symbolträchtigen Ortes der israelitischen Religion wurden mehrere Hundert Leute eingesetzt. Soldaten, Polizisten, Gläubige und Freiwillige überwachten Tag für Tag Tausende Besucher. Die beiden Männer arbeiteten gern nachts. Dann waren nur wenig Leute da, und sie konnten sich unterhalten, ohne dem Stress zu unterliegen, der durch das hektische Treiben am Tag verursacht wurde. Sie warteten jetzt ungeduldig auf ihre Ablösung. Es war schon nach 7 Uhr, und die orthodoxen Gläubigen, die sich zum Morgengebet eingefunden hatten, waren schon fast alle verschwunden. An der Mauer war nur noch ein Dutzend von ihnen, und die beiden Wächter gingen über einen fast leeren Platz.

»Noch eine Viertelstunde und wir können gehen. Mir langt's für heute«, sagte Nevo und steckte die Hände in die Taschen. »Ich bin kaputt. Wir haben heute Abend keinen Dienst und können den Sabbat mit der Familie begehen. Das ist gut.«

»Ja, so ist es. Nach dem Dienstplan haben wir nur jeden dritten Sabbat frei. Das ist nicht viel. Meine Frau hätte gern, dass ich am Tag arbeite …«

»Du kannst mich doch nicht im Stich lassen! Ich habe keine Lust, mir einen anderen Kollegen zu suchen.«

Nevos Sorge ließ Ariel lächeln.

»Mach dir keine Gedanken, soll sie doch nörgeln. Ich fühl

mich nachts wohl. Am Tag erhole ich mich. Wenn ich so tue, als ob ich erschöpft bin, vermeide ich Streitereien. Meine Frau kümmert sich um den ganzen Haushalt.«

Plötzlich erregte ein Schrei ihre Aufmerksamkeit. Ein sehr korpulenter Mann mit einer langen schwarzen Jacke, wie sie die Orthodoxen trugen, hatte sich erschrocken und dann wieder beruhigt. Da er zu weit weg war, konnte man nicht verstehen, was er sagte. Von ihm schien keine Bedrohung auszugehen.

»Er hat Angst, dass Gott ihn nicht hört«, meinte Ariel.

»Ja, vielleicht«, antwortete sein Kollege und setzte sich in Gang. »Es gibt Spinner bei uns, wie überall.«

Sie setzten ihr Gespräch fort, doch Nevo, ein ehemaliger Streifenpolizist, konnte nicht umhin, mit einem Auge nach dem Dicken zu schielen. Eine Berufskrankheit, die er hinter seiner Sonnenbrille verbarg und durch die er manchmal den Eindruck erweckte, ein Paranoiker zu sein. Der Verdächtige schien fertig zu sein, wandte sich von der Mauer ab und ging auf den Platz. Er war gut vierzig Jahre alt, hatte einen Bart, einen fahlen Teint und sah etwas verwahrlost aus. Ihre Blicke kreuzten sich, und das bestätigte ihn in seinem Urteil. Der Mann wirkte wie ein Irrer. Er ging schnell, die Hände in den Manteltaschen versenkt, und sprach mit sich selbst. Bei seinem Anblick musste der Polizist lächeln.

»Was hast du?«, fragte Ariel, dem nichts aufgefallen war.

»Ich hab nur nach unserem Schreihals geschaut. Er sieht nicht ganz dicht aus.«

»Bestimmt ein Bekloppter.«

Der Mann ging in die Toiletten. Die beiden Wächter setzten ihre Runde fort und blieben dann am Fuß der Treppe stehen, die zum Kettentor (Bab as-Silsila) führt. Auf dem Platz befanden sich nun einige Touristen, die sich fotografierten.

»Ich frage mich, wie viele Fotos hier jeden Tag gemacht werden«, dachte Ariel mit lauter Stimme.

»Wahrscheinlich mehrere Millionen.«

Ein lautes Geräusch unterbrach sie. Die WC-Tür, hinter der der Verdächtige verschwunden war, wurde gewaltsam aufgestoßen und spuckte den Dicken aus. Er blieb stehen, steckte die rechte Hand in die Tasche, starrte in den Himmel und schrie »Allahu Akbar«.

Ohne nachzudenken, getrieben von einem Verteidigungsreflex, stieß Nevo Ariel beiseite, der ihm gegenüber stand und nichts von dem Theater mitgekriegt hatte, das sich hinter seinem Rücken abspielte. Wie beim Training beugte sich dieser Anhänger der Methode *Crouch,* ein Gegenangriff, der vom FBI gelehrt wurde, leicht vor und faltete sich zusammen, um so wenig Angriffsfläche wie möglich zu bieten. Dann tastete der Polizist mit der rechten Hand nach seiner Pistole, zog sie heraus und richtete sie auf die Bedrohung. Den Finger am Abzug, zielte er zunächst zweimal auf den Oberkörper seines Gegners, dann auf den Kopf und fing wieder von vorn an. Er hörte erst auf zu schießen, als sein Ziel zusammenbrach. Dann kamen schon Polizisten und Soldaten mit Maschinengewehren oder Pistolen in der Hand angerannt.

»Hör auf!«, schrie Ariel und drückte die Arme seines Freundes herunter. »Es ist gut, er rührt sich nicht mehr.«

Ein Soldat beugte sich über das Opfer. Der Mann lag mit dem Gesicht auf dem Boden, die Arme ausgebreitet wie ein Kreuz. Es bildete sich bereits eine Blutlache.

»Er ist tot«, sagte der Soldat und richtete sich auf, als die anderen Mitglieder der Sicherheitsdienste herbeigeeilt waren.

Nevo, aufrecht stehend, einen Moment lang wie betäubt, stürzte auf die Männer zu, die sich der Leiche näherten, und schrie:

»Das ist ein Terrorist! Er muss eine Bombe bei sich haben. Geht weg! Er wollte sich gerade in die Luft sprengen …« Ein Offizier hatte bereits begonnen, die Leiche zu untersuchen. Er drehte sich zu seinen Männern um.

»Er hat nichts bei sich.«

Nevo erstarrte … Er brabbelte unverständliches Zeug, während die Helfer den Toten umdrehten. Einer von ihnen hielt eine Brieftasche in der Hand. Er gab sie dem Offizier.

»Jacques Lelouche, geboren am 5. Januar 1967 in Paris. Wohnhaft in Jerusalem, israelischer Staatsbürger«, las der Soldat laut aus dem Ausweis des Toten vor.

Er beendete seine Lektüre und sah Nevo in die Augen.

»Du hast einen Juden getötet.«

Das gab ihm den Rest. Der Schütze fiel auf die Knie und heulte vor den machtlosen Zeugen. Polizisten kümmerten sich um ihn, während andere mit der Durchsuchung des Toten weitermachten.

»Leutnant, das war in seinen Taschen … Ich weiß nicht, was das ist, man könnte meinen Glasscherben oder handgemachte Bonbons, Zucker …«, meinte einer der Soldaten, als er ein Plastiktütchen mit Stücken einer durchsichtigen Substanz hervorzog.

»Hör auf, das anzugrapschen. Es gibt Wichtigeres. Darum soll sich die Polizei kümmern, nicht wir.«

29

Dany und Guy hatten gerade das Verhör mit Nevo Kimchi beendet und ihn in Polizeigewahrsam zurückgebracht, wo er auf seine Vorführung bei einem Haftrichter warten musste. Sie setzten sich an ihre Schreibtische. Sie brauchten eine Pause und begannen, sich zu unterhalten. Für Guy handelte es sich um einen Scheißfall: Nevo war ein netter Kerl. Er hatte aus einem Reflex heraus geschossen, und das konnte ihm niemand vorwerfen.

»Wenn der Bekloppte eine Bombe gehabt hätte, wäre er heute ein Held«, meinte er.

Aber Nevo würde ganz im Gegenteil von den Medien und den Moralaposteln an den Pranger gestellt werden. In einer solchen Situation hatte man nicht viel Zeit zum Nachdenken. Es war leicht, darüber zu urteilen, wenn man gemütlich vor seinem Fernseher saß.

»So ist es«, sagte Dany.

Nevo war bislang unbescholten und ein ruhiger Mann. Das sprach zu seinen Gunsten. Was ihm aber nicht helfen würde, war die Tatsache, dass in den Medien bereits mehrere Zeugenaussagen verbreitet wurden, denen zufolge das Opfer nicht gefährlich war. Das sprach nicht für ihn. Dann war da noch die Zahl der Schüsse. Acht Kugeln, von denen fünf getroffen hatten.

»Ja«, stöhnte Guy. »Er ist ein guter Schütze!«

Es blieb ihnen nur noch, der Obduktion beizuwohnen, bevor die Leiche der Familie übergeben wurde. Die Eltern würden am späten Abend aus Frankreich kommen, um die Beisetzung vorzubereiten. Dany begann, seine Sachen aufzuräumen. Plötzlich hielt er nachdenklich inne. Guy sah ihn fragend an, und Dany erklärte, dass er an die Pillen denken musste, die beim Toten gefunden worden waren und die sie ins Labor geschickt hatten, nachdem sie als Methamphetamin identifiziert worden waren.

»Das erinnert mich an eine Meldung von Interpol, die ich vor Kurzem in der Hand hatte.«

»Pff, ich schau mir diese öden Dinger nicht mal an.«

»Augenblick mal«, rief er, setzte sich und startete eine Suche in seinem Computer.

Dany brauchte nicht lange und sah auf.

»Da, schau dir das an!«

Er drehte den Bildschirm in Richtung seines Kollegen. Guy kniff die Augen zusammen und kam näher.

»Oh, immer mit der Ruhe. Was ist das für eine Geschichte?«

»Nun, sagt dir das nichts?«, beharrte Dany, enttäuscht von der mangelnden Begeisterung seines Partners.

»Man könnte meinen, dasselbe Meth, oder? Woher kommt das?«

»Aus Nablus.«

Guy war überrascht und sah Dany verständnislos an. Er verstärkte seinen Pied Noir-Akzent:

»Nablus … Shekhem? Bei den Indern?«

Dany stöhnte gereizt.

»Ja! Nablus, im Palästinensergebiet!«

»Und wer hat es gefunden?«

»Unsere Soldaten, bei einer Operation in Balata, vor etwa zwei Wochen.«

Zahal und Schabak hatten Jugendliche festgenommen, die bei Zusammenstößen mit der Armee identifiziert worden waren. Sie hatten verdächtige Substanzen in ihren Taschen gefunden, Drogen, von denen die jungen Leute behaupteten, sie hätten sie im Lager gekauft. Die Soldaten hatten sich damit zufrieden gegeben, das war nicht ihre Sache. Immerhin hatten sie eine gute Eingebung und das beschlagnahmte Zeug ins Polizeilabor geschickt. Das Ergebnis der Untersuchung war über alle Kanäle verbreitet worden und schließlich in einer Info-Datei von Interpol gelandet.

Guy nickte und sagte nachdenklich:

»Die Technik ist ja doch nicht so schlecht. Du glaubst also, dass unsere Leiche Drogen bei sich hatte, die aus Palästinenserlagern kommen?«

»Eine Hypothese wie jede andere.«

»Er war als leicht verrückt bekannt. Wenn er auch noch Drogen nahm … das hat die Sache wahrscheinlich nicht besser gemacht.«

»Hast du dir sein Telefon angesehen?«

Guy hatte die Liste der ein- und ausgehenden Anrufe der letzten Wochen überprüft. Der Tote hatte nicht viel telefoniert, es gab nichts Besonderes. Die längsten Anrufe kamen von seiner Mutter in Frankreich.

»Nichts Außergewöhnliches für einen Juden«, bemerkte Dany mit einem halben Lächeln.

30

Der nackte Leichnam von Maxime lag auf dem Seziertisch im Obduktionssaal des Saint-Roch-Krankenhauses.

»Es gibt Einstichspuren aus jüngerer Zeit«, sagte Doktor Saniol, als er die Arme des Toten untersuchte.

Mit einer Handbewegung bat der Arzt den Polizeifotografen, eine Aufnahme zu machen. Mit metallischer Stimme, die durch die Kahlheit des weiß gekachelten Raumes verstärkt wurde, fuhr er fort:

»Es gibt keine Hinweise auf Schläge. Er war nicht lange im Meer, die Leiche ist nicht aufgedunsen. Der Tod liegt nicht mehr als vierundzwanzig Stunden zurück.«

Er griff nach einem Skalpell, das zwischen anderen medizinischen Instrumenten auf einem Tisch lag.

Serge hatte Gabin vorgeschlagen, ihn zu begleiten und an der Obduktion teilzunehmen. Diese Art von Einladung hätte er normalerweise abgelehnt, doch er wollte unbedingt direkt erfahren, wie sein Zeuge gestorben war, und ob sein Tod mit dem Crystal-Meth-Fall zusammenhing. Aus geringer Distanz verfolgten die Polizisten die Arbeit des Gerichtsmediziners mit einer Mischung aus Neugier und Abscheu.

Nachdem der Arzt mehrere Einschnitte an den Armen, Schenkeln und am Oberkörper vorgenommen hatte, wandte er sich an die Polizisten:

»Es gibt einige Spuren, er ist wahrscheinlich an den Armen und Schultern festgehalten worden. Es handelte sich nicht um Schläge im eigentlichen Sinne, die Hämatome hatten keine Zeit, sich herauszubilden. Genaueres kann ich leider nicht sagen.«

Der Arzt machte einen Schnitt von der Kehle bis zum Schambein, um den Thorax freizulegen. Er nahm eine Zange und schnitt mit einem regelmäßigen Knacken Knochen und Knorpel durch, um an die Lunge zu gelangen.

Die beiden Polizisten tauschten einen verschwörerischen Blick. Weder der eine noch der andere hatte große Lust dazu, diesem Schauspiel beizuwohnen.

»Eines steht fest, er ist ertrunken. Euer Kunde war am Leben, als er ins Wasser geraten ist. Seine Lungen sind mit Wasser gefüllt«, sagte der Arzt und drehte sich zu den Polizisten um, die Atmungsorgane in der Hand.

»Man kann ihn mit Gewalt ertränkt haben«, erwiderte Gabin.

»Nichts ist unmöglich, junger Mann. Es ist eure Aufgabe, das zu beweisen. Ich habe nicht genug Hinweise, um das zu bestätigen, und das ist auch nicht mein Job.«

Der Fachmann arbeitete mit seinem Skalpell weiter, attackierte verschiedene Organe, die er herausnahm und seinem Assistenten zum Wiegen gab.

»Er hatte seit mehreren Stunden nichts gegessen, der Magen ist leer … Euer Spezi war nicht sehr gut in Form. Bei einer ernsten Krankheit hätte er es nicht mehr lange gemacht.«

Dann nahm er sich den Kopf vor. Nach einem Einschnitt auf dem Schädel löste der Gerichtsmediziner die gesamte Kopfhaut ab und zog sie über das Gesicht des Opfers.

»Jetzt kommt der Höhepunkt!«, dachte Gabin, als er sah, wie der Doktor eine kleine Kreissäge nahm und an der Hirnschale ansetzte. Die weitere Obduktion brachte keine neuen Erkenntnisse, aber sie waren dennoch gezwungen, das Ende abzuwarten, bis sie mit dem Gutachten des Gerichtsarztes gehen konnten.

…

Zurück in der Auvare-Kaserne, machte Gabin einen Abstecher in Maries Büro und fasste für sie das Ergebnis der Obduktion zusammen:

»Er ist zwar ertrunken, aber er kann ins Wasser geworfen und mit Gewalt festgehalten worden sein. Die Ergebnisse der Blut- und Urin-Analyse haben gezeigt, dass er Heroin genommen hat.«

»Vielleicht wollte er sich umbringen und hat sich am Meeresufer einen letzten Schuss gesetzt«, gab Marie zu bedenken, ohne wirklich daran zu glauben.

»Seit den Schüssen lebte er allein in Les Moulins. Seine Mutter war noch im Krankenhaus und der Stiefvater sonst wo. Serge hat mir gesagt, dass er die Akten durchforsten und Nachforschungen zu den Telefondaten anstellen will. Er will nachsehen, was für Anrufe auf dem Apparat in Maximes Wohnung in letzter Zeit eingegangen sind und ob es da Auffälligkeiten gibt. Und auch den Fundort der Leiche will er sich noch einmal vornehmen. Man hat Maxime aus einer Art Felsbecken gezogen, sein toter Körper ist nicht abgetrieben. Er ist dort ertrunken.«

Seine Kollegin nickte zustimmend und suchte Gabins Blick. Sie sprach mit samtiger Stimme und hob die Augenlider:

»Es gibt eine gewisse Michelle, eine Expertin im Labor für Toxikologie in Marseille, die versucht hat, dich zu erreichen. Sylvain hat das Gespräch angenommen. Sie wollte nichts sagen und hat darum gebeten, dass du sie zurückruft. Ich vermute, eine deiner Eroberungen!«

Er lachte. »Aber nein! Das ist eine Tussi, die mich angebaggert hat, sonst nichts«, grinste Gabin.

»Ja, klar!«

»Kein Grund, eifersüchtig zu sein. Sie muss versucht haben, auf dem Handy anzurufen. Ich hatte es während der Obduktion ausgeschaltet.«

»Na gut, dann ruf sie schnell an!«

...

In seinem Büro sitzend, die Tür geschlossen, klemmte Gabin sich in seinen Sessel und rief Michelle an.

Sie musste seine Nummer gespeichert haben, denn sie ließ ihm keine Zeit zu sprechen.

»Wie geht es dir, mein Lieblingsbulle! Abgesehen von der Arbeit willst du wohl nichts von mir hören?«

»Aber, aber, Michelle, du hast bestimmt genug zu tun und kannst deine Zeit nicht mit einem kleinen Bullen wie mir vertrödeln.«

»He, was weißt du schon von meinem Leben … Na ja, vielleicht hast du recht, aber ich habe gerade etwas freie Zeit und würde gern einen kleinen Polypen wie dich verspeisen.«

»Ist das ein Angebot?«

»Komm her, und du wirst es erfahren.«

»Das klingt sehr verlockend.«

Sie lachte. Dann änderte sich ihre Stimme, und sie ging zu ernsten Dingen über.

»Deine Meth-Fälle, ich hab die Analyseergebnisse an Interpol geschickt und eine Antwort bekommen, die dich vielleicht interessiert. Die gleiche Droge wie die, die ich untersucht habe, ist auch schon in den Palästinensergebieten gefunden worden. In einem Kaff namens Nablus.«

»Wirklich die Gleiche? Können die sich nicht täuschen?«

»Nein, ich denke nicht! Du kennst uns Wissenschaftler, wir sind nicht wie die Polizisten, bei uns gibt es keinen Justizirrtum. Es gibt nur richtig oder falsch … Und diese Drogen sind identisch.«

»Wie können wir mehr darüber rauskriegen?«

»Nun, ich faxe dir die Unterlagen, und du setzt dich direkt mit Interpol in Verbindung. Das läuft über OCRTIS, das Zentralbüro zur Bekämpfung des illegalen Drogenhandels. Die müssten die notwendigen Kontakte haben.«

Gabin schob die vor ihm liegende Akte zur Seite und legte die Füße auf den Schreibtisch. Er brauchte Zeit, um diese Neuigkeit zu verdauen. Das Faxgerät klingelte kurz darauf und spuckte den Laborbericht aus, gefolgt von den Ergebnissen von Interpol. Nachdem er das Ganze schnell durchgesehen hatte, griff Gabin erneut zu seinem Telefon und rief das Zentralbüro an. Er wusste, dass er sich an den Leiter dieser Abteilung wenden konnte, einen ehemaligen Kollegen von der Kripo Versailles, den er gut kannte, weil er selbst dort gearbeitet hatte.

•••

Es dauerte ein paar Tage, bis Gabin etwas mehr über die Entdeckung des Methamphetamins in Israel und Palästina erfuhr. Die Droge war dort zweimal aufgetaucht. Zum einen in den Autonomiegebieten und zum anderen in Jerusalem, und zwar unter dramatischen Umständen, die denen in Nizza ähnelten. Dem Polizeiattaché zufolge, der die französische Polizei in Tel Aviv vertrat, hatten die Israelis quasi nichts in ihren Akten, die Untersuchung steckte noch in den Anfängen. Was die palästinensische Seite betraf, hatte er Kontakt zu einem weiteren Polizeiattaché aufgenommen, weil das Land aus politisch-diplomatischen Gründen vom Attaché in Jordanien vertreten wurde. Er war an einen Polizisten geraten, der keinerlei Motivation gezeigt hatte, ihm bei diesem Fall zu helfen. Daher hatte er diesen Kanal aufgegeben und sich wieder an Interpol gewandt. Das hatte zu einer großen Überraschung geführt, da er es mit einer jungen palästinensischen Polizistin zu tun bekam, die er an der Polizeischule von Cannes-Écluse kennengelernt hatte. Sie hatte bis dahin noch nichts von den Beschlagnahmungen der Israelis gehört, wollte sich aber danach erkundigen und sich schnell wieder bei ihm melden.

31

Der Anruf des französischen Polizisten hatte Maïssa nicht sonderlich überrascht. Dass die Droge in Balata im Umlauf war, war für niemanden ein Geheimnis. Sie wunderte sich nur, dass die lokalen Behörden sich nicht stärker dafür interessierten. Zwar stimmte es, dass die Palästinensische Autonomiebehörde ausreichend mit dem Aufstieg des religiösen Fundamentalismus und der Identifizierung radikaler Gruppen, die die Macht herausforderten, beschäftigt war und nicht noch Zeit damit verschwenden konnte, kleine Dealer zu suchen. Aber eine Drogenaffäre hatte in den letzten Monaten dennoch einen gewissen Widerhall gefunden, als eine Gruppe von vier palästinensischen Studenten in China zum Tode verurteilt und hingerichtet worden war, nachdem man bei ihnen mehrere Kilo Methamphetamin gefunden hatte. Sie hatte damals Anfragen von Interpol an Oussama weitergeleitet, aber nie wieder etwas davon gehört. Aus Neugier, aber auch aus Lust, die Stimme des Leiters der Untersuchungsabteilung zu hören, griff sie zum Telefon.

Die kräftige Stimme des Polizisten in Nablus erklang im Hörer.

»Oussama, hier ist Maïssa.«

»Heh, *Habibi,* ich freue mich, dich zu hören.«

»Wir sind nur vierzig Kilometer voneinander entfernt und schaffen es nicht, uns regelmäßig zu sehen. Das letzte Mal war …«

Sie machte eine Pause und erinnerte sich, dass es sich um den Unfalltod des Polizeioffiziers handelte, der mit ihr bei der Untersuchung zusammengearbeitet hatte.

»Ich weiß, wie weit das zurückliegt«, sagte Oussama leise …

»Sag mir lieber, warum du anrufst. Doch bestimmt nicht, weil du Neuigkeiten von so einem dicken Bären wie mir hören willst.«

»Das stimmt«, gestand sie mit einem unsicheren Lachen, bevor sie ihm von ihren Sorgen in Bezug auf die chinesische Affäre und den eventuellen Handel mit Methamphetamin im Balata-Lager erzählte.

»*Habibi*, unsere aktuellen Probleme kommen aus diesem Flüchtlingslager, aber mit anderen Prioritäten ...«

Den Sicherheitskräften war dort schon seit mehreren Wochen das Wiederaufleben von aggressiven und immer besser trainierten bewaffneten Gruppen aufgefallen. Die Autonomiebehörde hatte sich vorgenommen, sie zu entwaffnen, bevor sie die Institutionen übernahmen, wie sie es im Gazastreifen gemacht haben. Am Tag zuvor hatte Oussama einen Großeinsatz organisiert, um nach Waffen zu suchen. Sie hatten leider nicht viel gefunden, und zwei seiner Offiziere waren bei einem Zusammenstoß verletzt worden.

Maïssa wusste all das schon, weil sie ein internes Rundschreiben zu diesem Thema gelesen hatte. Die Situation beunruhigte sie, und sie verstand durchaus, dass ihre Anfragen zurückgestellt wurden. Sie beharrte nicht darauf. Nachdem sie aufgelegt hatte, kaute sie nachdenklich auf ihrem Bleistift. Es kam nicht infrage, die Sache fallenzulassen. Obwohl ihre Vorgesetzten ihren letzten Besuch in Nablus als einen Erfolg auf der Ebene der Kommunikation ansahen, hatte er bei ihr einen bitteren Nachgeschmack hinterlassen, den die Glückwünsche nicht beseitigen konnten. Sie fühlte sich vor allem als Polizistin, und auf polizeilicher Ebene hielt sie das Ganze für einen Misserfolg.

Abgesehen davon, dass einer ihrer Kollegen für nichts gestorben war, war sie nach wie vor davon überzeugt, dass die jungen Leute, die die israelische Armee und der Schabak verhaftet hatten, unschuldig waren. Ihre Lust, wieder nach Balata zu fahren und mehr herauszukriegen, gewann die Oberhand. Der Drogenfall war eine Gelegenheit, die man sich nicht entgehen lassen konnte. Sie dachte nach: Wenn sie mit Oussama darüber sprach, würde er alles tun, um sie davon abzubringen, und sie konnte nicht gegen seinen Willen dorthin gehen. Das würde er ihr übel nehmen. Um die Unterstützung des Chefs zu bitten, war riskant. Es war unwahrscheinlich, dass er zustimmen würde, und wenn er nein sagte, mochte auch er es nicht, wenn sie sich widersetzte.

Sie legte ihren Stift nieder und versuchte, sich für den Bericht zu interessieren, den sie gerade schrieb und der sich auf den Ausbildungsbedarf der Abteilung zur Bekämpfung der Wirtschaftskriminalität der palästinensischen Polizei bezog. Die Korruption im Land zu bekämpfen, war zwar eine gute Sache. Aber dazu brauchte man auch motivierte und gut ausgebildete Mitarbeiter …

Nach einigen Minuten sah sie von der Tastatur auf. Was auch immer sie tat, Nablus ging ihr nicht aus dem Kopf. Plötzlich hatte sie eine Idee und griff erneut zum Telefon.

»Hallo Rima, wie geht es meiner kleinen Lieblingsschwester?«

Ein lauter Freudenschrei begrüßte sie am anderen Ende.

»Maïssa, meine Liebe! Geht es dir gut?«

»Aber ja.«

»Ich hab dich so lange nicht gesehen … Wenn ich unsere Eltern anrufe, bist du nie zu Hause.«

»Du hast doch meine Nummer, du könntest mich anrufen«, sagte sie vorwurfsvoll.

»Ich weiß, ich weiß, es ist meine Schuld. Aber ich möchte dich nicht stören.«

»Wie läuft's denn in Nablus?«

»Ganz gut, alles in Ordnung. Das Baby wächst, du solltest dir meinen Bauch anschauen.«

»Lade mich ein, und ich besuche dich.«

»Aber du weißt doch, dass du hier zu Hause bist!«

»Stört das deinen Mann nicht?«

»Aber nein, was denkst du denn! Er findet dich klasse und wäre entzückt, dich zu sehen.«

»Na gut, koch was Schönes. Ich komme heut Abend.«

Maïssa legte lächelnd das Telefon zur Seite. Sie freute sich darauf, einen Abend mit ihrer Schwester zu verbringen. Doch sie war nicht sehr stolz auf die kleine Manipulation, die sie sich eben ausgedacht hatte. Rima musste als Alibi für ihre Fahrt nach Nablus herhalten. Sie würde davon profitieren, um zu erreichen, was sie wollte.

•••

Am nächsten Tag kam Capitaine Maïssa Thabet erschöpft in ihrem Büro an. Am Abend davor war sie lange bei ihrer Schwester gewesen. Rimas Mann war nach dem Essen verschwunden, um sie allein zu lassen. Wie zwei kleine Mädchen hatten sie sich Geschichten erzählt, viel gelacht und vor dem Fernseher Süßigkeiten gegessen. Die Nacht war kurz, der Morgenruf des Muezzins hatte als Wecker gedient und eine Aktivität ausgelöst, die völlig ungewohnt für sie war. Das junge Paar war aufgestanden, um zu beten. Das gab es bei ihren Eltern nicht. Über dieses Thema sprach sie mit ihrer Schwester nicht, da sie sie nicht verärgern wollte. Insgesamt gesehen, konnte sie ihr Leben so führen, wie sie es wollte. Und sie schien glücklich zu sein.

Maïssa warf zunächst einen Blick auf ihre Mails und überflog dann die Meldungen der verschiedenen internationalen Nachrichtendienste, die in einem Ordner gesammelt waren. Nichts Aufregendes, sie konnte das schnell erledigen und machte sich sofort daran.

Es war fast 11 Uhr, als ihr Telefon klingelte: die Sekretärin des Chefs. Maïssa verabscheute diese dicke Person, die Olivenöl und Süßigkeiten ausschwitzte, doch dieses Mal freute sie sich, das Gespräch anzunehmen.

»Der Oberst möchte dich sehen. Er erwartet dich in seinem Büro.«

Ihre Müdigkeit verflog, und ihr Herz begann schneller zu schlagen. Ihre Ankunft im Sekretariat machte nur wenig Eindruck auf die Sekretärin, die dabei war, eine vor Honig triefende Süßspeise zu verspeisen und Tee zu schlürfen, während sie ins Telefon plapperte. Ohne ihr Gespräch zu unterbrechen, bedeutete sie ihr mit dem Kinn, dass der Chef sie erwartete.

Maïssa drückte auf einen Knopf und verharrte vor der Tür, bis ein grünes Licht aufleuchtete und anzeigte, dass sie eintreten konnte.

Oberst Hakiki sprang aus seinem Stuhl auf, als sie eintrat. Ein Verhalten, das unter anderen Umständen ganz natürlich erschienen wäre, aber die Polizistin nervte, da sie sehr wohl wusste, dass dieser Anfall von Höflichkeit bei ihrem Chef nur darauf beruhte, dass sie die Tochter von … war und dass sie einflussreiche Beziehungen hatte.

»Maïssa, was für ein Vergnügen, dich zu sehen. Wie geht es dir?«

Sie baute sich vor ihm auf, nahm Haltung an und salutierte vorschriftsmäßig, was dem Oberst den Wind aus den Segeln nahm.

»Nun, meine Liebe, das ist doch unter uns nicht nötig! Rühren, bitte.«

Sie mochte Hakiki nicht. Er galt als korrupt. Und das schien ihr nicht unbegründet zu sein. Doch heute ging es nicht darum, ihn zu verletzen.

»Setz dich bitte, meine Kleine«, sagte er liebenswürdig, deutete auf einen Sessel und setzte sich zu ihr. »Wir haben ein Problem in Nablus.«

»Ja?«, fragte sie und hoffte dabei, dass ihre Stimme keinerlei Heuchelei anklingen ließ.

Er berichtete ihr von den verschiedenen Nachrichten über die

Drogengeschichten in Balata, angefangen mit der von den chinesischen Behörden, dann mit der von Interpol Tel Aviv und schließlich mit der Anfrage aus Frankreich. Er schloss damit, dass er es gern sehen würde, wenn sie eine Untersuchung zu diesem Thema übernehmen würde.

»Aber …«

»Keine Widerrede!«, sagte er nachdrücklich.

Wir spielen hier die reinste Komödie, dachte sie und wartete darauf, dass ihr Chef fortfuhr.

»Ich weiß, du wirst mir sagen, dass du es nicht gewohnt bist, Ermittlungen durchzuführen und so weiter. Oussama, den du gut kennst«, fühlte er sich gemüßigt zu präzisieren, »muss sich in Nablus mit anderen Dingen herumschlagen. Und wenn es nun Franzosen gibt, die sich für diesen Fall interessieren, bist du bestens für diese Arbeit geeignet. Du fährst morgen dorthin. Ich werde jemanden finden, der dich begleitet. Ihr arbeitet zusammen, und du kümmerst dich um die Beziehungen zu Frankreich und den Nachbarn, falls notwendig.«

»Wie Sie wünschen …«

Der Oberst sah amüsiert aus und erhob sich. Sie folgte seiner Bewegung, und sie standen sich wenige Zentimeter voneinander entfernt gegenüber, in einer unschicklichen Nähe, die ihren Chef zwang, beiseite zu treten.

»Genau, weil ich es wünsche.«

»Zu Befehl, Herr Oberst.«

Hakiki zuckte mit den Schultern und sah sie mit bemühter Lässigkeit an.

•••

Maïssa schloss die Bürotür und jubelte. Die Sekretärin hob nicht mal die Augen, als sie vorbeiging.

Sie brauchte nur noch ihre Angelegenheiten zu erledigen. Dennoch verspürte sie ein leichtes Unbehagen, was Oussama betraf. Sie griff zum Telefon und wählte die Nummer von Habib Marouane.

»Ich komme gerade von meinem Chef. Er hat mich gebeten, nach Nablus zu gehen und den Drogenhandel zu untersuchen.«

»Sehr gut«, antwortete der Geschäftsmann scheinbar überrascht. »So haben wir das Vergnügen, dich regelmäßig zu sehen. Willst du bei uns wohnen?«

»Nein, danke. Das ist sehr lieb, aber ich gehe zu meiner Schwester.«

»Wie du willst. Aber du weißt, dass du immer willkommen bist.«

»Ich weiß«, antwortete sie und kam zum wahren Grund ihres Anrufs. »Vielen Dank für das, was du gemacht hast, das war ganz toll von dir. Ich freue mich wirklich über das Vertrauen, das du in mich setzt. Ich hoffe, dass niemand …«

Er ließ sie nicht ausreden.

»Mach dir keine Sorgen, meine Liebe. Aber pass trotzdem auf dich auf. Ich habe dir nicht gerade ein Geschenk gemacht, als ich deiner Bitte nachgekommen bin. Du gehst in vermintes Gelände, und ich mache mir Sorgen um dich.«

32

Angesichts des Medienrummels, den der Crystal-Meth-Handel ausgelöst hatte, hatte Gabin kaum Schwierigkeiten, die Reisegenehmigungen zu bekommen, die es ihm ermöglichten, sich nach Israel und in die Palästinensergebiete zu begeben. Doch dann gab es dennoch eine Enttäuschung. Er hatte gehofft, dass Marie mitkommen könnte. Aber trotz der Einwilligung des Richters erhielt er einen Ablehnungsbescheid der Verwaltung, und nichts konnte die Entscheidung der Direktion ändern. Er könne sich auf die Polizeiattachés stützen, das müsse ihm genügen, zumal er ja nur ein Beobachter wäre, da die eigentliche Arbeit von der örtlichen Polizei gemacht würde.

Marie brachte ihn zum Flughafen. Während der ganzen Fahrt sprachen sie nur über die laufende Untersuchung. Erst gegen Ende wich Gabin davon ab.

»Werde ich dir fehlen?«

Sie antwortete mit einem schlichten Lächeln.

Sie hielten auf einem Parkplatz, der für Dienstfahrzeuge reserviert war. Als Gabin einige bärtige orthodoxe Juden sah, die schwarz gekleidet waren, große Hüte trugen und sich in der Nähe eines Air France-Schalters unterhielten, verzog er das Gesicht und sah Marie an.

»Da hinten ist es.

»Ich hoffe, du passt dich nicht der örtlichen Mode an.«

»Wer weiß!«

Zwei bewaffnete Soldaten verrichteten in der Nähe ihren Dienst.

»Die Flüge nach Israel werden verstärkt geschützt«, bemerkte die Polizistin.

Eine Gruppe von lässigen und lauten jungen Leuten stand in derselben Warteschlange.

»Auf ein und demselben Flug sind Komparsen von *Lügen haben kurze Röcke* und *Rabbi Jacob*. Das ist ja wie im Kino. Ich glaube, ich werde mich wohlfühlen!«

»Ich weiß nicht, ob sie deinen Humor zu schätzen wissen«, sagte Marie scherzend, als eine Angestellte in einem schwarzen Kostüm sich ihnen näherte.

»Reisen Sie zusammen?«

»Nein, nur ich«, antwortete Gabin und gab ihr seinen Dienstpass und das Ticket.

Die Angestellte begann mit der ausführlichen Überprüfung eines Dokuments, das aus Sicht des Polizisten völlig unmissverständlich war, und fuhr fort:

»Was ist der Grund für Ihre Reise?«

»Beruflich«, sagte der Polizist nüchtern.

»Haben Sie selbst Ihren Koffer gepackt?«

»Ja, natürlich!«, entgegnete er leicht genervt.

»Haben Sie den Koffer immer bei sich gehabt?«, fragte die Frau unbeirrbar weiter.

»Was sollen diese Fragen?«

Sie zeigte ein verkniffenes Lächeln.

»Aus Sicherheitsgründen, Monsieur. Antworten Sie bitte.«

»Ich bin Polizist, ich reise aus dienstlichen Gründen nach Israel, das ist alles.«

»Beruhigen Sie sich«, antwortete die Stewardess, drehte sich um und ging zum Schalter.

»Reg dich nicht auf«, sagte Marie. »Das ist ganz normal, sie machen das bei allen Flügen nach Israel.«

»Das wird mir gefallen!«

»Das ist doch normal, oder?«

»Ich weiß nicht, aber ich hab jetzt schon die Nase voll.«

»Pfff«, seufzte sie, als die junge Angestellte zurückkam.

»Alles okay«, sagte sie zu Gabin und bat ihn mit einer Handbewegung, zum Einchecken weiterzugehen.

Nachdem die Formalitäten erledigt waren, trafen sich die beiden Polizisten in der Flughafenhalle wieder. Seit dem Beginn dieser Untersuchung hatten sie, anders als sonst, nur wenig Zeit miteinander gehabt. Schon mehrere Tage war sie nicht mehr vorbeigekommen, um einen Abend mit ihm in seinem Appartement zu verbringen. Dieser Fall fraß sie auf, und das war ihnen bewusst. Trotzdem gelang es dem Capitaine nicht, seinen Stress zu verbergen, und er wollte zum x-ten Mal überprüfen, ob er alle notwendigen Papiere bei sich hatte: Pass, Bordkarte, Rückflugticket, internationales Amtshilfeersuchen, Namenslisten und Telefonnummern von Leuten, die er treffen wollte.

»Aber ja, du hast doch alles«, meinte Marie.

»Ich vergesse ständig irgendwelche Dinge, selbst die Abflugzeit, ich musste sie nachschauen und konnte mich nicht mehr daran erinnern!«

»Jedenfalls erwartet man dich dort. Der Polizeiattaché, den du kennst, und die örtlichen Polizisten. Das wird schon laufen.«

Nach einem Blick auf seine Uhr beschloss er, zu den Gates für internationale Flüge zu gehen. Marie begleitete ihn einige Meter und baute sich dann vor ihm auf. Sie umarmten sich, tauschten mehrere Küsse aus, bis sie ihn fortstieß.

»Geh los, ich sehe ja, dass du zu deinem Flugzeug willst.«

»Aber nein …«, stammelte er, ohne sie zu überzeugen, und umarmte sie ein letztes Mal.

•••

Auf dem Weg zum Ben Gurion-Flughafen begleitete Guy seine Ausführungen mit großen, untermalenden Gebärden.

»Die verarschen uns doch, die Franzosen! Haben die nichts Besseres zu tun, als herzukommen und uns auf den Wecker zu gehen?«

Dany schüttelte lachend den Kopf, er kannte Guys Sprücheklopferei gut genug, um sich noch darüber zu wundern.

»Reg dich ab!«

»Ich stelle mir das so vor: Dieser Typ will einfach nur bei uns Urlaub machen, und wir müssen ihm während des ganzen Aufenthalts den Arsch hinterhertragen ...«

»Du hast ihn noch nicht gesehen, lass ihn doch erst mal ankommen ...«

»Das nervt mich einfach, das ist alles.«

»Vielleicht bringt er uns ja was Interessantes über das Methamphetamin mit. Er hat ein Telefon gefunden, und wir haben es bei Nablus geortet. Die Tatsache, dass es nur gelegentlich benutzt wird, ist interessant. Das kann was bringen. Und dann haben sie Andrej Zeminsky identifiziert. Der Kerl ist nicht sauber.«

Guy seufzte.

»Für den Moment sind das alles nur Hypothesen. Es gibt nichts Konkretes. Wann kommt er an?«

»Air France Flug 4384 von Nizza um 18.40 Uhr.«

»Er nimmt nicht mal El Al?«

Bei dieser Bemerkung musste Dany laut auflachen.

»Du bist ja gut in Form heute! Wie weit willst du mit deinen bösen Unterstellungen noch gehen?«

Guy musste seinerseits lachen.

»Ich muss einfach etwas Dampf ablassen ...«

Teil III

33

Maïssa verschwendete keine Zeit. Sie wurde auf ihrer Mission von Fahrid begleitet, einem etwa dreißigjährigen Offizier, der frisch von der Akademie gekommen war. Stämmig, mit rasiertem Schädel, die Ray Ban-Pilotenbrille für alle Zeiten vor den Augen fixiert, sah er aus wie ein Leibwächter. Es stellte sich heraus, dass er aus Nablus stammte und nicht unzufrieden war, an einen Ort zu gehen, an dem er nach seinen eigenen Worten jeden kannte. Sie fand ihn auf den ersten Blick sympathisch, zumal er gebildet und offen genug zu sein schien, um mit einer Frau zusammenzuarbeiten, was sich nicht unbedingt von selbst verstand. Da ihr bewusst war, dass ihr Chef sie kontrollieren und alles wissen wollte, hatte sie dennoch beschlossen, ihm mit Vorsicht zu begegnen.

Die Ankunft im Kommissariat verlief wie üblich. Auch wenn der Wachtposten gewechselt hatte, die Lahmarschigkeit, mit der der Neue die Schranke öffnete, war die gleiche. Maïssa amüsierte sich, als sie sah, wie Fahrid fluchte und sich anschickte, aus dem Wagen zu springen und dem in sein Handy vertieften Polizisten Beine zu machen.

Da der Sekretär der Untersuchungsabteilung nicht da war, klopfte Maïssa an die Tür des Abteilungsleiters, ohne angemeldet zu sein. Das charakteristische Gebrüll des Chefs antwortete ihr. Sie trat ein, gefolgt von Fahrid. Der Oberst saß auf einem Sofa und trank Kaffee mit einer Person, die ihnen den Rücken zukehrte. Der Mann drehte sich zu ihnen um. Maïssa erkannte Jihad Awdeh, den Vertreter der Hamas, den sie in Balata getroffen hatte. Es gab einen fast unmerklichen Moment der Verlegenheit. Oussamas Gesicht erstarrte in dem Maße, in dem das von Awdeh sich zu einem strahlenden Lächeln verzog. Maïssa bedauerte ihr unvermitteltes Eindringen … Der Offizier erhob sich und ging auf sie zu. Sein ermutigender Gesichtsausdruck zerstreute ihr Unbehagen. Jihad stand ebenfalls auf.

»Maïssa, du bist schon da! Ich dachte, du kommst erst am Nachmittag.«

»Ja, ich wollte vorher bei meiner Schwester vorbeischauen, aber sie ist bei der Arbeit und heute Morgen nicht da.«

Maïssa fiel auf, dass Oussama sie im Gegensatz zu seiner Gewohnheit nicht umarmte und nicht mit den liebevollen Worten begrüßte, die sie von ihm kannte. Das ist wohl ganz normal vor einem Gast, dachte sie, zumal ich ja auch gekommen bin, um im Lager Ermittlungen anzustellen.

»Ich möchte dir Hadji Jihad vorstellen.«

»Wir kennen uns schon«, unterbrach Maïssa ihn. »Wir sind uns in Balata begegnet.«

Awdeh war vorgetreten, ohne ihr die Hand zu reichen und wahrte zwischen ihnen eine den religiösen Konventionen entsprechende Distanz.

»Ja, das war unter unerfreulichen Umständen. Und nun sind Sie wieder bei uns«, stellte der Gläubige mit salbungsvoller Stimme fest.

»Ich bin mit Leutnant Fahrid hier«, sagte sie und trat bei Seite. »Ich freue mich, Sie zu sehen. Es könnte gut sein, dass ich auf Ihre Kenntnisse über das Lager angewiesen sein werde, da ich mich erneut dorthin begeben muss. Ich würde gern mehr über den Drogenhandel wissen, der sich dort entwickelt hat.«

Er breitete die Arme zu einer Gebärde der Machtlosigkeit aus und seufzte.

»Ja, nun, Capitaine, das ist ein Drama! Die jungen Leute sind verzweifelt, und manche sind auf den Konsum von Rauschmitteln verfallen. Sie können mir glauben, dass ich der Erste bin, der versucht, sie davon abzubringen und auf den Weg Gottes zurückzuführen.«

Seine Stimme wurde lauter und fester.

»Es ist offensichtlich, dass dieser Handel von den Hunden von Juden gefördert wird. Sie profitieren davon. Nicht nur, dass sie diejenigen, die nichts haben, noch ärmer machen, sondern sie schwächen auch die Lebenskräfte unserer Nation. Sie wollen uns zu Sklaven machen, doch mit der Hilfe von Allah werden wir Widerstand leisten und sie eines Tages vernichten. Allah ist groß.«

Wenn das Thema nicht so ernst wäre, hätte Maïssa ihm ins Gesicht gelacht.

»Ich möchte einige von diesen Drogensüchtigen treffen. Können Sie mir dabei helfen?«

»Mit Vergnügen. Aber Sie werden sicher verstehen, Capitaine, dass diese Leute sich verraten fühlen würden, wenn ich sie bei Ihnen anzeige.«

»Davon ist nicht die Rede.«

»Ich verstehe«, versicherte er und wiegte den Kopf hin und her. »Sie können sicher sein, dass ich mein Möglichstes tun werde, um diejenigen, die ich kenne, zu ermutigen, Sie aufzusuchen. Aber die Entscheidung liegt bei ihnen.«

»Ich danke Ihnen, Hadji«, sagte sie und verwendete ganz bewusst den religiösen Ehrentitel, der den Muslimen vorbehalten war, die eine Pilgerfahrt nach Mekka gemacht hatten. Ein taktischer Schachzug, um seine Kooperationsbereitschaft zu stärken.

Er sah sie freundlich an und drehte sich zu seinem Gastgeber um.

»Sie haben zu tun, Oberst. Ich will Sie nicht weiter aufhalten … Nochmals vielen Dank, dass Sie mich empfangen haben.«

»Ich begleite Sie hinaus.«

Jihad Awdeh triefte geradezu vor geheuchelter Bescheidenheit.

»Aber nein, bleiben Sie doch bei Ihren Leuten.«

»Es ist mir ein Vergnügen«, beharrte Oussama und zog den Vertreter der Hamas hinter sich her.

Die beiden jungen Polizisten blieben nicht lange allein.

»Pfff… Was für ein Leben! Diese Religionsfanatiker sind unermüdlich«, knurrte der Oberst und wandte sich Fahrid zu. »Entschuldige mich, ich hoffe, ich hab dich nicht allzu sehr schockiert.«

Der Offizier zeigte ein offenes Lächeln.

»Nein, nein, Oberst. Machen Sie sich keine Sorgen.«

Ich muss Erkundigungen über ihn einholen, dachte Maïssa erneut. Habe ich jemanden bei mir, dem ich vertrauen kann oder einen hervorragenden Schauspieler?

»Nun zu euch, Kinder. Ich freue mich, euch zu sehen. Aber pass auf dich auf«, fuhr er in väterlichem Ton fort und sah die junge Polizistin an. »Leute wie Jihad Awdeh gibt es viele im Lager. Sie sind hinterlistig. Man darf ihnen nicht trauen.«

»Was wollte er?«, wagte Maïssa zu fragen.

»Wir versuchen mehr recht als schlecht, die Leute zu entwaffnen. Ich habe einige Rädelsführer verhaftet, und er ist gekommen, um für sie einzutreten. Ich bin gezwungen, ihn zu empfangen.«

Sie erlaubte sich ein verschwörerisches Lächeln.

»Du! Du wirst zum Diplomaten? Das ist ja ganz neu.«

»Nun ja, meine Tochter, ich werde älter … Und ich lerne von dir«, schloss er lachend. »Gut! Also, wie wollt ihr vorgehen?«

»Indem wir einen Abgleich mit den Daten der israelischen Beschlagnahme machen. Ich habe die Familien gefunden, die verhaftet oder kontrolliert wurden. Ich werde diese jungen Leute aufsuchen und versuchen, mit den Eltern zu reden. Das wäre ein Anfang.«

»Ja, warum nicht? Jedenfalls, wenn ihr irgendetwas braucht, sagt mir Bescheid.«

•••

Auf dem Weg nach Balata wusste Maïssa noch nicht so genau, wie sie die Untersuchung beginnen sollte. Die einzige Arbeitsgrundlage waren die Informationen, die Oussamas Leute geliefert hatten. Sie hatten ihr gesagt, wo die Zahal-Soldaten zuletzt zugeschlagen hatten. Fahrid parkte ihren Wagen vor der Kirche mit dem Jakobsbrunnen, und sie gingen zu Fuß weiter in das Labyrinth der kleinen Straßen. Der Leutnant war ungewöhnlich aufgeregt und ging mit glücklicher Miene ein wenig voraus.

»Folge mir! Ich stamme aus dem Lager und habe hier gelebt, als ich noch ein kleiner Junge war …«

Seine Großeltern und Eltern hatten das Lager verlassen, sobald sie konnten. Sein Großvater, ein geachteter Arzt in Jaffa, wollte nicht ewig mit dem Status eines Flüchtlings leben. Sie waren ins Stadtzentrum gezogen, aber Fahrid hatte weiterhin viele Freunde in Balata.

»Wir klappern zuerst deine Adressen ab. Danach können wir, wenn du mir vertraust, mit einigen Leuten sprechen, mit denen ich noch Kontakt habe.«

Dieser Vorschlag kam für Maïssa überraschend, aber er war vielleicht gar nicht so schlecht. Zuerst besuchten sie die Familie von Bashar Ali Aman. Der Junge war vor etwa zehn Tagen verhaftet worden. Er war von der Zahal als einer von denen identifiziert worden, die die Armee mit Steinschleudern angegriffen und einen Soldaten leicht verletzt hatten. Die Soldaten hatten den sechzehnjährigen Jugendlichen mitten in der Nacht abgeholt. Nach einer gründlichen Hausdurchsuchung hatten sie ihn zum Verhör mitgenommen. Ein vom Gericht bestellter Anwalt hatte ihnen mitgeteilt, dass er jetzt im Gefängnis von Majido wäre, in dem vorzugsweise militante Palästinenser untergebracht waren. Sie würden ihn so bald nicht wiedersehen. Eine Dummheit, die in vielen Ländern mit einer Ermahnung durch das Gericht geahndet worden wäre, würde ihn mehrere Jahre Gefängnis kosten …

Sie wurden von den Eltern empfangen, die von drei Kindern umgeben waren. Man bat sie, im Wohnzimmer Platz zu nehmen, einem großen rechteckigen Raum, an dessen Seiten Schaumstoffmatratzen lagen, die tagsüber als Sitzplatz und nachts als Bett dienten. Maïssa verspürte weder Feindschaft noch Furcht von Seiten dieser einfachen Leute, die ihr die bei diesem Volk übliche Gastfreundschaft entgegenbrachten. Der Kaffee ließ nicht lange auf sich warten. Sie sprachen zunächst über allgemeine Dinge wie das Alter der Kinder und ihre Schule und kamen dann zu den Schwierigkeiten des Alltagslebens. Als die Polizistin fand, dass es an der Zeit war, zu ernsteren Dingen überzugehen, lenkte sie das Gespräch auf das Thema, das sie interessierte. Der Vater, ein etwa vierzigjähriger kleiner Mann, dessen Gesicht vom Leben gezeichnet war, senkte leicht den Kopf und seufzte.

»Bashar ist ein Junge wie alle anderen. Er langweilt sich, hat hier keine Zukunft und macht Dummheiten … Ich habe studiert, ich hatte ein Stipendium der Vereinten Nationen und bin Elektroingenieur. Ich war mehrere Jahre im Ausland. Wir wollten alle in die USA gehen. Aber unser Traum ist im September 2001 geplatzt. Alles war bereit, wir sollten Einreisegenehmigungen erhalten … Aber sie sind nie angekommen … Man hat uns warten lassen und uns schließlich mitgeteilt, dass die Einreise nicht mehr möglich wäre.«

Er schwieg einen Moment und sagte:

»Ich habe einen Bruder, der zu lebenslänglicher Haft verurteilt wurde, er ist im Gefängnis von Gilboa. Er hat zwei israelische Soldaten getötet. Wir werden als ›Terroristenfamilie‹ angesehen und etikettiert.«

Die Frau legte eine Hand auf den Schenkel ihres Mannes und unterdrückte eine Träne. Er fuhr fort:

»Hier gibt es keine Arbeit für mich. Mein Diplom ist nichts wert. Ich bin bei einer kleinen Firma angestellt und repariere

Elektrogeräte. Das ermöglicht uns zu überleben. Die Zukunft liegt hinter uns ...«, schloss er mit fast gleichgültiger Stimme.

Maïssa ließ eine Weile vergehen, dann sagte sie leise:

»Die jungen Leute, die verhaftet wurden, hatten Drogen bei sich ...«

Die Mutter riss überrascht die Augen auf, und der Vater sah zu den beiden Polizisten auf:

»So was haben wir nie gesehen! Ich glaube nicht, dass mein Sohn Drogen genommen hat ...«

Er ließ die Schultern fallen.

»Man sagt, dass in Balata Drogen im Umlauf sind. Das würde mich nicht überraschen. Ich wiederhole mich, aber diese Jungen sind Opfer. Sie versuchen, mit allen Mitteln zu fliehen.«

»Es tut mir leid, dass ich nachfragen muss ... Aber es gibt noch eine andere Möglichkeit. Kann es vielleicht sein, dass ihr Sohn ein Dealer gewesen ist?«

Die Mutter wurde noch blasser. Der Mann verlor seine Ruhe nicht und lächelte bitter.

»Ich denke, der Verkauf von Drogen bringt Geld. Das hätten wir gemerkt, das wäre uns aufgefallen.«

Das Gespräch war zu Ende. Der Vater füllte erneut die Kaffeetassen, und Fahrid versuchte, die Atmosphäre zu entspannen, indem er auf Erinnerungen an das Leben im Lager und die verschiedenen Familien, die dort gelebt hatten, zu sprechen kam. Als sie gingen, war ihre Untersuchung keinen Millimeter vorangekommen.

Der Leutnant verzog das Gesicht und sah Maïssa an.

»Entmutigend! Nehmen wir uns den Nächsten vor«, sagte er und zog sie hinter sich her.

Bei Adham Abu Aquel fanden sie nur dessen Mutter und zwei kleine Kinder. Die Präsenz von Maïssa erlaubte ihnen einzutreten. Die Hausherrin wies sie darauf hin, dass sie mit ihren Fragen warten müssten, bis der Familienvater nach Hause kam. Sie hoffte, dass er in einer halben Stunde kommen würde. Der Kaffee floss erneut, aber sie mussten nicht dreißig Minuten warten, sondern fast dreimal so lange. Als der Vater kam, hatte er die Arme voller Lebensmittel. Auch wenn ihn der Besuch überraschte, nahm er daran keinen Anstoß. Er legte seine Einkäufe ab und begrüßte sie, ohne jedoch der jungen Frau die Hand zu geben, setzte sich neben ihnen nieder und goss sich Kaffee ein. Die Mutter stand diskret auf, schnappte sich die Einkäufe und verschwand. Sie erklärten mit kurzen Worten den Grund ihres Besuchs. Die Sprache, in der er antwortete, unterschied sich deutlich von der Ali Amans.

»Adham ist vom Besatzer verhaftet worden. Ich bin stolz. Ich habe weder die Kraft noch den Willen, Widerstand zu leisten. Glücklicherweise gibt es hier junge Leute wie ihn. Sie sind die Hoffnungsträger unserer Nation. Es kommt ihnen zu, alle Juden ans Meer zurückzudrängen.«

So steht es geschrieben, dachte Maïssa. Ohne es vorher angesprochen zu haben, übernahm Fahrid im Folgenden das Kommando, und sie war froh darüber. Mit einer Frau sprechen zu müssen, hätte ihren Zeugen endgültig blockiert.

»Wenn unsere Informationen richtig sind, hat man bei Ihnen eine Weste voller Sprengstoff für ein Selbstmordattentat gefunden.«

»Das stimmt. Ich wusste nicht, dass mein Sohn im Besitz von so etwas war, und habe auch keine Ahnung, wie es zu uns gekommen ist, aber das ist gut so. Die Palästinensische Autonomiebehörde wird uns nicht verteidigen, ganz im Gegenteil: Sie arbeitet mit den Folterern zusammen. Wir können die Sache nur unterstützen.«

Die Polizistin sagte nichts, ihr Begleiter fuhr fort.

»Wie es scheint, hatte er auch Drogen.«

Der Vater versteifte sich.

»Wenn Sie unterstellen wollen, dass Adham süchtig war ...«

»Wir wollen gar nichts unterstellen«, sprach Fahrid ruhig weiter. »Wir suchen nur nach Erklärungen.«

»Ich weiß nicht. Wenn er welche hatte, hing das bestimmt mit dem Kampf zusammen.«

»Kennen Sie Freunde, die gemeinsam mit ihm kämpfen?«

Er schwieg, als ob er die Frage nicht gehört hätte.

»Wir sind auf derselben Seite«, beharrte Fahrid und suchte den Blick seines Gesprächspartners.

Er fand ihn nicht, und die Antwort war unmissverständlich:

»Da bin ich mir gar nicht so sicher!« Die letzten Worte wurden überlagert von einem Krächzen des Lautsprechers, auf das sofort der Ruf des Muezzins folgte, dessen Stärke die Hauswände erbeben ließ.

»Das muss ja toll sein um vier Uhr morgens«, dachte Maïssa und vermied jede Regung. Ihr Gastgeber beugte sich vor, legte die Hände auf die Knie, stand auf, ging in eine Ecke des Zimmers und griff nach seinem Gebetsteppich, der aufgerollt auf einem Stuhl lag. Sie verstanden ohne Weiteres, dass das Gespräch damit zu Ende sein sollte, aber sie waren noch nicht fertig. Abu Aquel wandte sich an Fahrid.

»Wollen Sie mich in die Moschee begleiten, Offizier?«

Unversehens überrumpelt, wagte der Polizist es nicht, abzulehnen. Ohne sich direkt an Maïssa zu wenden, fuhr ihr Gastgeber fort:

»Ihr Capitaine wird auf Sie warten, sie kann mit meiner Frau beten.«

Gefangen, sagte sie sich. Wenn mein Vater mich jetzt sehen würde ...

Eine Viertelstunde später kamen die beiden Männer zurück, und die Polizisten schickten sich an, zu gehen. Als sie draußen waren, prustete Maïssa lachend:

»Der hat uns ganz schön vorgeführt! Danke, dass du mich bei ihm abgelöst hast, ich wäre noch schlechter mit ihm fertig geworden als du.«

Er grinste.

»Ein völlig vernagelter Typ. Davon gibt's viele hier. Diese Leute sind tapfer. Mit Hilfe ihres Glaubens können sie durchhalten. Man muss sich ja an etwas halten.«

»Nun gut. Wohin willst du mich jetzt bringen?«

»Ich habe einen Freund, der Sozialarbeiter im Jaffa-Center ist, einem Jugendzentrum gleich am Eingang des Lagers. Lass uns zu ihm gehen. Vielleicht kann er uns Erklärungen oder Tipps geben.«

Nachdem sie an einer Schule und einem von den Vereinten Nationen errichteten Sportplatz vorbeigekommen waren, kamen sie zu einem Betonklotz, der wie eine Flugzeughalle aussah. Das Foyer in der ersten Etage diente als Büroraum. Fahrid trat ein. Er fühlte sich wie zu Hause und kannte alle Leute. Maïssa kam sich etwas verloren vor. Sie musste warten, bis Fahrid mit allen Umarmungen fertig war und sie schließlich allen Anwesenden vorstellte. Am Schluss kam er zu einem dünnen, hochgewachsenen Typen um die dreißig mit schwarzen Haaren, blauen Augen und einem durchdringenden Blick.

»Omar leitet den Laden hier, wir sind seit der Kindheit befreundet. Er kennt hier alle jungen Leute.«

Sein Freund lächelte und schlug ihm freundschaftlich auf die Schulter.

»Übertreib nicht. Du kennst genauso viele Leute wie ich. Das hier ist ein Dorf.«

Fahrid lächelte seinerseits, hängte sich an den Arm seines Freundes und sagte ihm diskret, dass er ihn gern privat sprechen würde.

Omar scherzte weiter und antwortete dann:

»Lass uns zu meiner Mutter gehen, sie wird sich freuen. Du

kannst nicht nach Balata kommen, ohne sie einmal in den Arm zu nehmen.«

»Wir haben eigentlich keine Zeit«, erwiderte Fahrid und warf Maïssa einen fragenden Blick zu. Omar bestand auf seinem Vorschlag.

»Kommt mit, es wird nicht lange dauern«, sagte er und ließ ihnen keine Wahl.

Als sie draußen waren, wurde er wieder ernst und sagte:

»Bei mir zu Hause ist es besser. Es gibt zu viele Spione. Hier spricht sich alles rum, die Leute tratschen, auch wenn es nicht unbedingt böse gemeint ist. Das kann von Nachteil sein. Schließlich seid ihr ja Bullen!«

Sie folgten ihm zu einer Behausung, die denen, die sie schon besucht hatten, zum Verwechseln ähnlich sah. Omars Mutter stieß Freudenschreie aus, als sie Fahrid und Maïssa sah.

»Du stellst uns deine künftige Frau vor?«, rief sie. »Ich bin ja so glücklich!«

Sie brachen in Gelächter aus.

»Aber nein, Mama, das ist eine Kollegin von Fahrid. Sie haben nichts miteinander.«

»Ha«, stieß die alte Frau aus, einen Moment lang verwirrt.

Die schelmischen Augen der Mutter suchten den Blick der jungen Frau, und sie fuhr fort:

»Sie sind sehr hübsch, ihr passt gut zusammen. Sind Sie verheiratet?«

»Nein«, antwortete die Polizistin lachend.

»Und nun?«

»Lass uns in Ruhe, Mama! Du siehst doch, dass du allen auf den Wecker gehst«, flehte ihr Sohn liebevoll.

Sie verstummte und bat sie, sich zu setzen, während sie verschwand und mit dem ewig gleichen Kaffee zurückkehrte. Das Gespräch kam nach orientalischer Weise langsam in Gang, und

Maïssa hörte den beiden jungen Männern zu, wie sie über ihre Kindheit und die Entwicklung des Lagers sprachen, bis sie zu dem Thema kamen, das sie interessierte. Omar setzte eine ernste Miene auf und dachte einen Moment nach.

Die Erzieher wussten, dass im Lager Drogen im Umlauf waren und dass viele junge Leute Drogen nahmen.

»Solange nur gekifft wird, ist das nicht weiter schlimm.«

Es habe aber auch Heroin gegeben. Es sei ihnen gelungen, das Problem einzudämmen, was umso leichter gewesen sei, weil ein so teurer Stoff für die Jugendlichen nicht wirklich attraktiv war. Das Heroin wurde durch synthetische Drogen oder den Missbrauch von Medikamenten ersetzt. Seitdem habe es immer mehr Probleme mit Crystal Meth gegeben, das im Umlauf sei …

Obwohl sie nichts zu befürchten hatten und allein waren, senkte ihr Gesprächspartner plötzlich die Stimme:

»Es wird gemunkelt, dass es einen Handel gibt, der von den Hamas-Leuten organisiert wird. Ich kann das kaum glauben.«

Maïssa und Fahrid hingen an Omars Lippen.

»Angeblich haben sie sich mit den Dealern, sicherlich israelische Araber, verbündet, um ihnen zu helfen, die Ware zu verstecken. Es heißt, sie bekämen dafür Geld, aber auch Drogen, die sie selbst verticken, jedoch nur an Nicht-Moslems. Ein Teil der Drogen sei ihnen abhandengekommen und im Lager gelandet. Aber all das sind nur Gerüchte …«

»Kennst du die Jugendlichen, die die Juden verhaftet haben: Bashar und Adham?

»Ja. Bashar ist ein prima Kerl. Adham auch, aber er wurde immer dogmatischer.«

Omar erzählte, dass die beiden oft ins Kulturzentrum kämen und sogar in der Theatergruppe mitgemacht hätten. In letzter Zeit seien sie aber nicht mehr so oft da gewesen wie früher. Er und die anderen Betreuer hätten versucht, sie zurückzuholen, aber vergeblich. Sie hatten immer etwas Besseres zu tun oder irgendwelche anderen Ausreden.

»Adham hat Bashar beeinflusst. Es kann sein, dass er ihn mitgerissen hat. Die Juden sind nicht zimperlich, wenn sie uns verhaften. Sollten die beiden gemeinsam bei einer Sache erwischt worden sein, reicht das, um sie eine Weile in den Knast zu stecken.«

34

Maïssa und ihr Begleiter befanden sich in Oussamas Büro.

Der Leiter der Untersuchungsabteilung war perplex.

»Und ihr glaubt das? Ich kann mir nur schwer vorstellen, dass die Religionsfanatiker sich in Dealer verwandeln, zumal Katar tief in die Tasche gegriffen hat, was Finanzfragen angeht …«

Der Emir von Katar war im Jahr zuvor mit großem Pomp in Gaza empfangen worden, was eine schwere Kränkung von Mahmud Abbas darstellte. Seitdem überhäufte der großzügige Spender das von der Hamas beherrschte Territorium mit Geschenken. Eine Günstlingswirtschaft, die im restlichen Westjordanland, das in den Händen der PLO war, nur sehr viel schwieriger betrieben werden konnte.

»Vielleicht wollen sie sich absichern. Geld wird immer gebraucht.«

Oussama dachte einen Moment nach, und sein Gesicht verhärtete sich. Er hatte einen abwesenden Blick und brachte dann seine Gedanken zum Ausdruck:

»Glaubt ihr, dass dieser verdammte Jihad Awdeh hinter dem Drogenhandel steckt? Wenn das der Fall ist, garantiere ich euch, dass wir ihm das nachweisen und dass er in meinem Büro an seinen Eiern festgenagelt wird … Ich werde ihm sein dämliches Grinsen mit Faustschlägen vom Gesicht reißen … Entschuldige bitte, Maïssa«, mäßigte er sich, als ob ihm erst jetzt auffallen würde, dass er nicht allein war.

Sie lachte frei heraus.

»Ich bin eine Kollegin …«

»Ich werde ihn beschatten lassen und meine Informanten auf ihn ansetzen. Wir werden sehen, was dabei rauskommt.«

• • •

Maïssa blieb über Nacht bei ihrer Schwester, sie hatte sich erst für den Nachmittag mit Fahrid verabredet. Sie wollte die Vergangenheit einiger junger Leute, die in Balata verhaftet worden waren, genauer unter die Lupe nehmen und schauen, ob sich daraus Hinweise ergeben würden. Zur Gebetsstunde, als der Tag anbrach, beschloss sie, anstatt die von der Religion vorgeschriebenen Morgenübungen zu machen, ihre Nikes anzuziehen und etwas zu joggen. Da sie die örtliche Prüderie kannte, schlüpfte sie in einen weiten Trainingsanzug, verbarg ihr üppiges Haar in der Jacke und setzte eine Mütze auf. Das würde genügen, um keinen Anstoß zu erregen. Zu dieser Stunde waren die Straßen relativ leer. Wie in Ramallah war das Laufen nicht leicht, es ging ständig aufwärts oder abwärts.

Sie lief in Richtung Sama Nablus, einem Park auf einem Hügel, der die Stadt überragte und ganzen Familien die Möglichkeit zum Picknick bot. Als sie näher kam, verließ der Wächter seinen Posten und beobachtete überrascht, wie sie vorbeilief. Auf dem Gipfel angekommen, begann sie den Abstieg bis zur Universitätsklinik An-Najah, einem ultramodernen Gebäude, um das sie herumlief. Dabei kam sie an der Koranschule vorbei und gelangte dann auf einen neuen Höhenweg, der vor Kurzem am Abhang des Ebal-Berges angelegt worden war. Dann kam das Wasserreservoir in Sicht, das in der Ferne den Park überragte, und sie geriet auf einen Weg, der in einer Sackgasse endete.

Auf dem Gipfel zeigte ihr ein israelischer Wachtturm, der ein Militärgelände schützte, auf dem sich ein Antennenfeld befand, dass es besser war, nicht in diese Richtung weiterzulaufen. Sie war bereits fünfundvierzig Minuten unterwegs und blieb stehen. Das

Haus von Habib Marouane und der Berg Garizim lagen vor ihr. Zu ihren Füßen erstreckte sich die Stadt Nablus. Sie genoss einen Moment den Ausblick und beschloss umzukehren. Vorsichtig lief sie hinunter, um nicht auf dem Schotter auszurutschen. Trotz der frühen Stunde war es bereits heiß, und sie war schweißgebadet. Als sie es nicht mehr weit hatte, vibrierte ihr Telefon und zwang sie stehenzubleiben. Es war Fahrid.

Die Atemnot der jungen Frau überraschte ihn und ließ ihn zögern.

»Alles okay?«

»Ich bin gerade beim Joggen, was gibt's?«

»Du joggst?«, fragte er erstaunt. »Entschuldige bitte, es gibt einen Vorfall in der Stadt. Die Polizei erhielt einen Anruf wegen eines Engländers von einer NGO. Die Kollegen dachten, er wäre betrunken, aber er war wohl bekifft.«

»Was hat er gemacht?«

»Er wollte sein Zimmer aufräumen, indem er die Möbel aus dem Fenster warf, und hat sich dann auf die Leute in seiner Umgebung gestürzt ...«

»Wie hast du das erfahren?«

»Ich hab Freunde im Kommissariat.«

»Ich treffe dich vor Ort.«

Sie machte sich an den Abstieg und dachte dabei ständig über den Anruf nach.

...

Mark Holland, ein großer Blonder mit lockigem Haar, war etwa zwanzig Jahre alt. Fahrid fand ihn niedergeschlagen und mit weit geöffneten Pupillen in seiner Zelle. Er zitterte und fror.

»Der ist ja voll bis obenhin«, sagte Maïssa, als sie ihn sah. »Was ist über ihn gekommen?«

»Ein Anfall von vorübergehendem Wahnsinn. Aber einer seiner Zimmernachbarn hat den Polizisten gesagt, dass er Drogen genommen hat. Soll ich das übernehmen? Ich denke, wir müssen ihm Angst einjagen, wenn wir zu einem schnellen Ergebnis kommen wollen, bevor sich seine Botschaft einschaltet.«

Die Polizistin sah ihn mit einem leichten Lächeln an. Eine solche Kühnheit war bei einem Anfänger überraschend. Sie waren weit entfernt von den Vorstellungen über das Berufsethos und die Respektierung der Menschenrechte, wie sie von Frankreich oder von den Vereinten Nationen verbreitet wurden. Sie zögerte einen Augenblick. Die Idee ihres Kollegen entsprach nicht ihren Prinzipien, war aber stärker als sie.

»Leg los. Ich überlass ihn dir.«

Fahrid hatte nur darauf gewartet. Er wandte sich an die beiden Wächter:

»Steckt ihn in die Gemeinschaftszelle. Ich hole ihn in einer Stunde ab.«

Kaum hatte er seinen Satz beendet, gingen die beiden Polizisten in die Zelle, schnappten sich Mark und stopften ihn in einen anderen Raum mit einigen abgemagerten und zerlumpten Palästinensern. Obdachlose und Geisteskranke, die in der Nacht aufgegriffen worden waren, weil sie kleine Diebstähle begangen hatten oder, um sie vorübergehend in Gewahrsam zu nehmen.

•••

Als der Engländer in den Raum trat, in dem Fahrid und ein örtlicher Polizist, der aussah wie ein Folterknecht, ihn erwarteten, war er reif. Man bat ihn nicht, sich zu setzen. Seine romantische Vision von Palästina und dessen Bewohnern hatte sich verflüchtigt, und es dauerte nicht lange, bis er in Tränen ausbrach.

»Heb dir deine Tränen fürs Gefängnis auf«, knurrte das Monster und näherte sich ihm fast hautnah.

Der Leutnant hatte es sich bequem gemacht und beide Füße auf den Schreibtisch gelegt. Er beobachte die Szene und sein entsetztes Opfer. Er stellte ihm eine Reihe von Fragen, die sich auf seine Identität und seine Anwesenheit in den Autonomiegebieten bezogen. Der junge Mann begleitete jede seiner Antworten mit Tränen und einem respektvollen »Sir«. Sie hatten ihn da, wo sie ihn haben wollten. Der Polizist erklärte ihm die Lage:

»Entweder du sagst die Wahrheit, und wir lassen dich laufen, damit du ins nächste Flugzeug steigen kannst. Oder wir stecken dich für mehrere Jahre ins Loch und finden ein Mittel, um zu verbreiten, dass du Leute verraten hast. Kannst du dir dein Leben vorstellen? Wir sind hier nicht in Europa. Du wirst einiges einstecken müssen.«

Der Gehilfe nutzte die Gelegenheit, um den jungen Mann ins Wanken zu bringen und mit der Schulter an die Wand zu stoßen. Mark knallte mit dem Kopf dagegen, entsetzt … Das Ergebnis ließ nicht lange auf sich warten, er leistete keinen Widerstand mehr. Nach weniger als einer Stunde hatte der Ermittler einen ausreichenden Überblick über die Geschichte. Er entließ sein Opfer und schickte es ins Gefängnis zurück. Maïssa wartete ungeduldig darauf zu erfahren, was dabei herausgekommen war.

»Er leugnet alles«, sagte der junge Polizist niedergeschlagen. »Wir werden nichts aus ihm rauskriegen.«

Sie richtete sich auf und zuckte mit den Schultern.

»Ist das dein Ernst?«

Er setzte ein unschuldiges Lächeln auf, das sich in einen Anklang von Freude verwandelte und schließlich das ganze Gesicht überzog.

»Aber nein, ich wollte dich nur ein wenig foppen.«

Sie hob die Augen, scheinbar verärgert, aber vor allem beruhigt.

»Pfff … Du treibst es zu weit. Erzähl!«

Mark war Student und im Rahmen eines Praktikums nach Palästina gekommen. Er gab Englischkurse für Jugendliche in den Flüchtlingslagern Balata und Askar. Er hatte die Drogen von einem seiner Schüler bekommen. Der Stoff war in seiner NGO im Umlauf, und er war nicht der Einzige, der die Droge nahm. Er hatte seinen Lieferanten genannt, einen Jungen namens Mohamed Anabtawi. Fahrid hatte bereits Erkundigungen über den Verdächtigen eingeholt und ihn im Lager Balata lokalisiert. Der Typ hatte bis dahin noch nie reden von sich gemacht. Er kam aus einer unauffälligen und sehr religiösen Familie.

»Interessant.«

»Nicht wahr!«

Sie lächelte ihn an. Der junge Mann war aufgeweckt und motiviert … Sie wollte ihm gern vertrauen, auch wenn sie in dieser Hinsicht einige Befürchtungen hatte.

Was sie selbst betraf, so hatte sie auch nicht Däumchen gedreht. Sie war in die Archive des Kommissariats eingetaucht und hatte festgestellt, dass es in letzter Zeit verstärkt Probleme gegeben hatte, für die Ausländer verantwortlich waren. Gewöhnlich beklagten sich die Einwohner, dass die Westler dazu tendierten, sich wie in einem eroberten Land aufzuführen. Sie tranken ganz offen Alkohol, den sie bei den Samaritanern oder anderswo gekauft hatten, und das erregte Anstoß. Doch in letzter Zeit hatten die Vorfälle zugenommen und extreme Ausmaße angenommen. Maïssa hatte einen Fall mit Sachbeschädigungen gefunden, einen anderen mit einem Iren, der nackt durch die Straßen spazierte, und einen letzten, bei dem es um einen Streit ging, der eskaliert war … Sie waren alle ausgewiesen worden und hatten das Land verlassen.

»Und du glaubst, dass das mit dem Drogenkonsum zusammenhängen könnte?«

»Warum nicht? Man muss dem nachgehen.«

»Ich habe den Leiter der NGO kontaktiert, in der Mark gearbeitet hat. Er wird keine Klage erheben und will ihn am Abend abholen, sobald der Lieferant verhaftet ist.«

»Vielleicht weiß er etwas …«

•••

Die beiden Polizisten nahmen ihren Wagen, während sich vier von Oussamas Polizisten in einen nagelneuen 4x4 Geländewagen setzten, Richtung Balata. Fahrid war ganz entspannt.

»Das wird keine große Sache werden. Er ist ein junger Bursche. Noch keine zwanzig. Diese Kraftentfaltung ist ziemlich unnütz.«

Sie parkten am Rand des Lagers, bei einer Autowerkstatt in der Al Quds Street, und gingen zu Fuß weiter. Einer von Oussamas Leuten ging der Gruppe voran, gefolgt von Maïssa und Fahrid. Zwei weitere deckten den Rückenbereich, der Vierte war bei den Fahrzeugen geblieben.

Sie kamen in eine enge Gasse und waren gezwungen, hintereinander zu gehen. Ihnen blieb kaum die Zeit, die bewaffnete Silhouette zu bemerken, die vor ihnen auftauchte und »*Allahu Akbar*« schrie. Das trockene Rattern einer Kalaschnikowsalve streckte den ersten Angreifer nieder. Fahrid warf sich auf Maïssa, riss sie zu Boden und bedeckte sie mit seinem Körper. Mehrere Kugeln flogen über ihre Köpfe und prallten von den Mauern ab. Gefangen zwischen ihrem Angreifer und dem Feuer der Polizisten, die ihnen folgten, blieben sie einige Sekunden so liegen. Nach einem langen Feuerstoß verschwand der Mann. Fahrid sprang blitzschnell auf. Er schnappte sich die Kalaschnikow des getroffenen Polizisten und nahm die Verfolgung des Schützen auf. Im Laufen setzte er ein neues Magazin ein. Maïssa richtete sich ebenfalls auf und warf einen Blick auf das Opfer. Man konnte nichts mehr für ihn tun. Eine der Kugeln hatte ihm die halbe Schädeldecke weggerissen.

»Bleib da stehen!«, rief sie einem der beiden Polizisten zu.

Am Ende der Gasse angekommen, drückte Fahrid sich an eine Mauer und entging so gerade noch einem Feuerstoß, dessen Kugeln neben ihm einschlugen und Zement- und Steinsplitter durch die Luft fliegen ließen. Danach verschwand der Schütze. Er hatte etwa zehn Meter Vorsprung.

Maïssa hörte einen Ruf.

»Stehen bleiben!«

Ein weiterer Feuerstoß erklang in dem Moment, in dem sie hinter Fahrid auftauchte. Ihr Kollege stand aufrecht mit dem Maschinengewehr in der Hand. Ihr Angreifer hatte seine Kalaschnikow fallenlassen. Sie sah, wie er in die Knie ging und mit dem Gesicht auf den Boden fiel.

Fahrid bewegte sich nicht, den Finger am Abzug verkrampft, verstört.

»Alles gut«, sagte sie, trat näher an ihn heran und griff nach seinem Arm. Er senkte langsam seine Waffe.

»Ja, alles gut.«

Der andere Polizist war bereits bei dem Schützen. Er drehte sich zu den Offizieren um.

»Das ist Mohamed Anabtawi. Er ist tot.«

Und er fügte hinzu:

»Seine Waffe ist leer, er hatte kein Magazin mehr.«

Fahrid erbleichte.

»Das ist nicht dein Fehler, du konntest das nicht wissen.«

»Er war noch ein Kind.«

»Er war ein Killer.«

•••

Oussama brauchte nicht lange, um zusätzliche Maßnahmen zu ergreifen. Bei seiner Ankunft umgab eine dichte Menge die Polizisten, und es herrschte eine angespannte Stimmung. Um die Menge zu beruhigen, verließen Maïssa und Fahrid den Ort so bald wie möglich, doch nur dank der Ankunft von Jihad Awdeh kehrte wieder Ruhe ein.

Die beiden jungen Polizisten trafen sich am Abend im Büro des Abteilungsleiters wieder.

»Ein verdammter Schlamassel«, knurrte der Oberst und warf Maïssa einen bedeutungsschweren Blick zu.

Sie lächelte schwach, antwortete jedoch mit sicherer Stimme:

»Nein, wir haben keine Schuld. Er ist gewarnt worden und hat uns erwartet.«

»Ich weiß«, versetzte der Oberst. »Seine Eltern sagen, dass er einen Anruf bekommen hat und zwei Minuten später mit seiner Waffe fortgegangen ist. Man hat recht, wenn man all diese Durchgeknallten entwaffnen will. Man sieht ja, wohin das mit all den Waffen führt …«

»Hast du rausgekriegt, wer angerufen hat?«

»Das war eine Nummer aus Jordanien, aber der Anruf kam aus der Stadtmitte von Nablus. Unmöglich zu identifizieren. Sie benutzen oft Prepaid-Karten und ausländische Handys, damit sie von den Juden nicht aufgespürt werden können.«

Fahrid sagte nichts. Oussama fuhr fort:

»Ihr müsst nach Ramallah zurück. Gebt die Sache auf. Ihr braucht euch nicht auf so eine Sache zu versteifen. Ich habe den Engländer entlassen. Es würde nichts bringen, ihn festzuhalten.«

Angesichts der Unschlüssigkeit der beiden jungen Polizisten ergriff er schließlich wieder das Wort:

»Zumindest du, Fahrid. Ich möchte, dass du einige Tage fortgehst. Das ist ein Befehl. Ich werde mit deinem Vorgesetzten sprechen. Ich will nicht, dass du morgen bei der Beerdigung da bist, und auch nicht in der Trauerwoche.«

Der Leutnant wirkte wie vor den Kopf geschlagen, sein Blick

verlor sich in den Bodenfliesen des Büros. Er antwortete mit zugeschnürter Kehle:

»Ich verstehe, Sie haben recht, ich werde fortgehen.«

»Einer meiner Männer fährt dich nach Hause.«

Kaum hatte er seinen Satz zu Ende gesprochen, griff er nach dem Telefon, traf die notwendigen Vorkehrungen und sah dann auf, um Fahrid zu signalisieren, dass der Wagen auf ihn wartete. Maïssa blieb die ganze Zeit stumm und begleitete ihren Kollegen in den Hof des Kommissariats.

»Wird's gehen?«

»Ja, mach dir keine Sorgen! Oussama hat recht, es ist besser so. Und ich muss die Ereignisse erst mal verdauen.«

Sie sah ihn an und suchte nach Worten.

»Du hast dir nichts vorzuwerfen. Er wollte einen Polizisten umbringen und hat dir keine Chance gelassen … Und dann möchte ich dir noch etwas sagen … Danke! Du hast mir das Leben gerettet. Wenn du nicht so reagiert hättest, wie du es getan hast, wäre ich jetzt tot.«

Er antwortete ihr mit einem schwachen Lächeln und verschwand in dem Wagen, der ihn zurückfahren sollte.

Nach einem kleinen Winken ging sie ins Büro des Obersts zurück. Er wirkte verärgert.

»Dieser Kerl gefällt mir nicht!«

Sie runzelte überrascht die Stirn.

»Warum sagst du das?«

»Du bist doch nicht blöd, du weißt doch genau, dass sein Chef ihn dir mitgegeben hat, damit er dich ausspioniert.«

»Ja, das habe ich auch gedacht.«

»Ich glaube, es ist noch schlimmer. Er hat uns verraten. Ich habe mich nach seinem Umfeld erkundigt. Seine Eltern sind überzeugte Islamisten. Ich wäre nicht überrascht, wenn er auf der anderen Seite steht.«

Sie wurde blass. Der Oberst kam zum Kern der Sache:

»Denk mal nach. Es gab nicht viele Leute, die über eure Untersuchung Bescheid wussten. Er kann den Jungen gewarnt haben, und statt ihm zu sagen, dass er abhauen soll, hat er ihn angestachelt, sich in den Hinterhalt zu legen und sich umlegen zu lassen.«

Sie hörte zu und ließ die Schießerei vor ihrem inneren Auge vorüberziehen. Die Schnelligkeit, mit der Fahrid gehandelt hatte, hatte sie überrascht. Als ob er auf etwas gefasst gewesen wäre. Das bestätigte Oussamas Überlegung. Der Oberst fuhr fort:

»Als er sah, dass der Junge sich ergeben wollte, musste er ihn töten, um zu verhindern, dass er aussagte.«

Maïssa konnte es nicht fassen.

»Das ist verrückt. Du meinst, man hat den Jungen manipuliert, um ihn zu beseitigen?«

»Mich wundert nichts mehr, meine Liebe. In meinem Alter und mit meiner Vergangenheit weiß ich sehr wohl, dass Fanatiker, wenn sie an eine Sache glauben, bereit sind, alle Sauereien zu rechtfertigen.«

35

Jihad Awdeh nahm eine weitere Portion Knafeh, die er genüsslich in den Mund schob, und sah den Nablusser Leiter der Gruppe Ezzedine Al Qassam glücklich lächelnd an.

»Die Knafeh, die im Hause Arafat hergestellt wird, ist wirklich die Beste. Schade, dass sie denselben Namen trägt wie dieser elende korrupte Wicht, der uns so sehr geschadet hat. Das vermiest einem ein wenig den Genuss ... aber ich bedanke mich für diese köstliche Aufmerksamkeit.«

Ali Abu Ahmad lächelte seinerseits, leckte sich die mit Zuckersirup verklebten Finger und griff nach seiner Tasse.

Nachdem er einen Schluck heißen Kaffee getrunken hatte, fand der Vertreter der Hamas, dass es an der Zeit war, von wichtigen Dingen zu sprechen.

»Ich habe dich seit deiner heldenhaften Aktion gegen die Invasoren nicht mehr gesehen. Der Anschlag auf die jüdische Kolonne war ein reines Wunder. Ich beglückwünsche dich dazu ... Das hat uns in die Medien gebracht, und wir haben keinen Kämpfer verloren.«

Er hielt einen Moment inne, um Abu Ahmad die Zeit zu geben, das Kompliment zu genießen und ihm bescheiden zuzulächeln.

»Ich sehe sehr wohl deine verstimmte Miene, mein Bruder. Ich weiß, dass du nicht gern sinnlos junge Männer verlierst. Mir gefällt das auch nicht, aber das Opfer dieses neuen Märtyrers ist nicht vergeblich. Selbst mit der Hilfe Gottes, ich bin mir nicht sicher, ob er nicht doch geredet hätte. Ohne unseren Informanten wäre der Junge verhaftet worden und hätte uns in Gefahr gebracht.«

»Du hast recht. Doch sein Tod verlangt Rache. Die Tochter dieses gottlosen Kommunisten ist am gefährlichsten …«

Als glühender Anhänger der Religion und Theoretiker der Hamas lag der Kampf für Jihad Awdeh auf einer anderen Ebene als für die »Kleingeister« der PLO, die ihre Hoffnungen nur auf die Schaffung eines palästinensischen Scheinstaates setzten, sei er von den Juden auch noch so eng zugeschnitten. Er hatte viel höhere und vor allem viel fernere Ziele, die über sein eigenes Leben hinausgingen und deren Realisierung er nicht mehr erleben würde. An die Existenz eines palästinensischen Volkes zu glauben, indem man es auf Grenzen reduzieren wollte, bedeutete, zu resignieren und das westliche Diktat zu akzeptieren, das aus dem Sykes-Picot-Abkommen von 1916 hervorging, das zur Gründung verschiedener arabischer Staaten geführt hatte. Für den religiösen Eiferer war der Islam der einzige Zement der Völker in der Region. Aus pragmatischen Gründen war er zwar zu Zugeständnissen wie etwa »Waffenstillstandspausen« mit den Gottesfeinden bereit. Aber all das diente nur dazu, Kräfte zu sammeln und eines Tages die Schaffung eines Großkalifats zu verwirklichen, welches alle arabischen Moslems vereinen würde. Er sah seinen Gefolgsmann freundlich an.

»Man muss Geduld haben. Gott und die Zeit sind auf unserer Seite. Glaub mir. Sag mir lieber, wie es mit unseren Übereinkünften mit denen von oben steht und wie unsere Geschäfte laufen.«

Abu Ahmad verstand, dass er vom Dorf der Samaritaner sprach.

»Es ist uns gelungen, die Transportwege zu diversifizieren. Wir beschränken uns nicht mehr nur auf Seife.«

Neugierig bat Jihad ihn, weiterzusprechen.

»Es gibt in der Stadt eine Fabrik, die Betonplatten herstellt. Die verkaufen sich ganz gut in Europa. Die Firma exportiert regelmäßig Container in den Hafen von Marseille. Einer unserer Brüder arbeitet in diesem Unternehmen. Er kann uns helfen, die Ware in den Platten zu verstecken. Er hat es mir gezeigt. Das funktioniert.«

»Ausgezeichnet!«, sagte der Gläubige bewundernd, wobei er sich sagte, dass es gut war, mehrere Eisen im Feuer zu haben.

Er zeigte sich begeistert und sagte seinem Handlanger, dass er bald eine neue Bestellung auf den Weg bringen müsste. Dann ging er zu einem anderen Thema über, das ihn beschäftigte. Auch hier konnte Ali Abu Ahmad ihn zufriedenstellen:

»Mit den Geldüberweisungen ist alles in Ordnung. Ich kümmere mich darum. Ich glaube, dass wir dank unserer Kontakte in Jerusalem einen sicheren Weg gefunden haben. Das könnten wir uns nicht besser erträumen. Ich möchte jetzt nicht mit dir darüber sprechen, ich warte lieber, bis alles unter Dach und Fach ist. Mach dir keine Sorgen, du bist der Erste, der es erfährt. Das Material und die Waffen sind teuer, und die Informationen auch. Wir profitieren von der Geldgier der Leute an der Macht. Aber vorerst müssen wir noch ihre Dienste in Anspruch nehmen, und unsere Ressourcen sind nicht unbegrenzt.«

Awdeh intervenierte mir seiner sanften Stimme und bösartig funkelnden Augen:

»Sie werden eines Tages mit ihrem Blut für das bezahlen, was sie heute von uns verlangen. Wenn wir sie nicht mehr brauchen, werden wir dieses Ungeziefer vernichten, wie wir es in Gaza gemacht haben.«

»Bis dahin sind sie aber nützlich. Dank dieser Informanten können wir in aller Ruhe unsere Aktionen durchführen.«

»Das stimmt«, räumte er ein und unterstrich seine Worte mit einem Nicken.

•••

Am späten Nachmittag, nachdem sie mit dem Leiter von Mark Hollands NGO gesprochen hatte, spürte Maïssa allmählich, wie erschöpft sie war. Sie stand noch immer unter dem Schock der Ereignisse in Balata.

Zum ersten Mal in ihrem Leben war sie nur knapp dem Tod entgangen. Doch was sie vielleicht noch mehr erschütterte, war ihr Gespräch mit Oussama und die Ungewissheit, was Fahrid betraf. Sie musste auf andere Gedanken kommen und beschloss daher, auszugehen, Freunde zu treffen, das Leben um sich herum zu spüren und sich unter die Leute zu mischen. Mit ihren doppelten Wurzeln neigte sie manchmal dazu, die Palästinenser zu verurteilen, statt sich mit ihnen zu identifizieren, was sie sich in Phasen der inneren Einkehr oft vorwarf. Sie verließ das Kommissariat zu Fuß und ging Richtung Altstadt. Sie kam am Geschäftszentrum und einem Kino vorbei und schlenderte weiter durch die kleinen Straßen der Altstadt.

Obwohl sich der Tag dem Ende zuneigte, war der Basar noch belebt. Die Tatsache, dass Nablus kein Touristenziel war, blieb nicht ohne Auswirkungen auf den Handel: keine Souvenirs, kaum Kunsthandwerk, vor allem Nützliches, wobei es eine große Zahl von chinesischen Produkten gab, deren Qualität ebenso gering war wie der Preis. Die Verkaufsstände, drei oder vier Quadratmeter große Nischen, waren zu den langen engen Gassen hin geöffnet und ohne jede Geschäftslogik aneinandergereiht. Der Fischhändler befand sich neben einem Stand mit Klamotten oder Elektroartikeln, daneben gab es Süßigkeiten und auch einen Geflügelhändler, dessen Kästen mit lebenden Hühnern aufeinandergestapelt waren und einen ekelhaften Gestank verbreiteten.

Ihr Weg führte sie zum Hamam Al-Chifa, einem historischen Gebäude, das 1624 errichtet worden war und dessen Hauptzweck sich nie geändert hatte.

Das Schild wies darauf hin, dass dieser Mittwoch für Frauen

reserviert war, und sie hatte plötzlich Lust, hineinzugehen. Sie zog ihr Handy heraus und rief ihre Schwester an. Rimas heitere Stimme antwortete fast sofort.

»Wie geht's, Schwesterchen?«

»Nicht besonders gut. Ich hätte Lust, in ein öffentliches Bad zu gehen. Willst du nicht mitkommen?«

»In meinem Zustand? Ich weiß nicht, ob das gut ist. Aber warum nicht? Ich werde die Massage überspringen. Ich habe bis eben einen Kurs im französischen Kulturinstitut gegeben und komme also von dort. In zehn Minuten kann ich bei dir sein.«

Maïssa brauchte nicht lange zu warten, bis ihre Schwester kam. Entzückt, sich zu sehen, umarmten sie sich ausgiebig und betraten den Hamam, wo sie von einer Frau begrüßt wurden, die ebenso korpulent wie freundlich war und jeder von ihnen zwei Handtücher reichte. Nachdem sie die Umkleidekabinen verlassen hatten, durchquerten sie einen Gemeinschaftsraum, in dem mehrere halbnackte, in weiße Lendenschurze gehüllte Frauen plauderten und Tee schlürften. Dann kamen sie durch einen Raum, der für Massagen und Körperwäsche vorgesehen war, und traten schließlich in eine der feuchten Nischen, in denen sich Dampfbäder befanden. Sie waren allein und streckten sich auf einer Marmorbank aus. Die sanfte Hitze war nicht unangenehm, und sie konnten sich in Ruhe unterhalten, während sie auf die ersten Schweißtropfen warteten.

»Nun, Schwesterherz, wie ist es dir ergangen?«

Maïssa erzählte ihr von den Ereignissen des Tages. Und je mehr sie sprach, umso mehr erbleichte Rima, als ob die Temperatur des Raumes keine Wirkung mehr auf sie hätte. Als ihre Schwester schwieg, richtete sie sich auf und sah sie an:

»Diese ganze Geschichte ist ja völlig verrückt. Du bist wahnsinnig! Willst du dich umbringen lassen oder was?«

Maïssa lächelte bitter.

»Sag mir nicht so was, unterstütz mich lieber.«

Rima sprach etwas lauter und streckte sich wieder auf der Bank aus.

»Hm, ich weiß ja, dass du immer von so etwas geträumt hast, wenn du Krimis und Fernsehserien gesehen hast, und dass Vater, Oussama und Habib deine Helden sind, aber das hier ist das wirkliche Leben.«

Sie hielt einen Moment inne, als ob sie ihrer Schwester Zeit lassen wollte, zu verdauen, was sie ihr gesagt hatte, und sprach dann leiser weiter. Sie rückte näher an Maïssa heran und schob eine Hand in ihr Haar.

»Du machst mir Angst, aber ich bin stolz auf dich. Ich wäre gern wie du, aber ich habe nicht den Mut dazu. Natürlich unterstütze ich dich, doch du musst mir versprechen, auf dich aufzupassen.«

Maïssa richtete sich ihrerseits auf. Rima umarmte sie und versprach ihr, sich nach Fahrid zu erkundigen. Nablus war zwar die zweitgrößte Stadt des Westjordanlands, aber dort herrschte eine Stimmung wie in einem Dorf, in dem jeder jeden kannte. Sie würde leicht herausfinden, was es mit der Familie eines Polizisten auf sich hatte.

»Maïssa, ich weiß, was du von den Gläubigen hältst. Papa und du, ihr müsst euch beruhigen! Man kann religiös UND tolerant UND gemäßigt sein ... An Gott zu glauben, ist nicht der erste Schritt zum Djihad ... Mir scheint, ihr habt eine überholte Sicht der Religion. Lass dir nicht den Kopf verdrehen von all diesen alten Kommunisten, die unsere Jugend geprägt haben. Mein Mann und seine Familie sind geistig viel offener als andere Leute, die behaupten, laizistisch zu sein.«

Maïssa antwortete ihr mit einem Lächeln. Sie hatte nicht damit gerechnet, dass ihre Schwester auf dieses Thema zu sprechen kommen würde und war nicht in der Stimmung, ihr etwas zu erwidern. Zumal sie vielleicht nicht ganz unrecht hat, dachte sie. Sie stellte ihr lieber eine andere Frage:

»Hast du Mark Holland, den Engländer, den wir verhaftet haben, gekannt?«

»Vielleicht. Der Name sagt mir nichts, aber die NGO ›Bildung für alle‹ hat ihren Sitz in der Nähe des Kulturzentrums, und wir haben gute Beziehungen zu ihnen. Ihr Leiter ist ein sympathischer Typ. Ich kann mich erkundigen, wenn du willst. Ich werde noch zu deiner Hilfskraft«, schloss sie mit einem ansteckenden Lachen.

»Zusammen wären wir unschlagbar! Oh ja, erkundige dich bitte bei ihm, das wird mir sicher weiterhelfen.«

Sie trieften vor Schweiß und flüchteten in den Raum, der für die Körperpflege bestimmt war. Sie beschlossen, auf die Dienste einer Masseurin zu verzichten, seiften sich im Stehen kräftig gegenseitig ein und kamen dann zu den Haaren. Zum Schluss spülten sie sich mit einem Eimer kaltem Wasser ab. Als sie fertig waren, schlossen sie sich den Frauen an, die noch immer im Ruheraum saßen. Rimas Bauch tat seine Wirkung, und sie wurden gezwungen, an einem Gespräch über Kinder und Familie teilzunehmen … Ein Thema, zu dem Maïssa nur wenig beizutragen hatte und bei dem sie sich aufs Zuhören beschränkte.

Zurück im Kommissariat, wo sie hinging, um ihren Wagen zu holen, bemerkte sie, dass ihr ein Anruf von Habib Marouane entgangen war. Sie beschloss, zurückzurufen.

Der Geschäftsmann antwortete sofort, ohne ihr Gelegenheit zu geben, ein Wort zu sagen.

»Maïssa, *Habibi*. Ich habe gehört, was in Balata passiert ist. Ich bin vor Sorgen gestorben. Komm in mein Haus und erzähle uns davon.«

»Es ist vorbei, macht euch keine Sorgen. Mir geht es gut.«

»Keine Diskussion. Ich will mit dir sprechen.«

Bei so viel Beharrlichkeit gelang es ihr nicht, eine Einladung abzulehnen, die sie jedoch nicht als Befehl verstehen wollte, und schließlich fuhr sie in Richtung der Anhöhen vor der Stadt. Wie üblich erwartete der Hausherr sie auf seiner Terrasse. Er stürzte auf sie zu, noch bevor sie die Zeit hatte, ihren Wagen abzustellen. Habibs Gesicht spiegelte seine Sorge wider. Er warf sich vor, dass er sich für ihre Rückkehr nach Nablus eingesetzt hatte.

»Wie geht es dir? Ich habe mir schreckliche Sorgen gemacht …«

Die Hausherrin, die in einem ähnlichen Zustand war, kam ihrerseits herbeigelaufen. Sie umarmten sich, und alle drei blieben eine lange Weile eng umschlungen stehen. Diese übermäßig bekundete Zuneigung stärkte die junge Frau. Sie gehörte zu ihrer orientalischen Kultur, und sie wies sie nicht zurück. Ihre Augen bekamen einen feuchten Schimmer.

»Gehen wir rein«, sagte Habib nüchtern und zog die beiden Frauen hinter sich her.

Auf die Gefühlsausbrüche folgte eine Pause, die Maïssa als Erste unterbrach. Sie wischte mit dem Finger eine letzte Träne beiseite. Sie liebte die Marouanes, die ein Teil ihrer Familie waren. Doch sie wollte sich nicht beeinflussen lassen. Mit entschlossener Stimme wandte sie sich zunächst an das Paar, dann direkt an Habib, und gewann im Laufe ihrer Ausführungen immer mehr an Sicherheit.

»Ich bin froh, dass ich hier bin. Ich möchte meine Arbeit machen, und ich bitte euch, mich nicht davon abzubringen, sondern mir vielmehr zu helfen. Wenn ich jetzt fortgehen würde, wäre das eine Niederlage.«

Der Siebzigjährige lächelte. Er vergötterte sie.

»Ich respektiere dein Engagement, aber ich bin der Freund deines Vaters … Ich will mich nicht gegen ihn wenden. Wenn er dafür ist, dass du hierbleibst, tue ich alles, um dir zu helfen. Doch wenn er es anders will, musst du zurückgehen.«

Maïssa verzog das Gesicht.

»Ich verstehe dich. Ich werde meine Eltern anrufen und das mit ihnen regeln. Ich denke, Papa wird mir zustimmen.«

Sie berichtete weiter detailliert von ihrem Tag und kam am Schluss auf Fahrid zu sprechen.

Habib lächelte, als er ihr zuhörte. Sobald er erfahren hatte, dass sein Schützling einen Begleiter bekommen sollte, hatte er sein Netzwerk in Gang gesetzt. Das Ergebnis seiner kleinen Nachforschung war positiv. Fahrids Eltern waren ehrbare Leute und glühende Anhänger der Religion, was sie aber nicht daran hinderte, offen zu sein. Sein Großvater und sein Vater waren Ärzte.

»Gute Ärzte!«, betonte Habib.

Sie hatten viele Leute in der Stadt behandelt, und eine große Zahl davon war ihnen zu Dank verpflichtet. Die Mitglieder dieser geachteten Familie genossen alle einen guten Ruf. Einer von Fahrids Brüdern hatte im Rahmen des Widerstands an gewaltsamen Aktionen teilgenommen, aber das war schon fünfzehn Jahre her, und Habib machte ihm das nicht zum Vorwurf.

»Heute machen diese Leute keine Politik mehr.«

Als Maïssa die Marouanes verließ, um bei ihrer Schwester zu übernachten, fühlte sie sich besser, zumal sie durch einen Anruf bei ihren Eltern die Unterstützung ihres Vaters für ihr Abenteuer bekommen hatte. Allerdings nicht ohne Vorbehalte von Seiten des Familienoberhaupts. Sie wusste, dass das väterliche Vertrauen ihr von vornherein sicher war, aber es war für einen Vater leichter, militante Theorien zu vertreten, wenn diese nicht das Leben seiner Tochter aufs Spiel setzten. Als sie bei Rima ankam, saß diese mit ihrem Mann vor dem Fernseher.

»Komm zu uns!«, rief ihre Schwester. »Ich habe Neuigkeiten für dich.«

Rima hatte sich tatsächlich in eine Detektivin verwandelt und gut gearbeitet. Die Informationen über Fahrid deckten sich mit denen von Habib Marouane. Bilal, Rimas Mann, hatte auch noch etwas zu sagen:

»Ich kenne ihn ein bisschen. Du hast nichts zu befürchten. Er ist Polizist aus Idealismus für sein Land. Er kämpft für Bildung. Man hat ihm einen gut bezahlten Job in einer internationalen Organisation angeboten. Er hat ihn abgelehnt, um zur Polizei zu gehen. Das hat er bestimmt nicht gemacht, um dann zum Verräter zu werden.«

Die so eingeholten Informationen waren wie Balsam für das Herz der Polizistin. Trotzdem amüsierte sie sich über ihre Analyse.

Aufgrund ihrer Zugehörigkeit zu zwei Kulturkreisen ärgerte sie sich über die örtliche Angewohnheit, jemanden nach seiner Familie und deren Vergangenheit zu beurteilen, als ob alle Handlungen eines Menschen im Licht seiner Abstammung vorausgesagt werden könnten und durch sie bedingt seien. Und dennoch war ihr Wunsch, etwas Positives zu hören, so stark gewesen, dass sie bereit war, dem zu vertrauen, was sie erfahren hatte.

»Und was die NGO betrifft«, fuhr Rima fort. »Es stimmt, dass dort Rauschmittel im Umlauf waren. Der Junge, den ihr erschossen habt, hat dort Kurse besucht. Er hat sich einen Ruf als Kleindealer erworben, indem er zunächst etwas Gras und dann andere Sachen lieferte. Es sind sicher die Drogen, die die Anfälle von Wahnsinn ausgelöst haben, die man bei einigen Jugendlichen beobachten konnte. Sein Englischlehrer war Mark Holland.«

36

Als Gabin endlich im Flugzeug saß, entspannte er sich. Er hatte einen Fensterplatz und würde nicht gestört werden. Auch wenn Reisen ihm meistens Angst machten, war er nicht unzufrieden, Nizza eine Weile zu verlassen und die Umgebung zu wechseln. Andere Leute zu treffen, würde ihm gut tun. Die Verbindung Nizza – Tel Aviv war aufgrund einer großen Gemeinschaft von jüdischen Pieds Noirs, die an der Côte-d'Azur lebten, relativ begehrt. Zudem amüsierte er sich über das karikaturistische Aussehen einiger Passagiere. Was die Kleidung oder die Manieren betraf, war Diskretion nicht an der Tagesordnung. Viele unterhielten sich mit lauter Stimme und brachen in Gelächter aus. Hinter ihm saß eine Gruppe von drei Frauen, die pausenlos redeten und witzige Bemerkungen machten. Schließlich ging ihm das Spektakel um ihn herum auf die Nerven, und er beschloss, sich akustisch abzuschirmen, indem er seine Bose-Kopfhörer aufsetzte und die Augen schloss.

Als die Stimme einer Stewardess verkündete, dass die Landung bevorstand, verschwand das Mittelmeer, und die Landebahn kam in Sicht. Sie waren im Anflug. Die Sonne zeichnete sich vor einem blauen Himmel ab, und der Flugkapitän versprach eine angenehme Temperatur. Das konnte dem Polizisten nicht missfallen. Er nahm die Kopfhörer ab und stellte fest, dass sich nichts geändert hatte. Der Hühnerstall in seinem Rücken war immer noch laut am Gackern. Einige Passagiere hatten sogar zu singen begonnen. Die Landung war Anlass für einen verhaltenen Beifall, und das erste Telefonklingeln, begleitet von lautem Stimmengewirr, ließ nicht lange auf sich warten. Die Maschine war noch weit von ihrer Parkposition entfernt, als einige bereits von den Sitzen aufsprangen, die Gepäckablagen aufrissen und ihre Sachen herauszerrten. »Musste ich erst so viele Juden auf einem Haufen sehen, um zu bemerken, wie zurückhaltend die Leute in Nizza sind!«, amüsierte Gabin sich innerlich.

Sein Handgepäck fest im Griff, verließ er das Flugzeug und wurde von riesigen, endlosen Gängen verschluckt, inmitten einer buntscheckigen Menge, die aus bärtigen, schwarz gekleideten orthodoxen Juden, schreienden Mittelmeeranwohnern und Russisch sprechenden Blonden bestand. Er brauchte eine Weile, die ihm endlos erschien, bis er am Einreiseschalter ankam. Schluss mit lustig. Eine Beamtin mit undurchdringlichem Gesicht nahm sich seinen Dienstpass vor und untersuchte ihn mit beängstigender Gründlichkeit.

Mit ebenso argwöhnischer wie teilnahmsloser Stimme stellte sie ihm eine Reihe von Fragen zum Grund seines Aufenthalts und seiner Unterkunft.

»Ich möchte nach Israel und ins Westjordanland«, sagte Gabin.

Ihm wurde schlecht. Die Erwähnung der Autonomiegebiete hatte die Angestellte hellhörig gemacht, und der Polizist sah in den Augen des weiblichen Zerberus einen Anflug von Entsetzen. Sie befahl ihm, sich nicht von der Stelle zu rühren, griff entschlossen nach dem Telefon und stürzte sich in ein Gespräch auf Hebräisch, von dem er kein Wort verstand.

»Ich bin französischer Polizist und habe hier einen Auftrag zu erledigen«, versuchte er zu erklären.

Sie blieb ungerührt.

Die Zeit verging, er versuchte zu insistieren … und erhielt als Antwort nur ein genervtes »*one minute*«. Seine Geduld wurde auf eine harte Probe gestellt. Daher wühlte er in seinen Taschen, bis er endlich sein Handy fand und Thierry Dumont, den Polizeiattaché, der ihn erwarten sollte, anrief. Er antwortete beim ersten Klingeln, und Gabin war erleichtert.

»Wo bist du?«, fragte sein Gesprächspartner, ohne sich mit Begrüßungsfloskeln aufzuhalten.

Gabins Erklärungen hatten als ersten Effekt, dass Thierry in Gelächter ausbrach.

»Mach dir keine Sorgen, wir kommen dich abholen. Ich bin mit zwei israelischen Kollegen hier, die sich um dich kümmern werden.«

Diese Neuigkeit beruhigte den Reisenden. Geduld war nicht seine Stärke. Dieses Mal dauerte es nicht lange. Das Telefon am Schalter der Beamtin klingelte. Nach einigen Worten antwortete sie auf die fragenden Blicke des Polizisten, indem sie ihm seinen Pass und einen blauen Zettel mit seinem Einreisedatum gab. Ohne den Nutzen des Dokuments wirklich zu verstehen, schnappte er sich das Papier, ging weiter und stand plötzlich vor dem Polizeiattaché Thierry Dumont, einem schmalen, hochgewachsenen Dunkelhaarigen mit jovialem Gesicht, den er in Versailles kennengelernt hatte.

»Hallo Gabin, wie geht es dir?«

Dieser seufzte erleichtert und lächelte erschöpft.

»Gut, aber ich hatte die Faxen langsam dicke.«

»*Welcome* in Israel, mein Lieber«, sagte Thierry und trat etwas beiseite, um ihm die beiden Männer vorzustellen, die bei ihm waren: »Guy und Dany. Sie sind während deines Aufenthalts deine *Babysitter*. Sie haben dir eben das Leben gerettet und es dir erspart, mehrere Stunden in der Kontrolle hängenzubleiben.«

Sie schüttelten sich herzlich die Hände, und der Besucher brachte alle zum Lachen, als er zu einer Begrüßungsformel auf Englisch ansetzte.

»Streng dich nicht an, sie sind französische Israelis. Dany ist sogar ein früherer Kollege.«

Während der Polizeiattaché sprach, richteten sich Gabins Augen auf Dany.

»Warst du nicht im 7. Jahrgang?«

»Ja klar! Wir waren im selben Jahrgang, ich erkenne dich wieder«, antwortete der Israeli.

»Die Welt ist klein«, bemerkte Guy ungerührt und verdrehte unauffällig die Augen.

»Kommt, wir gehen in Tel Aviv essen, ich lade euch ein«, sagte der Polizeiattaché und zog sie hinter sich her.

Als sie an einer Schranke ankamen, ließen sich die drei Ortsansässigen die Tür öffnen. Und Gabin schickte sich an, ihnen zu folgen. Aber Thierry hielt ihn zurück.

»Nein, die haben dir doch einen blauen Zettel gegeben, das ist dein Visum. Du musst dich registrieren, indem du ihn auf das Lesegerät legst. Das ist neu. Dadurch brauchen sie keine Stempel mehr in die Pässe zu hauen.«

Angesichts des Unverständnisses von Gabin, der den Zettel bereits weggesteckt hatte, fuhr er fort:

»Wenn du einen Stempel ›Israel‹ in deinem Pass hast, kriegst du in vielen Ländern Ärger. Das zwang die Leute dazu, zwei Pässe zu haben … Das war nicht besonders praktisch … und eigentlich verboten. Das ist ein ›fliegendes‹ Visum. Sieh zu, dass du es nicht verlierst.«

Eine Bemerkung, die den Reisenden noch mehr verunsicherte.

•••

Nachdem Gabin sein Gepäck abgeholt hatte, folgte er den drei Männern zu einem Dienstparkplatz, auf dem sie ihre Wagen abgestellt hatten.

»Wir folgen dir«, sagte Dany zum Polizeiattaché.

»Falls wir uns verlieren, ich habe einen Tisch für vier Personen im *Manta Ray* bestellt, am Ufer des Meeres.«

»Ausgezeichnet«, meinte Guy mit echtem Interesse. »Das ist ein gutes Restaurant!«

Als sie in Dumonts Wagen saßen, entspannte sich der Capitaine.

»Das ist ja eine tolle Ankunft hier!«

»Beklag dich nicht. Wenn du als Durchschnittsbesucher verkündest, dass du in die Autonomiegebiete willst, wirst du stundenlang festgehalten. Das mögen sie überhaupt nicht. Alle, die da hin wollen, sind für die israelischen Behörden, wenn auch nicht Feinde, so zumindest verdächtig. Und das geben sie ihnen deutlich zu verstehen. Beim Abflug ist es genauso, wenn nicht noch schlimmer. Sie stellen dir unendlich viele Fragen, und es kommt nicht gerade selten vor, dass die Leute sich bei der Kontrolle nackt ausziehen müssen. Das volle Programm.«

»Echt sympathisch!«

»Mach dir keine Sorgen, du wirst nicht so behandelt werden. Du bist bei den beiden in guten Händen …«

Der Flughafen erstreckte sich über mehrere Kilometer. Sie brauchten über zehn Minuten, um ihn hinter sich zu lassen und die Autobahn nach Tel Aviv zu erreichen. Der Verkehr wurde nach und nach immer stärker. Die Nacht war noch nicht hereingebrochen. Gabin öffnete das Fenster.

»Hast du schon gesehen? Wir haben super Wetter hier.«

»Ich komme aus Nizza«, bemerkte der Besucher … »Aber ich muss zugeben, dass es besser ist als bei uns. Wie lebt es sich hier?«

»Ich lebe hier mit meiner Frau. Uns geht es gut. Für die Israelis ist es nicht immer leicht. Das Leben ist teuer, die Diaspora lässt die Mieten steigen, es ist nicht einfach, eine Unterkunft zu finden.«

»Und die Sicherheit? In Frankreich hört man immer wieder von den Sorgen der israelischen Regierung, was die Situation in Syrien und im Iran betrifft … Und dann hat es die Invasion in

Gaza gegeben; den Krieg mit der Hamas, die Raketen, all das hat Schlagzeilen bei uns gemacht.«

»So reden die Politiker. Auf der Straße denkt man nicht daran. Was Syrien betrifft, so denke ich, alle wollen, dass Assad an der Macht bleibt, obwohl sie ihn im Prinzip kritisieren. Es hat nie Probleme mit ihm gegeben, und sie kennen ihn. Was den Iran angeht, so kann man sich kaum vorstellen, dass die Iraner eine Bombe über Israel abwerfen, die heiligen Stätten zerstören und viele Moslems töten … selbst wenn sie die Araber nicht besonders mögen.«

»Und die Autonomiegebiete?«

»Da wird es keine Lösung geben, selbst wenn manche an neue Verhandlungen unter der Leitung von Kerry glauben. Das Problem ist der Aufstieg der Hamas, und der Gazastreifen.«

»Das heißt?«, fragte Gabin, um seinen Gesprächspartner dazu zu bringen, weiterzusprechen.

»Der Gazastreifen ist ein Schandfleck für den hebräischen Staat und für die Palästinensische Autonomiebehörde. Die Hamas regiert auf ihre Weise. Eiserne Faust und Religion. Da gibt es nichts zu lachen. Verschleierte Frauen, kein Alkohol, selbst lange Haare und Hüftjeans werden von den örtlichen Sicherheitskräften verfolgt. Paradoxerweise beklagt sich die internationale Gemeinschaft ständig über sie, unterstützt sie aber doch … Das ärgert Israel zutiefst. Und die Hamas ist auch das Schreckgespenst der Palästinensischen Autonomiebehörde und von Mahmud Abbas. Sie haben Angst, dass sie gestürzt werden und dass die Hamas eines Tages die Macht ergreift …«

Tatsächlich interessierten die regionalen Probleme den Capitaine weniger, als er sich den Anschein gab. Deshalb lenkte er das Gespräch auf das einzige Thema, das ihn wirklich beschäftigte:

»Und was hat unser Fall mit all dem zu tun?«

Genervt von den ewigen Staus, machte Thierry eine ausweichende Handbewegung.

»Wenn die Juden und die Araber sich auch verabscheuen, so sind sie, wenn es darum geht, gemeinsam Dummheiten zu machen, darin besser als in der Politik. Es gibt durchaus mafiöse Gruppen … Ich habe einen Berg von aktuellen Akten, die sich mit den Verbindungen nach Frankreich beschäftigen. Was deine Geschichte betrifft, so habe ich kaum Details, sie scheint sich täglich weiterzuentwickeln. Wir werden im Restaurant darüber sprechen. Dass das Zeug, wenn es sich um synthetische Drogen handelt, von hier kommt, ist gut möglich. Es gibt riesige pharmazeutische Laboratorien. Sie sind übrigens darauf spezialisiert, Nachahmerpräparate zu produzieren. Warum nicht auch Drogen herstellen?«

Sie fuhren jetzt am Meer entlang. Thierry beendete seine Erklärungen und sprach von ihrer unmittelbaren Umgebung:

»Hier ist es ein bisschen so wie an der Promenade des Anglais. Da ist unsere Botschaft«, sagte er und deutete auf einen Betonklotz. »Ein Stück weiter liegt die amerikanische Botschaft. An dieser Avenue finden sich auch die größten Hotels der Stadt … Deines ist in der Parallelstraße, man hat dich im Isrotel untergebracht. Du wirst sehen, das ist nicht schlecht. Aber du bleibst nicht da. Morgen geht es für dich schon weiter nach Jerusalem, dort sitzt die Polizeidirektion.«

»Ein toller Arbeitsplatz, mit dem Sandstrand vor dem Büro …«

»Ja, schon, aber leider hat man mich ausquartiert, ich bin mehr im Süden der Stadt, in einem angemieteten Gebäude.«

Dann kamen sie an einer riesigen Grünfläche vorbei und Thierry bog ab, um auf einen Parkplatz zu fahren. Es wurde langsam dunkel, und einige Leute bereiteten ihre Grillroste vor. Gabin bemerkte verschleierte Frauen.

Sein Führer zeigte auf ein Restaurant am Strand.

»Wir sind da.«

Als er sah, dass Gabin interessiert die Umgebung musterte, in der sich jüdische und arabische Familien anschickten, gemeinsam den Abend zu verbringen, erklärte der Polizeiattaché ihm, dass Tel Aviv ruhig war und die beiden Gemeinschaften ohne sichtbare Konflikte zusammenlebten. Er zeigte mit dem Finger auf eine in der Ferne liegende Stadt, die auf einem Felsblock errichtet worden war, der das Meer überragte.

»Das ist Jaffa. Da kommen die meisten Araber her.«

Guy und Dany hatten neben ihnen geparkt und schlossen sich ihnen an.

•••

Das *Manta Ray* war ein angenehmes und gut besuchtes Lokal.

Sie bestellten Mezzen und gegrillten Fisch, dazu zwei Flaschen Schvao, einen einheimischen Weißwein … Als der Wein kam, schenkte Thierry seinen Gästen ein und sprach einen Toast:

»Auf den Erfolg eurer Untersuchung«, sagte er und hob sein Glas.

»Nicht schlecht, der Wein«, bemerkte Gabin, nachdem er ihn probiert hatte.

Guy konnte eine solche Bemerkung nicht unkommentiert stehen lassen.

»Nun ja, man versteht es nicht nur in Frankreich, guten Wein zu machen … Ihr brüstet euch auf der ganzen Welt mit der Qualität eures Weines, doch ein großer Teil der Geschichte des Weines hat sich hier abgespielt … im Nahen Osten und in Israel. Er war immer präsent in unserer Religion und in unserer Geschichte. Er wird oft erwähnt in der Haggada, in den Gesetzen und in den Traditionen unseres Volkes. Am Sabbat gibt es den Kiddusch, den Segnungsspruch über einem Kelch mit Wein. Und beim Seder an Ostern ist es Pflicht, vier Becher Wein zu trinken … Unser Land hat ausgezeichnete Weinstöcke, ob es sich nun um weißen oder um roten handelt …«

Da er den Darsteller nur zu gut kannte und sah, dass er sich immer mehr für sein Thema begeisterte, mischte Dany sich ein und beschloss angesichts der erstaunten Mienen von Gabin und Thierry, seinen gelehrten Kollegen zu unterbrechen und zur Sache zu kommen:

»Gut, wenn ich das richtig verstanden habe, hattet ihr in letzter Zeit mehrere Methamphetamin-Fälle in Nizza, und es zeigt sich, dass wir in Jerusalem und in Nablus dieselbe Droge beschlagnahmt haben.«

»So ist es«, bestätigte der Capitaine.

»Und ihr habt die Verbindung zu einem Israeli hergestellt?«

Die Mezzen waren auf den Tisch gestellt worden, und Guy lief das Wasser im Mund zusammen. Er konnte das Ende des Gesprächs nicht abwarten und wandte sich den Schüsseln zu. Dany war zwar auf den Fall konzentriert, bemerkte dies aber doch und amüsierte sich innerlich darüber. Währenddessen fuhr Gabin mit seinen Erklärungen fort und kam auf die Verhaftung von Christophe Chambon zu sprechen und auf die Probleme mit den Kunden, die ihn identifiziert hatten.

»Einer ist abgetaucht, der andere ist tot.«

Dany verzog das Gesicht, ohne Gabin zu unterbrechen, der nun von der Verbindung zwischen Chambon und Andrej Zerminsky berichtete.

»Dank inoffizieller Quellen sind wir sicher, dass Zerminsky vom Westjordanland aus von einem Mann kontaktiert wurde, der dachte, er würde mit Chambon sprechen. Er sprach Englisch mit einem starken arabischen Akzent, und der Russe hat ihm erzählt, dass Chambon verhaftet wurde.«

Guy aß ein Stück von dem mit Kichererbsenpüree gefüllten Brot und übernahm das Wort:

»Zerminsky kommt übermorgen am Flughafen an. Er hat eine Reservierung für Nizza – Tel Aviv über Charles-de-Gaulle gemacht.

Wir werden ihn beobachten und verfolgen. Wir hatten die Erlaubnis, ihn abzuhören. Der Schabak wird mit uns zusammenarbeiten. Da er Kontakte in den Autonomiegebieten hat, sind sie daran interessiert.«

»Habt ihr mit den palästinensischen Polizisten in den Autonomiegebieten gesprochen?«

Dany seufzte und nahm einen fatalistischen Ton an.

»Das ist nicht so einfach.«

Gabin fiel ihm ins Wort:

»Ich soll morgen die palästinensische Polizistin treffen, die sich mit dem Fall beschäftigt. Sie kommt in unser Konsulat in Jerusalem.«

»Der Generalkonsul schlägt vor, uns alle zum Essen einzuladen, damit wir uns darüber unterhalten können«, präzisierte Thierry.

»Das wäre nicht schlecht«, meinte Guy. »Ich nehme an, die Küche ist gut, und es gibt auch guten Wein!«

Diese Überlegung löste allgemeine Heiterkeit aus, was Guy natürlich nicht entging. Er zuckte grinsend mit den Schultern und fragte mit absichtlich verstärktem Akzent:

»Was denn, hab ich was Blödes gesagt? Wenn man gut futtern kann, bin ich dabei!«

Dany spielte den Bedenkenträger:

»Wir müssen unsere Vorgesetzten um Erlaubnis bitten. Wir können dir nichts garantieren. Es muss sich um eine schlichte Einladung handeln, um die Ankunft von Gabin zu feiern. Wenn das nicht offiziell ist, sollte das gehen.«

»In diesem Sinne sind auch die Einladungen geschrieben«, sagte Thierry und gab jedem Teilnehmer einen Umschlag.

»Ich denke, so wird es gehen.«

»Wir werden alles dafür tun«, beharrte Guy, an dessen Motivation keiner zweifelte.

Gabin sprach weiter und wandte sich an Dany:

»Weißt du, dass die Polizistin, die sich bei den Palästinensern um die internationalen Beziehungen kümmert, auch aus unserem Jahrgang ist?«

Dany runzelte die Stirn.

»Was sagst du da?«

»Erinnerst du dich nicht mehr, dass unter den ausländischen Schülern auch eine Palästinenserin war?«

»Ehrlich gesagt, nein, hab ich vergessen.«

»Sie kann ja nicht besonders toll sein, das wäre dir aufgefallen«, meinte Guy und klopfte seinem Teamkollegen auf die Schulter.

»Ich hab mir noch mal die Fotos von unserer Schule angeschaut. Sie war eine Brünette mit langen Haaren, nicht schlecht gebaut. Ich fand sie jedenfalls scharf«, entgegnete der Franzose.

»Hast du das Foto dabei?«

»Nein, tut mir leid, ich hab es nicht mitgenommen.«

Guy griff nach der Flasche Schvao und füllte die Gläser, bevor er seines hob.

»Das ist trotzdem irre … Drei Polizisten aus demselben Jahrgang auf der Polizeischule treffen sich, um unter verschiedenen Staatsbürgerschaften zusammenzuarbeiten. Eine ungewöhnliche Geschichte. Das ist einen Toast wert. Auf euren … unseren Erfolg. Wir sind ja auch dabei«, sagte er zu Thierry.

»Ja, auf die Lösung dieses Falls«, beharrte Dany und hob seinerseits das Glas.

37

Am nächsten Morgen holte Thierry den Besucher in seinem Hotel ab. Es ging vor allem darum, den Anstandsregeln zu entsprechen, die von einem französischen Beamten bei einem Auslandseinsatz zu beachten waren. Gabin mochte diesen Teil seiner Arbeit eigentlich nicht. Wenn er sich auch gern mit Polizisten aus der ganzen Welt traf, so waren die diplomatischen Winkelzüge für ihn doch eher ermüdend, wenngleich er auch verstand, dass er sie über sich ergehen lassen musste. Der Polizeiattaché brachte ihn zunächst zur Botschaft, wo er ein kurzes Gespräch mit dem Botschafter hatte. Dem hohen Beamten lag es am Herzen, ihm eine diplomatische Vorgehensweise zu empfehlen. Er verstand, dass das Schlüsselwort lautete: Kein Aufsehen erregen. Zu wissen, dass ein Polizist sich sowohl in Israel als auch in Palästina bewegen würde, schien dem Vertreter des Außenministeriums irgendwie unangenehm zu sein. Er konnte sein Unbehagen nicht verbergen und fragte sich ausdrücklich, ob das Innenministerium die politische Dimension, die eine solche Untersuchung bekommen konnte, auch richtig erwogen hatte.

Nach diesem Gespräch fuhren sie direkt nach Jerusalem. Thierry nutzte die vierzigminütige Autobahnfahrt, um die Religionskenntnisse seines Besuchers zu verbessern und ihm etwas über die Stadt zu erzählen, die beide Parteien zu ihrer Hauptstadt machen wollten.

»Das ist einer der Stolpersteine bei den Friedensverhandlungen. Die Israelis üben Druck aus, indem sie den Hauptsitz mehrerer Behörden dorthin verlegen, darunter auch den der Polizei.«

»Und die Palästinenser?«

Der Polizeiattaché lächelte.

»Sie nehmen das hin, sie haben keine andere Wahl. Doch ihr großer Bevölkerungsanteil zwingt Israel, sich zurückzuhalten. Es kann sich nicht darauf beschränken, den Knüppel zu schwingen, zumal viele Länder dort Generalkonsulate haben. Hinter dieser Bezeichnung verbergen sich aufgrund der Umstände ganze Botschaften. Das Generalkonsulat von Frankreich ist unabhängig von der Botschaft in Tel Aviv.«

Als sie in Jerusalem ankamen, wurde der Verkehr dichter, und nach einigen Verzögerungen näherten sie sich der befestigten Altstadt. Dumont deutete auf die Festungsmauern.

»Das ist der Ort, um den alle kämpfen. Du solltest dir die Zeit für eine Besichtigung nehmen, das lohnt sich. Auf einer begrenzten Fläche hast du die Klagemauer, die al-Aqsa-Moschee und das Grab Christi. Das ist beeindruckend. Sieh mal«, sagte er und deutete auf eine Gruppe bärtiger, völlig schwarz gekleideter orthodoxer Juden mit großen Filzhüten oder imposanten zottigen Frisuren, aus denen lange Zöpfe herunterhingen. »Davon gibt es unheimlich viele in Jerusalem. Sie nehmen ganze Stadtteile ein, und sie sind nicht bereit, auch nur einen Quadratzentimeter an die Araber abzugeben. Deshalb ist die Stimmung sehr viel angespannter als in Tel Aviv. Das wirst du selbst spüren. Hier ist alles der Spannung und der Diskussion unterworfen, selbst die Straßenbahn«, sagte er und zeigte auf die wie Stahl glänzende Bahn, die sie gerade überholten.

»Jeder ist gegen das, was die andere Partei befürwortet oder ablehnt … das hört nie auf.«

Thierry hatte die König-David-Avenue verlassen und war nach links in die Straße des Konsulats eingebogen.

»Ich glaube, man hat dir ein Zimmer im St. George reserviert, das ist ein Hotel im arabischen Viertel, ein Haus, das vom anglikanischen Episkopat verwaltet wird und Missionare aufnimmt.«

Der Capitaine fand das amüsant:

»Ihr steckt mich in ein Kloster?«

»Aber nein, du wirst sehen, es ist komfortabel und nicht zu teuer. Du solltest das bei deiner Reisekostenabrechnung durchkriegen. Es gibt hier viele Dinger dieser Art, die Stadt lebt vom Religionstourismus.«

Das Generalkonsulat lag im Westen in der israelischen Zone und war ein Gebäude aus weißen Steinen mit Säulenreihen, die in einen schönen Garten führten. Dumont und Gabin wurden erwartet, und der Wachtposten führte sie unverzüglich zum Ersten Rat, dem stellvertretenden Generalkonsul. Es handelte sich um einen etwa vierzigjährigen Beamten, schlank, mit sich lichtendem Haar und wachen Augen. Er empfing die beiden Polizisten mit einem herzlichen Lächeln, bat sie, sich zu setzen und sich zu gedulden. Nach einigen Banalitäten über Gabins Reise und die Situation des Landes führte er sie ins Büro des Generalkonsuls. Der Hausherr, ein hochgewachsener korpulenter Mann, trug sein schwarzes Haar nach hinten gekämmt, und mit seiner Raubvogelnase sah er aus wie eine Figur von Enki Bilal, die direkt dem Comic *Treibjagd* entsprungen war. Der Diplomat erging sich zunächst ebenfalls in politisch-diplomatischen Betrachtungen.

Dieses ganze Gelaber nervte Gabin zunehmend. Für ihn waren die Dinge viel einfacher. Sein Auftrag hatte nichts mit Politik zu tun: Es gab in dieser Region eine Gruppe von Drogenhändlern, die ihre ganze Ware oder zumindest einen Teil davon in Frankreich verkauften; und er wollte die Hinweise, über die er verfügte, weitergeben, damit die hiesige Polizei dafür sorgen konnte, dass sie keinen Schaden mehr anrichteten. All das war völlig legal. Nichts, worüber man sich aufregen musste.

»Wir werden Sie über die Fortschritte der Ermittlungen auf dem Laufenden halten«, sagte er in der Hoffnung, den hohen Beamten zu beschwichtigen.

Die Wangen des Generalkonsuls liefen rot an, er begann auf dem Hintern hin und her zu wackeln und hob die Hände zum Himmel, als ob er mit Marionetten spielen würde. Dann startete er eine lange Tirade:

»Ich will davon nichts wissen. In Ihrem Ministerium denkt man nur daran, in den Medien gut dazustehen ... Ich will von all dem nichts hören. Der Friedensprozess ist lange blockiert worden, aber es gibt einen Hoffnungsschimmer. Die Beziehungen des Generalkonsulats zu den israelischen Behörden sind zurzeit sehr angespannt. Ein Mitglied dieses Konsulats musste kürzlich den Preis dafür bezahlen ...«

Der Konsul hielt den Atem an und illustrierte seine Ausführungen, indem er die von den Israelis vorgenommene Zurückweisung einer Diplomatin erwähnte, die mit Zahal-Soldaten in Streit geraten war, als sie einen Konvoi der UNO-Flüchtlingshilfe begleitete. Schließlich machte er noch eine Reihe von Bemerkungen, die nicht sehr schmeichelhaft für das Innenministerium und seine aufeinanderfolgenden Minister waren, deren geistige Einstellung sich, ganz gleich unter welcher Regierung, kaum änderte. Zum Schluss betonte er noch einmal, was ihm wirklich am Herzen lag:

»Es kommt nicht infrage, Geheimnisse ans Licht zu bringen, von denen niemand etwas wissen will.«

Dieser Frontalangriff kam für Gabin überraschend. Er warf Dumont einen Blick zu, forderte ihn auf, die Wogen zu glätten und schwieg, ließ zu, dass sich Betretenheit im Raum ausbreitete. Der Stellvertreter des Generalkonsuls ergriff als Erster wieder das Wort und versuchte, die angespannte Stimmung zu beruhigen, indem er das Gespräch auf eine Reihe von unstrittigen Themen lenkte, die sich auf den Aufenthalt des Besuchers, sein Hotel und die Wichtigkeit einer Besichtigung der Altstadt bezogen. All dies ermöglichte es, zu einem friedlichen Klima zurückzukehren und in Ruhe auf die Ankunft der anderen Gäste zu warten.

Maïssa kam als Erste. Sie hätte mit Fahrid, der ebenfalls eingeladen war, kommen sollen, doch die israelischen Behörden hatten ihm nicht erlaubt, das Westjordanland zu verlassen. Eine Erlaubnis, die sie aufgrund ihrer doppelten Staatsbürgerschaft nicht brauchte. Die Polizistin hatte die Uniform abgelegt und für diese Gelegenheit eine schwarze Hose und eine mit feinen palästinensischen Stickereien verzierte Jacke angezogen. Man bat sie, im Erdgeschoss der Residenz zu warten, und einige Minuten später kamen Dany und Guy. Bei der Ankunft ihres früheren Jahrgangskollegen glaubte sie, dass es sich um den französischen Polizisten im Auslandseinsatz und einen israelischen Kollegen handelte. Sie zeigte ein breites Lächeln und ging auf Dany zu, um ihn zu umarmen. Überrascht ließ er sie gewähren. Er hatte sie auch erkannt und wusste aber genau, wer sie war. Sie richtete sich auf, ihr Lächeln verschwand, und sie reichte Guy mechanisch die Hand.

Hinter ihnen erschienen Gabin und Thierry Dumont.

Als die Palästinenserin sich umdrehte und einen weiteren Ehemaligen von Cannes-Écluse sah, konnte sie ihr Erstaunen nicht verbergen.

»Guten Tag, Maïssa! Ich sehe, dass du Dany erkannt hast. Er ist auch aus unserem Jahrgang!«

»Ich bin franco-israelisch. Ich habe den Offizierskurs gemacht und acht Jahre in Frankreich gearbeitet«, erklärte Dany.

Sie wusste nicht mehr, wie sie sich verhalten sollte. Ein verkrampftes Lächeln zeichnete sich auf ihrem Gesicht ab.

Die Umarmung des Franzosen heiterte sie etwas auf.

»Drei Polizisten aus demselben Jahrgang, das ist ja unglaublich!«, stellte der Erste Rat fest, dessen diplomatische Talente eher bescheiden waren.

Gabin nahm die junge Frau am Arm und führte sie, gefolgt von den anderen Polizisten, zur Treppe.

Guy hätte gern seinen Senf dazugegeben, aber dieses Mal enthielt er sich jedes Kommentars.

Der Speisesaal war ein großer rechteckiger Raum im Art-déco-Stil der Zwanziger Jahre. Die Sitzordnung war sorgfältig vorbereitet worden. Der Hauptgast, der französische Polizist, saß dem Gastgeber gegenüber, Dany zu seiner Rechten und Maïssa zu seiner Linken, während der Generalkonsul von seinen Mitarbeitern, dem Ersten Rat und dem Polizeiattaché umgeben war. Guy hatte das eine Tischende, und der Militärattaché, der eingeladen worden war, um die Runde komplett zu machen, das andere geerbt.

Nach einem angespannten Beginn des Dinners lockerte sich die Stimmung auf Seiten der Polizei etwas, als es Guy, nachdem er sein Hemd mit Sauce übergossen hatte, gelungen war, beim Griff nach dem Wasserglas seinen Wein umzukippen. Gabin bekam einen ansteckenden Lachanfall, der seine beiden Jahrgangskollegen aufheiterte, während die Kellner versuchten, die Schäden eines Guy zu beseitigen, der sich erst in Entschuldigungen ergoss, dann die Polizisten mit Blicken erdolchte und sich schließlich entspannte und mit den Schultern zuckte.

»Hört auf zu lachen, das kann jedem mal passieren.«

Sein Anblick, in Anwesenheit eines diplomatischen Corps, der nicht recht wusste, wie er reagieren sollte, setzte dem Ganzen die Krone auf und löste erneut Gelächter aus.

Als sie sich auf dem Parkplatz vor dem Generalkonsulat wiederfanden, lachten sie immer noch. An ihre Wagen gelehnt, vor einem schmollenden Guy und einem Thierry Dumont, der froh war, zu sehen, dass die drei Polizisten sich näherkamen, waren die Jahrgangskollegen seit einer Weile dabei, sich Anekdoten von der Polizeischule zu erzählen. Gabin kam schließlich wieder auf seinen Fall zu sprechen, und Maïssa erzählte ihnen mit düsterer Miene von ihrem Abenteuer in Balata.

»Wir werden uns mit Zerminsky beschäftigen und bald sehen, ob er Kontakte bei euch hat«, schlug Dany vor.

»Die Abhörprotokolle in Frankreich könnten auch eine gute Spur sein«, ergänzte der Franzose.

»Wenn ich weitere Hinweise bekomme, informiere ich euch über mein Büro für internationale Beziehungen. Und ich rufe euch auf euren Handys an«, schloss Maïssa.

»Wir könnten uns auch wieder zu einem Essen treffen«, meinte Gabin schließlich. Doch sein Vorschlag stieß auf höfliches Schweigen, das er nicht verstand.

38

Bilder von verschiedenen Stellen des Flughafens von Tel Aviv zogen über eine Wand, die mit einem Dutzend Videobildschirmen bedeckt war. Mehrere Beobachter saßen an den Pulten und kontrollierten die Kameras auf der Suche nach dem kleinsten Problem: Autounfall, verdächtige Person, stehengelassener Koffer, ihnen entging nichts. Guy und Gabin hatten sich an diesen neuralgischen Punkt begeben, um die Ankunft von Andrej Zerminsky zu verfolgen und mit seiner Überwachung zu beginnen. Der Abflug des Russen war sieben Stunden zuvor von der Kripo in Nizza bestätigt worden, und Marie hatte ein Foto ihres »Kunden« geschickt. Er hatte kein Gepäck im Laderaum. Das Flugzeug hatte seine Parkposition erreicht, sie brauchten nicht mehr lange zu warten.

»Da ist er«, rief Guy und zeigte auf einen Monitor.

Zerminsky, Sonnenbrille vor den Augen, völlig kahl und in einem weißen Hemd, das offenstand und den Blick auf einen behaarten Oberkörper freigab, ging mit festem Schritt voran und zog ein Bordcase hinter sich her. Guy drückte auf seinen Kopfhörer und sprach in ein kleines Mikro. Gabin, der kein Hebräisch verstand, musste sich an seinen Dolmetscher halten.

»Unsere Teams haben ihn im Blick. Wir verfolgen das auf dem Bildschirm.«

Ihre Zielperson wanderte von einem Bildschirm zum nächsten, bis der Russe schließlich in der Empfangshalle des Flughafens ankam. Eine Platinblonde, deren Haarlänge umgekehrt proportional zur Länge ihres Rockes war, stürzte sich auf den Ganoven, umarmte ihn und presste sich an ihn.

»Eine Frau in jedem Hafen«, pfiff Gabin. »Marie hat mir gesagt, dass er in Nizza eine Hure vom selben Schlag zurückgelassen hat, die bei seiner Abreise vor Kummer zerfloss.«

»Echt scharf, die Schlampe«, meinte Guy nachdenklich. »Manchmal frage ich mich, ob ich auf der richtigen Seite der Schranke bin.«

Das Paar kam jetzt zum Ausgang. Die Blonde telefonierte.

Danys Stimme erklang:

»Da ist ein schwarzer BMW 7, mit einem Kerl drin, der vorfährt. Ich bin sicher, der ist für die beiden.«

In einem weißen Golf sitzend, hatte der Polizist die Leitung der Überwachungsgruppe übernommen. Sie wollten den Russen in den nächsten Tagen nicht aus den Augen lassen.

»So ist es, es geht los.«

Der Capitaine der Kripo von Nizza traute seinen Augen nicht. »Der Typ da ist ja die reinste Karikatur, von den Klamotten, über die Tussi, bis hin zu dem Schlitten, nicht zu fassen!«

Guy wartete, bis sie vom Kontrollbildschirm des Flughafens verschwanden und stand auf.

»Wir werden an ihnen dranbleiben. Wahrscheinlich werden sie erst mal zu ihm nach Hause fahren.«

Während der Fahrt gab es tatsächlich keine Überraschungen. Der BMW nahm die Autobahn 1 nach Tel Aviv, bog dann auf den nördlichen Ajalon Highway ab und fuhr direkt ins Stadtzentrum. Die Polizisten hatten kaum Schwierigkeiten, dem Manöver zu folgen, zumal sie von einem Motorrad unterstützt wurden. Der Wagen beendete seine Fahrt, indem er in die Parkgarage eines luxuriösen Turms einbog, ganz am südlichen Ende des Boulevard Rothschild.

»Er ist zu Hause«, bestätigte Dany. »Wir bleiben vor Ort. Ich sage Bescheid, wenn er fortgeht.«

Die Überwachungsfahrzeuge verteilten sich in den umliegenden Straßen. Guy und Gabin brauchten nicht lange, um zu ihnen zu stoßen.

• • •

Als sie in seinem Appartement ankamen, stürzte Andrej ins Wohnzimmer.

»Piotr, schenk uns drei Wodka ein«, rief er dem Monster im schwarzen Anzug zu, das gleichzeitig die Rollen des Chauffeurs, des Leibwächters oder des Assistenten spielte und auch für die Drecksarbeit zuständig war.

Das Ungeheuer schüttelte sich und ging zur Anrichte der amerikanischen Küche. Es öffnete den Gefrierschrank, nahm eine Flasche Grey Goose heraus und füllte drei Gläser. Mit seinem Wodka in der Hand entfernte es sich diskret und überließ den Raum Zerminsky und der jungen Frau.

Der Mafioso stellte sich an die Fensterfront und nahm sich die Zeit, den Sonnenuntergang auf dem Meer zu bewundern. Die Blondine drückte sich an ihn. Sie ließ eine Hand in sein offenes Hemd gleiten und streichelte den Oberkörper ihres Liebhabers.

»Hab ich dir gefehlt?«, girrte sie und schmiegte sich noch enger an ihn.

Zerminsky trank einen Schluck von dem eiskalten Alkohol, beugte sich zur Seite und suchte nach dem Mund seiner Gespielin. Er gab ihr einen langen Kuss, und sie glitt vor ihn und drückte ihren Unterleib an seinen. Der Gangster hielt einen Moment inne … zögerte … und traf die heroische Entscheidung, sie zurückzustoßen.

»Geh in dein Zimmer, Baby. Ich muss mit Piotr sprechen.«

Sie zierte sich, scheinbar enttäuscht, löste sich von ihm und ging fort. Er blieb einen Moment allein, seinen Wodka in der Hand, den Blick im Meer verloren. Als sie die Tür geschlossen hatte, drehte er sich um.

»Piotr!«

Und wie von Zauberhand erschien der schwarz gekleidete Koloss.

»*Da!*«

»Gibt es was Neues hier?«

Er zuckte leicht mit den Schultern. Zerminsky runzelte die Stirn und sah ihn fragend an.

»Nein, mach dir keine Sorgen, es läuft nicht schlecht. Aber es ist gut, dass du zurückgekommen bist. Es gibt ein paar Sachen, die nur du regeln kannst.«

»Rede nicht um den heißen Brei herum.«

»Wir konnten unsere Aktivitäten wieder aufnehmen. Die Araber behalten einen Teil der Drogen und geben uns die Mittel, sie zu exportieren. Es gibt keine Schwierigkeiten, ob es nun über Jordanien oder den Hafen von Haifa geht. Wir haben Zollbeamte russischer Herkunft in unserer Tasche.«

Ein leichtes Lächeln erschien auf Andrejs Lippen, ein Zeichen, dass die Antwort ihn zufriedenstellte.

»Gut, aber wo liegt das Problem?«

»Es gibt zwei! Sie werden immer gieriger. Sie wollen mehr Geld und mehr Ware haben.«

Der Gangster entspannte sich.

»Nichts Ernstes, eine Verhandlung unter Partnern. Ich werde das regeln.«

»Das ist nicht so einfach. Ich glaube, es gibt Schwierigkeiten.«

»Verdammt, hör auf, nur die Hälfte zu erzählen. Rede!«

»Sie verkaufen den Stoff nur an Juden und an Leute aus dem Westen. Das ist für sie eine politische Frage, ein Mittel, die Nicht-Moslems zu schwächen. Das ist jedenfalls ihre Theorie. Wir, die wir in Israel nicht auffallen wollten … Wenn diese

Schwachköpfe so weitermachen, fliegen wir noch auf. Sie halten sich nicht an die ursprünglichen Absprachen.«

Zerminsky knirschte mit den Zähnen, und Piotr fuhr fort:

»Es hat einen Zwischenfall an der Klagemauer gegeben, als du nicht da warst.«

Der Mafioso starrte seinen Handlanger ungläubig an.

»Der Typ, der ›*Allahu Akbar*‹ geschrien hat und umgenietet wurde? Ich hab das in der Zeitung gelesen. Was hat das mit uns zu tun?«

»Da ist nichts durchgesickert, aber ich hab Kontakte zu den Bullen. Man sagt, dass er unter Drogen stand und Meth genommen hat.«

»Du hast recht. Das ist nicht gut. Zumal diese verdammten Kameltreiber so geschwätzig sind. Sie können ihre Klappe nicht halten und wären nur zu froh, uns in die Pfanne zu hauen, wenn sie Ärger kriegen. Ich muss darüber nachdenken, was zu tun ist.«

Andrej leerte sein Glas. Er ging mit ernstem Gesicht zum Gefrierschrank, schenkte sich großzügig nach, schwenkte die Flasche in Richtung seines Partners und forderte ihn auf, sich ihm anzuschließen. Der Riese trat näher.

»Und das Problem mit der Küche, ist das endlich gelöst?«

»Ja, ich glaube, die Probleme liegen hinter uns. Der Junge hat zu Anfang Scheiße gebaut, er wollte was Neues erfinden, aber jetzt läuft es. Die Produktion ist regelmäßig und die Qualität auch okay. Er macht seine Sache ganz gut. Wir mussten es noch einmal mit ihm versuchen. Wir hatten keine andere Wahl. Und das weiß er … Er wird auch gieriger.«

»Hier haben wir die Fäden in der Hand. Wir werden so einen Rotzbengel nicht auf unserer Nase herumtanzen lassen. Er ist bei seinem Bruder, wenn ich mich recht erinnere.«

»Ja.«

»Der hat Familie. Das ist ein ausgezeichnetes Druckmittel.«

»Wir müssen vorsichtig vorgehen. Die beiden betreiben schließlich das Labor, und man muss anerkennen, dass das genial ist.«

»Das ist kein Grund. Wir werden sie im Griff behalten. Das ist dein Job. Ich bezahle dich dafür, dass du solche Kleinigkeiten regelst.«

Der Mafioso kniff die Lippen zusammen.

»Ich kümmere mich darum.«

»Mach einen Plan B, falls dieses kleine Arschloch ausfallen sollte. Wir dürfen nicht wieder in Schwierigkeiten geraten wie beim Abgang des Franzosen.«

»Nicht einfach.«

Andrej wischte das Problem mit einer Handbewegung beiseite.

»Es muss doch Ressourcen bei uns geben. Hör dich mal um.«

»Okay.«

»Hast du keine guten Neuigkeiten?«

»Nun, das Labor. Wir haben es renoviert. Es ist super, und die Gefahr, entdeckt zu werden, ist minimal.«

»Sehr gut!«

Froh darüber, am Ende einen Hauch von Optimismus zu spüren, entspannte sich der Gangster, wühlte in seiner Hosentasche und brachte eine kleine blaue Schachtel zum Vorschein, die Piotr sofort erkannte: Viagra. Sie tauschten ein verschwörerisches Lächeln aus.

»Nun denn, dann werde ich mal diese Schlampe bespringen. Sie ist bestimmt schon ungeduldig.«

39

Es war schon nach Mitternacht, als Ali Abu Ahmad die Altstadt verließ und vor der Seifenfabrik ankam. Er hätte einen viel kürzeren Weg nehmen können, aber er wusste, dass im Labyrinth der Gassen in der Altstadt jede Verfolgung unmöglich war und hatte sich diesen Umweg daher zur Sicherheitsregel gemacht. Die Straßen waren menschenleer, die Nablusser gingen früh ins Bett. Das Angebot an nächtlichen Zerstreuungen konnte sie nicht aus dem Haus locken und lange wachhalten. Selbst die, die spät zu Bett gingen, blieben zu Hause und saßen vor dem Fernseher oder am Computer. Er klopfte drei Mal an die große Metalltür, die auf den Platz der Märtyrer führte, und brauchte nicht lange zu warten, bis man ihm öffnete. Zwei junge Militante, Angestellte des Unternehmens, erwarteten ihn. Sie umarmten sich.

»Wir sind schon etwa eine halbe Stunde hier. Alles läuft gut, die Seife hat zu trocknen begonnen, aber sie ist noch zu weich für das, was wir machen wollen«, empfing ihn der Ältere der beiden, ein Typ, der auf die Dreißig zuging, groß und schlank, dem der rasierte Schädel und das von Hautkrankheiten zerfurchte Gesicht ein beunruhigendes Aussehen gaben. Er zog Abu Ahmad hinter sich her und ging zu einer Treppe, die nach oben führte. Um dorthin zu gelangen, mussten sie um mehrere Behälter herumgehen, die stark nach Seife und Natron rochen. Als sie an einem davon vorbeikamen, wurde Ahmads Aufmerksamkeit von der zähen Flüssigkeit angezogen, auf deren Oberfläche hier und da große Fettblasen platzten.

Sie kamen in einen riesigen, völlig leeren Raum. Über die Hälfte des Bodens war mit einer drei oder vier Zentimeter dicken, gelblichen Paste bedeckt, die am Trocknen war und sich dabei verfestigte. Sie hatten die flüssige Seife in einen großen Holzrahmen gegossen und mussten nun warten, bis sie sie in Stücke schneiden und auf jedes Stück das Firmensiegel drücken konnten.

»Jetzt können wir deine Bestellung hineintun«, sagte einer der Arbeiter.

Danach würden sie die Stücke mehrere Tage trocknen lassen. Sie würden sie an einen geheimen Ort bringen, wo ihr Chef nichts davon mitkriegen würde. In drei Nächten brauchten sie die Seifenstücke nur noch in Papier einzuwickeln und die Kartons für den Transport vorzubereiten. Das Ganze würde dann zu einer der nächsten Lieferungen hinzugefügt werden, die für Frankreich bestimmt waren.

»Wir machen eine Markierung auf die von uns gepackten Kartons«, präzisierten sie.

Abu Ahmad strahlte. Der Kampf bestand nicht nur darin, die Kalaschnikow zu tragen. Was sie taten, war genauso wichtig. Das eingenommene Geld würde die Bewegung finanzieren und den Flüchtlingen helfen. Sie hatten es bitter nötig. Während er noch sprach, spürte er, wie das Handy in seiner Tasche vibrierte. Er hatte gerade eine SMS bekommen. »Ich komme.« Er schrieb ein schlichtes »OK« als Antwort, und nach wenigen Minuten hörten, sie, wie ein Fahrzeug anhielt, die Türen zugeschlagen wurden und der Wagen sich mit einem leichten Hupen wieder entfernte. Ahmad gab den Arbeitern ein Zeichen, dass sie öffnen konnten. Plastiksäcke waren vor die Tür gestellt worden. Sie hoben sie auf und brachten sie in die erste Etage. Jeder Sack enthielt mehrere Methamphetamin-Kristalle von erstaunlicher Reinheit.

Ahmad wühlte in seiner Jacke, zog drei Paar Gummihandschuhe heraus, nahm eines für sich selber und gab die anderen seinen Kollegen. Dann verteilte er kleine, hermetisch verschließbare Plastiktütchen.

»*Yallah*«, sagte er. »Wir machen Tütchen mit jeweils zehn Portionen. Und ihr steckt immer ein Tütchen in ein Stück Seife.«

Als sie fast fertig waren, sah er auf seine Uhr: 3 Uhr. Er beschloss, dass sie allein weitermachen konnten. Was ihn betraf, so war seine Arbeit noch nicht zu Ende. Er ging durch die Gharmata-Straße, dann weiter Richtung Sufiane und landete vor dem Tor eines Unternehmens, das auf die Herstellung von Bodenfliesen spezialisiert war. Das bewegliche Gitter war geschlossen, und er musste sein Handy benutzen, damit man ihm öffnete. Er stieß auf eine ähnliche Szene wie in der Seifenfabrik. Zwei etwa zwanzigjährige Männer empfingen ihn begeistert.

»Wir haben es fast geschafft«, sagte einer von ihnen und zog ihn in eine Werkstatt.

Der Mann stellte sich an eine Werkbank, auf der eine Presse befestigt war. Er nahm eine Gussform, die so groß wie eine Fliese war und aussah wie ein Quadrat aus Eisen, dessen Boden er mit grauem Mörtel von einem Haufen auf seinem Tisch füllte. Sein Kollege reichte ihm eine kleine, ein paar Zentimeter große Blechschachtel, die unter einer ersten Zementschicht verschwand, welche dann mit einer zweiten, diesmal weißen Schicht bedeckt wurde. Darauf fixierte er eine Art Metallschablone und fügte vorsichtig gelbe und rote Farbstoffe hinzu. Dann schloss er die Gussform mit einem dicken Deckel und schob das Ganze unter die Presse. Als der Vorgang beendet war, öffnete er die Form und brachte eine zwanzig Zentimeter große Fliese zum Vorschein, auf der sich ein Viertel einer Blume abzeichnete.

Der Arbeiter zeigte Ahmad ein tabakgelbes Lächeln und gab sein Werk an seinen Kollegen weiter, der es auf einen Stapel mit mehreren Dutzend ähnlicher Stücke legte. Ahmad blieb bei ihnen, bis sie ihr Werk vollendet hatten.

»Ich zähle auf euch, das muss mit der nächsten Lieferung rausgehen.«

»Mach dir keine Sorgen, mein Bruder«, antwortete einer der jungen Männer. »Alles wird perfekt sein. Außer uns weiß hier keiner was davon. Wir verstecken das mitten in der Bestellung, die nach Europa gehen soll. Deine Freunde müssen für den sicheren Empfang sorgen. Ich hoffe, dass das gut läuft. Da steckt viel Arbeit drin, und es tut mir weh, zu wissen, dass alles bei der Ankunft zerschlagen wird«, meinte er und warf einen Blick auf seine nächtliche Produktion. Ahmad lächelte, und ihr Gespräch wurde durch den Ruf des Muezzins unterbrochen. Er sah auf seine Uhr.

»Da ihr fertig seid, können wir zusammen zum Gebet gehen. Der Dienst an Gott erspart uns nicht, ihn durch das Gebet zu ehren.«

40

Als Zerminskys BMW die Nase in den Boulevard Rothschild steckte, war der Überwachungsapparat bereit.

»Da ist er, es geht los. Sein Handlanger sitzt am Steuer«, verkündete der Polizist, der am dichtesten dran war. »Er fährt den Boulevard hinauf.«

»Das ist gut für uns«, fuhr Dany fort, »wir hängen uns an ihn. Wir brauchen nicht zu dicht ranzugehen, da an dem Wagen ein Peilsender angebracht wurde.«

Auch dieses Mal war Gabin an der Seite von Guy. Die beiden Männer hatten Gefallen aneinander gefunden, und die raue Art des Israelis amüsierte den französischen Polizisten.

»Wir haben seinen Fahrer identifiziert, Piotr Wojniarsky«, erklärte ihm der Israeli.

Es handelte sich um einen polnischen Ganoven, der in Russland gelebt hatte, wo seine Beteiligung an diversen schmutzigen Geschäften ihm die Aufmerksamkeit der örtlichen Behörden gebracht hatte. Als er merkte, dass es an der Zeit war, sich aus dem Staub zu machen, hatte er sich an seine jüdischen Ursprünge erinnert.

Guy übersetzte Gabin die Meldungen, die sie erhielten.

»Sie verlassen Tel Aviv und fahren auf die A 5. Das ist seltsam, die führt ins Westjordanland, zu den Kolonien und auch nach Jordanien.

Die Zeit verging, und der BMW setzte seinen Weg fort. Sie hatten inzwischen die Autobahn verlassen.

»Er scheint nicht zu zögern, er weiß, wo's langgeht«, wunderte sich Guy.

»Shekhem, Shekhem«, kündigte das Funkgerät an.

»Das ist es, er fährt nach Nablus. Das klingt gut.«

Ein knapper Befehl von Dany erklang, Guy hielt auf dem Seitenstreifen und wühlte im Kofferraum seines Wagens. Er fühlte sich gezwungen zu erklären:

»Wir wechseln die Kennzeichen. Wir haben unsere gelben israelischen Kennzeichen. Manche Karren haben falsche weiß-grüne palästinensische Kennzeichen, das ist im Westjordanland immer besser.«

Die Operation wurde blitzschnell ausgeführt. Schon bald erreichten sie Tapuah, die Kreuzung, die es den Israelis ermöglichte, alle Verkehrsverbindungen ins nördliche Westjordanland und zum Jordantal zu kontrollieren. Die beiden Ganoven waren bestimmt nicht so weit gefahren, um einen Touristenausflug zu machen. Der Wagen der Russen steuerte den Abhang hinunter, der nach Nablus führte. Nach einigen Kehren auf einer Straße, die immer schlechter wurde, landeten sie in einem Tal, das auf beiden Seiten von Olivenplantagen gesäumt wurde. Die Behausungen sahen jetzt eher ländlich aus, was Gabin bemerkenswert fand:

»Gibt es hier nur noch Araber?«

»Außer den Siedlern, die im Allgemeinen auf den Hügeln wohnen.«

»Haben die Siedler keine Angst davor, sich hier niederzulassen?«

»Sie sind verrückt. Doch der Staat treibt sie an. Das ist ein Krieg durch Demographie und Landnahme. Jeder Quadratmeter, der in den Autonomiegebieten eingenommen wird, ist ein Sieg.«

»Ihr seid vom Frieden ziemlich weit entfernt.«

»Das ist das reinste Wespennest. An dieser Situation haben alle mitgestrickt. Die Entscheidung, den Siedlungen grünes Licht zu geben, ist politisch. Wenn die Leute sich niedergelassen haben, sind sie ein Dorn im Fleisch der nächsten Regierung. Sie kann keinen Rückzieher machen, ohne den Zorn der Siedler auf sich zu ziehen. Ein Wählerpotential, das immer größer wird.«

Danys Stimme erklang erneut, und Gabin drehte sich zu Guy, um zu erfahren, was los war.

»Der Wagen fährt gerade zu der Siedlung hoch, in der die Familie Uzan umgebracht wurde. Das ist ebenso seltsam wie interessant. Der Weg ist für Palästinenser verboten. Wenn wir dorthin wollen, müssen wir wieder die gelben Kennzeichen anbringen.«

»Es gibt Straßen in Palästina, die für Palästinenser verboten sind?«

Guy lachte und zuckte mit den Schultern.

»Nun ja, Israel erhebt Anspruch auf die Verwaltung bestimmter Straßenabschnitte und auf ihre Sicherung. Die sensibelsten Abschnitte sind für Palästinenser verboten.«

Mit seiner Frage hatte der Franzose gewissermaßen eine Münze in die Jukebox geworfen. Der Israeli stürzte sich auf sein Lieblingsthema, was die Art und Weise betraf, in der die Araber hier behandelt werden sollten, und auf die Lehren, die andere Länder daraus ziehen könnten.

Nachdem Gabin seinen Fahrer zu diesen Ausführungen ermuntert hatte, amüsierte er sich darüber. Er hatte verstanden, dass dieses ganze Blabla in keiner Weise Guys wirkliche Persönlichkeit widerspiegelte. Mehrere Fahrzeuge hielten auf dem Militärparkplatz am Ortseingang von Nablus an, um zur großen Verwunderung eines Soldaten auf dem Wachtturm die Kennzeichen auszuwechseln. Ein Polizist ging zu ihm und erklärte ihm die Situation, bevor er unnütz Alarm auslöste. Von ihrem Standpunkt aus konnten die Polizisten sehen, wie der BMW die gewundene Straße hinauffuhr, die zum Gipfel des Hügels führte. Ein Teil des Überwachungsteams wartete unten.

»Da oben ist die Siedlung, in der Uzan gewohnt hat.«

Guy fuhr wieder los und nahm den Abhang in Angriff.

»Da, wo nur die Israelis fahren dürfen, ist der Asphalt von besserer Qualität«, bemerkte Gabin hinterlistig, als er den auffälligen Wechsel des Straßenbelags sah.

Dieses Mal ließ Guy sich nicht zu weiteren Ausführungen verlocken und antwortete nur mit einem Lächeln.

Als sie auf halber Höhe waren, meldete sich wieder das Funkgerät. Die beiden Russen fuhren weiter zu den Samaritanern. Das war eine der Möglichkeiten, um nach Nablus zurückzukehren.

»Sehr seltsam«, meinte Guy und kämpfte mit dem Getriebe, um dem Motor mehr Leistung abzuringen und schneller zu fahren.

Sie konnten nun das Tal überblicken, und der Franzose nahm sich die Zeit, die Landschaft zu bewundern, bis sie den Gipfel des Hügels und die Stelle, an der die Siedlung begann, erreichten.

»Wir müssen vorsichtig sein. Dany und ich waren an dem Tag hier, als der Tatort untersucht wurde. Man könnte uns wiedererkennen«, gab Guy zu bedenken.

Er wurde von einer Meldung unterbrochen und zeigte seinem Passagier eine Häusergruppe am anderen Ende des Hügels.

»Sie haben dahinten angehalten, bei den Samaritanern.«

Gabins Blick brachte sein Unverständnis zum Ausdruck.

»Ich erkläre dir später, wer die Samaritaner sind. Wir haben jetzt keine Zeit für eine Geschichtsvorlesung.«

Sie hielten an, und Guy fuhr mit der Übersetzung der Meldungen fort. Die Verdächtigen hatten an der Grenze am Ortseingang von Nablus geparkt, also an der Grenze zwischen Zone A, die von den Palästinensern kontrolliert wurde, und Zone C, zu der das samaritanische Dorf unter israelischer Kontrolle gehörte.

Guy bat Gabin mit einer Handbewegung, nicht weiter nachzufragen und konzentrierte sich auf die Funkmeldung.

»Zerminsky und Piotr steigen aus … Sie gehen zu Fuß weiter, zu einer alleinstehenden Villa außerhalb des Dorfes … Sieh mal«, sagte er und deutete auf zwei Personen, die gerade über ein Feld gingen … »Da sind sie.«

Der Polizist beugte sich zum Handschuhfach vor und nahm ein Fernglas heraus.

»Was haben diese beiden Schweinehunde vor?«

Das Gebäude, zu dem sie gingen, sah aus wie ein schlecht gepflegtes Landhaus. Es unterschied sich deutlich von den anderen Bauten, die alle jüngeren Datums waren. Die Funkgeräte waren verstummt, aber die Beobachter brauchten nicht lange zu warten. Die Ankunft der beiden Besucher war nicht unbemerkt geblieben. Als sie ihr Ziel noch nicht ganz erreicht hatten, wurde die Tür von einem Mann geöffnet.

Der Israeli schlug sich auf die Schenkel.

»Verdammt noch mal, ich glaub, den kenn ich, das ist Karl Schumansky, der Kerl, der mit Uzan zusammengearbeitet hat.«

Schumansky trat auf die beiden zu, umarmte Piotr und schüttelte Zerminsky die Hand. Er bat sie einzutreten und schloss die Tür hinter ihnen.

Als sie vierzig Minuten später herauskamen, wurde es bereits dunkel. Dank der Außenbeleuchtung konnten sie die drei Männer erkennen, zu denen sich jetzt ein Vierter gesellt hatte, der bislang unbemerkt geblieben war. Zerminsky und sein Fahrer gingen fort, ohne sich umzudrehen. Guy sah ins Fernglas und kommentierte, was er sah:

»Vielleicht kommt es mir nur so vor, aber der Aufbruch scheint mir kälter zu sein als die Ankunft. Sie verabschieden sich nicht. Kein Händeschütteln, nichts …«

Die beiden Hausbewohner gingen wieder hinein, und die Besucher begaben sich zu ihrem Wagen.

Da der Funkverkehr wieder einsetzte, begann Guy wieder zu übersetzen.

»Sie fahren los. Verdammt«, stieß er aus, »sie fahren nicht zurück, sondern nach Nablus. Entweder sie sind völlig verrückt, oder sie haben einen guten Grund, dorthin zu fahren.«

Der Franzose erkannte Danys Stimme, ohne aber zu verstehen, was er sagte, und drehte sich daher zu Guy um.

»Wir folgen ihnen nicht. Wir müssen uns mit unseren Chefs abstimmen, wenn wir in Zone A fahren wollen. Wir hätten das vorher begründen müssen. Wir werden uns wieder an sie hängen, wenn sie zurückkommen. Immerhin können wir dank des Peilsenders verfolgen, wo sie langfahren.«

Das Beschattungsteam trennte sich, um alle möglichen Rückwege abzudecken, und der Gelegenheitsübersetzer fuhr fort. Die Russen befanden sich nun in Sama Nablus, auf dem Hügel gegenüber von den Samaritanern, einem menschenleeren Ort. Der Wagen hatte angehalten. Das konnte nur heißen, dass sie sich mit jemandem treffen wollten. Leider wussten sie nicht, mit wem.

»Was treiben die da?«, knurrte der Israeli und rang sich für Gabin ein Lächeln ab. Dieser war hin- und hergerissen zwischen dem Frust, nur ein Zuschauer zu sein, und der Freude darüber, wie sehr sich seine Kollegen für seinen Fall einsetzten.

Die Zeit verging, und Guy nutzte die Gelegenheit, um schnell die Kenntnisse seines Passagiers über die Samaritaner zu verbessern.

»Du bist besser als Wikipedia.«

»Verdammt, du bist genauso blöd wie Dany, der sagt das auch immer! Ist es Cannes-Écluse, das euch zu solchen Hohlköpfen macht?«

»Entschuldige bitte, dass ich mich mit der Geschichte dieser Region nicht so gut auskenne.«

»Je nun«, grantelte der Israeli theatralisch. »Ihr habt eben nichts in der Birne. Es nervt euch, einen gebildeten Sefarden zu sehen, das ist so selten wie ein Aschkenase, der Humor hat.« Er verstummte, scheinbar schmollend, nahm ein Buch aus der Ablage und vertiefte sich darin.

Das Intermezzo ging zu Ende, als das Funkgerät krächzte und meldete, dass die Russen wieder losfuhren. Die beiden Polizisten schwiegen, bis Guy mehr erfuhr. Er fuhr los und erklärte dabei die Situation.

»Er ist Richtung Stadtmitte aufgebrochen, um auf die R 60 zu kommen. Er wird unten rauskommen, beim Militärlager, da, wo wir die Kennzeichen gewechselt haben.«

• • •

Danach gab es keine Überraschungen mehr. Die beiden Übeltäter zogen das Überwachungsteam hinter sich her, und die Polizisten fanden sich an ihrem Ausgangspunkt wieder, am Boulevard Rothschild.

»Ich denke, das reicht für heute Abend«, verkündete Dany. »Wir haben eine Kamera vor dem Domizil, und der Wagen ist immer noch mit dem Peilsender versehen. Es bringt nichts, unsere Energien zu verschwenden. Wir ziehen ab. Heute ist Freitagabend, morgen ist auch noch ein Tag.«

Eine Ankündigung, die nicht alle glücklich machte. Der Sabbat begann, und die meisten wollten nach Hause gehen. Die »Sabbat Shalom« erklangen, bis nur noch Dany, Guy und Gabin mit zwei Wagen auf der Straße übrig blieben.

»Kommst du mit mir mit?«, fragte Guy den Franzosen.

Dany unterbrach sie. »Ich bin am Sabbat bei meiner Mutter. Sie ist allein. Ich hab ihr schon von dir erzählt. Du bist herzlich eingeladen. Danach fahre ich nach Jerusalem zurück.«

Gabin zögerte.

»Vielleicht willst du lieber mit deiner Mutter …«

Guy grinste.

»Geh nur mit, dann kannst du eine echte jüdische Mutter erleben … und hast morgen früh bestimmt was zu erzählen.«

Dany lachte seinerseits aus vollem Herzen.

»Mach dir keine Sorgen, ich schlage dir das vor, weil ich weiß, dass sie sich freuen wird. Hast du schon mal ein Sabbatessen mitgemacht?«

»Nein, nie.«

»Also, auf geht's.«

Dany verstand, dass Gabin weit davon entfernt war, die Bedeutung dieser Tradition zu kennen, und nutzte die verbleibende Zeit, um ihn zu briefen.

»Ich erklär dir das in der Art von Guy«, kündigte er an und erklärte ihm, dass der Sabbat aus dem Gebot Gottes hervorgegangen sei, der die Welt in sechs Tagen geschaffen und sich am siebten Tag erholt habe.

Es ging darum, die wöchentliche Erinnerung an die Schöpfung der Erde und ihre Vollendung zu feiern. Ein Tag, an dem sich die Familie versammelte und betete, so wie am Sonntag bei den Christen. Das begann am Freitag kurz vor Sonnenuntergang und endete am Samstag, kurz danach. Während dieses ganzen Tages durfte ein Jude nicht arbeiten und keine Angestellten arbeiten lassen.

»Man macht kein Feuer an, man benutzt keinen Strom, kein Auto, kein Telefon und fasst kein Geld an …«

Der Franzose lächelte, und Dany brach in Gelächter aus.

»Ziemlich schwierig für einen Juden, ich weiß … Aber wir nehmen es damit nicht ganz so genau … vor allem nicht in Tel Aviv … Außerdem sind wir ziemlich raffiniert, wir haben Mittel und Wege, bestimmte Dinge zu tun, ohne gegen die Religion zu verstoßen. Die Fahrstühle halten zum Beispiel in jeder Etage an und fahren rauf und runter, sodass man sie benutzen kann, ohne auf einen Knopf drücken zu müssen. Man lässt bestimmte Lampen und den Herd an, ohne sie auszuschalten … Die erste Mahlzeit des Tages vereint die Familie.«

Gabin wirkte leicht irritiert, was Dany nicht entging. Er lachte erneut.

»Mach dir keine Sorgen, Freunde sind nicht verboten. Für meine Mutter ist es nur wichtig, mich zu sehen, ob nun am Sabbat oder danach, und sie wird sich freuen, dich zu empfangen.«

Die Mutter des Polizisten wohnte nicht weit weg in einem Appartement an der Balfourstraße. Sie parkten und gingen ins Haus. Dany hatte einen Schlüssel.

»Du siehst«, sagte er, als er zum Fahrstuhl ging, »hier gibt es keinen Sabbatfahrstuhl, er funktioniert ganz normal. Wenn man die Regeln einhalten will, muss man die Treppe nehmen. Deshalb ist im Treppenhaus immer das Licht an, aber wir machen es uns lieber einfach. Sie wohnt im sechsten Stock.«

Kaum waren sie dort angekommen, riss Danys Mutter die Tür auf, griff nach ihrem Sohn und schloss ihn in die Arme. Der französische Polizist amüsierte sich innerlich. Er glaubte, eine Szene aus *Ein Elefant irrt sich gewaltig* zu erleben. Der Siebzigjährigen fehlte es nicht an Energie, und sie wandte sich Gabin mit einem Akzent à la Marthe Villalonga zu. Er wurde sofort herzlich aufgenommen, geduzt und »mein Kleiner« genannt. Eine familiäre Vertrautheit, die ihm nicht missfiel und bei der er sich gleich wohlfühlte. Dany wollte sich umstandslos zu Tisch setzen, doch seine Mutter hatte etwas anderes vor.

»Mein Sohn, zeig ihm, wie ein Sabbatmahl beginnt.«

»Mama …«

»Was denn ›Mama‹, dein Vater ist nicht mehr da. Sonst hätte er das gemacht. Schämst du dich, ein Jude zu sein, oder was?«

»Aber Mama …«

Sie ließ sich nicht erweichen und gab ihm ein schönes Glas. Er hob die Augen zum Himmel, nahm das Gefäß und bereitete es vor.

Nachdem er es gewaschen und abgetrocknet hatte, füllte er es bis zum Rand mit Wein und sprach den Kiddusch. Seine Mutter blieb zu seiner Linken stehen und Gabin zu seiner Rechten. Der Israeli trank einen Schluck und gab das Glas weiter.

Dann nahmen sie die rituellen Waschungen vor und kehrten zurück, damit Dany erneut beten und das Brot brechen konnte.

»Du siehst, es ist gar nicht so schlimm und macht deiner Mama Freude«, meinte Danys Mama, stand vom Tisch auf und begab sich in die Küche.

Dany sah seinen Gast an.

»Nun, so sind sie nun mal die jüdischen Pied Noir-Mamas.«

»Das Fernsehen lügt nicht«, antwortete Gabin lächelnd.

Die Hausherrin kehrte bereits mit dem Couscous zurück.

»Ich hab es für dich gekocht, ich weiß, dass du es gern magst, und ich habe es schon in die Tupperbox getan, dann hast du was für nächste Woche. Du kannst es in der Mikrowelle aufwärmen.«

»Mama …«

»Ach was ›Mama, Mama‹, ich frage mich, was du isst, wenn du allein bist! Außerdem schmeckt es aufgewärmt noch besser, und du kannst Gabin zum Essen einladen.«

41

Am nächsten Morgen rief Gabin Marie an. Sie war im Büro. Er war enttäuscht, als er merkte, dass sie nicht allein war und sie die Form wahren mussten. Sie hörte ihm zu, wie er ihr von seinem Tag erzählte, und sagte dann:

»Beim Abhören hat sich etwas ergeben.«

Sie erklärte ihm, dass sie ein Gespräch mitgehört hatten, in dem Chambon mit einer Person sprach, die sie nicht identifizieren konnten, die aber sehr wenig Vorsicht an den Tag legte. Dieser Mann hatte vom Westjordanland aus die jordanische Nummer benutzt, die schon die Monegassen ausgemacht hatten. Obwohl er sich bemüht hatte, nur vage Andeutungen zu machen, war klar, dass sein Anruf etwas mit Drogen zu tun hatte. Er bedauerte die Qualität der Ware, die man geschickt hatte, und präzisierte: »Sie sind Anfänger. Der Spezialist, der sich bis jetzt um die Küche gekümmert hat, ist von den Arabern umgebracht worden. Sie haben es so gut gemacht, wie sie konnten. Doch ich denke, ihr wisst all das besser als ich.« Und er fügte hinzu: »Das hat selbst hier zu schweren Problemen geführt.«

»Ich schicke dir die vollständige Abschrift, aber es gibt da etwas Seltsames, das nicht in dem Papier steht.«

»Nämlich?«

»Man könnte meinen, sie seien ein schwules Paar, wenn man sie so reden hört. Zumal der Araber sich nach dem Befinden erkundigt … und Chambon fragt, ob das Gefängnis nicht zu schlimm war … ihm sagt, dass er sich Sorgen gemacht habe … Er trägt fast zu dick auf …«

»Das ist ein Orientale, also völlig normal … Vergiss es.«

Gabin wollte wissen, wie es mit der Überwachung der Verdächtigen stand.

»Nichts. Keiner rührt sich.«

Der Capitaine freute sich zu hören, dass Serge sich weiterhin um die Untersuchung des Todes von Cotto kümmerte. Er hatte die Anruferliste analysiert, und eine Nummer tauchte nacheinander in Les Moulins und dann auf der Promenade des Anglais auf, nicht weit vom Fundort der Leiche entfernt, und – das Tüpfelchen auf dem i – als er Vergleiche anstellte, hatte er ihn mindestens drei Mal an denselben Orten wie Chambon lokalisiert. Es konnte sich also nur um einen Bekannten des Ganoven handeln. Dieser musste allerdings noch identifiziert werden.

»Serge arbeitet gut, ich bin mir sicher, dass er es schaffen wird.«

Gabin merkte an ihrer Stimme, dass diese Bemerkung sowohl für ihn als auch für die Umgebung der jungen Frau bestimmt war. Da wollte er nicht zurückstehen.

»Er ist ein guter Kerl. Er könnte fast bei der Kripo sein«, scherzte er.

Lautes Gebrüll schallte aus dem Hörer, und Gabin erkannte seinen Kollegen von der Departementspolizei.

»Hallo, mein Lieblingsbulle! Du treibst dich also da unten rum? Pass bloß auf, dass du nicht die dritte Intifada auslöst. Mach dir keine Sorgen, während du Ferien machst, kontrolliere ich die Arbeit deiner Schäfchen. Das Mädel arbeitet zwar, aber du fehlst ihr ein bisschen. Das sieht jeder.«

So zartfühlend wie immer, dachte der Capitaine und fuhr fort:

»Du hast Fortschritte gemacht, Glückwunsch! Wenn du einen Rat brauchst, wir sind immer für dich da.«

Maries fröhliche Stimme war zu hören:

»Er kommt täglich zum Rapport. So kann ich ihn kontrollieren.«

Entgegen ihrer Gewohnheit legte Gabin schnell auf, frustriert, dass er nicht persönlicher mit ihr sprechen konnte. Sie fehlte ihm.

42

Dany und Guy hatten in ihrem Büro lange zugehört, wie Gabin ihnen vom Abhören des Telefons in Frankreich erzählte, und sahen sich die Abschrift an, die er ihnen gegeben hatte. Guy brauchte nicht lange, um zu reagieren. Für ihn war klar, dass die beiden Männer von Uzan und seiner Familie gesprochen hatten. All das erklärte das Geld, das sie bei der Durchsuchung entdeckt hatten, und bestätigte den Verdacht, den sie hegten. Dany war sich da nicht so sicher, musste aber zugeben, dass das möglich sein konnte, und erklärte Gabin dann die Hintergründe und bisherigen Ergebnisse dieses Falls.

»Was denken die Palästinenser?«, fragte der Franzose arglos.

»Hast du noch mehr blöde Fragen?«, fiel ihm Guy ins Wort. »Uns ist scheißegal, was die denken! Wenn Uzan von Terroristen umgebracht wurde, dann hat das nichts mit den Drogen zu tun. Das ist ein Zufall, der offensichtlich alle in Aufregung versetzt hat.«

»Wir werden sehen, ob sich bei der Untersuchung was Neues ergibt. Wir haben diese Geschichte ein bisschen aus dem Auge verloren«, meinte Dany und griff zum Telefon. »Ich rufe Eli an. Das ist der Typ vom Schabak, der sich darum gekümmert hat«, fügte er für Gabin hinzu.

Als er wieder auflegte, kündigte er an, dass der Ermittlungsleiter kommen würde. Er hatte diese Entscheidung getroffen, um ihnen die Verfahrenszwänge zu ersparen, denen Besucher, und seien es auch Polizisten, unterworfen würden, die den Sitz des nationalen Sicherheitsdienstes betreten wollten. Probleme, die durch die Anwesenheit eines Ausländers noch größer sein würden.

• • •

Der Mann vom Schabak machte einen seltsamen Eindruck auf Gabin. Er sah zwar aus wie ein Polizist auf der Suche nach der Wahrheit, ob sie nun gut war oder nicht, doch der Franzose hatte das Gefühl, dass er ihnen nicht alles sagte. Der Fall schien auf den ersten Blick klar zu sein. Sie hatten handfeste Beweise und Geständnisse, also alles, was eine Ermittlungsabteilung normalerweise zu ihrem Glück brauchte, und dennoch setzte er dem Ganzen einige Dämpfer auf.

»Sie haben uns nicht überzeugt. Ich habe ihnen Singvögel geschickt.«

Guy bemerkte die überraschte Miene des Franzosen.

»Singvögel sind Leute, die im Knast sitzen und die der Schabak geschmiert hat, damit sie Informationen sammeln. Sie bringen ihre Mitgefangenen zum Reden und geben dann alles weiter.«

Eli lächelte.

»Guy hat das etwas verkürzt, aber in etwa ist es so.«

Das hatte jedoch nichts gebracht. Die mutmaßlichen Mörder hatten nicht geredet und keine Details geliefert, die die Vermutungen in Bezug auf sie erhärten konnten. Einer der beiden hatte sogar zu seinem Mitgefangenen gesagt, dass er nichts damit zu tun habe und dass er die Morde nur gestanden habe, damit die Hamas sich um seine Familie kümmert. All dies stimmte nicht mit der offiziellen Version überein, die allen so gut zupass kam.

Gabin wollte gern wissen, ob die verhafteten jungen Leute Junkies waren oder irgendwie mit Drogen zu tun hatten. Eli dachte einen Augenblick nach.

»Darum ging es nicht. Ich weiß nichts darüber.«

»Habt ihr noch andere Spuren?«, fragte Guy.

Er bekam ein Schulterzucken und eine nicht überraschende Antwort:

»Ich habe hieb- und stichfeste Beweise und Geständnisse. Das reicht für eine Verurteilung. Diese Akte ist geschlossen.«

43

Der Drogenfall nahm eine neue Wendung. Die Tatsache, dass Uzan und Schumansky einen gemeinsamen Arbeitgeber und Kontakt mit gefährlichen Substanzen hatten, musste für die drei Polizisten in einem Zusammenhang mit ihrer kriminellen Aktivität stehen. Sie beschlossen, sich darüber Gewissheit zu verschaffen.

Keineswegs erfreut, erfuhr der Sicherheitschef von Genelab Ltd., dass die beiden Polizisten, die er schon einmal empfangen hatte, wiederkamen. Er empfing sie ohne jede Wärme. Dany war am Telefon relativ vage geblieben und hatte von einer schlichten Routineuntersuchung gesprochen. Als er vor Ort verkündete, dass er noch einmal mit dem direkten Vorgesetzten von Uzan sprechen wolle, um ihn zu verhören, erbleichte Nadav Hillman.

»Das war nicht vereinbart. Ich kann Sie nicht ...«

»Unsere heutige Untersuchung hat mit Drogenhandel zu tun«, fiel Guy ihm ins Wort.

Er hatte keine Lust, Süßholz zu raspeln, und forderte ihn auf, sich schnell zu entscheiden zwischen einer aktiven Kooperation von Seiten des Unternehmens oder dem Start einer juristischen Dampfwalze, die viele Durchsuchungen und endlose Anhörungen mit sich bringen und den Medien sicherlich nicht entgehen würde. Der ehemalige Oberst verlor seinen Hochmut. Vielleicht handelte es sich um einen Bluff, aber er wollte nicht derjenige sein, der den Krieg erklärte.

»Ich muss mit dem Direktor Rücksprache halten ich kann es nicht verantworten, das hinter seinem Rücken zu machen.«

Er sah Gabin an und fragte:

»Und wer ist das?«

»Ein Franzose. Es handelt sich um eine internationale Untersuchung.«

Diese Information gab dem ehemaligen Soldaten den Rest. Er senkte den Kopf und ging ihnen bis zur Empfangshalle des Unternehmens voraus. Trotz der momentanen Spannung schien Dany etwas anderes im Kopf zu haben und sah sich suchend um.

»Hast du sie gefunden?«, fragte Guy ihn grinsend und drehte sich zu Gabin um:

»Als wir das letzte Mal hier waren, war da eine schöne Tussi, die uns geführt hat. Er ist voll auf sie abgefahren«

»Scharf?«, wollte der Franzose von Dany wissen.

Dieser begleitete seine Antwort mit einem Augenzwinkern.

»Rattenscharf!«

Hillman hatte sie allein gelassen und war zu einem Telefon gestürzt, um Anweisungen zu holen. Sie sahen, wie er den Hörer am Empfangstresen auflegte und zu ihnen zurückkehrte.

»David Kölcher kommt. Er wird uns im Konferenzsaal des Generaldirektors treffen. Der Chef möchte persönlich mit Ihnen sprechen und an dem Gespräch teilnehmen.«

Am Fahrstuhlausgang stand die Hostess. Guy stieß Gabin mit dem Ellbogen in die Seite.

»Das ist sie. Sieh mal, wie ihm das Herz aufgeht…«

Die junge Frau zeigte ein strahlendes Lächeln, das Dany leicht aus der Fassung brachte, aber er kam schnell wieder zu sich, lächelte sie seinerseits an und warf einen forschen Blick auf ihr Namensschild.

»Ich bin entzückt, Sie wiederzusehen, Esther.«

Ihre Wangen erröteten, und sie ging ihnen voraus. Die drei Polizisten konnten es sich nicht verkneifen, ihr auf den Hintern zu starren, was dem Sicherheitschef nicht entging und ihn etwas aufheiterte.

»Gehen wir, meine Herren, und bewahren Sie bitte die Ruhe.«

Sie hatten ihr Ziel noch nicht erreicht, als sich hinter ihnen ein Fahrstuhl öffnete und David Kölcher herausließ. Der Leiter der Produktionseinheit war knallrot, von der Stirn tröpfelte der Schweiß, der Anzug verknautscht, und der zerknitterte Schlips hing über einem feuchten Hemd.

»Sie kommen vom Sport?«, fragte Guy.

»Nein, natürlich nicht, ich wollte den Generaldirektor nicht warten lassen. Ich musste laufen«, wollte der Unglückliche erklären und reichte den Besuchern eine schwammig-feuchte Hand.

Hillman übernahm die Vorstellung.

»Die beiden Polizisten kennen Sie ja schon. Der Dritte ist ein Franzose. Herr …?«

»Gabin Mournet, von der Kripo in Nizza«, sagte der Capitaine.

Die Hostess blieb im Hintergrund und wartete, bis alle bereit waren weiterzugehen. Sie entschwand, nachdem sie die Tür des Saales geöffnet hatte, wo der Generaldirektor sie bereits erwartete. Er stand auf, um sie zu begrüßen.

»Ah, meine Herren, ich dachte schon, Sie sind verlorengegangen.«

Diese Bemerkung erklärte Kölchers Verhalten. Sein Chef wartete nicht gern.

Nachdem Gabin vorgestellt worden war, bat der Generaldirektor die Ermittler und ihre Kollegen, sich zu setzen.

»Ich dachte, wir hätten diese schmerzliche Angelegenheit beendet, und die Täter dieses barbarischen Verbrechens säßen hinter Gittern. Ich verstehe nicht, warum Sie gekommen sind, und dazu noch in Begleitung eines französischen Polizisten.«

Er tut so, als ob sein Sicherheitschef ihm nichts gesagt hätte: Er ist knallhart und glaubt, dass er uns täuschen kann, wenn er seine Position ausspielt, dachte Dany lächelnd.

»Ich denke, Herr Hillman hat Ihnen gesagt, dass wir nicht

wegen der Mordermittlung hier sind, sondern wegen Drogenhandels.«

Bei diesen Worten schien Kölchers Temperatur noch um einige Grade zu steigen. Wenn das so weitergeht, wird er noch schmelzen, amüsierte sich Guy innerlich, als er ihn beobachtete.

»Ich verstehe nicht, wovon Sie sprechen, meine Herren.«

Die Pokerpartie begann. Dany legte los und präsentierte eine Reihe von Punkten, die vorerst nur Vermutungen waren und keine Gewissheiten. Er erwähnte Uzans Beteiligung an einem internationalen Methamphetamin-Handel und die Tatsache, dass seine Stellung bei Genelab es dem Chemiker ermöglicht habe, sich die zur Herstellung dieser Droge benötigten Grundstoffe zu besorgen. Er würde von Seiten des Unternehmens eine enge und umfassende Kooperation erwarten, da er sich sonst gezwungen sähe, Untersuchungen größeren Ausmaßes in die Wege zu leiten.

»Mit allen Unannehmlichkeiten, die das verursachen kann«, fügte Guy hinzu, der nicht zurückstehen wollte.

Eine angespannte Atmosphäre, ein bleiernes Schweigen breitete sich im Raum aus. Kölcher schien sich leidenschaftlich für die Maserung des Konferenztisches zu interessieren, und Hillman erwartete die Befehle des Chefs. Der Generaldirektor kratzte sich am Hals.

»Können Sie uns bitte einige Minuten allein lassen, meine Herren? Ich muss mit meinen Mitarbeitern reden. Es wird nicht lange dauern.«

Dany und Guy hielten es für besser, der Bitte nachzugeben, und standen auf, gefolgt von Gabin, der nicht Hebräisch zu verstehen brauchte, um zu begreifen, was geschah.

Sie mussten tatsächlich nicht lange warten, doch Dany nutzte die Gelegenheit, um sich vor den amüsierten Augen der beiden anderen mit der Hostess zu unterhalten.

Als sie in den Saal zurückkehrten, hatte sich die Atmosphäre leicht verändert. Offensichtlich hatten die drei Männer ihre Geigen nach einer Partitur abgestimmt, die vom Generaldirektor diktiert worden war. Dieser erklärte, wie er die Dinge sah:

»Meine Herren, Sie kennen wie alle Welt die Bedeutung unserer Firmengruppe und unserer weltweiten Aktivität. Es ist ganz klar, dass wir weder dem Ruf unseres Unternehmens noch dem eines Angestellten, der mit seiner Familie von den Barbaren massakriert wurde, schaden wollen. Herr Hillman hat Unregelmäßigkeiten in einer Produktionseinheit von Herrn Kölcher festgestellt. Er hat mir das Ergebnis seiner Untersuchung mitgeteilt, und ich selbst habe es vorgezogen, diese Geschichten nach dem Mord an Uzan mit Schweigen zu übergehen. Wenn möglich, würde ich es begrüßen, wenn Sie weiterhin mit größter Diskretion vorgehen, wobei ich davon ausgehe, dass wir bereit sind, Ihnen zu helfen und alles mit Ihnen zu teilen, was wir wissen.«

»Das klingt gut«, dachte Dany und bat den Generaldirektor mit einem Blick, fortzufahren. Dieser machte eine Handbewegung und wandte sich an seine Untergebenen.

»Hillman, wollen Sie so gut sein.«

Nach einem »Jawohl, Herr Generaldirektor«, das so klang wie »Zu Befehl, Herr General«, ergriff der Sicherheitschef das Wort. Er erklärte, dass Uzan sich unter dem Vorwand eines Möbeltransportes für einige Tage einen Lastwagen ausgeliehen habe. Als dieser zurückgebracht wurde, habe er sich zufällig in der Garage des Unternehmens befunden und einige Angestellte hätten sich gefragt, wozu das Fahrzeug gedient haben mochte, da es stark nach Fisch roch. Er habe den Übeltäter in seinem Labor zur Rede gestellt und ihn daran erinnert, dass es wohl nicht zu viel verlangt sei, das ausgeliehene Material pfleglich zu behandeln. Der Chemiker sei in Entschuldigungen ausgebrochen. Er habe gesagt, er habe einen vollen Gefrierschrank transportiert, der umgefallen sei. Er habe den Wagen gereinigt, aber den Geruch nicht weggekriegt.

»Ich war gerade in der Nähe«, fuhr Kölcher fort, »und ich weiß nicht warum, aber diese Geschichte kam mir komisch vor. Ich wollte den Lastwagen sehen und habe mit Hillman darüber gesprochen. Ich hatte recht ... Es war nicht das, was sie dachten. Es handelte sich um Methylamin, ein chemisches Produkt, das in der Tat so ähnlich wie Fisch riecht.«

Diese Entdeckung hatte die bösen Vorahnungen des Produktionsleiters bestätigt, der sich in der letzten Zeit über den übermäßigen Verbrauch dieses chemischen Stoffes, der es ermöglichte, Methamphetamin herzustellen, gewundert hatte.

»Wir haben gemeinsam nachgeforscht«, fuhr Hillman fort. »Es fehlte auch Pseudoephedrin.«

»Dabei handelt es sich um ein sympathomimetisches Amin, das wir für die Herstellung unserer Dekongestionsmittel verwenden ... Sie müssen wissen, dass Pseudoephedrin genau wie Ephedrin die gleichen psychotropen Wirkungen hat wie Amphetamine. Es löst eine gewisse Euphorie aus, einen stimulierenden Effekt, ist ein Appetithemmer und führt bei hohen Dosen zu Halluzinationen oder Anfällen von Paranoia.«

Der Produktionsleiter versuchte, seine Ängste einzudämmen, indem er sich in ausführliche Erläuterungen über ein Gebiet, in dem er sich auskannte, flüchtete. Seine Beschönigungen brachten sein Publikum zum Lächeln, und der Generaldirektor fiel ihm ins Wort:

»Wir brauchen nicht zu technisch zu werden, Herr Kölcher. Ich glaube, diese Herren sind nicht hierhergekommen, um eine Chemievorlesung zu hören.«

Der Angestellte sah aus wie ein Kind, das etwas ausgefressen hat. Er setzte seine Brille wieder auf und sprach, auf die Polizisten blickend, weiter:

»Das war der Stand unserer Untersuchungen, als Uzan ermordet wurde. Seit seinem Tod haben wir nichts mehr festgestellt.

Das bestätigt unseren Verdacht, was seine Person betrifft, aber es fehlen mehrere hundert Liter des Produkts«, sagte der Sicherheitschef abschließend.

»Das ist *Breaking Bad* in jiddischer Version«, konnte Guy sich nicht verkneifen zu sagen, bevor er sich in eine ausführliche Darstellung der Geschichte des Methamphetamins stürzte.

Er kann seine Klappe nicht halten, dachte Dany, während er Gabin ansah, der genauso amüsiert und entzückt wie er war, auf dem Gesicht des Generaldirektors einen Hauch von Erschöpfung zu sehen, der überdies gezwungen war, sich zurückzuhalten und sich bei den weiteren Ermittlungen an die Polizisten zu halten.

44

Als Gabin am späten Nachmittag in sein Hotel zurückkehrte, klingelte sein Telefon. Ein Anruf aus Frankreich. Er nahm sofort ab, in der Hoffnung, Maries Stimme zu hören, und war glücklich, dass es sich tatsächlich um sie handelte.

»Wie geht es dir?«, begann sie und ließ ihm keine Zeit zu antworten. »Wir haben etwas zu den Telefonabhörungen, und es scheint, dass unsere Komiker sich in Bewegung setzen.«

»Ah«, stieß Gabin aus, einmal mehr hin- und hergerissen zwischen dem Wunsch nach Intimität und beruflicher Neugier.

Doch Marie brachte ihn schnell auf den Boden der Realität zurück.

»Ich bin im Dienst, im Büro der Chefin.«

Die abgehörten Gespräche deuteten ganz klar darauf hin, dass die Ganoven auf neue Ware warteten. Chambon hatte zu einem der Söhne von Ritucci gesagt: »Man muss die Kunden vertrösten.« Die Ermittler hätten geglaubt, dass es sich um die Wiedereröffnung des Clubs handelte, der per Gerichtsbeschluss geschlossen war. Doch die allgemeine Richtung des Gesprächs deutete eher auf die bevorstehende Ankunft der Droge hin, zumal man laut Serge auf der Straße auf sie wartete. Die kleinen Dealer sagten den Junkies, dass sie die »Atombombe« bald bekommen würden. Die Informanten der Kripo erzählten das Gleiche.

Außerdem hatte sie noch etwas Neues: Die Ermittlungen hatten einen neuen Freund von Chambon zum Vorschein gebracht, einen Libanesen namens Sammy Daheir, ein Typ, der schon durch schmutzige Geschäfte aufgefallen war und der einen Schuppen leitete, der auf Import-Export mit dem Nahen Osten spezialisiert war. Ganz unparteiisch importierte er Produkte aus israelischen Häfen nach Marseille. Die Gespräche zwischen Daheir und Chambon lieferten zwar keine konkreten Anhaltspunkte, waren aber Anlass genug, sich mit ihm zu beschäftigen und nicht auszuschließen, dass er etwas mit dem Handel zu tun hatte. Sie hatten beschlossen, auch ihn abzuhören.

»Warum nicht«, versetzte Gabin skeptisch. »Aber öffnen wir da nicht zu viele Türen?«

»Wir können es ja ein paar Tage lang versuchen«, meinte Marie.

45

Am nächsten Morgen sammelte Guy alle ein. Er begann beim St. George, um Gabin abzuholen, und machte sich dann auf den Weg zu Dany.

»Fühlst du dich wohl in diesem Hotel?«

»Alles gut, aber ich werde dort keine Freunde finden … Ein Nest von heiligen Ärschen.«

»Gibt's da keine Weiber?«

»Schon, aber die heiligen Ärsche sind ja oft ziemlich verwelkt.«

»Die Haut meines Sacks auch, aber er funktioniert noch immer!«, entgegnete Guy, begeistert von seiner schlagfertigen Antwort.

Der Franzose verdrehte die Augen.

»Wie ich sehe, stehen die israelischen Bullen, was die Poesie angeht, den französischen in nichts nach …«

Seinem Fahrer kamen vor Lachen die Tränen.

Sie kamen etwas eher bei Danys Haus an. Doch rechtzeitig genug, um zu sehen, wie die junge Hostess von Genelab die Haustür öffnete, zu einem Wagen eilte, der auf dem Parkplatz des Hauses stand, und davonfuhr.

»Sieh mal einer an, dieser Teufelskerl hat sie vernascht! Er hat keine Zeit verloren.«

»Sie muss echt scharf sein«, meinte Gabin.

»Hast du mir nicht gerade erklärt, dass es darauf nicht ankommt?«

Dany ließ nicht auf sich warten.

Kaum saß er auf dem Rücksitz, begann sein Kollege:

»Hast du eine gute Nacht verbracht?«

»Ja, danke. Ich bin zu Hause geblieben.«
»Und?«
»Und was?«
»Wir haben gerade gesehen, wie sie aus dem Haus gekommen ist, spiel doch nicht das Unschuldslamm.«
Dany brach in Gelächter aus.
»Na gut, sie wohnt auch in Jerusalem. Wir waren in einem Restaurant, und sie ist mit zu mir gekommen. Mehr brauchst du nicht zu wissen.«
»Ich brauche dich nur anzuschauen, du bist verknallt.«
Er klopfte ihm lachend auf die Schulter.
»Fahr los, wir haben zu arbeiten!«

•••

Im Büro angekommen, machte Guy sich auf den Weg, um die jüngsten Abhörprotokolle zu holen. Nach kurzer Zeit kehrte er mit einem Recorder in der Hand zu seinen Kollegen zurück.
»Hört euch das mal an, das ist eine Aufnahme der nicht identifizierten jordanischen Nummer aus Nablus, also von dem, der Zerminsky angerufen hat, als er in Monaco war.«
Der Polizist drückte auf die Starttaste. Zwei Männer sprachen Englisch. Der eine hatte einen starken arabischen Akzent, der andere einen französischen. Der Araber begann:
»Du hast um 19 Uhr einen Termin mit unserem Freund in einem Restaurant in Ramallah, im *Orjuwa.* Ich habe diesen Ort ausgewählt. Du hast nichts zu befürchten. Da verkehren sowohl Vertriebene als auch Araber. Ich kann nicht kommen. Ich kenne zu viele Leute.«
»Mach dir keine Sorgen, ich werde da sein.«
»Was ist denn das, haben wir es jetzt auch noch mit einem Franzosen zu tun?«, wunderte sich Guy.

»Warten wir's ab, das ist entweder ein Araber oder ein Jude. Wir dürfen keine voreiligen Schlüsse ziehen.«

»Wir haben die Gespräche unter dieser Nummer abgefangen, als er in Frankreich angerufen hat, und seitdem haben wir nichts mehr von ihm gehört. Konntet ihr ihn lokalisieren?«, fragte Gabin.

»Nein, die SIM-Karte kommt aus Jordanien, das Gerät auch. Und es ist fast immer abgeschaltet. Es gibt technische und politische Probleme: Wir haben nicht zu allen Informationen der palästinensischen Provider Zugang.«

»Er will sagen, dass wir unsere Rechte nicht überschreiten wie üblich ...«, präzisierte Guy.

»Können wir das nicht Maïssa geben?«, wagte Gabin zu fragen.

Nach einer Weile antwortete Dany.

»Nein, das möchte ich lieber nicht.«

Gabin bestand nicht weiter darauf, stellte aber innerlich fest, dass eine offene Zusammenarbeit nicht in Sicht war.

Für den Abend hatte Guy Gabin vorgeschlagen, bei ihm zu Hause zu essen, und der Franzose hatte diese Einladung natürlich angenommen. Zum einen hatte er Lust, eine Zeit lang mit seinem Kollegen zusammen zu sein, zum anderen wollte er ihn gern besser kennenlernen und sehen, wie eine so komplexe und immer zu Scherzen aufgelegte Persönlichkeit wie dieser dickköpfige Querulant lebte, der immer bereit war, sein Wissen zur Schau zu stellen ...

Guy bewohnte ein Appartement in einem Bürgerhaus in einer ruhigen Straße von West-Jerusalem, im Stadtteil German Colony. Der Capitaine ließ sich mit einem Taxi dorthin bringen. Als er an der Tür klingelte, hatte er eine Flasche Bordeaux, die er bei einem Weinhändler in der Jaffa-Straße gekauft hatte, und einen Blumenstrauß für Madame bei sich. Guy öffnete ihm, bedankte sich und nahm ihm die Mitbringsel ab, während er die üblichen Banalitäten sagte und meinte, das wäre doch nicht nötig gewesen.

Seine Frau Adiva eilte herbei. Sie war fast zehn Zentimeter größer als er, eine große Brünette mit langem, gelocktem Haar, schlank und mit mattem Teint. Ihre große rechteckige Brille gab ihr das Aussehen einer Intellektuellen. Sie hatte einen Abschluss in Literaturwissenschaft und arbeitete in einer französischen Buchhandlung im Zentrum von Jerusalem.

»Jetzt verstehe ich, woher du all dein Wissen hast«, scherzte Gabin.

Guy lächelte versonnen, und Adiva antwortete für ihn:

»Er ist und war mein treuester Leser. So habe ich ihn kennengelernt. Als ich ihn geheiratet habe, habe ich kein gutes Geschäft gemacht, denn ich habe einen guten Kunden verloren!«

Die Wohnung sah aus wie eine riesige Bibliothek. An allen Wänden des Salons und des Flurs waren Regale angebracht, die mit Büchern und CDs vollgestopft waren. Literatur war ein Bereich, in dem Gabin keine Chance hatte, mit seinen Gastgebern zu rivalisieren. Daher zog er es instinktiv vor, mit ihnen über Musik zu sprechen. Zumal sie hier einen ähnlichen Geschmack hatten. Nach einem schnellen Austausch ihrer jeweiligen Kenntnisse schlug Guy vor, sich zum Musikführer zu machen, da er seinen Gast in den israelischen Jazz einführen wollte. Er ließ ihn lokale Talente entdecken, von denen er bis dahin noch nie etwas gehört hatte.

»Du kennst Avishai Cohen nicht!«, rief er empört aus, bevor er fortfuhr und präzisierte, dass es zwei Musiker mit demselben Namen gab, einen Kontrabassisten und einen Trompeter. Letzterer stammte aus einer berühmten Musikerfamilie mit seiner Schwester Anat an der Klarinette und seinem Bruder Yuval am Saxophon … Gabin befürchtete, dass Guy sich in ebenso langen wie langweiligen Ausführungen verlieren würde, aber Adiva kam ihm zu Hilfe und bremste ihren Mann.

»Leg lieber Musik auf und sei für eine Weile still, damit er zuhören kann.«

Guy sah seinen Kollegen an.

»Immer muss sie mich unterbrechen, ich hab manchmal den Eindruck, im Büro zu sein!«

Und er zitierte weitere Künstlernamen, von denen er eine Liste machte. Gabin versprach, sie abzuarbeiten, sobald er die Gelegenheit dazu hätte.

Nach einem kleinen Aperitif gingen sie zu Tisch, und dort erschienen zwei schlecht gelaunte Jugendliche, Dalia, 17 Jahre alt, und Mikha, 15. Die Tochter hatte einen Audio-Player um den Hals hängen. Kleiner als ihre Mutter, etwas füllig, hatte sie etwas von ihrem Vater, während der schlanke Junge seine Mutter bereits überragte. Er würde ganz gut aussehen, wenn die Akneblasen, die auf seinem Gesicht blühten, verschwinden würden. Sie bequemten sich zu einem beiläufigen Gruß an Gabin und stürzten sich auf das Futter. Noch bevor die Eltern und der Gast mit der Vorspeise fertig waren, verschwanden sie wieder.

»Diese Jugendlichen!«, stöhnte Adiva.

»Ich sage lieber nichts, da müssen sie durch«, brummte Guy. »Aber es stimmt schon, dass sie weit von den Realitäten in unserem Land und den Sorgen unserer Politiker entfernt sind. Wenn ich mir unsere jungen Leute so anschaue, bin ich nicht sicher, ob wir heute einen Sechstagekrieg gewinnen würden …«

Seine Frau verdrehte die Augen.

»An dem Tag, an dem sie mit ECHTEN Problemen konfrontiert werden, werden sie schon Widerstand leisten, wie es die Juden immer getan haben.«

Gabin hütete sich, ein Urteil in dieser Frage zu fällen und beschränkte sich darauf, die Argumente des Paares anzuhören. Es war richtig, dass die jungen Palästinenser, die keine Hoffnung hatten und auf ihrem Boden in die Enge getrieben wurden, eine Bedrohung für Israel waren. Die Situation drohte zu eskalieren, wenn man keine dauerhafte Lösung fand. Gewalt hatte langfristig keine Chance, diese Bedrohung abzuwenden, und es war nicht sicher, ob die spießige israelische Jugend den Knüppel genauso heftig schwingen würde wie ihre Eltern. Selbst wenn die Gewalt, mit der Gaza unterdrückt wurde, letztlich darauf hindeutete, dass bei manchen noch einiges davon übrig war.

Die Hausherrin lenkte das Gespräch schnell auf unverfänglichere Themen, und am Ende des Essens, als sie in den Salon zurückkehrten, sprachen sie weiter über Musik und tranken Wein dazu. Ein weiterer Bereich, in dem Guy Gabin einige Entdeckungen machen ließ. Der Bordeaux wurde zugunsten mehrerer einheimischer Weine beiseite gestellt, die er mit großem Vergnügen kostete.

Am Ende hatte der Franzose einen schönen Familienabend verbracht und wurde darüber etwas melancholisch … Eine Stimmung, die unweigerlich seine üblichen inneren Betrachtungen auslöste. Als er wieder allein in seinem Hotelzimmer war, dachte er über seine Scheidung, seine Tochter und seine Geliebte nach. Doch sein Zynismus gewann schnell die Oberhand, und nach einigen Minuten machte er sich innerlich lustig über das scheinbar geordnete Leben, dessen Zeuge er gewesen war.

Teil IV

46

Am nächsten Morgen nahm Gabin sich endlich Zeit, die Altstadt zu besichtigen. Kurz nachdem er vom Hotel St. George losgegangen war, kam er vor dem Damaskus-Tor an und tauchte in die engen Gassen ein. Es war Markttag, und er war überrascht über die vielen Leute. Alte Frauen hockten auf dem Boden und boten einer Menge, die aus Einheimischen und Touristen bestand, Obst und Gemüse an. Er hatte sich vorgenommen, mit einem Besuch des Jesus-Grabes anzufangen.

Mit Hilfe einer Karte, die er im Hotel bekommen hatte, und eines *Guide du Routard* schritt er langsam voran, bis er an einer Straßengabelung ankam. Er ging nach rechts in die Khan el-Zeit-Straße, durchquerte den Souk, bog wiederum nach rechts in die St. Francis-Straße ab und schlug dann die Richtung zum armenischen Viertel ein. Das Menschengewühl wurde weniger. Hier endete der Souk mit Lebensmitteln und Handelswaren, der für die einheimische Bevölkerung bestimmt war.

Von da an gab es in den Geschäften nur noch Souvenirs aller Art, viele kitschige Devotionalien, aber auch Keramik, Teppiche und Kufiyas. Ein Laden erregte seine Aufmerksamkeit. Ein und dasselbe Geschäft bot T-Shirts der palästinensischen Polizei und andere von der israelischen Polizei an. Er sagte sich, dass er hierher zurückkehren und Einkäufe für seine Teamkollegen machen müsste. Dabei stellte er sich vor, wie sie in den Farben der hiesigen Polizeiorganisationen über die Flure der französischen Kripo liefen.

Er näherte sich dem Ziel und bog dieses Mal nach links in

Richtung des Heiligen Grabes ab. Plötzlich war er umgeben von einer bunt gemischten Menge: Gläubige und Touristen jeden Alters, allein oder in Gruppen. Die religiöse Inbrunst überraschte ihn. Am Eingang der Kirche eine Menge Menschen, viele auf Knien, rund um eine Bodenplatte versammelt, angeblich das Grab von Jesus. Der Marmor war beeindruckend; der Stein war glatt und glänzte, weil er ständig von den Pilgern liebkost wurde. Er trennte sich von den Menschenmassen und machte mit dem *Routard* in der Hand einen Rundgang. Danach beschloss er, zur Klagemauer zu gehen.

Er durchquerte den Souk el-Attarin und ging in Richtung des jüdischen Viertels. Auch wenn die in den Läden angebotenen Waren die Gleichen waren, sahen die Menschen, denen er hier begegnete, anders aus. Kippas kamen zum Vorschein. Er ging durch die el-Silsileh-Straße bis zu einem der Eingänge der Gebetsstätte und wurde von einer Schranke aufgehalten, die von der israelischen Polizei bewacht wurde. Um seinen Weg fortzusetzen, musste er die Sicherheitsvorschriften befolgen und durch eine Sicherheitsschleuse gehen. Er war angekommen! Vor ihm öffnete sich ein großer Platz, der von der Klagemauer begrenzt wurde. Sein erster Eindruck war gemischt. Nachdem er diesen Ort mehrere Male auf Fotos oder im Fernsehen gesehen hatte, hatte er sich eine mehrere hundert Meter lange Mauer vorgestellt, doch dem Führer zufolge erstreckte sie sich nur über 57 Meter. Dennoch befand er sich vor der Westmauer, der Grundmauer des Tempels von Salomon. Ein von den Römern zerstörtes Bauwerk, das zum Nationalsymbol Israels und zu einer Gebetsstätte der Juden geworden war. Der Platz war zwar nicht überfüllt, aber es hatte sich bereits eine große Zahl von Besuchern eingefunden, eine Menge, in die sich Touristen und Juden mischten, darunter auch junge Wehrpflichtige in Uniform. Gabin beobachtete eine Weile die Leute und machte Fotos.

Jetzt musste er nur noch den Felsendom und die al-Aqsa-Moschee besichtigen, die auf einem Platz oberhalb der Mauer errichtet worden waren. Um dorthin zu kommen, musste er die Klagemauer verlassen und sich an einer Besucherschlange anstellen. Glücklicherweise war keine Gebetsstunde, und er brauchte nicht lange zu warten, bis er den hölzernen Durchgang hinaufgehen konnte und eine der heiligen Stätten des Islams erreichte. Trotz der Anwesenheit von einigen Dutzend Personen überkam ihn unmittelbar ein Gefühl der Ruhe, die einen Kontrast zur restlichen Altstadt bildete. Er war beeindruckt von der Stille und Friedlichkeit dieses Ortes, der den beiden Moscheen eine Fläche bot, die sie voll zur Geltung brachte. Er setzte sich auf eine kleine Mauer und gab sich einen Moment seinen Gedanken hin. Es war schwer, dem Charme dieser faszinierenden und geheimnisvollen Stadt nicht zu erliegen …

•••

Am frühen Nachmittag holte Maïssa den Franzosen vor seinem Hotel ab. Ihre Kollegen hatten ihr von dem Treffen in Ramallah berichtet, und sie hatte ein Überwachungsteam auf das Restaurant angesetzt. Gabin hatte die Gelegenheit ergriffen, sich daran zu beteiligen. Die junge Polizistin war nicht allein. Sie hatte sich entschieden, weiterhin mit Fahrid zusammenzuarbeiten und ihn im Auge zu behalten. Nachdem sie sich begrüßt hatten, setzte sich Gabin auf den Rücksitz des alten Mercedes, mit dem sie gekommen waren.

»Was ist das für ein Wagen?«

»Er gehört meiner Mutter. Sie arbeitet halbtags in Jerusalem und hat israelische Kennzeichen. Sie leiht ihn mir, wenn ich das Westjordanland verlassen will. Die palästinensischen Fahrzeuge, die weiß-grüne Kennzeichen haben, werden am Checkpoint festgehalten und dürfen weder nach Jerusalem noch nach Israel fahren.«

Es ist wirklich nicht einfach hier, und ich werde es bestimmt nicht in ein paar Tagen begreifen, dachte Gabin und sah sich die Landschaft an, die an ihm vorbeizog. Nach zwanzig Minuten kamen sie in Kalandia an, dem Hauptkontrollpunkt für Palästinenser, die aus dem nördlichen Westjordanland nach Jerusalem wollten. Eine dichte Menge von Fußgängern hatte sich hinter den Gittern angesammelt, die von israelischen Soldaten bewacht wurden. Um durchgelassen zu werden, mussten sie stundenlang warten und viele Fragen beantworten. Ein seltsames Schauspiel für einen Besucher wie Gabin.

»Was machen sie, gehen sie zur Arbeit?«

»Nein, sie besuchen ihre Familien, regeln Probleme mit den Behörden … Es gibt eigentlich keine Arbeitserlaubnis mehr für Palästinenser. Die Juden haben sie durch Afrikaner, durch Äthiopier ersetzt, die gut arbeiten. Und außerdem gibt es genügend israelische Araber bei ihnen, sodass sie sich nicht mit denen aus dem Westjordanland herumzuschlagen brauchen.«

Nach der Kontrolle kamen sie in die ersten Viertel von Ramallah, einer überraschend modernen Stadt. Die Gebäude waren allesamt erst vor Kurzem errichtet worden und erweckten den Eindruck einer Stadt, die gerade erst aus dem Boden gestampft wurde. Dieses Gefühl wurde noch verstärkt durch die weißen Steinhäuser und den Zustand der Straßen. Die mit Schlaglöchern übersäte Straße wich bald einem makellosen Straßennetz. Die Bevölkerung der politischen Hauptstadt war nicht so groß wie in Nablus und beschränkte sich auf 50.000 Einwohner, umfasste aber über 200.000, wenn man die Dörfer am Stadtrand mitzählte. Ursprünglich mehrheitlich christlich, erlebte die Stadt nach 1948 einen Zustrom von muslimischen Flüchtlingen, die aus Israel vertrieben wurden. Ramallah blieb jedoch eine traditionell christliche Gemeinschaft und die »liberalste« Stadt Palästinas. Ein Punkt, auf den Maïssa stolz hinwies, indem sie auf junge Frauen deutete, die ihr Haar offen im Wind trugen, und hervorhob, dass es in den Restaurants Alkohol und ein Nachtleben gab, das dem in bestimmten europäischen Städten in nichts nachstand. Während sie sprach und den hier wehenden Wind der Freiheit pries, beobachtete sie aus dem Augenwinkel Fahrid und suchte nach Reaktionen von seiner Seite, aber sie bemerkte nichts, was ihr ermöglichte, sich ein Bild von ihm zu machen.

»Willst du das Grab von Arafat sehen?«, schlug sie Gabin vor. »Sonst gibt es hier nicht viel.«

Gabin lächelte.

»Ich glaube, ich komme nicht so bald wieder hierher, also sollte ich die Gelegenheit nutzen. Fahrid fuhr sie zur Muqataa, dem Regierungssitz, umrundete das riesige Verwaltungsgebäude und hielt vor ihrem Ziel. Alle drei stiegen aus. Maïssa spielte weiterhin den Fremdenführer und geleitete Gabin zum Mausoleum, einem schlichten weißen Steingebäude, in dem sich das Grab des früheren Raïs befand, an dem zwei Soldaten in Galauniform Wache hielten. Einige Minuten später waren sie wieder am Wagen.

»Für heute Abend habe ich eine relativ lockere Überwachung vorgesehen. Fahrid bleibt draußen. Er wird Fotos machen. Wir beide können als Paar ins Restaurant gehen. Und zwei weitere Fahrzeuge halten sich in der Umgebung bereit. Ich weiß nicht, ob wir die Verfolgung aufnehmen können. Das überlegen wir, wenn es soweit ist.«

Nachdem sich Gabin allein die Stadt angesehen hatte, holte Maïssa ihn um 18 Uhr vor dem Hotel Mövenpick ab. Den Wagen ihrer Mutter hatte sie gegen einen weißen Toyota von ihrer Dienststelle eingetauscht, der nicht weiter auffiel. Sie trug ein hautenges Kleid, das ihre Figur betonte, und Gabin konnte sich kaum zurückhalten, etwas dazu zu sagen.

Das *Orjuwa* lag in einer ruhigen Straße in der Nähe des Sakakini-Kulturzentrums. Die Polizistin kontrollierte ihr Überwachungsteam, indem sie an den unauffällig bereitstehenden Fahrzeugen vorbeifuhr, und stellte schließlich den Wagen ab. Zwei Paare mit Kindern waren im Begriff zu essen. Sie beschlossen, sich in den hinteren Teil des Saales zu setzen, in die Nähe des Kamins. Nun mussten sie sich nur noch in Geduld üben.

Genau um neunzehn Uhr erschien ein etwa vierzigjähriger Palästinenser. Trotz des Anzugs und des weißes Hemdes passte seine spürbare Betretenheit nicht zur Atmosphäre dieses Ortes. Er sprach mit einem Kellner und setzte sich auf einen Barhocker an einen hohen Tisch neben der Theke. Nach nicht allzu langer Zeit wurde ihm ein Orangensaft serviert.

Maïssa legte die Hand an ihr rechtes Ohr und drückte auf ihren »Discrete«-Kopfhörer, der unter ihrem vollen Haar verborgen war. Sie sah zu Gabin auf.

»Da ist ein Diplomatenwagen, der gerade geparkt hat. Der Fahrer ist ein junger Typ Anfang dreißig. Er kommt.«

Der fragliche Mann, der kurze Haare und ein sportliches Aussehen hatte, öffnete in der Tat gerade die Tür. Er warf einen kurzen Blick in den Saal und ging dann zu dem Safttrinker.

»Wahrscheinlich kennen sie sich nicht«, schlussfolgerte der Polizist.

Nach einer nicht sehr herzlichen Begrüßung setzten sie sich. Den Polizisten entging nichts von dem Schauspiel.

»Das wird ein trockenes Gespräch!«

»Der junge Typ hat sich gerade einen Whisky bringen lassen.«

Die Zeit verging, aber sie bestellten nichts zu essen. Sie wollten nicht lange bleiben. Doch die Gedanken des Franzosen wurden von etwas anderem abgelenkt … Maïssas Nähe gefiel ihm, sie war die Art von Frau, die ihn anzog. Er hatte plötzlich Lust, ihre Hand zu nehmen, die neben seiner auf dem Tisch lag. Ihre

Blicke kreuzten sich, bevor er dazu kam, und er hatte das Gefühl, dass sie seine Gedanken erraten hatte. Er brach seine Gebärde im letzten Moment ab, und die Hand der jungen Frau entfernte sich von seiner. Er hatte bereits eine Beziehung mit Marie, und die war schon so kompliziert, dass er nicht noch eine andere zu beginnen brauchte.

Er konzentrierte sich auf den eigentlichen Grund seiner Anwesenheit in diesem Restaurant. Gabin, der als Polizist an Überwachungen und überstürzte Aufbrüche gewohnt war, hatte schon die Rechnung bezahlt. Sie waren bereit für die Fortsetzung, und die ließ nicht auf sich warten. Die beiden Männer verließen das Lokal getrennt. Zuerst der Jüngere, und nach einigen Minuten der andere. Sie hatten entschieden, sich an Letzteren zu hängen.

Nachdem der Verdächtige hinausgegangen war, winkte er ein Taxi herbei. Sie folgten ihm. Der Wagen fuhr durch die nunmehr leeren Straßen von Ramallah.

Maïssa hatte sich ans Steuer des für die Überwachung eingesetzten Lieferwagens gesetzt, in dem sich Fahrid befand, und sie folgte per Funkgerät den Hinweisen, die von den beiden anderen Wagen gegeben wurden. Die Umgebung wechselte schnell, sie verließen die Stadt, und Häuser wurden seltener. Sie fuhren an einem israelischen Militärlager vorbei. Die Polizistin hätte die Verfolgung gern fortgesetzt, doch sie beschloss, vorsichtig zu sein. Nachdem sie durch Birzeit gekommen waren, hörte sie mit der Verfolgung auf.

»Wir haben die Nummer des Taxis, wir können immer nachfragen. Er fährt in Richtung Nablus. Da will er bestimmt hin. Wir können ihn nicht 50 Kilometer verfolgen, ohne aufzufallen. Es ist besser, wir brechen ab.«

•••

Am nächsten Tag war Gabin wieder in Jerusalem und saß im Gebäude der israelischen Polizei. Er fasste die Ergebnisse der Überwachung zusammen, an der er teilgenommen hatte. Seine beiden Kollegen hatten nicht lange gebraucht, um den Fahrer des Diplomatenwagens zu identifizieren. Es handelte sich um Pierre Darville, einen Angestellten des französischen Generalkonsulats. Eine zumindest brisante Information, genau die Art von heißem Eisen, auf die Polizisten gern verzichteten.

»Wir haben herausgefunden, dass er keinen Diplomatenstatus hat«, begann Dany. »Außerdem hatten wir Zweifel, was die Kennzeichen betrifft. Wir haben uns vergewissert, dass es sich nicht um einen Irrtum handelt. Sie gehören nicht zu dem Wagen, den er fährt.«

»Wie in allen Ländern überprüfen die Polizisten und die Grenzbeamten Diplomatenkarren nur sehr nachlässig. Sie können sich nicht vorstellen, dass es sich um eine Dublette handeln könnte.«

Der Franzose rief Marie an und bat sie, das Vorleben des Verdächtigen zu überprüfen. Er war unbekannt.

»Hör mal«, fuhr Guy an Gabin gewandt fort. »Dany und ich denken, dass du, falls du es nicht schon getan hast, deine Abteilung besser erst informierst, wenn wir diesen Kerl festgenagelt haben. Zumindest ein paar Tage damit wartest, solange wir noch daran arbeiten.«

Das, worum sie ihn baten, war eine schwere Entscheidung. Wenn sich herausstellte, dass Darville ein Ganove war, würde man ihm vorwerfen, diese Information zurückgehalten zu haben. Doch wenn er darüber sprach, könnten seine Ermittlungen sehr schnell zu Ende sein. Der Franzose dachte einen Moment nach. Die beiden Israelis warteten auf seine Antwort.

»Okay«, sagte er schließlich. »Geben wir uns zwei Tage, um zu schauen, was es damit auf sich hat. Nach achtundvierzig Stunden berichte ich meinen Vorgesetzten von der Geschichte.«

Die beiden Kollegen waren zufrieden.

»Ein Team wird ihm auf den Fersen bleiben.«

»Und der Araber?«, fragte Gabin.

»Wir warten auf Neuigkeiten von Maïssa. Aber ich habe sie auch gebeten, keinen Staub aufzuwirbeln. Wir wollen, dass all das geheim bleibt, solange wir nicht mehr darüber wissen.«

•••

Die junge Palästinenserin schluckte in ihrem Büro ihren Ärger hinunter. Sie fragte sich, was sie dazu getrieben hatte, Dany zu versprechen, nichts von der gestrigen Überwachung verlauten zu lassen. Wenn das bekannt werden würde, würde man ihr den Kontakt mit dem Feind nicht verzeihen. Während sie noch nachdachte, erschien Fahrid in der Tür.

»Ich glaube, ich habe den Palästinenser identifiziert. Er ist tatsächlich aus Nablus.«

Sie beschränkte sich darauf, ihm einen fragenden Blick zuzuwerfen, und wartete, was noch kam.

»Es handelt sich um einen gewissen Ali Abu Ahmad.«

Er erklärte, dass er ihn kannte und dass er in Balata gewohnt habe. Heute habe er einen Laden für Mobiltelefone in der Altstadt und ein Appartement im Zentrum. Er sei religiös und stehe im Verdacht, Sympathisant der Hamas zu sein, was aber nicht erwiesen sei. Fahrid schien zu zögern, bevor er fortfuhr:

»Tut mir leid, dass ich ihn gestern Abend nicht erkannt habe. Doch es ist besser, dass er mich nicht gesehen hat …«

Maïssa hatte einen Kloß im Hals. Ihr gefiel das nicht, und sie musste unwillkürlich an Oussamas Warnung denken. Sie warf sich innerlich vor, dass sie weiter mit Fahrid zusammengearbeitet hatte. Als sie ihn so vor sich stehen sah, fragte sie sich, ob er Abu Ahmad schon gewarnt hatte oder dies noch tun würde …

47

Die Dinge kamen in Bewegung. Am Nachmittag rief das Überwachungsteam Dany an und teilte ihm mit, dass Pierre Darville Jerusalem in Richtung Nablus verlassen hatte. Die Neuigkeit beendete das Essen, das er gerade mit Guy und Gabin einnahm. Sie beschlossen, sich dem Überwachungsteam anzuschließen und eilten zu ihrem Wagen. Als der Franzose auf der Rückbank des Fahrzeugs saß und sich am Haltegriff festklammerte, schlug er vor, Maïssa anzurufen, damit sie zu ihnen stoßen konnte.

Guy sah kurz Dany an und antwortete:

»Nein. Mach das nicht, wir wollen es allein versuchen. Wir vertrauen ihr, aber nicht unbedingt den Leuten in ihrer Umgebung.«

Gabin verzog enttäuscht das Gesicht. Doch er verstand die Reaktion seiner Kollegen. Es war nicht selten, dass die Kripo in Frankreich ebenso mit den örtlichen Kommissariaten oder anderen Diensten umging. Nach einigen kurzen Gesprächen über das Funkgerät drehte Guy sich zu Gabin um.

»Unser Kunde kommt gerade in Nablus an, er fährt in Zone A, die unter der Kontrolle der Palästinensischen Autonomiebehörde steht.«

»Folgt ihr ihm?«

»Wir haben zwei Wagen, die das problemlos können, sie haben palästinensische Kennzeichen.«

»Ich dachte …«

Guy lächelte verschwörerisch.

»Offiziell verfolgen wir ihn nicht, wenn es das ist, was du sagen wolltest.«

Erneut erklang eine Stimme im Funkgerät, und Dany gab einen Befehl. Der Wagen fuhr nach Balata. In eine so feindselige Umgebung konnten sie ihm nicht folgen. Sie warteten, bis er wieder herauskam. Anhaltendes Schweigen breitete sich aus, und die drei Polizisten konnten in Ruhe zum Ortseingang fahren. Sie bezogen Position auf einem Militärparkplatz, wo sie das Überwachungsteam vorfanden. Einige unterhielten sich vor ihren Fahrzeugen und rauchten Zigaretten, während andere mit ihren Handys spielten. Eine Atmosphäre, die Gabin gut kannte, und er mischte sich ungezwungen unter die Polizisten, die neugierig waren, wie die französische Polizei arbeitete, aber vor allem Fragen zu den Gehältern, zum Ruhestand und zum Urlaub stellten. Der Capitaine amüsierte sich darüber und antwortete ihnen bereitwillig.

Doch das Warten war nicht von langer Dauer. Eine Funkmeldung machte der Erholungspause ein Ende.

»Er verlässt das Lager«, verkündete Dany.

In wenigen Sekunden war das Team wieder einsatzbereit.

»Er fährt Richtung Jerusalem zurück. Das kann interessant werden, wenn es uns gelingt, einen Kontakt zu identifizieren.«

»Mit einem Diplomatenwagen kann er transportieren, was er will, ohne Gefahr zu laufen, kontrolliert zu werden.

Gabin bedauerte seine Entscheidung, seiner Direktion nicht mitzuteilen, dass sie Pierre Darville identifiziert hatten. Wenn der Franzose an einem umfangreichen Drogenhandel beteiligt war und verhaftet wurde, würde man ihm wahrscheinlich auf die Finger klopfen. Er versuchte, die Unruhe, die ihn befallen hatte, zu vertreiben und an etwas anderes zu denken, indem er sich auf die Verfolgung konzentrierte. Der Diplomatenwagen kam jetzt am Kontrollpunkt Tapuah an. Die Anwesenheit von Polizisten und Soldaten hatte zu einer Verlangsamung geführt. Die Straße teilte sich in zwei Fahrbahnen, eine für palästinensische Fahrzeuge, die andere für israelische Fahrzeuge. Im Gegensatz zur palästinensischen Fahrbahn ging es auf der israelischen schnell vorwärts. Ihre Zielperson nahm natürlich die Spur, die für gelbe Kennzeichen reserviert war. Als die Israelis Darville kommen sahen, zögerten sie einen Moment, bis sie das Diplomatenschild erkannten und ihn durchwinkten. Zur allgemeinen Überraschung verließ er dann die R 60 und bog auf die 505 zum Jordantal ab. Damit eröffneten sich neue Möglichkeiten. Er konnte die R 90 nach Jericho nehmen oder bis Eilat weiterfahren. Guy hatte noch eine andere Eingebung:

»Er fährt nach Jordanien.«

Auf diese Möglichkeit waren sie nicht vorbereitet und zogen es daher vor, nicht daran zu glauben. Gabin hatte keine Vorstellung von der Geographie des Landes und verließ sich daher voll und ganz auf seine Begleiter. Sie fuhren mit mäßigem Tempo weiter. Er lehnte sich zurück und genoss die Wüstenlandschaft, die die kurvenreiche Straße durchquerte und dann zum Toten Meer hinabführte. Als sie im Tal waren, nahmen sie zunächst die R 90, aber dann änderte Darville die Richtung, und Dany drehte sich kurz zu Guy um.

»Du hast recht, er fährt nach Jordanien. Richtung Allenby.«

Dieses Mal überwog die Aufregung im Wagen.

»Ich bin mir sicher, dass er Drogen transportiert«, knurrte Guy genervt.

Gabin hatte sich wieder aufgerichtet.

Sie mussten darüber nachdenken, wie es weiterging. Die Sache würde sich hinziehen, es gab noch mehrere Kontrollen, bevor sie das Land endgültig verließen. Darville festzunehmen, war kein Problem, er hatte keinen Diplomatenstatus. Die Durchsuchung des Wagens war dagegen nicht so einfach.

Danys Handy klingelte. Er hatte ein kurzes Gespräch, und sein Gesicht wurde von einem strahlenden Lächeln erhellt.

»Wir können ihn uns schnappen. Seine Karre ist eine Dublette von einem Diplomatenwagen. Der echte steht auf einem Parkplatz vor dem Generalkonsulat.«

Sie waren nun am letzten Checkpoint vor den Formalitäten der Grenzkontrolle, also an dem Ort, hinter dem kein palästinensisches Fahrzeug mehr fahren durfte. Die Palästinenser, die nach Jordanien wollten, mussten ihren Wagen auf dem Parkplatz stehen lassen und mit dem Bus bis zum nächsten Posten weiterfahren, wo ihre Reisepapiere kontrolliert wurden. Dany schien die Gedanken des Franzosen zu ahnen.

»Ja, ich weiß. Wir sind im Westjordanland, und Israel bewacht die Grenze. Davon hängt die Sicherheit unseres Landes ab. Wenn man ihnen freie Hand lässt, besteht die Gefahr, dass Terroristen und Waffen reinkommen … Das kommt nicht infrage.«

Gabin beschränkte sich darauf, die Informationen seines Kollegen aufzunehmen. Das war nicht der richtige Moment für eine geopolitische Debatte.

Die Kontrolle des Diplomatenfahrzeugs, das sie verfolgten, war nur eine Formsache, und es entschwand vor ihren Augen.

Dany hatte die Spitze des Überwachungsteams übernommen und wies sich seinerseits bei den diensthabenden Soldaten aus. Er zeigte seinen Polizeiausweis und wunderte sich, dass die Schranke nicht sofort hochging, wie es der Fall hätte sein müssen. Stattdessen löste sich eine junge Frau aus der Gruppe von drei Soldaten und machte ihm ein Zeichen zu warten. Danys Gesicht verkrampfte sich.

»Was will die denn, diese dumme Gans?«, sagte er halblaut zu sich, ließ die Scheibe herunter und sah sie grimmig an. Sie nahm keine Notiz davon.

»Ich weiß, wer Sie sind. Man hat uns über Funk verständigt, dass wir Sie anhalten sollen. Ein Offizier kommt.«

»Was soll dieser Blödsinn!«, schimpfte Guy und öffnete die Tür in dem Moment, in dem ein Wagen aus der Gegenrichtung kam und direkt vor ihnen anhielt. Eli, der Mann vom Schabak, sprang aus der Beifahrertür und stürzte auf sie zu. Er hatte offensichtlich schlechte Laune.

»Was machst du denn hier?«, rief Dany überrascht.

»Sollte ich das nicht lieber dich fragen?«

»Wir verfolgen eine Diplomatenkarre und wollen sie kontrollieren.«

»Ihr müsst alles abblasen. Wir arbeiten daran.«

Die Polizisten konnten ihre Überraschung nicht verbergen.

»Ich kann euch nichts sagen«, fügte Eli hinzu.

Guy konnte es nicht dabei bewenden lassen.

»Ihr deckt einen Drogenhandel, ist es das?«

Eli sah ihn mit undurchdringlicher Miene an.

»Es ist nicht so, wie ihr denkt, aber ihr werdet nicht mehr erfahren. Ich sage euch nur, dass das nichts mit eurer Untersuchung zu tun hat. Lasst die Sache fallen.«

Guy machte eine verächtliche Handbewegung in Richtung des Obersts und ließ sich angewidert in den Sitz fallen. Eli zuckte mit den Schultern. Er verstand die Gefühle der Polizisten gut. Aber das änderte nichts. Er wandte sich an Dany:

»Vertraut mir. Ihr könnt an der Drogengeschichte weiterarbeiten, aber das hier ist nichts für euch«, sagte er und betonte die letzten Worte.

Man diskutiert nicht mit dem Schabak! Resigniert ließ Dany sich seinerseits in den Wagen fallen und legte den Rückwärtsgang ein, um umzudrehen. Er erklärte die Überwachung per Funkgerät für beendet. Sie fuhren zurück. Eine greifbare Stille, die Gabin nicht zu unterbrechen wagte, breitete sich im Wagen aus.

Während sie nach Jerusalem hinauffuhren, fluchte und schimpfte Guy lange über Eli und den Schabak. Er versuchte, seinen Zorn zu vergessen, indem er seine Lieblingsrolle spielte und sich zu Gabin umdrehte, um ihm die riesige Wasserfläche hinter ihnen zu zeigen.

»Wenn du noch nie das Tote Meer gesehen hast, nutze die Gelegenheit.«

Ein Trost so gut wie jeder andere, dachte Gabin und warf einen Blick auf die Weite des Salzwassers.

Schnell schlüpfte der Israeli wieder in die gewohnte Rolle, ließ sich die Gelegenheit nicht entgehen und verfiel in einen gelehrten Ton:

»Die Dichte des Wassers, 1240 kg/m3, ermöglicht es einem Menschen, darauf zu schwimmen. Die Konzentration von Magnesiumchlorid und von Natriumchlorid unterscheidet sich deutlich von der eines Ozeans mit einem normalen Salzgehalt von …«

Gabin seufzte. Als er gerade seinem Kollegen eine Abfuhr erteilen wollte, kreuzte er den amüsierten Blick von Dany, der sich kurz zu ihm umgeschaut hatte und als Erster intervenierte:

»He, Wiki, meinst du, das ist jetzt der richtige Moment?«

»Verdammt, ihr geht mir auf den Geist!«, knurrte Guy.

•••

Sie waren noch unterwegs, als das Handy des Franzosen klingelte. Es war Marie.

»Wir haben gut daran getan, Sammy Daheir abzuhören. Er ist wirklich ein echter Irrer! Ein typischer Libanese, Angeber und Großmaul. Er kann am Telefon seine Klappe nicht halten. Es ist schon fast ermüdend, bei ihm kommt man aus dem Schreiben nicht raus«, scherzte sie.

Gabin wusste, wenn Marie so in Fahrt war, folgte etwas Interessantes. Dennoch konnte er nicht umhin, an sie zu denken und sich vorzustellen, wie sie sich in ihre Akte vertiefte und dabei mit ihrem Haar spielte … Sie erklärte ihm, dass Daheir einen Kumpel im Libanon hatte, dem er ganz klar gesagt habe, dass er bald Knete mit einer »etwas ungewöhnlichen« Ladung aus Israel machen würde. Er hatte präzisiert, dass es sich um zwei völlig verschiedene Produkte handelte, zum einen Seife, zum anderen Fliesen, und dass er, wenn er sie ohne Schwierigkeiten aus dem Hafen kriegte, einige zehntausend Dollar in Aussicht hätte. Und das sei nur der Anfang. All das passte genau zu anderen, etwas professionelleren Gesprächen, die er mit Chambon geführt und in denen er ihn gebeten hatte, ihm Formulare für den Import und die zollamtliche Abfertigung zu bringen.

»Das stimmt zu 100 %«, meinte die Polizistin aufgeregt.

»Ist ein Datum vorgesehen?«

»Nächsten Montag. Ich hab bereits den Namen des Schiffes. *Helena.* Sie ist schon ausgelaufen. Du kannst dich bestimmt danach erkundigen.«

»Ich kümmere mich darum. Wie willst du vorgehen?«

Die Kommissarin, Christine Blanchard, hatte die Weisung erteilt, keine Risiken einzugehen. Ihre Vorgesetzten waren der Meinung, man solle gemeinsam mit den Zollbeamten direkt im Hafen zuschlagen, sobald das Schiff ankam, aber die Ermittler plädierten für eine spätere Verhaftung in dem Moment, in dem die Lieferung an die Auftraggeber übergeben wurde.

»Soll ich kommen?«

»Nein!«

Eine schneidende Antwort, die in Gabins Ohr wie ein Peitschenschlag klang. Sie wurde sich dessen bewusst und versuchte, die Sache wiedergutzumachen:

»Ich werde schon damit fertig, das komplette Team hängt sich gerade voll rein, und die ›Oberschwester‹ vertraut mir. Bleib da, wo du bist, die Richterin ist auch dafür. Sie wird einen Zusatz zu ihrem internationalen Amtshilfeersuchen hinzufügen, und ich werde mich an Interpol wenden. Du könntest die Sache beschleunigen. Außerdem kann es sein, dass bei dir da unten Leute verhaftet werden müssen.«

Mit zugeschnürtem Magen fuhr er fort:

»Ja, es ist sicherlich besser, wenn ich hierbleibe. Wir werden Nachforschungen über die Verschiffung der Ware anstellen, und ich werde deine Infos bestätigen.«

Er hatte keine Lust mehr, dieses Gespräch weiterzuführen. Sie schien das zu spüren und machte Schluss.

48

In Overalls aus Plastik gekleidet, näherten sich Karl Schumansky und sein Bruder Leonid der letzten Phase einer neuen Produktion von einigen hundert Gramm Methamphetamin. Der Kochvorgang und die Vermischung der chemischen Produkte waren abgeschlossen. Die Glasballons waren leer, die Brenner erloschen, und die giftigen Gase waren von dem kürzlich installierten kräftigen und leisen Luftabsauger abgeleitet worden. Sie konnten endlich ihre Schutzmasken abnehmen. Nun mussten sie warten, bis der Ofen abkühlte, und gingen nach oben ins Erdgeschoss des Hauses, um eine Zigarette zu rauchen. Das Labor war im Keller eingerichtet worden. Die Zimmer waren sehr sparsam möbliert, nur mit dem Nötigsten, um sich an den Kochtagen erholen und verpflegen zu können. Sie standen einander gegenüber, an die Wände des Salons gelehnt, und unterhielten sich.

»Es läuft ja ganz gut hier«, bemerkte Leonid.

»Das stimmt, wir haben Glück gehabt, dass wir das gefunden haben. Es ist alles da, was nötig ist, um Gold zu machen. Wir können allein für uns kochen, wie heute Abend, ohne dass Zerminsky etwas davon mitkriegt.«

Leonid klang nicht ganz so optimistisch.

»Es wird trotzdem nicht leicht sein, mehr Geld aus ihnen herauszuholen. Bei ihrem letzten Besuch haben sie mich ganz schön rangenommen … Hast du gehört, wie sie unsere Familie bedroht haben? Die sind knallhart. Das ist die russische Mafia. Keine kleinen Araber.«

Karl richtete sich auf und wischte die Argumente seines Bruders mit einer Handbewegung beiseite.

»Das waren leere Drohungen. Wir haben sie in der Hand. Sie können nicht mehr auf uns verzichten. Wir haben alles.«

Er fuhr fort und zählte an den Fingern ab.

»Wir können kochen. Dank Uzan haben wir einen Vorrat von chemischen Grundstoffen für fast zwei Jahre. Wir haben das Labor in einer Zone, die quasi jeder Überwachung entgeht.«

Das samaritanische Dorf erschien ihm als idealer Ort: Keiner kümmerte sich darum, weder die israelischen noch die palästinensischen Bullen und, das Allerbeste, der Besitzer des Hauses war mit einer ihrer »Cousinen« verheiratet. Er stellte keine Fragen und sagte nichts. Auf etwas mehr als dreihundert Seelen geschrumpft, versuchte das samaritanische Dorf, das eine sehr starke Blutsverwandtschaft aufwies, sein Blut durch den Zuzug von jungen Frauen aus den Ländern des Ostens aufzufrischen. Als sie davon erfahren hatten, erweiterten die beiden Brüder ihre Angebotspalette und dienten nun als Kuppler, ein einfaches Mittel, um ein wenig Geld zu verdienen. Auf der Grundlage von dreißigtausend Dollar für jede frischgebackene Ehefrau konnten sie sich dazu nur beglückwünschen.

»Zerminsky und seine Kumpane stecken in der Klemme. Sie sind von uns abhängig«, schloss Karl mit fester Stimme.

Leonid setzte einen Fuß auf die Türschwelle, lächelte müde und zog an seiner Zigarette.

»Du bist ja nicht aus der Ruhe zu bringen! Manchmal machst du mir Angst. Wir mögen zwar Brüder sein, aber man könnte meinen, dass du überhaupt keine Gefühle hast.«

Sein Bruder kicherte.

»Hör auf! Ich sage dir, wir kriegen das in den Griff. Brauchen uns keine Sorgen zu machen. Was liegt dir auf der Seele? Der Franzose? Uzan war nur ein Arschloch.«

»Aber seine Frau, seine Kinder?«

»Wir wollen nicht mehr darüber sprechen. Ich habe getan, was getan werden musste …«

»Und Unschuldige, die für mehrere Jahrzehnte im Knast sitzen …«

Karls Augen funkelten bösartig.

»Jedenfalls war das ein kluger Schachzug, und hat dank dir so gut funktioniert … Hör auf, dir den Kopf zu zerbrechen. Für die Leute in Balata ist das Gefängnis geradezu ihre Heimat … Wir haben denen vielleicht sogar das Leben gerettet.«

Leonid zuckte mit den Schultern, seine Kehle war wie zugeschnürt.

…

Zerminsky lag auf einem weißen Ledersofa und sah sich gerade mit seiner Geliebten zerstreut einen Film an, als Piotr ins Zimmer trat:

»Kann ich dich sprechen?«

Der Ganove verstand, dass sein Sekretär vertraulich mit ihm reden wollte. Mit einer Handbewegung bedeutete er der Blonden, dass es an der Zeit war, das Make-up aufzufrischen. Die junge Frau stand langsam auf, beugte sich zu ihm nieder und gab ihm einen langen Kuss. Zerminsky ließ sich Zeit und tätschelte ihren Hintern, ohne sich um Piotrs Anwesenheit zu kümmern. Als sie sich von ihm gelöst und endlich das Zimmer verlassen hatte, gab er seinem Assistenten ein Zeichen fortzufahren.

»Ich habe eine gute Neuigkeit. Wir haben einen Chemiker gefunden. Der Typ hat schon mal Meth gemacht. Er sitzt in Kasachstan, in Almaty. Was die Zutaten betrifft, hat er seine eigenen Verbindungen.«

Der Ganove nickte.

»Und wie kommt die Droge aus dem Land?«

»Nichts ist einfacher als das … Mit Geld ist dort alles möglich.«

Zerminsky setzte ein breites Lächeln auf.

»Dann brauchen wir uns hier nur noch die Zeit zu vertreiben. Super! Wann kann er anfangen?«

»Das musst du entscheiden.«

»Müssen wir da hin?«

»Ich habe dort einen Freund, der uns vertreten wird.«

Zerminsky zögerte.

»Bist du sicher, dass das klappt?«

»Absolut.«

Der Russe stand mit seinem leeren Glas in der Hand auf. Er ging zum Gefrierschrank, holte eine neue Flasche Wodka und drehte sich schließlich zu Piotr um.

»Da gibt es nichts zu überlegen … Bring die Sache in Gang und sag mir, wann das Zeug in Umlauf gebracht werden kann.«

»Ich kümmere mich darum.«

49

»Wir haben Informationen«, sagte Dany, als er ziemlich erregt durch die Bürotür trat.

Gabin und Guy, die auf ihn warteten, sahen fragend zu ihm auf. Die Grenzbeamten hatten ihm gerade Informationen zur *Helena* gegeben. Das Schiff hatte tatsächlich in Haifa angelegt und Container geladen, in denen sich verschiedene Produkte mit dem Ziel Marseille befanden. Unter anderem Seife aus Nablus und Bodenfliesen. All dies wurde in der »*bill of lading*« erwähnt.

»Hast du Namen?«, fragte der Franzose.

»Die französische Firma in Nizza und die palästinensischen Hersteller, sonst nichts.«

Falls die Drogenhändler beim Laden der Fracht dabei gewesen waren, würden sie das dank der Überwachungskameras im Hafen später herausfinden. Sie hielten es für unnötig, sich darum zu kümmern, solange die Ware noch nicht beschlagnahmt war.

• • •

Marie in Nizza steckte in der Endphase ihrer Ermittlungen. Sie und ihre vier Kollegen konnten nun nicht mehr allein weitermachen. Sie waren auf die Unterstützung der Kollegen angewiesen. Diese zu mobilisieren, war der Job von Christine Blanchard. Die Kommissarin hatte den Fall von Anfang bis Ende mitverfolgt und rief nun alle Polizisten der Kripo zu einem Vorbereitungstreffen zusammen. Marie war darauf gefasst, dumme Bemerkungen zu hören und einigen älteren Polizisten »auf die Füße zu treten«, die im Dienst lieber mit einer Flasche Whisky eine ruhige Kugel schoben, als noch spätabends zu arbeiten und im Auto jemanden zu beschatten. Die Machos würden bestimmt etwas zu meckern haben, doch das war Marie egal. Dank ihres sehr gefestigten Charakters hatte sie keine Hemmungen, die Kritiker, falls nötig, in die Schranken zu weisen. Ihre Ermittlungsakte würde jeglicher Kritik standhalten, das wusste sie.

Die Kommissarin wartete, bis der Saal ihr ausreichend gefüllt erschien, bevor sie anfing. Marie gab jedem Gruppenleiter einen Schnellhefter, in dem sich eine Zusammenfassung ihrer Untersuchungsergebnisse befand (Zielpersonen, Adressen, Telefonnummern, Autonummern und Vernehmungsprotokolle für diejenigen, die Verhaftungen vornehmen sollten). Als sie den richtigen Moment für gekommen hielt, lenkte Blanchard die Aufmerksamkeit ihrer Leute auf sich und begann damit, den Stand der Dinge zu präsentieren.

Marie und ihr Team hatten herausgefunden, dass ein Container mit Erzeugnissen aus Palästina – unter dem Deckmantel eines Importeurs in Nizza bestellt – wahrscheinlich eine Lieferung Drogen für Chambon enthielt, die dieser bereits erwartete. Ein Lastwagen sollte die Ware am Nachmittag nach Nizza bringen. Die Tatsache, dass Sammy Daheir, der Leiter der Importfirma sich höchstpersönlich um die zollamtliche Abfertigung dieser Lieferung gekümmert hatte, bestätigte in den Augen der Ermittler den besonderen Wert der transportierten Ware.

»Ah, man ist sich nicht einmal sicher, ob das stimmt«, raunte Kommandant Antonio Massoni seinem Nachbarn zu. »Vermutungen von Weibern, und wir arbeiten mal wieder für die Katz!«

Diese abfällige Bemerkung wurde etwas zu laut formuliert und drang bis zu Maries Ohren. Sie unterbrach die Kommissarin und warf dem Kommandanten einen grimmigen Blick zu.

»Wenn du eine bessere Idee als die Vermutungen von Weibern hast, so würde ich sie gern hören.«

Alle Blicke richteten sich auf Massoni. Er hob eine geballte Faust an seinen Mund, hüstelte und starrte seine Kollegin spöttisch an.

»Nein, ich hoffe nur, du hast recht, das wollte ich damit sagen … Entschuldige bitte, dass ich mich falsch ausgedrückt habe.«

Christine Blanchard, nicht unzufrieden darüber, den ewigen Unruhestifter am Pranger stehen zu sehen, wartete einen Moment, ehe sie fortfuhr. Sie sprach nun mit noch mehr Überzeugung in der Stimme, hatte ihr Publikum dabei fest im Auge und räumte ein, dass es nicht an unbekannten Faktoren mangele. Die klar definierten Zielpersonen beschränkten sich auf Sammy Daheir und Christophe Chambon. Was auch immer geschehe, diese beiden mussten festgenommen werden. Das Entscheidende war, den Transport nicht aus den Augen zu verlieren. Falls nur die geringste Gefahr bestehen sollte, dass die Drogen verschwinden, würde sie den Befehl für den sofortigen Zugriff geben. Sie hatte ein komplettes Überwachungsteam vorgesehen, dass dem Lastwagen von den Lagerhallen in Marseille bis Nizza folgen sollte. Auch für Chambon war eine diskrete Überwachung geplant. Was den Rest betraf, so würde sie je nach den Umständen entscheiden.

Als sie mit den technischen Aspekten, die die Ermittlungen der Kripo betrafen, fertig war, erklärte sie denjenigen, die den Grund dafür noch nicht kannten, warum Serge mit von der Partie war. Sie erinnerte daran, dass er am Tod des jungen Cotto arbeitete, der wahrscheinlich ermordet wurde, um seine Zeugenaussage gegen Chambon zu verhindern. Der Capitaine von der Departementspolizei würde als Beobachter dabei sein. Er hoffe, dass die vorzunehmenden Verhaftungen und Durchsuchungen es ihm ermöglichen würden, den Besitzer des verdächtigen Telefons aufzuspüren, das er bei seinen Ermittlungen identifiziert hatte.

Als das Treffen zu Ende war, wusste jeder, was er zu tun hatte.

Die Kommissarin nahm ihre Unterlagen und ging auf Marie zu. Sie stand nun nicht mehr im Rampenlicht und wollte ihre Sorgen offenbar mit jemandem teilen. Mit angestrengter Miene machte sie ihrem Unmut Luft.

»Ich habe mich dafür eingesetzt, dass man nicht gleich zuschlägt, wenn die Ware das Schiff verlässt. Ohne die Unterstützung der Direktion von Marseille hätte ich mich nicht durchsetzen können. Wenn die Sache schiefgeht, macht der Chef mir die Hölle heiß. Das hat er mir schon angekündigt.«

Marie lächelte mitleidig.

»Es wird schon alles gutgehen.«

Marie und ihr Team sollten die Überwachung der Ladung übernehmen, wenn sie Marseille verließ.

Als die beiden Frauen ihr Gespräch beendet und die Kommissarin sich entfernt hatte, trat Serge auf Marie zu. Bis zu den Ohren grinsend und sichtbar in bester Form, trat er von einem Fuß auf den anderen.

»Also, Schätzchen, das hast du gut gemacht, als du dem Fettsack eine Abreibung verpasst hast!«

Sie drehte sich halb zu ihm um:

»Der Kerl ist einfach ein riesengroßes Arschloch … Ein Wichser … Immer muss er seinen Senf dazugeben und anderen kluge Ratschläge erteilen, obwohl er noch nie jemanden verhaftet hat …«

Serge wich zurück und schützte sein Gesicht mit dem Unterarm, als ob sie ihn angreifen wollte.

»Ganz ruhig … Reg dich nicht auf, er ist nicht mein Kumpel.«

Die junge Polizistin sagte sich, dass sie etwas zu schnell hochgegangen war, beruhigte sich und lächelte.

»Gut, ich nehme dich mit zu der Verfolgung in Marseille. Dann kannst du die Arbeit der Kripo bewundern.«

»Mir scheint, ich höre deinen Chef. Immer dieselbe Leier.«

Sie lachte.

»Ich habe ein Heftchen dabei«, sagte er und zog ein kleines Notizbuch aus der Jacke. »Da schreib ich alles rein. Ich bin ja so lernbegierig.«

50

Am frühen Morgen waren sie am »Bischofssitz«, dem Hauptquartier der Polizei. Die Kripo von Marseille lieferte die notwendigen Verstärkungen, um die ersten Überwachungen zu gewährleisten. Die Kollegen aus Nizza sollten nicht unnütz verheizt werden. Alle hatten sich vor dem Sitz der internationalen Direktion der Kripo getroffen. Nur Sylvain aus Maries Team behielt die Büros von Sammy Daheir im Auge. Da er die Zielperson kannte, war sichergestellt, dass sie den Aufbruch nicht verpassen würden. Die Polizisten auf dem Parkplatz vertrieben sich die Zeit, und Serge spielte wie üblich den Entertainer. Mit Leichtigkeit hatte er ein großes Publikum um sich geschart. Nur Marie war aufgeregt und zog ein verkrampftes Gesicht. Sie verdrehte bei jedem neuen Witz die Augen, konnte sich nicht entspannen, und das Knacken des Funkgeräts ließ sie jedes Mal zusammenschrecken. Als Sylvain meldete, dass sich etwas bewegte, hatte der Übergang zum Handeln eine beruhigende Wirkung auf sie. Daheir war, nachdem er mit einem LKW-Fahrer gesprochen hatte, in einen weißen Range Rover gestiegen.

»Ich bin mir sicher, dass sie hintereinander her fahren«, sagte der auf der Lauer liegende Polizist. »Ich gebe euch den Startpunkt, die Richtung und die Kennzeichen.«

In Windeseile leerte sich der Parkplatz, und der Tanz begann.

»Sylvain«, sagte Marie, »lass erst einmal die Kollegen aus Marseille ran. Wir fahren auf der Autobahn und übernehmen die Babys hinter Aix.«

Serge war nervös geworden. An einer Kreuzung im Verkehr

steckengeblieben, scherte er aus, um die stehenden Fahrzeuge auf der linken Fahrbahn zu überholen.

»He, bist du noch ganz dicht?«, rief Marie. »Wenn du so weiterfährst, übernehm ich das Steuer. Wir sind doch nicht hier, um einen Strafzettel zu bekommen.«

Er fuhr langsamer und sah sie lächelnd an.

»Hast du Angst?«

»Nein, aber du brauchst nicht wie ein Irrer zu fahren. Das ist nicht notwendig. Wir wollen einen Lastwagen verfolgen, und im Moment sind wir vor dem Überwachungsteam.«

»Du hast recht«, gab er zu und änderte seinen Fahrstil.

Eine halbe Stunde später stießen sie in dem Moment auf den Konvoi, in dem er durch die Mautstation von Aix-en-Provence in Richtung Nizza fuhr. Marie nahm ihr Telefon und rief Christine Blanchard an.

»Ich bin in Antibes«, teilte ihr die Kommissarin mit. »Wir übernehmen, wenn wir euch kommen sehen.«

»Zurzeit fahren wir ganz ruhig auf der A 10, der 4x4 zeigt uns den Weg. Sie sind nur zu zweit.«

»Ich habe Neuigkeiten von Chambon. Er setzt sich in Bewegung. Er hat sein Haus in Èze in Richtung Monaco verlassen. Ich habe befohlen, ihn nicht zu verfolgen. Wir dürfen nicht das kleinste Risiko eingehen. Wir konzentrieren uns auf den Lastwagen.«

»Die ›Oberschwester‹ ist auch nervös«, sagte Marie zu Serge, als sie auflegte.

»Normal. Wenn wir sie verlieren, wird man ihr ganz schön den Arsch versohlen.«

Sie kamen nun nach Antibes. Daheir ließ das Seitenfenster runter, warf die notwendigen Münzen in den Automaten der Mautstelle und machte die Warnblinkanlage an, während der LKW-Fahrer ebenfalls bezahlte und sich wieder an ihn hängte.

Serge und Marie blieben zurück und überließen ihren Platz Christine Blanchard und anderen Fahrzeugen.

»Er telefoniert«, sagte Marie und griff nach ihrem Handy, auf das der Anschluss von Daheir weitergeleitet wurde.

Sie schaltete auf Laut, damit Serge mithören konnte.

Der Inhalt des Gesprächs ließ den Adrenalinspiegel der beiden Polizisten hochschnellen. Ohne etwas zu sagen, rief Marie die Chefin an:

»Der Libanese hat gerade Kontakt zu Chambon aufgenommen. Dieser hat ihm Anweisungen gegeben. Sie sollen die Straße nach Grenoble nehmen, in Richtung Isola, und am Gebäude der Zeitung *Nice-Matin* vorbeifahren. Kurz nach dem Foyer Sonacotra, sagte er, würde eine Straßenkreuzung kommen, an der er sie mit eingeschalteten Warnblinklichtern erwartet.«

»Wir müssen aufpassen. Chambon kennt uns.«

Marie war sich dessen durchaus bewusst und zog es vor, nicht zu antworten. Sie wollte der Kommissarin die Initiative überlassen.

»Ich kenne die Ecke«, sagte Sylvain. »Dort haben wir schon einmal auf der Lauer gelegen. Da sind Fabriken, Schrebergärten, Lagerhallen … Da will er bestimmt seine Ware lagern.«

Sie brauchten nicht lange, bis sie am angegebenen Ort ankamen.

»Er blinkt«, rief Christine. »Ich muss ihn überholen.«

»Kein Problem, ich bin weit genug zurück und kann anhalten«, antwortete jemand aus dem folgenden Fahrzeug.

Sie hatten keine Sichtverbindung mehr. Sylvain beschloss, zu Fuß weiterzugehen. Marie überlegte einen Augenblick, ob sie ihn zurückhalten sollte, aber sie wusste, dass ihr Kollege mit allen Wassern gewaschen war. Er würde sich nicht sehen lassen.

»Ich glaube, wir haben alles abgeriegelt«, sagte die Kommissarin, um sich zu beruhigen. »Der Lastwagen kann nicht vorbeifahren, ohne dass wir ihn sehen.«

Sie war extrem angespannt. Als ihr Telefon klingelte und das Wort »Direktor« auf dem Bildschirm erschien, verstand sie, dass der Chef den Funkverkehr mitgehört hatte. Mit einem Kloß in der Kehle nahm sie das Gespräch an.

»Was machst du für Dummheiten? Was treibst du da? Wenn du den Lastwagen verlierst, kannst du deine Koffer packen und zum Kommissariat in Châteauroux gehen.«

Sie schluckte. Ihre gute Erziehung und ihr Dienstgrad erlaubten es ihr nicht, einen Polizeidirektor abblitzen zu lassen. Also hielt sie sich zurück und blieb ruhig.

»Wir werden ihn lokalisieren, machen Sie sich keine Sorgen.«

»Das wünsche ich dir«, antwortete er und legte auf.

Sie war blass. Luc, der »Zackenbarsch« aus Maries Gruppe, der am Steuer saß, hatte alles mitgekriegt. Er schob seine Brille zurück und sagte beschwichtigend:

»Kein Grund zur Panik … In Paris findet er bestimmt nicht mehr Gehör als ein gewöhnlicher Bulle.«

Sie zögerte.

»Er ist der Chef. Vielleicht hat er ja recht, es ist besser, sich zu vergewissern. Wir müssen nachschauen.«

Der Fahrer war im Begriff zurückzusetzen und umzuparken, als Sylvain sich meldete. Er konnte den Lastwagen sehen. Es war dem Polizisten gelungen, in ein benachbartes Baustofflager zu gelangen. Ein riesiger Sandhaufen diente ihm als Aussichtspunkt. Auf der Spitze dieser Pyramide liegend, mit einem Fernglas ausgestattet, hatte er einen ausgezeichneten Blick auf die Ganoven. Es war dunkel geworden, und die Feuchtigkeit ließ ihn zittern, doch er war so angespannt, dass er keine Lust hatte, sich zu beklagen.

Der Lastwagen stand vor einer Art Fabrik mit Lagerhalle, die zu dieser späten Stunde verlassen war. Chambon war da, mit einer anderen Person, und sie sprachen mit Daheir, während der Fahrer sich allein abmühte und die notwendigen Manöver machte, um den Container abzustellen. Der Lastwagen hatte einen Kran, und er war fast fertig.

Die Kommissarin seufzte, bat Luc mit einer Handbewegung, stehenzubleiben und sprach weiter ins Funkgerät.

»Sylvain, Sie müssen uns sagen, was Sie sehen ... Davon abhängig entscheide ich, ob wir zuschlagen oder nicht. Ans Überwachungsteam: Ihr stellt euch in der Umgegend auf, wir bleiben diskret, und es herrscht Funkstille.«

Der Beobachter ließ nicht auf sich warten.

»Der Lastwagen fährt ab.«

»Umso besser für ihn«, bemerkte Marie. »Er kann in seinem Bett schlafen. Im entgegengesetzten Fall hätten wir ihn festnehmen müssen, und der Knast wäre nicht weit weg. In der Zeit, die wir bräuchten, um uns von seiner Unschuld zu überzeugen, könnte er einige Monate im Loch verschimmeln.«

»Sein Glückstag«, meinte Serge.

Sylvain verkündete:

»Da ist was im Gange. Es tut sich was. Zwei Lieferwagen sind gerade angekommen. Sie werden von den Ricci-Brüdern gefahren. Da sind noch andere Leute, die ich nicht kenne. Das macht sechs Personen mehr. Insgesamt sind sie jetzt zu neunt.«

Die Kommissarin versteifte sich und verzog das Gesicht.

»Verdammt, das ist ja ein Haufen Leute, die Verhaftung wird nicht einfach.«

Ihr Handy klingelte. »Direktor«. Erst wollte sie das Gespräch annehmen, entschied sich dann aber anders.

»Dieser Klugscheißer wird mir nicht noch mal auf den Geist gehen!«

Diese Bemerkung ließ den »Zackenbarsch« lächeln. Er war es nicht gewohnt zu hören, wie die »Oberschwester« fluchte.

Die Chefin drückte auf den Knopf des Funkgeräts.

»Sylvain, gibt es noch einen anderen Ausgang aus dem Lager?«

Der Späher hatte den Ort bereits studiert, nahm aber noch einmal sein Fernglas zur Hilfe.

»Ich glaube nicht. Aber ich kann das Ganze nicht überblicken.«

»Ist der Haupteingang offen?«

»Ja, da ist ein Gitter, es ist nur angelehnt, sie haben das Vorhängeschloss nicht wieder angebracht. Ihr könnt zu Fuß kommen.«

»Ans Überwachungsteam: Wir ziehen uns zusammen und warten, bis ein Fahrzeug losfahren will.«

Und wieder das Telefon von Christine Blanchard … Der Direktor war wütend, und Luc konnte sich nicht zurückhalten zu sagen:

»Er wird es nicht wagen, über Funk Befehle zu erteilen: Wenn das schiefgeht, gibt es zu viele Zeugen, die bestätigen, dass das von ihm kam.«

Blanchard lächelte müde. Sie hatte sich entschieden und würde die Operation auf ihre Weise durchführen.

Sylvain lachte verhalten, als er wieder zum Funkgerät griff.

»Sie brauchen tatsächlich Lagerarbeiter. Die Zwillinge haben angefangen. Chambon spielt den Chef, er hat ihnen gezeigt, was getan werden muss, was mitgenommen werden soll und was nicht von Interesse ist. Jetzt wartet er, und die anderen beladen die Lieferwagen.«

Marie beschloss, die Kommissarin anzurufen.

»Es ist vielleicht an der Zeit vorzurücken, oder?«

»Ja, wir werden vier Wagen mit Fahrer zurückhalten. Sie stoßen im Moment der Verhaftung zu uns. Wir rücken zu Fuß vor und umstellen sie.«

»Das gefällt mir«, meinte Marie.

Christines Stimme erklang, und jeder bereitete sich darauf vor, in Aktion zu treten. Mit kugelsicheren Westen, der Sig in der Hand und griffbereiten Handschellen versammelten sie sich vor dem Eingang. Sie waren eine Fußtruppe von insgesamt fünfzehn

Polizisten. Mehr recht als schlecht auf beiden Seiten des Eingangsgitters versteckt, warteten sie darauf, dass Sylvain das Startsignal gab.

Trotz der Anspannung begann der Späher, die Folgen der Kälte zu spüren, und der Ablauf der Ereignisse beunruhigte ihn. Wenn sie zugriffen, war es an ihm, die Flüchtenden zu lokalisieren, eine Aufgabe, die nicht leicht sein würde: Auch wenn die Straßenbeleuchtung das Lager etwas erhellte, war es doch so dunkel, dass bestimmte Bereiche im Dunkeln verschwanden. Er verfluchte sich, dass er kein Nachtsichtgerät mitgenommen hatte und es nun zu spät war, um Abhilfe zu schaffen … Zumal es langsam losging … Die Brüder waren im Begriff, in die Lieferwagen zu steigen. Sie hatten ihre Helfer einsteigen lassen und fuhren los. Chambon, sein Freund und Daheir unterhielten sich noch und sahen zu, wie sie rangierten.

Sylvain drückte fest auf den Knopf seines Funkgeräts.

»Die Lieferwagen fahren los. Achtung, Chambon und seine Kumpel haben etwa hundert Meter weiter rechts geparkt. Sie werden sehen, wie ihr die anderen verhaftet.«

Mit erleuchteten Scheinwerfern fuhren die beiden Nutzfahrzeuge langsam zum Eingang. Als sie anhielten, stieg aus dem ersten jemand aus, um das Gitter zu öffnen und die Durchfahrt freizugeben. Das war der Moment, auf den Blanchard gewartet hatte, um ihrem Team das Zeichen zu geben, in Aktion zu treten. In wenigen Sekunden wurden die beiden Fahrzeuge von Polizisten umstellt. Eine leichte Verhaftung. Aber es war noch nicht zu Ende … Marie und Serge rannten zu den Ganoven, die zurückgeblieben waren. Christine Blanchard folgte ihnen mit dem »Zackenbarsch« und zwei weiteren Polizisten.

Diese Vorgänge waren den drei Männern nicht entgangen. Der Libanese zögerte kurz, verwarf dann aber jede Fluchtidee. Mit resignierter Miene legte er die Hände auf den Kopf, blieb stehen und sah zu, wie die Ordnungskräfte auf ihn zu rückten. Chambon und sein Kollege entschieden sich anders. Eine Beretta erschien in der Hand des zweiten Mannes, und sie flohen in den hinteren Teil des Lagers.

»Sie sind bewaffnet«, rief der Späher.

Ein neuer Adrenalinschub schoss durch die Adern der Polizisten. Serge und Marie gingen dicht an Daheir vorbei, ohne stehenzubleiben. Der erstarrte Libanese mit den Händen in der Luft blickte überrascht, als er feststellte, dass er sie nicht interessierte. Christine zögerte.

»Kümmert euch um ihn und schickt uns Leute!«, schrie sie ihren Kollegen zu und ging ebenfalls weiter.

»Sie haben sich getrennt«, rief Sylvain ins Funkgerät. »Ich sehe sie nicht mehr.«

Er kochte, machtlos. Die Augen am Fernglas, suchte er vergeblich nach den Übeltätern.

Die beiden Polizisten hatten sich einer verschlossenen Halle genähert, vor der Baufahrzeuge standen. Die Dunkelheit zwang sie, langsamer zu gehen.

»Du hast keine Armbinde. Leg sie an«, sagte Serge zu Marie. »Man braucht sich ja nicht von den Kollegen abknallen zu lassen.«

Er hatte recht, sie zog eine aus ihrer Tasche, befestigte sie am Ärmel und ging weiter.

»Wir trennen uns«, sagte sie. »Geh hinter das Gebäude, ich bleib auf dieser Seite.«

Die Idee gefiel ihm nicht, aber er diskutierte nicht.

»Wenn es ein Problem gibt, schieß, zögere nicht.«

Die junge Polizistin ging weiter, ihre Augen hatten sich noch nicht an die Dunkelheit gewöhnt. Sie konnte kaum etwas erkennen. Mit hellwachen Sinnen und dem Gefühl, in einem Schraubstock zu stecken, der ihr die Brust zusammenpresste, achtete sie auf jede verdächtige Bewegung. Ihr kam es so vor, als sei ihr Herzklopfen mehrere Dutzend Meter weit zu hören. Die Waffe zitterte in ihren Händen. Sie nahm sich die Zeit, tief durchzuatmen, um sich zu beruhigen. Dann bewegte sie sich langsam vorwärts, jeder gewonnene Meter erschien ihr als Sieg und Niederlage zugleich. Diese Arschlöcher mussten es geschafft haben, sich zu verdrücken. Sie sah das Ende des Gebäudes. Serge würde bald um die Ecke kommen. Sie konnte jetzt etwas mehr erkennen und kam an einem Baggerlader vorbei, von dem ein Teil des Fahrgestells auf dem Boden stand.

Sie spürte, dass jemand da war, aber zu spät. Sie hörte ein Zischen, fühlte einen stechenden Schmerz im Brustmuskel, stieß einen dumpfen Schrei aus und fiel auf den Rücken. Ihre Waffe flog unter ein Fahrzeug. Chambon kam näher, um ihr mit der scharfen Kante einer Schaufel einen Schlag zu verpassen. Die kugelsichere Weste hatte sie geschützt, aber sie war durch den Schmerz wie betäubt. Das Atmen fiel ihr schwer, sie hatte nicht die Kraft zu schreien, als sie ihn näherkommen sah. Im Gegensatz zu dem, was Sylvain gesagt hatte, war auch der andere Ganove noch da und hatte sich nun auch aufgerichtet.

»Mach sie mit deinem Ding da fertig, ich will nicht schießen. Beeil dich, ziel auf den Hals.«

Der Killer trat an Marie heran, bis er über ihr stand und hob die Schaufel. Er zielte auf die Halsschlagader, eine Bemühung um Präzision, durch die er Zeit verlor. Plötzlich tauchten mehrere Fahrzeuge auf, und die Scheinwerfer erwischten ihn in dem Moment, in dem er zuschlagen wollte. Schüsse fielen. Überrascht schreckte der Ganove hoch, ließ die Schaufel fallen, um sich in Deckung zu bringen, als die Kugeln durch die Luft flogen.

»Hau ab, ich geb dir Deckung!«, schrie der andere und sprang mit der Beretta in der Hand auf.

Er begann, in die Richtung zu schießen, aus der die Feuerstöße gekommen waren, aber er hatte Christine Blanchard nicht gesehen, die neben ihm auftauchte.

»Polizei! Lass die Waffe fallen!«, schrie sie und legte auf ihn an.

Aus einem Reflex heraus drehte sich der Schütze zu ihr um, bereit, abzudrücken. Er kam nicht mehr dazu. Serge hatte ihn ebenfalls lokalisiert und schoss als Erster, gefolgt von der Kommissarin. Getroffen brach der Mann zusammen. Weitere Polizisten eilten ihnen zur Hilfe.

»Einer ist abgehauen!«, schrie die Kommissarin. »Wir müssen ihn schnappen!«

51

Als Piotr in den Salon trat, war Zerminsky sofort klar, dass etwas passiert war.

»Wir haben ein Problem.«

»Das heißt?«

»Unsere Karre ist verwanzt.«

Zerminsky erbleichte.

»Erklär das!«

»Der Hausmeister ist ein Kumpel. Ich hab ihm mehr zugesteckt als nötig, und er weiß das zu schätzen. Er hat mir gesagt, dass sich die Bullen im Viertel herumgetrieben haben. Dass er, sagen wir … ungewöhnliche Aktivitäten bemerkt hat! Da bin ich auf die Idee gekommen, unseren Wagen zu überprüfen. Und hab einen Peilsender gefunden.«

»Es ist wohl unmöglich zu sagen, seit wann?«

»So ist es«, bestätigte Piotr.

»Und weißt du, wie es in Frankreich läuft?«

»Nein, nichts. Ich hab versucht, Chambon zu erreichen. Er antwortet nicht.«

»Wir haben keine Wahl. Wir müssen unsere Zelte abbrechen und aufräumen. Hast du Neuigkeiten aus Almaty?«

»Alles gut. Sie sind bereit, die Ablösung zu übernehmen. Ich hab die notwendige Knete überwiesen. Es ist alles in Ordnung«

Diese letzte Neuigkeit beruhigte Zerminsky ein wenig.

»Reservier den ersten Flug morgen früh.«

Doch dann entschied er sich anders.

»Nein, lass das. Wir kaufen die Tickets am Flughafen. Aber lass deine Beziehungen spielen, es muss sicher sein, dass wir nicht kontrolliert werden … Und kein Wort zu der Nutte. Sie darf nichts wissen.«

•••

Es war fast Mitternacht, als der Wagen von Karl und Leonid Schumansky vorsichtig den Weg oberhalb von Sama-Nablus in Angriff nahm. Die Räder des Wagens drehten fast durch, als sie den Kiesweg erreichten, und kleine Steinchen prasselten unaufhörlich ans untere Fahrgestell.

»Verdammt, ist das eine Scheißstraße. Wir kriegen noch einen Platten.«

Piotr hatte Karl über Skype eine unauffällige Nachricht geschickt, also über ein Kommunikationssystem, das schwer abzuhören war. Die beiden Russen müssten einige Tage untertauchen. Sie wollten ihre Schulden begleichen, bevor sie verschwanden, und hatten einen von ihnen bevorzugten Treffpunkt vorgeschlagen, da die Gefahr, von den Bullen dorthin verfolgt zu werden, gering war: die Anhöhen von Nablus.

»Das gefällt mir nicht.«

»Bleib cool, hör auf zu jammern. Wir werden mit hunderttausend Dollar zurückkehren. Das ist doch nicht schlecht. Oder? Und das ist nur der Anfang.«

Als sie an einer Reihe von Wasserreservoiren vorbeikamen, wurde die Steigung geringer, und der Wagen kam wieder besser voran. Er schaffte ohne Schwierigkeiten die letzten Meter, und Leonid hielt mit ausgeschalteten Scheinwerfern neben einem rostigen Behälter in Richtung Stadt an.

»Piotr ist pünktlich, wir brauchen bestimmt nicht lange zu warten«, meinte Karl, steckte sich eine Zigarette an und lehnte sich im Beifahrersitz zurück.

Die Ruhe wurde unterbrochen, als sich die hinteren Türen öffneten. Piotr und Zerminsky stiegen ein und setzten sich. Karl explodierte:

»Verdammt, Leonid! Du hast die Türen nicht verriegelt. Bist du bescheuert oder was?« Piotr begann laut zu lachen.

»Cool bleiben, Leute.«

»Das hätten ebenso gut Araber sein können. Verdammt, hier kann man es schon mit der Angst zu tun kriegen! Man muss immer wachsam sein ...«

»Das stimmt. Aber glücklicherweise sind wir es.«

Kaum hatte er seinen Satz beendet, war ein dumpfer Knall zu hören. Karl zuckte leicht zusammen und sank mit dem Gesicht nach vorn aufs Armaturenbrett. Gleichzeitig schlang Piotr ebenso schnell wie präzise eine Klaviersaite um Leonids Hals. Das Metall schnitt ins Fleisch des Opfers, aber der Killer machte nicht weiter. Zerminsky, dessen Waffe in einer Plastiktüte steckte, schraubte den Schalldämpfer ab und verstaute sorgfältig seine Pistole, nachdem er die Patronenhülse an sich genommen hatte. Er beugte sich vorsichtig vor und stellte zufrieden fest, dass die Kugel, nachdem sie ihre Aufgabe erledigt hatte, durch die Windschutzscheibe geflogen und in der Natur verschwunden war. Zufrieden lehnte er sich bequem zurück.

Piotr lockerte die Schlinge am Hals seiner Beute ein wenig.

»Bringt mich nicht um, ich werde nichts sagen ... Ich hab eine Frau und zwei Kinder. Ich hab mit der Sache nichts zu tun ... Ich werde euch alles sagen. Ich verspreche euch, dass ich meine Klappe halte. Keiner wird jemals was erfahren.«

»Was ist das für ein Gestank?«, fragte der Mafioso und hielt die Hand an die Nasenlöcher.

»Ich glaube, er hat sich in die Hose geschissen«, antwortete Piotr.

»Oh! Sieh mal einer an ...«

Leonid weinte und flehte die Killer weiterhin um Gnade an. Ohne es zu ahnen, hatte er Zerminskys Neugier erregt, der sich fragte, ob er ihm etwas zu beichten hätte, obwohl er nichts von ihm erwartete.

»Wenn du ehrlich zu mir bist, bringe ich dich nicht um.«

Von einem nervösen Schluckauf geschüttelt, warf der junge Mann einen Blick auf seinen Bruder, dessen Blut übers Armaturenbrett floss.

»Ich hab mit dieser Geschichte nichts zu tun … Ich bin nur mitgefahren.«

»Ich will ALLES wissen.«

»Ich war es nicht, ich schwöre es …«

»Wer dann?«, schrie Zerminsky.

Piotr zog die Schlinge wieder fester an, und ein Blutrinnsal lief Leonids Hals herunter.

Mit weinerlicher und stockender Stimme erklärte Leonid, dass Karl mehr Geld haben wollte. Er habe mit Uzan gesprochen, um ihn zu ermutigen, die Tatsache ins Feld zu führen, dass sie das Labor hatten und sie beide das Meth herstellten, aber der Franzose wollte von dieser Idee nichts hören. Schlimmer noch, er wollte alles beenden. Die Hinrichtung von vier Palästinensern, die in China mit ihrer Droge verhaftet worden waren, hatte ihm einen Schock versetzt. Er wollte nicht mehr weitermachen.

Karl hatte gedacht, dass das eine Chance sein könnte, und Uzan gebeten, ihnen zu helfen weiterzumachen, aber der Franzose habe nur gelacht und ihm gesagt, er sei ein Idiot, der höchstens Teewasser kochen könne. Der Ton sei lauter geworden, und sie hätten sich bis zu dem Moment gestritten, in dem Karl die Diskussion beendet, den Familienvater mit einem Baseballschläger niedergestreckt und ein Messer gezogen habe … Leonid bekräftigte, er habe eingreifen wollen, konnte es aber nicht, weil alles so schnell ging …

»Und die Familie?«

Diese Frage verstärkte den Tränenstrom, jedoch ohne dass die beiden Russen davon im Geringsten gerührt wurden.

»Das sollte wie ein Überfall von Terroristen aussehen … Aber ich dachte nicht an den Rest der Familie. Karl stand unter Schock, er saß auf dem Boden, sprach wie im Wahn und verhöhnte den Leichnam, unfähig, irgendwas zu tun … Ich hab ihm gesagt, er soll im Gartenhaus warten, während ich Sachen holen würde, die als Beweise dienen konnten und die wir mit Blut beschmieren würden. Ich wollte ihm helfen.«

»Und?«

»Ich rannte zur erstbesten Baustelle, habe mir einen Mantel, ein Tuch, Klamotten und Zigarettenstummel, die dort rumlagen, geschnappt. Als ich zurückkam, war Karl nicht mehr im Gartenhaus, er hatte weiter auf Uzans Leiche eingeschlagen, überall war Blut … Und ich hab gesehen, wie er das Haus verlassen hat.«

Piotr unterbrach ihn:

»Es hat den Anschein, dass ein Wagen hochkommt. Wir müssen abhauen.«

»Scheiße.«

»Ich sag die Wahrheit! Ich werde nichts sagen, ich will nichts … Ihr könnt das Labor behalten … Lasst mich laufen«, flehte Leonid leise unter Tränen. »Ihr habt versprochen …«

»Keine Angst, ich halte meine Versprechen. Ich werde dich nicht töten.«

Zerminsky drehte sich leicht zu Piotr um, zwinkerte ihm zu, und dieser verstand, was gemeint war. Er zog die Saite fester zu. In einem verzweifelten Reflex versuchte der junge Mann vergeblich, die Schlinge zu lösen, die ihn erwürgte und ihm die Kehle zuschnürte. Dann strampelte er mit den Füßen, sein Körper begann zu zucken und erstarrte schließlich mit einem letzten Röcheln.

Die Scheinwerfer blieben weiter unten einen Moment lang stehen und entfernten sich in die entgegengesetzte Richtung.

Zerminsky setzte eine betrübte Miene auf.

»So'n Mist, der Wagen kommt nicht hoch. Wir hätten uns noch ein bisschen mit ihm unterhalten können. Schade.«

»Wir sollten hier nicht länger rumhängen, es ist besser, wenn wir uns jetzt vom Acker machen.«

»Du hast recht, wir räumen auf und hauen ab.«

52

Am frühen Morgen war das Lager zu einem Ameisenhaufen geworden. Städtische Polizei, Bereitschaftspolizei, mobile Gendarmerie, eine regelrechte Armee durchsuchte peinlich genau den Ort und die Umgebung. Straßensperren waren eingerichtet worden, hatten aber nichts gebracht. Kein Chambon. Die Polizisten hatten mehrere Fluchtmöglichkeiten gefunden, wussten jedoch nicht, wie er entkommen konnte.

Parallel zu diesen Untersuchungen beendete die Kripo die Beweisaufnahme zu den Festnahmen und zum Tod des anderen Ganoven. Es handelte sich um Jorg Aliew, einen Ganoven, der den russischen Behörden bekannt war. Marie erinnerte sich, dass sie ihn schon einmal auf dem Foto gesehen hatte, das die monegassische Polizei ihr gezeigt hatte. Er war der Mann, der Ritucci, Chambon und Zerminsky begleitet hatte.

Bei der Durchsuchung des Toten hatten die Ermittler ein Handy mit genau der SIM-Karte gefunden, die Serge suchte. Ein Beweis, dass der Russe etwas mit dem Tod von Cotto zu tun hatte.

Christine Blanchard hatte nach der Schießerei einen langen Moment der Einsamkeit erlebt. Sie musste die telefonischen Vorwürfe des Polizeidirektors über sich ergehen lassen. Es hatte sie verbittert, als er ihr versprach, dass sie für diese Operation bezahlen müsse. Glücklicherweise war ihre Verzweiflung nur von kurzer Dauer. Sie hatte zuerst die Unterstützung des Staatsanwalts der Republik bekommen und dann die der Untersuchungsrichterin. Noch wichtiger, der Generalinspektor, der überregionale Direktor von Marseille, war mit seinem Assistenten zum Ort des

Geschehens gekommen, und zwar nicht nur, um sie zu unterstützen, sondern auch, um sie zu der Art und Weise, in der die Festnahme vorgenommen worden war, zu beglückwünschen. Wieder zu sich gekommen, hatte sie die Untersuchung der beschlagnahmten Drogen verfolgt und groß angelegte Durchsuchungen der Wohnungen der Ganoven angeordnet. Jetzt bereitete sie sich auf die Untersuchung der Waren vor, die die beiden abgefangenen Fahrzeuge transportiert hatten.

Die Spannung hielt sich jedoch in Grenzen, da die Übeltäter bereits preisgegeben hatten, dass die Ware als Versteck der Drogen diente. Die Lieferwagen standen im Hof der Kripo in Auvare, und eine unterschiedlich zusammengesetzte Menge wartete auf den Beginn der Operationen. Da waren die Ermittler und der Erkennungsdienst sowie die festgenommenen Personen, mit Handschellen und gut bewacht, ihre Anwälte und auch Abteilungsleiter, Polizisten von anderen Einheiten, die aus Neugier gekommen waren, und einige akkreditierte Journalisten. Auch in der benachbarten Gendarmerie, die von dem Komplex in Auvare durch ein einfaches Gitter getrennt war, hatten sich Gendarmen und ihre Familien versammelt, um bei dem Schauspiel dabei zu sein. Trotz der vielen Leute und der Beharrlichkeit von immer mehr Behördenvertretern erweckte Christine Blanchard den Eindruck, sich nicht entscheiden zu können, den Startbefehl zu geben.

»Willst du uns noch lange warten lassen?«, knurrte der Polizeidirektor schließlich.

Sie antwortete nicht, doch als sie den Generalinspektor von Marseille ansah, wurde ihr klar, dass sie nicht mehr länger warten konnte. Das Geräusch einer sich nähernden Sirene beruhigte sie.

»Ich wollte, dass Marie dabei ist. Denn dank ihr und ihrem Team sind wir hier!«

Die Blicke richteten sich auf den einparkenden Wagen. Die junge Polizistin konnte kaum aus dem Polizeiwagen steigen und erschien mit dem Arm in einer Schlinge. Sie stützte sich auf Serges Schulter und kam auf sie zu.

»Wie geht es Ihnen?«, fragte der Generalinspektor, während er ihr entgegenging. »Ich wollte Sie ihm Krankenhaus besuchen. Warum hat man Sie nicht dort behalten?«

Sie lächelte.

»Ich wollte das hier nicht versäumen!«, sagte sie und deutete mit dem Kinn auf die Lieferwagen.

Christine Blanchard löste mit einem Zeichen den Beginn des Schauspiels aus.

Nach einigen Fotoaufnahmen und der Suche nach Fingerabdrücken und DNA-Spuren fingen sie mit dem Einfachsten an, sprich mit der Seife. Die im Lieferwagen transportierten Seifenstücke waren alle in Papier mit arabischer Aufschrift eingewickelt. Ein Polizist packte ein erstes Stück aus, schnitt es auf und brachte ein Plastiktütchen mit Methamphetamin zum Vorschein. Er wog die Drogen und legte sie in eine Schachtel, die den gesamten beschlagnahmten Stoff aufnehmen sollte. Nach einigen ähnlichen Handgriffen entspannte sich das Publikum, und der Marseiller Inspektor wandte sich der Kommissarin zu.

»Christine, lassen Sie jetzt einige Bodenfliesen untersuchen. Dann können Sie hier alleine weitermachen. Die Untersuchung der gesamten Ware wird bestimmt mehrere Stunden brauchen. Solange können wir nicht warten.«

Sie stimmte zu und gab den Befehl an die Polizisten weiter. Diese zerschlugen mit einem Hammer die erste Fliese, und eine kleine Blechdose, in der die Drogen versteckt waren, kam zum Vorschein.

»Bravo«, jubelte der Generalinspektor, dem sich andere Amtsträger anschlossen. »Gut gemacht!«

»Ich habe diesen Fall von Anfang an verfolgt, und ich kann Ihnen sagen, dass wir sehr gut gearbeitet haben«, betonte der

Polizeidirektor, der sich bis dahin im Hintergrund gehalten hatte.

Der Marseiller Generalinspektor, der sehr gut verstand, worauf sein Untergebener hinauswollte, lächelte und wandte sich zu ihm um.

»Daran habe ich keinen Zweifel, aber trag nicht zu dick auf. Du hast Glück, dass du sehr gute Mitarbeiter hast, zu denen ich vollstes Vertrauen habe, und das umso mehr, als mein Stellvertreter sie gut kennt, da er mehrere Jahre deine Stelle hatte …«

Geschmeichelt hielt sich der stellvertretende Generalinspektor zurück und beschränkte sich darauf, mit amüsiertem Blick den Kopf hin und her zu wiegen.

53

Maïssa ließ ihr Buch sinken. Sie konnte weder einschlafen noch sich auf die Lektüre konzentrieren. Dieser Fall ging ihr nicht aus dem Kopf. Doch es gab auch noch etwas anderes … Ihre Einsamkeit begann sie zu bedrücken. Manchmal ertappte sie sich selbst dabei, dass sie eifersüchtig auf ihre Schwester, ihr Eheleben und ihr Glück war. Sie amüsierte sich zwar über Rimas neue Interessenschwerpunkte, die Religion und all das … Aber zumindest hatte sie jemanden, der ihre Sorgen teilte, sie lag am Abend nicht allein in einem hoffnungslos kalten Bett.

Sie legte das Buch auf den Nachttisch und machte das Licht aus … Sie brauchte Urlaub, musste hier weg, nach Frankreich reisen, Freunde treffen, ausgehen, ohne sich um das »Was werden die Leute sagen« zu kümmern. Auch wenn Ramallah »*open minded*« war, diese geistige Offenheit hatte ihre Grenzen. Eine Frau, Capitaine bei der Polizei und Tochter eines Ministers, konnte es sich nicht erlauben, die Anstandsregeln über Gebühr zu verletzen. In Paris hatte sie einige Freunde gehabt, aber eine Beziehung auf Distanz aufrechtzuerhalten, war nicht einfach und schließlich immer schief gegangen.

Sie drehte sich auf den Bauch und vergrub den Kopf im Kissen. Ihre Gedanken begannen umherzuschweifen, der Abend mit Gabin hatte ihr gut getan. Es war schon lange her, dass sie mit einem Mann allein zusammen war. Sie hatte gespürt, dass er nicht unempfänglich für ihre Reize war, dass er sich in einem Moment fast vorgebeugt und nach ihrer Hand gegriffen hätte. Sie hatte die Hand zurückgezogen, bevor er sich vorbeugte, und bedauerte es nicht wirklich. Er gefiel ihr, aber sie hatte keine Lust auf eine Beziehung ohne Zukunft, und es schien ihr nicht so, als ob er ihr viel anderes zu bieten hätte. Und Fahrid, der war ein hübscher Junge … Brachte aber zu viele Probleme mit sich … Ein Kollege, der aus einer religiösen Familie stammte, und jemand, der vorerst noch suspekt war …

Während sie an diese Männer dachte, war ihre Körpertemperatur gestiegen, und ihr Becken hatte sich schließlich regelmäßig an die Matratze gedrückt, auf der Suche nach einer einsamen Liebkosung. Ihre Hüften begannen sich hin und her zu bewegen, genossen das regelmäßige Reiben der Laken auf ihrem nackten Hintern und die Härte der Matratze an ihrem Schambein. Mit geschlossenen Augen stellte sie sich abwechselnd Gabin und Fahrid vor und ließ die rechte Hand auf die Suche nach ihrer Lust gehen …

…

Kaum war Maïssa aufgewacht, trat ihre Mutter ins Zimmer. Sie hatte das drahtlose Telefon des Festnetzanschlusses in der Hand.

»Ist dein Handy aus? Dein Chef sucht dich!«

Es handelte sich bestimmt um etwas Wichtiges. Denn ihre Abteilung arbeitete normalerweise nicht an »Notfällen«. Sie ahnte Schlimmes und nahm den Hörer.

»Maïssa! Du fährst sofort nach Nablus. Es hat einen Mord gegeben, vielleicht zwei Juden. Ich will, dass du da hingehst und schaust, um was es geht. Ich habe Fahrid angerufen. Er holt dich in zehn Minuten ab.«

Die Nachricht hatte die junge Frau hochschnellen lassen. Sie war sofort auf den Beinen, verzichtete auf die Dusche, schlüpfte in eine Hose und sprach dabei weiter. Ihre Mutter hatte das Zimmer nicht verlassen und konnte aufgrund der Lautstärke des Telefons das ganze Gespräch verstehen. Sie erbleichte, ihre Gesichtszüge erschlafften, und man brauchte kein genauer Beobachter zu sein, um zu begreifen, dass sie sich schon jetzt um ihre Tochter sorgte.

Maïssa wollte mehr wissen.

»Worum geht es genau? Warum ich?«

»Weil ich dich darum bitte. Reicht das nicht!«, versetzte der Oberst mit einer für ihn ungewöhnlichen Autorität. »Du hast die letzten Fälle da hinten verfolgt, und man braucht bestimmt deine diplomatischen Talente. Es kommt nicht infrage, dass die Juden das ausnutzen, über die Stadt herfallen und Nablus dasselbe Schicksal zuteil wird wie Gaza. Ich will genau wissen, was passiert ist.«

»Was sagt Oussama dazu?«

»Er ist vor Ort. Er hat die Direktion noch nicht angerufen, aber die israelischen Radios sprechen bereits von einer Entführung und von ermordeten Siedlern bei Nablus. Gib mir einen Überblick über die Lage, sobald du angekommen bist. Der Minister will informiert werden. Und keine Initiativen, ohne mit mir zu sprechen. Kann ich auf dich zählen?«

Sie ließ einen Moment vergehen, bevor sie antwortete, was als ein Zögern hätte interpretiert werden können … Und doch hatte sie dieses Mal keine Lust, die erhaltenen Befehle zu kritisieren.

»Ja, Oberst. Das können Sie.«

•••

Trotz einer Temperatur von fast 30 Grad war der Himmel bedeckt. Die Wolken wirkten bedrohlich, aber der Wetterbericht hatte keinen Regen angekündigt. Dieses miese Wetter blieb nicht ohne Folgen für die Gemüter. Während der ganzen Fahrt sagte Maïssa kein Wort, und Fahrid versuchte nicht, ihre Meditation zu unterbrechen. Die junge Polizistin wusste nicht, was sie denken sollte, doch sie ahnte bereits, dass dieser Doppelmord mit ihren Untersuchungen zusammenhing. Sie hatte im Zentralkommissariat von Nablus angerufen, um weitere Informationen zu bekommen, und beschlossen, direkt dorthin zu fahren, wo die Toten entdeckt worden waren. Sie kannte den Ort gut, da sie beim Joggen dort vorbeigekommen war. Ihr 4x4 hatte keine Schwierigkeiten, den steilen Hang zu erklimmen. Es waren bereits mehrere Polizeifahrzeuge angekommen, und in der Nähe hatte sich eine Menge versammelt, die zum größten Teil aus Jugendlichen bestand.

Die Aufmerksamkeit aller richtete sich auf ein ausgebranntes Fahrzeug, das neben einer völlig verrosteten Zisterne stand. Alles, was verbrennen konnte, war verschwunden. Es war nur noch die Radaufhängung mitsamt den Felgen übrig und nichts von der Fahrgastkabine, abgesehen von den Metallteilen.

Vorn waren zwei Leichen, die auf Sitzen saßen, von denen nur die Federn und Rahmen dem Feuer standgehalten hatten. Die Toten waren zwar teilweise verbrannt, aber noch identifizierbar, das Feuer hatte es nicht geschafft, sein Werk zu vollenden. Übrig geblieben war ein wenig erbaulicher Anblick. Die Kleidung war verschwunden, das Fleisch verkohlt, und die Köpfe waren nur noch nackte Schädel.

Als sie näherkamen, zögerte Maïssa und schreckte leicht zurück, was ihrem Teamkollegen nicht entging.

»Geht es?«

Sie war Polizistin, und so etwas gehörte zu ihrem Job. Doch im Gegensatz zu vielen Palästinensern hatte sie in einer geschützten Umgebung gelebt, weit weg vom Tod. Sie atmete tief durch.

»Ja, es geht schon«, sagte sie schneidig.

Oussama sprach gerade mit einer Gruppe von Offizieren und Beamten, unterbrach sich aber, als er sie kommen sah, und ging ihnen entgegen. Mit einem Blick stellte auch er fest, dass es der jungen Polizistin nicht gut ging.

»Willst du dableiben?«

»Ja, ich krieg das schon hin. Ich halte durch!«

Der Wagen hatte israelische Kennzeichen und war in der Nacht abgefackelt worden. Da keine Gefahr bestand, dass das Feuer sich ausbreitete, hatte sich niemand wirklich darum gekümmert. Die Leute hatten wahrscheinlich gedacht, es gäbe ein Problem mit der Elektrizität. In diesem Land sah man oft alte Autos, die durch einen Kurzschluss in Brand geraten waren. Am Morgen hatte ein Schäfer, der diesen Weg entlangkam, bemerkt, um was es sich handelte, und Alarm geschlagen. Der Beifahrer hatte eine Schussverletzung. Die Kugel war im Nacken eingedrungen und in der Mitte der Stirn wieder ausgetreten.

»Sind das Araber oder Juden?«, fragte Fahrid, obwohl er wusste, dass diese Frage absurd war.

Oussama zuckte mit den Schultern und warf ihm einen bösen Blick zu.

»Kannst du das sagen, wenn du sie anschaust?«

»Tut mir leid. Das ist mir nur so rausgerutscht. Ich habe laut gedacht.«

»Gut, denk erst nach, bevor du …«

Die Brutalität der Antwort überraschte die beiden jungen Offiziere. Oussamas tragbares Funkgerät knisterte. Er ging beiseite, um zu antworten und kehrte dann zu Maïssa zurück.

Die Israelis hatten nicht lange gebraucht, um zu reagieren. Sie hatten bereits die Kontrollpunkte in Tapuah und am Stadtrand geschlossen und drangen in Nablus ein. Sie waren mit zwei Humvee-Kolonnen aufgebrochen, die eine kam auf der Straße, die nach Jerusalem führte, herauf. Der andere kam von den Samaritanern herunter.

»Sie wissen schon Bescheid«, wunderte sich Fahrid.

»Sie sitzen in der ersten Reihe«, sagte Maïssa zu ihm und deutete mit den Augen auf den Wachtturm auf dem Gipfel des Bergs

Eibal und das Militärlager mit seinen Abhörvorrichtungen. »Sie müssen uns mit einem Fernglas beobachtet haben. Ich bin mir sicher, dass sie das Auto bereits identifiziert haben.«

»Wenn das Juden sind, werden sie uns das büßen lassen«, bemerkte Maïssa mit einer gewissen Unruhe.

Sie brauchten nicht lange zu warten, bis sie ein Dutzend Zahal-Fahrzeuge kommen sahen. Oussama drehte sich zu einem seiner Leute um:

»Ich will keinerlei Zwischenfälle. Es darf keine Verletzten geben. Wir müssen sie dazu bringen, zurückzufahren. Keine dumme Provokation. Auf so etwas warten sie nur.«

Die Kolonne fuhr mit hoher Geschwindigkeit, ohne sich um die Fahrzeuge auf der Gegenspur zu kümmern. Mehrere Fahrer mussten ihren Wagen quasi in den Graben steuern, um einen Zusammenstoß zu vermeiden. Auf den letzten Metern, als der Asphalt einem Schotterweg wich, wirbelten die gepanzerten Fahrzeuge eine dicke Staubwolke auf, die sie bis zu ihrer Ankunft begleitete. Sie hielten in einem Kreis in der Nähe des ausgebrannten Wagens an, und jedes Humvee spuckte eine Gruppe schwer bewaffneter und beladener Soldaten aus. In wenigen Minuten war der Ort abgeriegelt. Ein zehnjähriger Bursche zögerte nicht, hob einen Stein auf und warf ihn in Richtung der Soldaten. Der Stein landete krachend auf einer Motorhaube. Oussama schnappte sich sofort ein Megaphon, wandte sich an die Jugendlichen und forderte sie auf, sich zurückzuziehen.

Diese fügten sich murrend. Ein Zahal-Oberst im Kampfanzug und begleitet von zwei Soldaten, ging auf Oussama und zwei Polizisten in Uniform zu. Er sprach perfekt Arabisch.

»Die Opfer sind sicherlich Israelis. Das ist unsere Angelegenheit. Wollen Sie bitte den Ort verlassen und dafür sorgen, dass wir nicht belästigt werden.«

»Sie sind in Zone A, die unter palästinensischer Verwaltung

steht. Gefällt Ihnen das nicht?«, fragte Oussama, wohl wissend, dass das nichts bringen würde.

»Das ist ein israelisches Fahrzeug. Es handelt sich vermutlich um Israelis. Deshalb übernehmen wir«, antwortete der Soldat entschlossen. »Wir sind nicht hier, um Politik zu machen. Jeder muss seine Pflicht erfüllen, Oberst. Lassen Sie mich meinen Job machen, und wir alle werden davon profitieren. Wenn Sie Informationen haben, so geben Sie uns die bitte.«

Auch Maïssa kochte angesichts dieser typischen Verletzung des Territoriums. Sie beschloss einzugreifen:

»Wenn der Oberst Informationen hat, so werden sie der Abteilung für internationale Beziehungen übergeben und dann den üblichen Weg gehen.«

Sie konnte ihre Wut nur mühsam unterdrücken, und das war ihrem Gesprächspartner nicht entgangen. Der Israeli lächelte amüsiert.

»Gewiss, Capitaine … Jetzt, da alles geklärt und geregelt ist, seien Sie bitte so nett, uns unsere Arbeit machen zu lassen.«

Ohne sich darum zu kümmern, was die palästinensischen Polizisten denken mochten, ließ er sie stehen und wandte sich an seine Männer, damit sie SEINEN Tatort besetzten. Fünf Soldaten, die als Kriminaltechniker ausgebildet worden waren und die notwendige Schutzkleidung trugen, um keine Spuren zu verwischen, näherten sich dem Wagen und spannten ein Plastikband auf, das ihren Aktionsbereich abgrenzte.

»Verschwinden wir«, knurrte Oussama. »Ich ertrage es nicht, das zu sehen.«

Als sie aufbrachen, klingelte Maïssas Handy. Es war Gabin.

»Du bist in Nablus?«, fragte er.

»Ja, hier gibt es einen Doppelmord.«

»Ich weiß«, antwortete er. »Ich bin mit Guy und Dany zusammen. Wir sind auf dem Weg zu Uzans Siedlung und zu den Samaritanern.« Sie verstand, dass die drei bereits mehr wussten als sie. Sie musste nervös lachen.

»Wir sind auf dem Hügel gegenüber. Das ist da, wo ich an dem Morgen gejoggt bin, als ich in Nablus war. Die Juden sind gerade angekommen. Der Schabak wird den Fall übernehmen. Wisst ihr, wer die Opfer sind?«

»Nicht hundertprozentig, aber es handelt sich wahrscheinlich um die beiden Brüder Schumansky. Der Wagen gehört Leonids Frau. Sie sind gestern Abend damit losgefahren, und man hat sie seitdem nicht mehr gesehen. Wir fahren zu ihnen. Ich ruf dich wieder an, wenn ich mehr weiß.«

Er wollte schon auflegen, überlegte es sich dann aber anders.

»Maïssa?«

»Ja.«

»Hast du gesagt, dass du dort für gewöhnlich laufen gehst?«

»Ja?«

»Hoffentlich ist das keine Botschaft an dich. Pass auf dich auf, man weiß ja nie.«

Gabins Überlegung verwirrte sie. Sie wandte sich an Oussama.

»Das war der Franzose. Er ist gegenüber von uns und in Begleitung der israelischen Polizei unterwegs zum Haus der Schumansky-Brüder. Sie sind sich nahezu sicher, dass es sich bei den Toten um die beiden handelt. Ich weiß, dass sie Karl, den Jüngeren, im Verdacht hatten, ein Drogenhändler zu sein. Der Fall hängt bestimmt damit zusammen. Gabin fragt sich, ob die Tatsache, dass die beiden hier umgebracht wurden, nicht eine versteckte Botschaft für mich ist … Der Fundort der Leichen ist der Ort, an dem ich für gewöhnlich laufen gehe.«

Oussama spürte, wie sein Herz raste. Sie näherten sich den Fahrzeugen und er blieb stehen, um sich mit einer Hand auf den Kotflügel des 4x4 zu stützen. Er war blass, sein Gesicht war aschgrau, Schweißtropfen perlten von seiner Stirn.

»Stimmt was nicht?«, fragte Maïssa.

»Nein, ich fühl mich nicht gut. Ich muss mich setzen.«

»Ist dir schlecht? Warte«, sagte sie.

Sie öffnete die Tür ihres Autos und stützte den Oberst am Arm. Fahrid kam ihr zur Hilfe.

»Das ist das Herz«, diagnostizierte Fahrid.

»Bist du etwa Arzt?«, stöhnte Oussama, ohne die kleinste Spur von Humor.

»Nein«, lächelte Fahrid. »Aber meine Eltern, ja, und es hat in meiner Familie schon solche Fälle gegeben. Bewegen Sie sich nicht, versuchen Sie, ruhig zu bleiben, atmen Sie tief durch. Wir bringen Sie ins Krankenhaus. Das muss sich ein Arzt ansehen.«

»Aber nein, ich brauche nur ein paar Minuten zu warten, das geht vorbei.«

»Hör, was er dir sagt«, protestierte Maïssa. »Es ist nicht schlimm, ins Krankenhaus zu gehen. Wir begleiten dich.«

Er wischte diese Idee mit einer Handbewegung beiseite und atmete tief durch, bis der Anfall vorbei war.

54

Zurück in Jerusalem, wollten die Israelis eine Bestandsaufnahme der beiden Morde der letzten Nacht und der Folgen der Festnahmen in Nizza machen. Die Morde an den Schumansky-Brüdern mussten etwas mit dem Meth-Handel zu tun haben. Die Durchsuchungen in der Siedlung und vor allem die in der Villa des samaritanischen Dorfes ließen keinen Raum für Zweifel. Sie hatten ein regelrechtes Labor und Fässer mit den chemischen Substanzen, die bei Genelab Ltd. gestohlen worden waren, entdeckt.

Nachdem Guy Dany und den Franzosen allein gelassen hatte, kam er mit niedergeschlagener Miene ins Büro zurück.

»Wir kriegen sie nicht mehr«, verkündete er. »Sie sind verschwunden, entfleucht. In der Wohnung rührt sich nichts mehr.«

Angesichts der verständnislosen Blicke von Gabin und Dany fühlte er sich gezwungen zu präzisieren:

»Kein Zerminsky, kein Piotr!«

Guy wurde vom Klingeln seines Handys unterbrochen. Er wühlte in seiner Tasche, holte sein iPhone heraus und nahm das Gespräch an. Sein Gesicht zeigte, dass die Neuigkeiten nicht gut waren. Er legte auf und trat hinter seinen Schreibtisch, um eine Liste mit Telefonnummern zu konsultieren. Er hatte ein paar Polizisten aus dem Viertel zu Zerminskys Wohnung geschickt, die sich dort einmal umschauen sollten. Aber sie hatten nur die üppige Blondine angetroffen. Sie war allein in dem Appartement und hatte bestätigt, dass ihr Liebhaber fort war. Er hatte seine Sachen genommen und ihr Geld dagelassen, wie er es immer machte, wenn er länger fortblieb. Der Polizist rief die Immigrationsabteilung am Flughafen Ben Gurion an.

»Kurz nach unserer Beschlagnahmung und dem Mord an den beiden anderen wirkt das wie ein Geständnis«, meinte Gabin.

»Und das umso mehr, als die Toten genau an der Stelle gefunden wurden, an der wir den Wagen lokalisiert haben, als wir sie das letzte Mal verfolgten. Das war ein Treffpunkt«, fuhr Dany fort.

»Inzwischen«, sprach Guy weiter, während er die Nachrichten im Internet verfolgte, »sorgt der Fund der Leichen bereits für Aufsehen.«

Die israelischen Medien sprachen nur noch von der Entdeckung der verbrannten Leichen und behaupteten, dass es sich nur um eine Entführung handeln konnte, die von den Palästinensern begangen wurde. Das ging in den Siedlungen um wie ein Lauffeuer: Als Vergeltung hatten sich die Siedler an den Straßenrändern versammelt und bewarfen die vorbeikommenden palästinensischen Fahrzeuge mit Steinen. Die Armee war gezwungen, sich dorthin zu begeben, um der Sache ein Ende zu machen. Für den Nachmittag war eine Parlamentssitzung in der Knesset vorgesehen, und die Regierung sollte zu diesen Morden befragt werden.

»Und ich vermute, es ist nicht angebracht, einfach zu behaupten, dass es sich um Raubmord handelt, oder?«, fragte Gabin hinterlistig.

Die Antwort war ein freudloses Lächeln.

»Morgen werden die Zeitungen über die Schwäche unserer Führungselite wettern und Schuldige fordern.«

Diesmal klingelte Danys Handy. Der Polizist warf einen Blick auf das Display.

»Das ist Eli vom Schabak«, sagte er und nahm das Gespräch an.

Sie sprachen lange Zeit auf Hebräisch. Guy hörte mit und übersetzte für Gabin einzelne Bruchstücke. Als Dany fertig war, fasste er das ganze Gespräch für sie zusammen.

Es war klar, dass der Schabak parallel eine eigene Untersuchung durchführte. Er hatte auch eine Verbindung zwischen den Morden in der Nacht und der Flucht von Zerminsky und Piotr hergestellt. Eli rief an, um zu sagen, dass er wusste, dass sie Recherchen am Flughafen angestellt hatten und er ihre Frage beantworten konnte. Als sein Dienst die Überwachungskameras überprüfte, hatte er die Spur der beiden Flüchtigen gefunden. Sie waren unter falschen Namen nach Moskau geflogen, und zwar via Istanbul und mit Turkish Airlines. Der Schabak hatte nachgeforscht, um zu erfahren, wie sie die Kontrollen mit falschen Papieren passieren konnten, aber das hatte im Grunde nichts gebracht. Distanziert und zynisch hatte Eli darauf hingewiesen, dass ihr Verdacht gegen die Russen politisch nicht korrekt war. Er bereitete sich daher vor, das zu tun, was er am besten konnte und was man von ihm erwartete: nach Balata fahren. An den Toren von Nablus waren die Sicherheitskräfte verstärkt worden, und es gab bereits Auseinandersetzungen mit Jugendlichen.

• • •

Am späten Nachmittag rief Gabin ein letztes Mal seine Kollegin an. Chambon war immer noch auf freiem Fuß. Die Franzosen und die Israelis hatten Ermittlungen über Interpol in Gang gesetzt, um Piotr und Zerminsky aufzuspüren. Ohne Ergebnis.

Als Gabin auflegte, hatte er einen Kloß im Magen. Im Laufe des Tages hatte er mehrere Male mit Marie gesprochen, die Ereignisse in Nizza verfolgt und Informationen gesammelt, die für seine israelischen und palästinensischen Kollegen interessant sein konnten. Die dortigen Ermittlungen waren sehr erfolgreich verlaufen, sein Team hatte in Frankreich fast neunundzwanzig Kilo Methamphetamin beschlagnahmt, sieben Personen verhaftet und weitere Verdächtige würden folgen. Chambon fehlte beim Appell, aber sie würden ihn schon kriegen. Trotz dieser Flut von guten Nachrichten, die ihn hätten erfreuen müssen, war da aber noch etwas anderes … Marie. Er hatte gespürt, dass etwas nicht stimmte. Sie wäre fast ums Leben gekommen, und er verstand, dass sie nicht in ihrem normalen Zustand war, doch er hatte das Gefühl, dass sie ihm verlorenging, dass sie sich von ihm entfernte, ohne dass er wirklich verstand, warum.

Als Dany und Guy ihm vorschlugen, einen Zug durch die Gemeinde zu machen, um den Ermittlungserfolg zu feiern, wusste er im Voraus, dass er sich nicht betrinken würde, um einen Erfolg zu feiern, sondern um Probleme zu ertränken, die wieder auftauchen würden, wenn die Wirkung des Alkohols nachließ. Doch das war ihm egal.

…

Marie in Nizza steckte ihr Handy wieder in die Tasche und ging über den Cours Saleya in die Bar, in der ihre Kollegen auf sie warteten. Sie hatte sich mit ihrem Ehemann gestritten und schimpfte innerlich vor sich hin. Er verstand sie nicht … Sie war dicht am Tod vorbeigeschrammt, aber selbst wenn es ihr schlecht ging, wenn sie wegen der gebrochenen Rippen nur schwer atmen konnte und wenn jeder normale Mensch Urlaub genommen hätte, sie hatte keine Lust, zu Hause zu bleiben.

Sie hatten das Büro erst spät verlassen, da sie über zwanzig Personen im Polizeigewahrsam hatten. Unmengen Protokolle mussten noch geschrieben werden, ein Riesenhaufen Arbeit, der sie morgen früh im Büro erwartete, doch jetzt hingen sie im Pub *Thor* rum, um sich die vergangene Nacht zu vergegenwärtigen, zu lachen und sich zu beweisen, dass sie noch am Leben waren. Der Alkohol und die Schmerzmittel zeigten ihre Wirkung, und die Polizistin schlief allmählich ein. Christine Blanchard bemerkte es als Erste.

»Man kann sie so nicht sitzen lassen. Wir müssen sie nach Hause bringen.«

»Das kann ich doch machen«, schlug Serge vor.

»Ich kann selbst fahren«, meinte Marie. »Und dann, morgen, wie willst du das morgen machen?«

»Ich werde dich abholen.«

»Jedenfalls kommt es nicht infrage, dass Sie selber fahren«, sagte die Kommissarin.

»Na, gut … Dann fährt er mich eben. Ich habe verstanden«, gab Marie nach und stand auf …

Die Bewegung erinnerte sie an ihre Verletzung, und ihr Gesicht verkrampfte sich. Serge erhob sich ebenfalls.

Die Verletzte schenkte dem Hilfeangebot keine Beachtung und ging direkt zum Ausgang, wobei deutlich zu sehen war, dass sie sich ausruhen musste. Die Erschöpfung, der Stress, die Medikamente, der Alkohol … all das war zu viel. Serge ging ihr voraus, half ihr, sich in den Wagen zu setzen, und die Flüche, die sie ausstieß, als sie sich setzte, zeigten vollends, wie schlecht es ihr ging. Sie lehnte sich zurück, und er fuhr los.

»Ich will nicht zu mir nach Hause.«

Eine Aussage, die den Fahrer überraschte.

»Nimm mich mit zu dir, ich kann heute Abend nicht nach Antibes zurück.«

»Aber dein Mann erwartet dich!«

»Nein, ich habe ihm eine SMS geschickt und gesagt, dass ich in Nizza schlafe.«

Er sah sie unschlüssig an und wusste nicht so recht, wie er sich verhalten sollte.

»Hör auf nachzudenken und fahr los. Ich bin fix und fertig.«

55

Zwei Tage nach den Festnahmen in Israel und im Westjordanland war die Untersuchung über den Drogenhandel weiter vorangekommen. Aber es gab noch immer viele ungeklärte Fragen.

In Nablus hatte Oussama die Ermittlungen persönlich überwacht. Er hatte unverzüglich die Angestellten der Seifenfabrik und der Fliesenmanufaktur identifiziert und eingebuchtet. Trotzdem war es nicht gelungen, die Spur bis zu den Auftraggebern im Westjordanland zurückzuverfolgen.

Auf ihrer Seite hatten Dany und Guy mehrere kriminelle Zollbeamte festgenommen, die den Transport erleichtert hatten. Außerdem war es ihnen gelungen, an Videoaufzeichnungen heranzukommen, auf denen zu sehen war, dass Piotr und Zerminsky bei der Verschiffung der Ware nach Marseille dabei gewesen waren.

Es war indessen nicht der Drogenfall, der weiterhin die Aufmerksamkeit der Medien erregte. Der Mord an den Schumanskys in Nablus beherrschte die Schlagzeilen der israelischen Presse. Ein weiterer guter Grund für Juden und Araber, sich gegenseitig zu zerfleischen und die internationale Gemeinschaft zum Zeugen zu machen.

Ohne sich um den allgemeinen Kontext zu kümmern, hatte Habib Marouane beschlossen, die mit dem Fall beauftragten Polizisten zu sich einzuladen. Erstaunlicherweise hatten die Israelis, darunter auch Eli, die Einladung angenommen. Der Milliardär war in seinem Element. Er spielte eine Rolle, die ihm ganz besonders gefiel, nämlich die des »Cäsar« von Nablus. Dies gelang ihm umso besser, als er tatsächlich einen römischen Palast besaß, der auf den Höhen über der Stadt errichtet worden war. Vertreter der Besatzungsmacht in seinem Haus zu empfangen, schien ihn in keiner Weise zu stören. Seine persönliche Geschichte, seine Macht und sein Geld erlaubten es ihm, zu tun und zu lassen, was er wollte.

Es gab ein üppiges Mahl. Er hatte französische Jahrgangsweine servieren lassen, die eine Vorspeise aus kalten und warmen Mezzen begleiteten, deren Fülle, Vielfalt und Qualität die Gäste betörte. Dann kamen verschiedene erlesene Speisen, die die lokale Küche repräsentierten, und zum Abschluss gab es eine französische Käseplatte. Und nun befanden sie sich in einem Salon, tranken Champagner und genossen köstliche Sorbets.

Fahrid schien sich in dieser stark alkoholisierten Umgebung nicht wohlzufühlen. Während eines Großteils des Essens wirkte er bedrückt, was den anderen Anwesenden nicht entgangen war. Sie amüsierten sich darüber, dass er Fruchtsaft trank. Sein Verhalten war Guy auf die Nerven gegangen. Er machte sich mehrmals darüber lustig und verspottete die religiösen Tugendwächter von Nablus, die am Abend heimlich Alkohol bei den Samaritanern kauften und die Verpackung auf die Straße warfen.

»Die Juden sind wahrscheinlich besser als wir, weil sie Alkohol trinken«, hatte Fahrid ihm einmal verärgert entgegnet, um ihn zum Schweigen zu bringen.

Diese Bemerkung hatte eine gewisse Kälte aufkommen lassen, und Maïssa kam ihrem Kollegen zu Hilfe, indem sie anmerkte, die geistige Offenheit einer Religion auf den Umgang mit Alkohol zu reduzieren, würde bedeuten, von einem sehr vereinfachten Schema auszugehen. Diplomatisch hatte der Hausherr für Ablenkung gesorgt, indem er eine Zigarrenkiste zum Vorschein brachte und Cohibas anbot.

»Ein Freund hat sie mir direkt aus Kuba mitgebracht. Ich habe meinem Freund Clinton nach Camp David eine Kiste davon geschenkt. Die Vorstellung, dass die Zigarre, mit der Monica und er sich vergnügt haben, aus meiner Kiste stammte, hat mich immer amüsiert«, hielt er für gut zu präzisieren und brach in ein dickes fettes Lachen aus. Eine nicht sehr feine Bemerkung, die den männlichen Polizisten gefallen sollte, die den größten Teil seines Publikums bildeten. Vergnügt griffen sie in die Kiste mit den Havannas.

Gabin zog sein Telefon heraus. Man rief ihn an. Er warf einen schnellen Blick auf das Display und hob ab. Sein Gespräch zwang die anderen Gäste dazu, sich im Schweigen zu üben. Man gab ihm Informationen, und er sah mechanisch auf seine Uhr, bevor er auflegte. Er kümmerte sich zunächst nicht um die fragenden Blicke, steckte sich seinerseits eine Cohiba an, stieß eine große Rauchwolke aus und wandte sich dann an Habib und die anderen.

»Eine gute Nachricht. Man hat Chambon lokalisiert. Seine Stunden sind gezählt. Mit etwas Glück wird er im Laufe des Tages verhaftet ...«

Guy sog an seiner Zigarre und ließ perfekte Rauchringe aufsteigen. Mit einem kurzen Blick vergewisserte er sich, dass dies nicht unbemerkt geblieben war, und ein breites Lächeln erhellte sein Gesicht.

»Sie werden ihn schnappen, oder?«, fragte er.

Gabin umging die Frage mit einer unbestimmten Antwort und fragte ihren Gastgeber nach seinen Vorlieben, was Zigarren anging.

Mit der Zigarre in der Hand war Oussama aufgestanden, auf die von der Sonne beschienene Terrasse gegangen und genoss den Blick auf die Stadt. Fahrid schloss sich ihm an. Der junge Polizist langweilte sich, das war ihm deutlich anzusehen. Auch Maïssa brauchte Luft, denn der Rauch war ihr unangenehm.

Einer modernen Gewohnheit entsprechend, stürzte sich jeder wie in solchen Pausen üblich auf sein Handy. Fahrid und Maïssa als Erste, dicht gefolgt von Oussama, Guy und Habib. Als Gabin sie sah, wollte er nicht zurückstehen und zog ebenfalls sein iPhone hervor. Das Telefon des Franzosen piepte zwei Mal. Er hatte eine SMS bekommen. Er nahm sie kurz zur Kenntnis, während Habib Champagner nachgoss. Da Eli sich schon ziemlich angetrunken fühlte, zögerte er, sich neu einschenken zu lassen, aber Gabin intervenierte:

»Danke, Habib. Ja, es wäre schön, wenn wir noch ein letztes Glas zusammen trinken.«

»Warum ein Letztes?«, scherzte Marouane.

Der Capitaine fuhr fort:

»Ich möchte einen Toast ausbringen.«

»Haben wir nicht schon genug getrunken?«, fragte Maïssa.

Doch Gabin ließ sich nicht aufhalten, und alle versammelten sich aufrecht stehend im Salon um ihn herum.

»Also, wie lautet dein Toast?«, ließ sich Guy lautstark vernehmen.

»Trinken wir auf die Identifizierung des Verräters in unserem Fall, und möge er mit uns anstoßen!«

Die Gesichter verkrampften sich, eine Atmosphäre des Unverständnisses und des Verdachts machte sich breit.

»Bist du übergeschnappt?«, fragte Guy mit aufgerissenen Augen. »Was soll dieser Blödsinn?«

Gabin blickte lächelnd in die Runde. Er genoss den Moment, auf den er seit dem Beginn des Essens gewartet hatte. Um den Knalleffekt nicht zu verpatzen, hatte er sich absichtlich mit dem Alkohol zurückgehalten.

»Das jordanische Handy, über das Informationen an die Hamas und an die Dealer gegeben werden, ist soeben benutzt worden.«

»Das musst du erklären!«, rief Maïssa.

»Einer von uns versteht sehr gut, was ich damit sagen will. Aufgrund der Information, die ich euch vorhin zur bevorstehenden

Verhaftung von Chambon gegeben habe, wollte er ihn anrufen und hat sein Handy angemacht. Der Anruf ist hier geortet worden.«

Ein eisiger Wind schien durch die Runde zu fegen. Man brauchte kein großartiger Polizist zu sein, um zu begreifen, dass der Verdacht sich nur auf die anwesenden Palästinenser beziehen konnte. Die Gesichter erstarrten, Fahrid trat einen Schritt zurück und wühlte in seiner Tasche. Seine Bewegung blieb jedoch nicht unbemerkt. Guy hatte ihn bereits im Auge. Er verstand augenblicklich, dass er nach einer Waffe suchte, packte seinen Arm und stieß ihn zurück. Sie fielen zu Boden und rissen bei ihrem Sturz einen kleinen runden Tisch mit Kaffeetassen und Geschirr mit sich.

»Ich war mir sicher!«

Die anderen kamen näher, sowohl um sie zu trennen als auch, um Guy zu helfen. Nur Oussama blieb stehen und griff fest nach Maïssas Arm. Fahrid schrie und beschimpfte den Angreifer. Er befreite sich, indem er dem Israeli mitten ins Gesicht schlug, sodass dieser mit blutiger Nase zur Seite flog. Als er aufstehen wollte, drückte Eli ihn mit einem Fuß auf der Brust fest auf den Boden. Dany durchsuchte den jungen Polizisten und zog ein Handy aus seiner Tasche. Er hatte keine Waffe. Alle Blicke richteten sich auf Guy.

»Ich dachte, er hätte eine Knarre …«, nuschelte er und hielt sich die blutige Nase.

Angewidert von dieser lasterhaften Umgebung, hatte der junge Mann nur seine Unschuld beweisen und die Gesellschaft verlassen wollen. Er warf einen wütenden und hasserfüllten Blick in die Runde und bemerkte als Erster die Abwesenheit seiner Kollegin. Sie war mit Oussama auf der Außentreppe. Doch irgendwas stimmte da nicht. Alle starrten die beiden Flüchtigen an … Mit einer leichten Bewegung stieß der Oberst Maïssa beiseite, damit alle sehen konnten, dass er sie mit einer Waffe bedrohte.

»Versucht nicht, uns zu verfolgen, wenn ihr sie lebend wiedersehen wollt. Ich hab nichts mehr zu verlieren.«

Der Milliardär trat trotzdem vor. Oussama lachte kurz, und seine Augen füllten sich mit Hass.

»Komm nicht näher. Dich würde ich als Ersten abknallen, wenn ich in dieser Runde wählen müsste. Du bringst mich noch mehr zum Kotzen als die Juden. Du bist ein echter Mistkerl.«

Habib blieb stehen.

»Was …?«

Der Oberst zuckte angewidert mit dem Gesicht und bellte:

»Was denn ›was‹? Deine Knete, deine Macht, wo hast du das alles her? Von kleinen Schiebereien, von Kompromissen aller Art … Und du willst über mich urteilen? Dass ich nicht lache! Jahrelang hab ich die Drecksarbeit gemacht, die der Alte und du mir befohlen habt, und zum Dank dafür sollte ich in einem verpissten Kommissariat mit ein paar hundert Dollar im Monat enden? Jede Nacht träume ich, dass bestimmte Opfer kommen und Rechenschaft von mir verlangen, und am Morgen, wenn ich die Augen aufschlage, was sehe ich da auf der Anhöhe? Deinen Palast … Du widerst mich an … Du warst es, der die Morde und die anderen Sauereien angeordnet hat … Und wer musste den Bluthund spielen? Wer?«

Oussama hatte Maïssa zum Parkplatz gestoßen. Aus einer seiner Taschen zog er Handschellen und umschloss damit das linke Handgelenk der jungen Frau. Er zog sie zu seinem 4x4, öffnete die Beifahrertür, zwang sie, einzusteigen und auf den Fahrersitz zu rutschen. Nachdem er ebenfalls eingestiegen war, befestigte er die Handschellen am Lenkrad und nahm sich die Zeit, das Fenster zu öffnen und seine Waffe auf die Reifen der anderen parkenden Fahrzeuge zu richten.

»So werden sie uns nicht gleich folgen. Jetzt fahr mich runter.«

»Du bist ja verrückt.«

Er antwortete mit einer Rohheit, die sie noch nie bei ihm erlebt hatte.

»Halt die Klappe! Wegen dir stecken wir jetzt in der Scheiße.«

56

Maïssa erlebte einen Alptraum. All das war irreal. Trotz der heiklen Lage, in der sie steckte, hatte sie nicht wirklich Angst um ihr Leben. Sie wollte vor allem Erklärungen haben, verstehen, wie ein Mann, den sie liebte, den sie seit ihrer Kindheit verehrte, so weit kommen konnte.

»Du bist kein Dealer oder Verräter … Das ist nicht möglich … Warum?«

»Verurteile mich nicht.«

Während sie den Wagen zum Stadtzentrum hinunterfuhr, schrie sie:

»Dann erklär es mir! Warum?«

»Warum? Das hab ich da oben doch schon gesagt. Ich habe nichts. Ich habe alles für dieses Land und für unsere Sache gegeben … Und am Ende? Ich bin ein kleiner Bulle, der in einem dreckigen Kommissariat vergammelt. Sie haben mich nicht mal zu einem General gemacht. Habib ist Milliardär und genießt hohes Ansehen. Dein Vater Minister. Und ich bin ein Haufen Scheiße, der den Abfall aus der Gosse einsammelt! Ich bin ein Müllmann. Ich habe nicht mal eine Familie, an die ich mich halten kann. Ich hab keine mehr … «, schloss er und schluckte mit Mühe seinen Speichel hinunter.

Sie hatte die letzte Anspielung nicht verstanden. Doch bevor sie nachfragen konnte, fuhr der alte Oberst fort:

»Ich habe alles verloren, Maïssa … «

Als er diese Worte aussprach, lächelte er müde …

»Was ich sage, ist Blödsinn … Ich hab nie etwas gehabt … «

Er hatte Schwierigkeiten weiterzusprechen und stieß einen Seufzer aus.

»In der Vergangenheit, in der Zeit, in der ich in Moskau war, habe ich mich in eine junge Russin verliebt, Karina. Die Sowjets trainierten uns für revolutionäre Aktionen in der ganzen Welt.«

Je mehr er sprach, umso stärker und sicherer wurde seine Stimme.

Sie wurde für eine Mission in Südamerika vorbereitet. Oussama und sie glaubten an die Zukunft der kommunistischen Internationale, persönliche Gefühle mussten dahinter zurückstehen. Doch er hatte sie nie wirklich vergessen. Bis vor zwei Jahren wusste er nicht, was aus ihr geworden war. Die Erinnerung an diese Geschichte wurde auf unerwartete Weise durch einen Anruf von Christophe Chambon wiederbelebt. Er war in Jerusalem und wollte mit ihm über Karina sprechen. Oussama wusste nicht, mit wem er es zu tun hatte, und mit einer gewissen Neugier hatte er sich bereiterklärt, ihn zu treffen. Der Mann hatte vom Tod seiner ehemaligen Geliebten gesprochen, deren Sohn er sei.

Karina hatte nach einem abenteuerlichen Leben Georges Chambon kennengelernt, einen französischen kommunistischen Aktivisten, und ihn geheiratet. Aus dieser Verbindung war Christophe hervorgegangen. Beim Fall der Mauer hatte sich die Welt geändert, und das Paar war nach Nizza gezogen. Georges war Ende der Neunziger Jahre gestorben und sie vor Kurzem an Krebs. Sie hatte mit ihrem Sohn über ihre Beziehung zu dem Oberst gesprochen, und er sagte, er habe Lust gehabt, ihn zu treffen.

Sie fanden sich sympathisch. Oussama, der keine Familie hatte, hatte Gefallen am Sohn seiner früheren Geliebten gefunden. Chambon hatte ihm schließlich Russen vorgestellt, die aus dem Sowjetapparat stammten und ehemalige Mitglieder des KGB waren. Und das Vergnügen, wieder eine Sprache zu sprechen, die er vergessen hatte, und sich an seine politischen Wurzeln zu erinnern, hatte ihn die Tatsache vergessen lassen, dass sie Juden waren.

Als sie ihm vorschlugen, mit ihnen »zusammenzuarbeiten«, brauchte er nicht lange, um einzuwilligen, zumal die Bilanz seines Lebens und seiner Taten katastrophal war. Er hatte zwei Jahrzehnte im Untergrund gelebt und für die Freiheit seines Volkes und die Schaffung einer demokratischen Gesellschaft gekämpft und getötet ... Und nun, die Fatah war heute bis ins Mark korrumpiert und behauptete eine illusorische Macht über einen Teil des Bodens, der Tag für Tag durch neue, vom hebräischen Staat geförderte Siedlungen kleiner wurde. Das Vertrauen der Bevölkerung hatte sich von den Politikern abgewandt und der Hamas zugewandt, und die Palästinensische Autonomiebehörde würde bald wie eine reife Frucht in die Hände der Hamas fallen.

Was ihn betraf, so war er nur noch ein versoffener alter Mörder, der zum Anführer einer Schlägertruppe in Uniform geworden war. Er hatte nichts, nicht einmal mehr Humor, er war in die Fänge der religiösen Partei geraten, indem er ihr für bare Münze Informationen lieferte. Sie hatten ihn in der Hand. Er hatte bereits einen Pakt mit dem Teufel geschlossen. Die Idee, sich auch mit russischen Juden zusammenzutun, hatte ihn nahezu amüsiert.

Christophe hatte ihm zwei junge Männer vorgestellt, die für ihn arbeiteten. Sie suchten einen Ort für ein Labor. Da hatte sich ihm natürlich die Idee mit den Samaritanern aufgedrängt. Was konnte besser sein als diese Pufferzone zwischen Juden und Arabern? Zumal die Chemiker in der Nähe lebten. All das war relativ einfach gewesen ... Sie hatten einen alleinstehenden Freund in der Gemeinschaft, der schon lange heiraten wollte. Im Austausch gegen eine Ehefrau und eine hohe Miete hatte er sein Haus problemlos den russischen Juden überlassen, und sein Schweigen war garantiert.

»Wir konnten uns dort einrichten«, sagte er.

Maïssa hatte zugehört, wie er sein Herz ausschüttete. Das war eine untergehende Welt. Sie konnte nicht glauben, was sie hörte, hätte sich am liebsten übergeben. Ihr Unwohlsein hatte nichts mit dem Alkoholkonsum bei Habib zu tun.

»Wir?«, stieß sie aus.

»Ja … WIR konnten dort ein Labor einrichten. Ich habe mit ihnen zusammengearbeitet. Es hat mir sogar Spaß gemacht, als Mittelsmann zwischen ehemaligen Kommunisten und diesen verrückten Gottesanbetern zu dienen! Ich kannte den Anführer von Ezzedine Al Qassam.«

»Von diesen Mördern!«

»Wie ich!«

Oussama überging den Namen seines Kontaktmanns mit Schweigen und sprach weiter. Er erklärte, dass es sich um einen Pragmatiker handelte, mit dem er viele Gemeinsamkeiten habe. Und als dieser davon gesprochen habe, Drogen in Umlauf zu bringen, um Geld zu verdienen, habe er, der Handlanger der Hamas, nicht lange gebraucht, die Idee sehr verlockend zu finden … Er meinte, die Droge wäre ein finanzielles Manna und eine Vernichtungswaffe, die er gegen die Juden und Ungläubigen einsetzen könnte, indem er sie ausschließlich an die Gottlosen verkaufte.

Er erklärte weiter:

»Nach dem Tod von Uzan, als die beiden Brüder allein dastanden, wollte Karl die Sache übernehmen. Er war nur ein Chemielehrling und hatte zu Anfang Probleme. Deshalb gab es diese Überdosen.«

Maïssa hatte Schwierigkeiten mitzukommen.

»Und Uzan, wer war das?«

»Ich hab Uzan nicht gekannt. Sie haben sich seiner bedient. Sie haben ihn bezahlt, und eines Tages wollte er nicht mehr für sie arbeiten. Karl hat ihn im Laufe eines Streits umgebracht.«

Es fiel ihm schwer zu sprechen, und sie spürte, dass da noch etwas anderes war.

»Und?

Der Oberst sprach undeutlich, und seine Stimme brach.

»Leonid, Karls Bruder, hat mich angerufen, um mich um Rat zu fragen. Er wusste nicht, was er tun sollte: sie wären durchgedreht, sie hätten Uzan umgebracht … Ich habe ihm gesagt, es müsse so aussehen wie ein Mord an einem Siedler … so etwas kommt ja immer mal wieder vor …«

Er konnte kaum fortfahren:

»Ich schwöre dir, ich wusste nicht, dass sie die ganze Familie umbringen und auf die Idee kommen würden, den Verdacht auf Unschuldige zu lenken.«

Sie war erschüttert, hatte das Gefühl, in einen Brunnen ohne Grund zu stürzen.

Als die beiden Brüder Oussama wieder anriefen, um ihm zu sagen, dass sie bei Uzan nicht verhaftet worden wären und die Frau und die Kinder getötet hätten, um die Sache glaubwürdiger zu machen … sei er explodiert und habe gedroht, raufzukommen und sie umzulegen. Karl habe ihn ausgelacht und gesagt, er sei bei diesen Morden ihr Komplize. Am Ende sei er noch tiefer in der Scheiße versunken … und habe beschlossen, Zerminsky und Chambon die Wahrheit zu verschweigen.

Eine schreckliche Idee kam Maïssa in den Sinn. Sie wollte sich Klarheit verschaffen:

»Und Moncef? Warst du das auch?«

Sie hatte das Gefühl, er würde zögern, beschloss aber, diesen Eindruck zu unterdrücken.

Oussama stieß die Luft aus, als ob die Antwort auf diese Frage ganz klar wäre. Er wusste, wie sehr der Tod des jungen Polizisten Maïssa erschüttert hatte. »Ich habe nichts damit zu tun. Das war ein Unfall«, antwortete er nüchtern.

Scheinbar erleichtert, hakte sie nicht nach. Sie wusste auch so schon genug.

»Und nun?«

»Mach dir um mich keine Sorgen. Es ist besser, wenn du nichts weißt.«

Sie hatten im Stadtzentrum angehalten. Oussama schwieg einen Moment und griff dann nach einem seiner Handys.

»Ich brauche dich. Du musst mich aus der Stadt rausbringen. Ich bin verbrannt, aufgeflogen …«

Maïssa konnte den Gesprächspartner nicht verstehen.

»Nein, ich bin nicht allein, aber das ist kein Problem … Okay, ich komme … Wir treffen uns.«

Der Oberst wandte sich an die junge Frau.

»Fahr mich zum Friedhof Al Sharkya und halte am Eingang.«

»Was willst du machen?«

»Stell keine Fragen, ich bitte dich.«

Sie fuhren am Rathaus vorbei, sie bog nach links ab und hielt vor der Moschee Elaj Nemer. Oussama zog den Zündschlüssel heraus.

»Mach keine Dummheiten. Ich will dir nicht wehzutun. Ich lasse dich nicht aus den Augen. Also versuche erst gar nicht, abzuhauen.«

Er stieg aus und ging schnellen Schrittes auf den Friedhof. Sie sah, wie er sich zwischen den Gräbern entfernte. Er sah sich regelmäßig um, um sie zu überwachen, und jeder Versuch, fortzulaufen, erschien ihr nutzlos. Der Oberst beugte sich über ein Grab und verschwand für ein paar Sekunden aus ihrem Blickfeld. Dann tauchte er wieder auf, drehte sich um und kehrte mit einem Beutel in der Hand zu ihr zurück.

»Jetzt kann ich abhauen, ich hab genug Geld, um eine Weile durchzuhalten. Fahr mich nach Balata …«

Eine Träne lief langsam über die Wange der jungen Frau. Sie würde Oussama niemals hassen können.

»Du kannst nicht ständig auf der Flucht leben.«

Er hatte nicht mehr den Mut, etwas zu sagen, und schwieg. Die Vorstellung, wieder im Untergrund zu leben, machte ihm keine Angst, im Gegenteil, sie erregte ihn. Er hatte darin mehr Erfahrung als jeder andere, und er würde bestens damit zurechtkommen. Er zeigte ihr, wo sie langfahren sollte.

Sie waren in der Nähe des Lagers angekommen. Er leitete sie weiter bis zu einem verlassenen Fußballplatz.

»Halt an, ich muss aussteigen.«

»Was wirst du machen?«

Er sah sie an und antwortete nicht auf ihre Frage, sondern beschränkte sich darauf, den Zündschlüssel herauszuziehen und in seiner Tasche verschwinden zu lassen. Dann beugte er sich zu dem eingebauten Funkgerät vor und riss das Mikro raus, durchsuchte Maïssas Jacke, zog ihr Handy heraus, entfernte den Akku und warf ihn weg. Als Letztes entriegelte er die Motorhaube.

»Tut mir leid, dass es so enden muss. Ich hoffe, du erinnerst dich nicht nur an diesen Tag, sondern auch ein bisschen an die Vergangenheit«, sagte er beim Aussteigen.

Zum Schluss öffnete er die Motorhaube und klemmte die Batterie ab. Er warf ihr einen letzten Blick zu, drehte sich um und lief schnell zum Lager. Sie überdachte ihre Situation. Es war unmöglich, die Handschellen abzunehmen, ihr blieb nichts anderes übrig als zu warten, bis jemand vorbeikam oder die Polizei sie fand …

…

Sie waren einen Moment wie betäubt auf der Außentreppe der Villa stehengeblieben.

»Woher hast du das gewusst?«, fragte Dany Gabin.

»Das war ein Bluff. Ich hab mir gedacht, dass das von hier kam, aber ich wusste nicht, von wem. Dank Oussamas Anruf können wir jetzt in Frankreich Chambon einlochen.«

»Wir müssen hinterher, wir müssen ihn verfolgen«, schrie Fahrid wie ein Irrer, als Oussamas Wagen verschwand.

Sein Blick kreuzte den von Guy.

»Du bist verrückt. Ich schwöre dir, wenn ihr irgendwas zustößt … bist du tot.«

»Hör auf!«, mischte Gabin sich ein.

»Wir werden an der Straße einen Wagen anhalten«, sagte Dany.

»Ihr macht nichts!«, brüllte der palästinensische Polizist. »Es ist nicht eure Sache, das zu regeln. Repariert eure Kisten und verschwindet.«

Habib eilte in sein Büro und kam mit einer Beretta im Gürtel, einer MP5 in der einen Hand und einer Pistole in der anderen zurück.

»Komm, ich hab alles, was wir brauchen«, sagte er zu Fahrid und gab ihm eine seiner Waffen.

Dann wandte er sich an Gabin:

»Du kannst mitkommen, wenn du willst. Bist du bewaffnet?«

»Nein.«

»Nimm das«, sagte Dany und reichte ihm seine Pistole und zwei Magazine.

»Er wird ihr nichts tun, da bin ich mir sicher«, sagte der Geschäftsmann zu ihnen. Er zog sie zu seiner Garage und setzte sich ans Lenkrad eines Porsche Cayenne.

Das Gewicht der Türen überraschte Fahrid.

»Ist er gepanzert?«

Habib lächelte, ohne zu antworten.

Die Garagentore öffneten sich und gaben den Weg frei. Der Wagen raste zur Ausfahrt des Grundstücks und schleuderte Kies in einer Staubwolke auf. Fahrid klammerte sich an einen Griff, um im Gleichgewicht zu bleiben, und griff nach seinem Telefon.

»Der Oberst und Capitaine Maïssa Thabet sind von Terroristen entführt worden. Man muss sie finden. Schreibt seinen Wagen zur Fahndung aus. Setzt alle Polizisten ein, und gebt die Information an alle unsere Dienste weiter.«

Habib lächelte erneut.

»Gut gemacht! Das sollte auch die weniger Motivierten aufwecken.«

...

Ali Abu Ahmad und zwei Männer von der Hamas, mit Kalaschnikows bewaffnet und in Kampfanzügen, erwarteten Oussama am Eingang von Balata. Abu Ahmad hielt den Polizisten an, sobald er auf ihrer Höhe war.

»Wie bist du hergekommen?«

»Ich habe Maïssa als Geisel genommen.«

Der Vertreter der Gruppe Ezzedine Al Qassam war einen Moment lang überrascht und runzelte die Stirn.

»Deine Kollegin? Die Tochter des Ministers? Diese gottlose Schlampe!« Er hatte jedes einzelne Wort betont und verzog schließlich das Gesicht. Seine Augen leuchteten vor Hass.

»Lass sie in Frieden, gehen wir!«

Abu Ahmad hörte nicht auf ihn und gab seinen Begleitern ein Zeichen, ihm zu folgen. Sie rannten in die Richtung, aus der der Oberst gekommen war.

»Was machst du?«

»Ich werde uns von dieser Hündin befreien.«

Sie waren bereits um die Ecke der Gasse gegangen und verschwunden. Oussamas Blut gefror. Das hatte er nicht vorausgesehen. Seine Pistole in der Hand, machte er sich an die Verfolgung der Killer. Sie hatten nur ein paar Dutzend Meter Vorsprung, waren aber viel jünger als er.

Ohne zu begreifen, was geschah, sah Maïssa die bewaffnete Gruppe auf sich zukommen. Erst als sie Oussama hinter ihnen her rennen sah, verstand sie die Situation. Sie wurde von Entsetzen ergriffen und sah, wie der Tod sich näherte … Instinktiv begann sie zu beten.

»Stehen bleiben!«, schrie der Oberst. Ohne Erfolg.

Oussama schoss in die Luft. Daraufhin blieben die drei Männer stehen und drehten sich zu ihm um. Er brüllte sie an.

»Die Waffen runter!«

Die beiden vermummten Männer warfen einen schnellen Blick auf ihren Chef.

Abu Ahmad brach in schallendes Gelächter aus.

»Was willst du denn? Sieh dich mal an! Du bist nichts mehr, du bist nur noch ein Haufen Scheiße, ein abgehalfterter Bulle … Verzieh dich und warte dort hinten auf uns.«

Starr aufrecht stehend richtete Oussama seine Waffe auf Ali.

»Wenn ihr eure Waffen nicht fallen lasst, schieße ich, und ich verspreche dir, dass du als Erster stirbst.«

Die Entschlossenheit, die Abu Ahmad in Oussamas Augen sah, machte ihm klar, dass es besser war, aufzugeben.

Er gab seinen beiden Männern ein Zeichen, die Kalaschnikows zu senken, wollte aber nicht das Gesicht verlieren und schrie wütend: »Was hast du mit diesem Mädchen? Bei Moncef warst du nicht so zimperlich, als du mich gebeten hast, ihn zu beseitigen und das Ganze als Unfall zu tarnen! Lass uns machen und verschwinden, wenn du nicht willst, dass man dich für deine Dummheit zahlen lässt …«

•••

Fahrids Handy klingelte. Der Fahndungsleiter vom Zentralkommissariat.

»Sind Sie sicher, Leutnant, dass der Oberst entführt wurde? Mehrere Kollegen haben ihn gesehen. Er ist am neuen Muqataa-Gebäude vorbeigefahren und wurde dann gesehen, wie er an der Kirche mit dem Jakobsbrunnen vorbei nach Balata fuhr. Capitaine Thabet war bei ihm, und er hat den diensthabenden Polizisten gegrüßt, er hatte anscheinend keine Probleme.«

»Ich weiß, was ich sage«, antwortete der Offizier mit fester Stimme. »Vertraut nicht dem Anschein. Man muss ihn schnell finden, sie sind in Lebensgefahr. Schickt Fahrzeuge da hin. Ich komme auch.«

Fahrid legte auf.

»Beruhige dich. Er wird Maïssa nichts tun. Das ist unmöglich. Er versucht abzuhauen, das ist alles.«

Der gepanzerte 4x4 war nach Balata hinuntergefahren. Sie kamen an Polizisten vorbei, die schnellen Schrittes unterwegs waren. Als sie bei der Kirche ankamen, hob Fahrid die Hand und gab Habib ein Zeichen, langsamer zu fahren.

»Vorsichtig. Vielleicht sind sie mit dem Wagen da reingefahren«, sagte er und sah zum Lager.

Alles schien ruhig zu sein, Mädchen waren am Joggen, die Bewohner gingen in den Geschäftsstraßen ihren Beschäftigungen nach.

Ein Schrei von Gabin ließ die beiden anderen hochschrecken.

»Da! Ihre Karre, auf der anderen Seite, links«, brüllte er und zeigte auf Oussamas Wagen.

Er stand neben der Avenue, an einer Stelle, wo die Bebauung Platz für etwas ließ, das eher wie eine Müllhalde als wie ein Fußballplatz aussah. Habib beschleunigte und schaute, wo er die Straße und den Mittelstreifen überqueren konnte. In diesem Moment bemerkten sie drei bewaffnete Männer, davon zwei im Kampfanzug der Hamas, und Oussama vor ihnen. Sie begriffen, dass sich dort ein Drama abspielte.

»Maïssa ist in dem Wagen«, schrie Fahrid.

Habib hielt kurz an und trat dann voll aufs Gaspedal. Er hatte beschlossen, den Mittelstreifen ohne Rücksicht auf Verluste zu überqueren. Der frontale Aufprall auf die Betonkante erschütterte den Porsche schwer. Er machte einen Sprung und ließ Teile der Stoßstange und der Scheinwerfer hinter sich.

Der Lärm lenkte Oussama ab, was sich der Chef des Kommandos zunutze machte. Er schoss mehrere Male in die Richtung des Polizisten, und seine Begleiter taten es ihm nach. Einer der Kalaschnikow-Feuerstöße traf und mähte den Oberst nieder. Verletzt stürzte er zu Boden und antwortete mit leichter Verzögerung. Seine Kugeln verloren sich in der Luft, ohne jemanden zu treffen. Ein zweiter Feuerstoß nagelte ihn endgültig fest.

»Schnell«, rief Ali seinen Männern zu und rannte weiter auf den 4x4 zu, in dem Maïssa gefangen war.

Machtlos und mit klopfendem Herzen zerrte die junge Frau verzweifelt an den Handschnellen, als sie die drei näher kommen sah. Als einer der Schützen sich von der Gruppe löste und auf sie anlegte, duckte sie sich auf den Sitz. Die beiden anderen schossen auf den heranrasenden Porsche.

Das Gaspedal voll durchgedrückt, brachte Habib den Motor zum Glühen. Mit einem Unheil verkündenden Geräusch schlugen die Kugeln in die gepanzerten Türen ein, und auf der Windschutzscheibe waren Funken zu sehen. Der Wagen hatte jetzt die Avenue überquert, näherte sich dem offenen Gelände und schleuderte Erde in die Luft. Der Killer, der auf Maïssa zielte, war stehen geblieben und wechselte das Magazin. Er sah die Bedrohung nicht kommen und verschwand nach einem dumpfen Zusammenprall unter dem gepanzerten Wagen. Habib blieb vor dem Fahrzeug stehen, in dem die junge Frau festsaß. Der Porsche bildete einen Schutzschild. Die drei Insassen sprangen aus dem Wagen und erwiderten das Feuer.

Abu Ahmad analysierte blitzschnell die Situation. Die Angreifer hatten ein gepanzertes Fahrzeug; sie konnten nicht weiter vordringen; und sie hatten keine Deckung. Sie mussten fliehen. Er richtete sich auf und rannte in Richtung Balata. In den kleinen Straßen des Lagers würde er die Verfolger mühelos abschütteln können.

»*Yallah!* Gib mir Deckung!«

Der Schütze mit der Kalaschnikow setzte ein Knie auf den Boden, um seine Position zu sichern, und schoss auf den Porsche. Habib, in Deckung, wartete auf das Ende des Feuerstoßes und richtete sich auf. Er drückte den Kolben seiner Waffe an die Schulter, nahm sich die Zeit, Kimme und Korn auf das Ziel zu richten. Die MP5 spuckte eine lange Salve aus, die ins Ziel traf, und der Angreifer fiel mit dem Gesicht nach vorn auf den Boden. Fahrid sprang hinter dem Wagen hervor.

»Kümmert euch um Oussama und Maïssa! Ich komme!«, schrie er und schnappte sich die MP5, die Habib ihm reichte.

Als der Mann von der Hamas am Oberst vorbeikam, zielte er auf den Toten und schoss drei Mal, ohne anzuhalten. Fahrid sandte einen Kugelhagel in die Richtung des Flüchtenden, ohne ihn jedoch zu treffen. Er hatte die Avenue überquert und erreichte das Lager. Leute schrien und spritzten beiseite, als Abu Ahmad vorbeikam. Unter diesen Bedingungen konnte Fahrid unmöglich das Feuer eröffnen. Der Terrorist bog in eine enge Gasse ein, der Offizier folgte ihm auf dem Fuß. Er blieb stehen, um zu schießen, doch ohne seinen Verfolger zu treffen. Dieser verschwand erneut.

Am Ende der Gasse angekommen, verlangsamte Fahrid einen Moment seine Schritte und kniete sich nieder, bevor er um die Ecke blickte. Eine Reaktion, die ihn rettete: Kugeln zischten über seinen Kopf und ließen Betonsplitter aufspritzen. Abu Ahmad erwartete ihn, und Fahrid sah in seinen Augen einen Blitz der Überraschung, den er sich zunutze machte, indem er zurückschoss. Der Feuerstoß der MP5 verletzte den Aktivisten an der Schulter, er ließ seine Waffe fallen und wandte sich dem Polizisten zu. Fahrid erhob sich mit ausgestreckter Maschinenpistole und ging auf den Verletzten zu. Der Kämpfer verzog das Gesicht vor Schmerzen, bewegte sich aber nicht. Stattdessen suchte er seinen Blick.

»Bruder, ich weiß, wer du bist. Ich kenne deine Familie. Ihr seid ehrbare Diener Gottes. Du kannst mich nicht töten, du weißt, dass ich für eine gerechte Sache kämpfe …«

»Eine Sache, die es dir erlaubt, Unschuldige zu töten und mit Drogen zu handeln!«

»Es gibt keinen Krieg ohne Opfer. Gott urteilt über Schuld und Unschuld. Lass mich gehen! Ich bin ein Gerechter, ein Kämpfer!«

»Du wolltest eine Frau umbringen.«

»Eine Hündin, eine Schlampe aus einer Familie von gottlosen Kommunisten. Das ist keine Sünde. Sie hat den Tod tausendfach verdient«, rechtfertigte sich der Verletzte.

Er sah Fahrid mit einem kleinen Lächeln an und verstand, dass es vorbei war. Das Letzte, was er sah, waren die eiskalten Augen des Polizisten, das Verkrampfen seiner Finger am Kolben der Pistole und die Mündungsflamme. Zu Boden geschmettert, fiel er auf den Rücken.

57

Spät am Abend hatte Maïssa Gabin zum Hotel St. George zurückbegleitet. Als er an der Rezeption seinen Schlüssel nahm, bemerkte er, dass eine Nachricht auf ihn wartete: »Dringend Monsieur Thierry Dumont anrufen.«

Er sah auf seine Uhr, es war fast 22 Uhr. Er zögerte, sagte sich aber, dass er ihn noch anrufen konnte. Der Polizeiattaché hob beim ersten Klingeln ab.

»Wo warst du?«

»In Nablus und Ramallah. Wir waren mit Maïssa unterwegs.«

»Konntest du nicht früher anrufen und Bericht erstatten?«, sagte er mit einer Stimme, der anzuhören war, dass er sich übergangen fühlte.

»Ich hatte keinen Akku mehr und auch keine Einheiten … Und ehrlich gesagt, keine Lust, nach blöden Ausreden zu suchen: Wir waren einfach fix und fertig, und ich hab nicht daran gedacht.«

»Das Konsulat und die Botschaft haben Wind von deinen kleinen Abenteuern bekommen. Sie sind völlig durchgedreht. Ich hab bereits eine Abreibung bekommen. Ich bin auf dem Weg nach Jerusalem. Ich hol dich im Hotel ab. Der Generalkonsul will mich dringend sehen. Du kommst mit mir.«

Kaum eine Stunde später befanden sich die beiden in der Residenz des Generalkonsuls. Der wachhabende Gendarm bestätigte ihnen, dass der Chef schlechte Laune hatte.

»Seit über drei Stunden wütet er in alle Richtungen. Ich kann euch sagen, dass er mit Paris über euch gesprochen und dass er mächtig was aufs Dach gekriegt hat!«

Kurz darauf fanden sich die beiden Polizisten in einem Büro wieder, in dem es totenstill war, und warteten darauf, dass der Generalkonsul sie empfing.

Als die Tür aufging und den Diplomaten hereinließ, war den Polizisten sofort klar, dass der Gendarm recht hatte. Ihr Gastgeber bat sie nicht, sich zu setzen, und blieb auf einen Stuhl gestützt stehen. Um eine rebellische Stirnlocke zu glätten, fuhr er sich mehrfach mit der Hand durchs Haar und machte fahrige Gebärden. Seine Raubvogelnase und seine Armbewegungen ließen ihn aussehen wie ein wildes Tier, das sich auf seine Beute stürzen wollte.

Der Capitaine amüsierte sich innerlich darüber. Ihm konnte nicht viel passieren. Aber Thierry Dumont steckte in der Klemme. Seine berufliche Situation konnte durch Gabins Aktivitäten durchaus in Mitleidenschaft gezogen werden.

»Bravo, meine Herren, bravo! Sie wollten wohl einen großen Coup landen! Ihr großartiger Minister wollte sich wohl in den Vordergrund spielen, vermute ich. Das ist ja gelungen! Können Sie mir erklären, was ein französischer Polizist in einem Flüchtlingslager macht, in dem die Hamas und die Palästinensische Autonomiebehörde ihre Rechnungen begleichen? Was hat er dort zu suchen?«

Gabin setzte zu einer Erklärung an, aber der Generalkonsul brachte ihn mit einer Handbewegung zum Schweigen. Er wandte sich an den anderen Polizisten und fuhr im selben Tonfall fort:

»Thierry, Sie entwerfen für Paris sofort eine diplomatische Note. Und ihr Kollege bleibt im Hotel. Er kann den Touristen spielen, wenn er dazu in der Lage ist, ohne bis zu seiner Abreise Aufsehen zu erregen. Ist das klar?«

»Absolut, Herr Generalkonsul.«

Der Diplomat hatte ihnen den Rücken zugedreht, und sie waren wieder unter sich. Der Gendarm erwartete sie und warf ihnen einen fragenden Blick zu.

»Du hast dich nicht getäuscht«, sagte Dumont zu ihm. »Sollte er zufrieden sein, verbirgt er das wirklich gut! Du musst ein Büro für uns finden, ich soll eine diplomatische Note schreiben.«

Thierry hatte das bereits vorausgesehen und einen Hintergrundbericht vorbereitet. Auf dieser Grundlage schrieb er schnell einen Text, der dem Konsul gefallen würde und in dem er Gabins Anwesenheit in Balata erklärte.

Auf dem Parkplatz des Konsulats entspannte sich der Polizeiattaché.

»Man muss den Chef auch verstehen. Er hat nur einen Teil der Standpauke an uns weitergegeben, die er über sich ergehen lassen musste, und ich vermute, im Innenministerium sind sie auch nicht gerade begeistert … Aber das ist nicht schlimm«, schloss er schicksalsergeben. »Da müssen sie durch. Trinken wir ein Glas?«

»Gern! Heute lade ich dich ein, aber du bestimmst, wo.«

»Das American Colony. Da kann man sich wohlfühlen.«

»Ich schau mal, ob Dany Zeit hat, vielleicht kann er sich uns anschließen«, sagte Gabin und griff nach seinem Telefon. »Ich muss ihm seine Knarre wiedergeben.«

Thierry Dumont hielt sich die Ohren zu.

58

Im Rafidia-Krankenhaus wurden Oussamas sterbliche Überreste schnell von einem Gerichtsarzt untersucht. Er hielt es für unnütz, eine Obduktion zu machen. Diese hätte keine neuen Erkenntnisse gebracht. Daher gab es keinen Grund, einen Akt vorzunehmen, der vom Islam als »*haram*« angesehen wurde, zumal die Behörden bereits beschlossen hatten, dass Oussama ein Märtyrer war. Die gleiche Wertschätzung wurde den sterblichen Überresten von Ali Abu Ahmad und seinen Begleitern von Seiten der Hamas zuteil … Es kam Gott zu, über sie zu richten.

Den religiösen Vorschriften entsprechend, wurde der Leichnam des Polizisten nicht gewaschen und in der Kleidung beigesetzt, in der er gekämpft hatte. Er hatte keine Verwandten, abgesehen von entfernten Cousins. Seine einzige familiäre Verbindung war eine Schwester in den USA. Habib Marouane und Ahmad Thabet, Maïssas Vater, waren immer seine einzige Familie gewesen. Seine Waffenbrüder beschlossen gemeinsam, die sterbliche Hülle zu begleiten und die Zeremonien abzuhalten, die auf die Beisetzung folgten.

Maïssa wohnte der Beisetzung, die nur für Männer reserviert war, nicht bei, nahm aber an einer Feier in Ramallah im Innenministerium teil, einem Ehrensalut vor einem Großporträt des »*shahid*«, der zu General Oussama geworden war und dessen Name in Goldbuchstaben zur langen Liste der Märtyrer der palästinensischen Sicherheitskräfte hinzugefügt werden würde.

Als die ersten Salven abgefeuert wurden, überraschte sich die junge Offizierin, die in Galauniform in Hab-Acht-Stellung im

Ehrenhof des Ministeriums stand, dabei, wie sie an die Worte des Propheten zu den Märtyrern dachte.

»Ihm wird vergeben mit dem ersten Tropfen seines Blutes. Er wird errettet von den Qualen des Grabes und sieht im Moment des Todes seinen Platz im Paradies. Ihm wird die Furcht vor dem Jüngsten Gericht erspart. Eine Krone des Ruhmes aus glänzenden Diamanten wird auf sein Haupt gesetzt. Jeder von ihnen wird kostbarer sein als dieses Leben und alles, was es enthält. Er erhält 72 schwarzäugige Frauen, und 70 seiner Familie kommen durch ihn ins Paradies.«

Sie würde ihn niemals hassen, selbst wenn er vom rechten Weg abgekommen war. Er hatte alles für die palästinensische Sache getan und war gestorben, als er ihr Leben retten wollte. Sie hoffte ernsthaft, das Oussama im Jenseits ein *shahid* sein würde.

• • •

Als Maïssa am Abend wieder in ihrem Büro war, dachte sie an die Kollateral-Opfer dieses Falls: Amer Tamari und Khaled Ghannam, die für den Mord an der Familie Uzan im Gefängnis verrotteten. Sie beschloss, Dany anzurufen, um ihn daran zu erinnern, dass Unschuldige in israelischen Gefängnissen für ein Verbrechen büßten, das sie nicht begangen hatten. Als ihr Kollege sie angehört hatte, konnte er ihr nicht verheimlichen, in welcher Klemme er steckte:

»Ich weiß, das sind arme Burschen … Aber sie sind gerichtlich verurteilt worden. Sie haben die Höchststrafe bekommen.«

»Sie haben diese Leute nicht umgebracht! Das weißt du genauso gut wie ich.«

»Sie haben ein Geständnis abgelegt. Es gab handfeste Beweise. Du, du hast nur die Aussage eines Toten, der zwei andere Tote beschuldigt …«

»Aber ich kann das bezeugen! Ich bin Polizistin«, versuchte sie ihn zu überzeugen.

Er lachte müde.

»Du bist Palästinenserin. Du willst dich für zwei palästinensische Verbrecher einsetzen. Wen soll das interessieren? Und die Typen, weißt du, was die wollen?«

»Die? Wovon sprichst du?«, fragte Maïssa überrascht.

»Ich werde dir die Wahrheit über die beiden Typen im Gefängnis sagen. Ich habe mit einem Anwalt über ihren Fall gesprochen, der junge Leute verteidigt, die von der Hamas angeworben wurden, also Leute, die eher Opfer als Täter sind. Er hat sie aufgesucht …«

Maïssa schwieg. Sie ahnte bereits, was kommen würde.

»Tamari und Ghannam haben beide bestätigt, dass sie die Morde begangen haben. Und sie haben behauptet, dass sie stolz darauf sind. Es ist nichts zu machen. Man kann sie nicht gegen ihren Willen retten. Juden töten … das gibt ihnen den Status von Helden.«

Sie schwieg, niedergeschmettert von der Wahrheit.

59

Dany, Guy und Maïssa kamen fast gleichzeitig im Hof des St. George an, wo sie sich verabredet hatten, um Gabin zum Flughafen zu begleiten. Der Franzose bezahlte gerade seine Rechnung und traf sie draußen. Sie beschlossen, den Wagen der Israelis zu nehmen, aber Maïssa kündigte an:

»Ich fahr dann aber mit dem Taxi zurück, das ist besser.«

Auf dem Weg stellte Gabin ein paar Fangfragen.

»Wie geht's Fahrid?«

»Nicht besonders gut. Nach dem, was passiert ist, hat die Hamas einen Preis auf seinen Kopf ausgesetzt«, erklärte Maïssa.

»Gibt es eine Lösung?«

»Ich glaube, ich habe eine gefunden. Im Grunde gibt es zwei Möglichkeiten. Ich habe gute Kontakte zur DEA (Drug Enforcement Administration). Die bilden Leute bei uns aus. Der Einsatzleiter glaubt, dass man einen Vertrag für Fahrid herausholen und ihn in anderen arabischen Ländern einsetzen kann. In der Zwischenzeit versucht man, ein US-Visum für ihn zu bekommen. Wenn nicht, habe ich einen Plan B mit den Vereinten Nationen. Er könnte für die UNODC arbeiten. Die suchen gerade Leute, und er hat das passende Profil. Ein internationaler Beamter, das ist gut.«

»Du kümmerst dich gut um die anderen … und was ist mit dir?«

Sie schwieg verlegen.

»Ich weiß nicht so recht«, räumte sie schließlich ein, »ich habe die gleichen Möglichkeiten wie Fahrid.«

»Kannst du denn nicht nach Frankreich gehen?«, fragte Guy, während er sich zu den Passagieren auf dem Rücksitz umdrehte.

Sie warf Gabin einen fragenden Blick zu, spürte seine Verlegenheit und verstand, dass sie nicht auf ihr zweites Heimatland zählen konnte.

»Wir könnten Thierry Dumont fragen.«

»Das wäre in jedem Fall die letzte Möglichkeit. Ich möchte nicht fliehen.«

Am Flughafen trafen sie auf den Attaché. Er hatte keine Lösung, und die junge Frau zog es vor, nicht zu insistieren. Guy kümmerte sich darum, Gabin die Ausreise zu erleichtern. Dank seiner Kumpel bei der Grenzpolizei wurden die Formalitäten problemlos abgewickelt, ohne dass der Franzose sich aufregen musste, und sie konnten alle im VIP-Raum warten und sich noch ein bisschen unterhalten.

Doch mit dem Herzen waren sie nicht dabei – auch wenn Guy mit allerlei albernen Scherzen die Atmosphäre zu entspannen versuchte. Melancholie machte sich breit. Als die Stewardess von Air France die Passagiere aufforderte, sich zum Check-in zu begeben, war das fast so etwas wie eine Erleichterung. Die Umarmungen zum Abschied waren indes nicht einfach nur diplomatische Gepflogenheiten. Jeder wusste, dass ein Kapitel abgeschlossen war und dieses Abenteuer einen unauslöschlichen Abdruck in ihrer aller Leben hinterlassen würde.

•••

Gabin, das Handgepäck über dem Arm, ging an Bord. Er hatte einen Fensterplatz und konzentrierte sich auf die Aktivitäten außerhalb des Flugzeugs, als ob er für alles, was in der Kabine vor sich ging, unempfänglich wäre. In Nizza warteten andere Aufgaben auf ihn. Und dann war da noch Marie.

Maïssa hatte den Flughafen schnell verlassen, es war nicht schwer gewesen, ein Taxi zu finden, aber sie überließ die Auswahl nicht dem Zufall, sondern entschied sich für einen arabischen Fahrer: Sie wollte nicht mit einem Juden fahren und eine Stunde lang ein blödsinniges Gespräch über die israelisch-palästinensischen Beziehungen über sich ergehen lassen müssen. Doch schon bald bereute sie ihre Entscheidung. Ihr Fahrer war zwar Araber, aber vor allem geschwätzig, und sie hatte mit ihren Befürchtungen genau richtig gelegen. Sie bedauerte letztendlich, nicht mit einem Juden gefahren zu sein, sie hätten sich gleich am Anfang in die Flicken gekriegt und bis zur Ankunft nicht mehr gesprochen. Sie hatte keine Lust, sich mit einem so scharfsinnigen Beobachter des örtlichen Lebens anzulegen. Sie entschuldigte sich, indem sie ihre Erschöpfung zeigte, schloss die Augen und tat so, als ob sie schlafen würde, während sie an ihre Zukunft dachte. Doch es wollte ihr nicht gelingen, Silberstreifen an einem düsteren Himmel auszumachen.

•••

Guy hatte sich vorgenommen, den Mund zu halten, aber dieser Vorsatz währte nicht lange. Kaum waren sie am Ausgang des Flughafens angekommen, redete er schon wieder ohne Punkt und Komma.

»Mensch, sei endlich mal still«. Dany lachte. »Du brauchst mich doch nicht vollzulabern, nur um deinen Stress loszuwerden …«

»Na, hör mal, du willst doch nicht, dass ich mich auf eine Couch lege und einen Psychoanalytiker bezahle! Du bist dafür da, dass ich mich abreagiere.«

»Dann bezahle ich lieber deine Sitzungen.«

»Siehst du, du bist wirklich ein Jude, du denkst immer nur an Kohle.«

•••

In einem Hotelzimmer in Jerusalem, das zum Kontingent für Sicherheitskräfte der amerikanischen Botschaft gehörte, beendete Fahrid sein Gebet. Er nahm seinen Teppich, rollte ihn auf dem Bett zusammen und griff nach der Fernbedienung für das Fernsehen, um CNN einzuschalten. Er wusste noch nicht, was er tun sollte. Ein Leben fern der Heimat, im Westen, auf das die meisten jungen Palästinenser hofften, weckte in ihm keine Träume. Am liebsten würde er alle zum Teufel schicken und in Ramallah bleiben.

• • •

Marie stand gerade im Begriff, ihren Fall abzuschließen. Letztendlich war Chambon in Monaco festgenommen worden. Gabins Bluff hatte die erhoffte Wirkung gehabt. Oussamas Anruf hatte es ermöglicht, den Ganoven in einem Wohnhaus im Fürstentum aufzuspüren. Er wurde sogleich verhaftet. Nachdem er aufgeflogen war, hatte der Dealer es vorgezogen, zu schweigen und auf die Staatsanwälte und Richter zu warten. Ein normales Verhalten, das die Polizisten nicht sonderlich beunruhigte. Um ihn zu testen, hatte Marie dem Gangster von Oussamas Tod erzählt. Er hatte sich darauf beschränkt zu lächeln und sie gefragt, wieso der Tod eines palästinensischen Kameltreibers ihn interessieren sollte.

In Auvare war wieder Ruhe eingekehrt. Die Polizistin räumte ihr Büro auf und dachte an Gabin. Sie würde ihn am Nachmittag abholen … War sie glücklich, war sie nicht glücklich, ihn wiederzusehen? Sie wusste es nicht und schob all diese Fragen in den Hintergrund ihres Gehirns. Sie würde sehen, wie sie sich fühlte, wenn sie am Flughafen war.

Epilog

Ali Abu Ahmads Tod war ein schwerer Schlag für den Vertreter der Hamas. Nichts konnte die Vertrautheit, die er zu diesem Mudschahedin gehabt hatte, ersetzen. Und selbst wenn ihm der Gedanke gefiel, dass Ali Abu Ahmad den Märtyrertod gestorben war und nun im Paradies für seine Taten reich belohnt wurde, gelang es ihm nicht, sich aus seiner tiefen Trauer zu befreien. Jedes Mal, wenn er an den Verlust dachte, brachte der Hass auf die Palästinensische Autonomiebehörde und die Fatah sein Blut in Wallung. Nur der Tod der Polizisten, die für all diese Unannehmlichkeiten verantwortlich waren, konnte ihn beruhigen.

Er selbst war an der Spitze des Trauerzugs für die drei Märtyrer der Hamas gegangen und hatte dabei eine Menge angeführt, die nach Rache schrie. Porträts von Mahmud Abbas und israelische Fahnen waren von der aufgebrachten Menge in Brand gesteckt worden, doch er konnte gerade noch verhindern, dass die Ausschreitungen ausuferten und die Demonstranten das Rathaus und den Regierungssitz stürmten. Der richtige Zeitpunkt war noch nicht gekommen. Zunächst musste er einen Ersatz für seine rechte Hand finden.

Für den Notfall war einer der Leutnants von Ali Abu Ahmad innerhalb der Gruppe Ezzedine Al Qassam an seiner Seite, aber das zwischen ihnen bestehende Vertrauensverhältnis war nicht vergleichbar. Er hoffte, dass es sich mit der Zeit einstellen würde. Gedankenverloren erwarteten sie beide einen Anruf, und die Ungeduld, dann die Verärgerung, hatte sich zu echter Sorge ausgewachsen. Als das Telefon erst vibrierte und dann klingelte, nahm der Mudschahedin den Anruf entgegen. Das Gespräch war kurz, ohne dass er selbst auch nur ein Wort gesagt hatte. Jihad Awdeh verstand sofort, dass es keine guten Nachrichten gab. Zudem die Möglichkeiten überschaubar waren: Wenn es keinen Erfolg gab, musste es eine Katastrophe sein. Als er das Gespräch beendete, sah ihn sein Gast betrübt an.

»Der Wagen ist von den Juden abgefangen worden. Ihnen ist alles in die Hände gefallen.«

Der Gläubige spürte, wie ihm das Blut gefror, und sein Gesicht verlor jegliche Farbe. Er schluckte mühsam. Sie hatten gerade die Frucht monatelanger Arbeit verloren.

»Allah will unseren Widerstand und unseren Willen, ihm zu dienen, auf die Probe stellen«, murmelte er.

Sein Glaube war so stark, dass ihn nichts von seinem Weg abbringen konnte. Er hatte schon viele Hindernisse überwunden, und das würde er auch dieses Mal tun.

Die Stimme des Muezzins ließ sich vernehmen.

»Es ist Zeit für *Salat al'Asr* (das Nachmittagsgebet), gehen wir beten.«

Sie erhoben sich beide. In einem solchen Moment zog Jihad Awdeh den feierlichen Rahmen der Ebad-al-Rahman-Moschee seiner Wohnung vor, und er lud den Aktivisten ein, ihn zu begleiten.

Die Straße war sonnig, und das Licht, das sie draußen empfing, ließ ihn die Augen zusammenkneifen. Die Häuser standen so eng, dass ihre Bewohner quasi niemals die Sonne sahen, wenn sie zu Hause waren. Sein Haus lag nur hundert Meter von der Moschee entfernt. Als sie am Ende der Straße angekommen waren, wurden sie vom Verkehr aufgehalten und mussten zwischen zwei geparkten Autos warten. Vor ihnen waren mehrere Porträts von Ali Abu Ahmad, eine Kalaschnikow in den Händen, an die Mauer geklebt. Das war das Letzte, was Jihad Awdeh auf dieser Erde sah.

Das Auto, an das er sich anlehnte, verwandelte sich in einen Feuerball und riss die beiden Männer in den Tod. Die Rache des hebräischen Staates hatte sie in Form eines gezielten Attentats ereilt.

•••

Am nächsten Morgen beherrschte ein Skandal die Schlagzeilen der örtlichen Zeitungen: Pierre Darville, ein Mitarbeiter der französischen Botschaft, war auf dem Weg nach Jordanien auf der Allenby-Brücke verhaftet worden. Der Zoll hatte in seinem Wagen 500 kg Gold, Handys mit jordanischen SIM-Karten und Geld sichergestellt.

Der Verdächtige hatte Stillschweigen bewahrt, doch sein Telefon hatte Gespräche zwischen ihm, dem jordanischen Handy von Oussama und anderen nicht-identifizierten Anrufern aus Balata preisgegeben.

Jerusalem, 4. Februar 2014

Danksagungen

An Kristel und Jessica, meine Frau und meine Tochter, die mich während des ganzen Projekts begleitet und unterstützt haben.

An Sylviane Massey und Jeannick Blaise-Durand für die Überarbeitungen.

An Jimmy Gallier und die Editions Jigal für ihr Vertrauen.

An Pierre Luquet von Piluke.com für seine Ratschläge.

An Hassan Balawi, dessen Buch *Gaza: dans les coulisses du mouvement national palestinien,* das bei Denoël erschienen ist, und die Gespräche, die ich mit ihm geführt habe, es mir ermöglicht haben, wichtige Fragen des israelisch-palästinensischen Konfliktes zu verstehen.

An Bernard Trenque, Dominique Abenanti, Laure Aubert, Éric Piedoie, Hélène Rigolet-Aubertin, Claude und Valérie Vasseur, Jacques Verdier, Gilles Pouvreau, René Jubilo, Hervé Giraud, Silvain Coué, Gérald Vivier, Christine Beteille, Philippe Germain, Serge Giraudo, Isabelle Baert, Patricia Mulko, Joshua Sterenzy und die Leser von Piluke.com, die das Buch als Erste getestet haben.

An die Police Judiciaire von Nizza, Quelle der Inspiration, und insbesondere an ihre Drogenfahnder.